KB056665

# 요괴어사

## 지옥에서 온 심판자

설민석 · 원더스 지음

이 작품은 실제 역사를 배경으로 창작되었습니다. 다만, 구체적인 장면들은 허구적으로 재구성되었으며, 소설에 등장하는 인물과 사건은 실제 역사를 그대로 묘사한 것이 아님을 밝힙니다.

차례

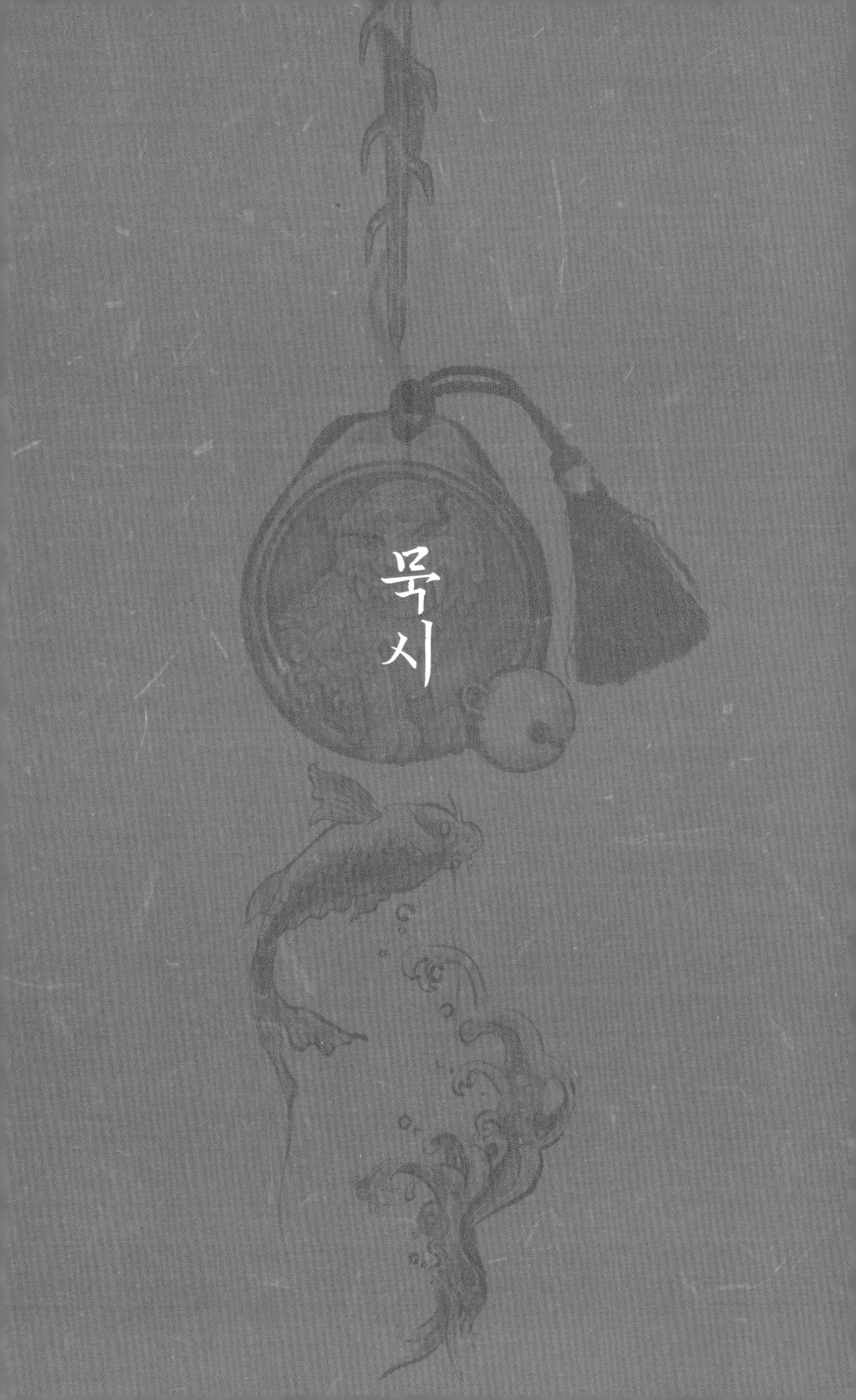
묵시

"허어, 기이하구나."

맑았던 하늘이 갑자기 캄캄해졌다. 인왕산에서 북악산으로 이어지는 능성이 사이에 진한 먹구름이 피어오르고 있었다. 빠르게 몸집을 불리는 기세가 한눈에 봐도 예사롭지 않았다. 임금은 미간을 좁히며 그것을 바라보았다.

구름은 금세 해를 가리고 하늘을 뒤덮더니 똬리를 튼 뱀처럼 꿈틀거렸다. 순간, 가운데가 쫙 갈라지며 그 틈에서 산봉우리보다 큰 여인이 나타났다. 긴 머리를 풀어헤치고 옷이라 할 수 없는 누더기를 입은 그녀는 임금을 노려보더니 서서히 입을 벌렸다. 귀까지 찢어진 입술 사이로 궐의 기둥보다 크고 날카로운 이빨이 주르르 드러났다. 곁에 있던 나인들은 비명을 지르며 달아났고 임금만 홀로 남아 여인을 마주했다.

그녀가 흙이 잔뜩 묻은 두 손을 내밀었다. 놀랍게도 한 손에는 여자아이를, 다른 손에는 펄떡거리는 심장을 쥐고 있었다.

두근두근.

커다란 박동이 울리더니 임금의 발밑까지 흔들렸다. 그때였다. 여인의 손에 쥐여 있던 아이가 다급하게 외쳤다.

"우리를 찾으세요!"

그러자 여인은 손에 든 심장을 바짝 쥐어짰다. 흙이 묻은 손가락 사이로 피가 뚝뚝 떨어져 산봉우리를 붉게 물들였다.

"허억!"

임금은 비명 같은 한숨을 토하며 벌떡 일어났다. 꿈이었다. 그는 식은땀에 젖은 옷을 한 꺼풀 벗어던졌다.

'너무 두껍게 입었나 보군.'

겉옷까지 입고 자는 오랜 습관 때문에 흉흉한 꿈을 꾼 듯했다. 그러나 단순한 악몽 치고는 내용이 예사롭지 않았다. 식은땀을 닦아 내던 손이 우뚝 멈췄다. 한번 읽으면 좀처럼 잊어버리는 일이 없는 비상한 머리가 문득 책의 한 구절을 떠올렸다. 임금은 서둘러 침상을 나와 서가로 향했다. 그는 다급한 손길로 꽂혀 있는 책 중 하나를 꺼내 화르르 책장을 넘겼다.

'선조 대왕 16년 11월 1일에 일식이 일어나자, 왼손에는 활, 오른손에는 불을 쥔 커다란 여인이 함경도 갑산에 나타났다. 10년 이내에 나라에 큰일이 닥칠 것이다.'라고 적혀 있었다.

그 말대로 10년이 채 되지 않아 조선은 임진왜란에 휩싸였다. 활 모양의 사람인변亻, 불 모양의 벼 화禾를 든 여인女을 합치면 왜倭 자가 되니, 꿈에 본 여인은 양손에 든 물건으로 국운을 예언한 셈이다.

책을 쥔 임금의 손이 가늘게 떨렸다. 그간 쌓은 경험이 이건 단순한 꿈이 아니라고 외치는 듯했다. 어쩌면 그동안 겪었던 일보다 더 큰 위기가 닥칠 것이라고.

임금은 호흡을 가다듬고 여인이 손에 쥐고 있던 아이와 심장이 뜻하는 글자를 조합해 보았다.

"여인女과 어린아이夭, 그리고 심장心. 흙 묻은 손은 힘쓸 골圣을 뜻하니……."

머릿속에 글자가 완성되자, 임금의 미간에 깊은 주름이 파였다.

요괴妖怪.

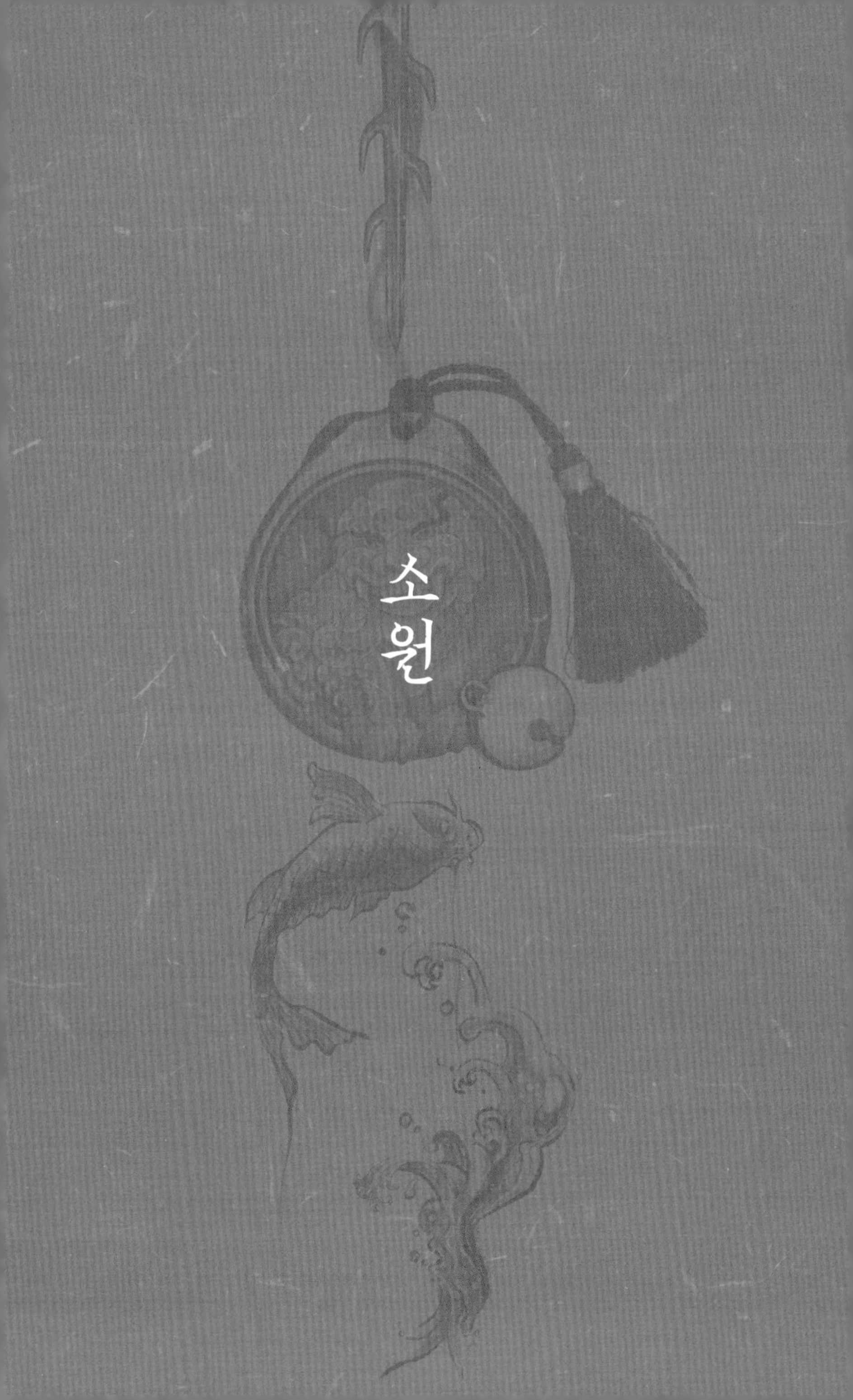
소원

“명금일하 대취타鳴金一下 大吹打 하랍신다!”

“예이!”

취타대의 집사가 한껏 목을 돋아 외치자 악사들이 답했다. 징과 북이 울리고 뒤이어 태평소와 나발 소리가 우렁우렁 퍼져 나갔다. 그들은 마부 없는 말에 올라 양손을 써 가며 연주하면서도 한 올의 흐트러짐이 없었다. 이윽고 임금을 모신 행렬이 출발했다.

2월, 모처럼 따사로운 햇살 아래 백성들은 구름처럼 몰려들었다. 길 양옆은 물론이요, 언덕까지 빠글빠글했다. 그들은 목을 길게 빼고 형형색색의 깃발을 올린 임금의 행차를 구경했다.

하지만 무리 중 일부는 화려함 같은 건 안중에 없었다. 그들은 누가 임금인지 헤아리기 바빴다. 격쟁*하기 위해 전국에서 몰려든 무리였다.

“쩌그, 맨 앞에 계신 분이 맞제?”

“아녀유. 임금님 행차 첨 봐유?”

“에우, 모르겠슴둥.”

“아따, 나라님 뵙기 데다.”

보다 못한 한양 사람이 혀를 찼다.

“쯧쯧, 나라님을 아무나 알아보면 쓰나.”

단박에 사람들의 시선이 자신에게 쏠리자, 그는 거만한 표정으로 말했다.

“사람이라면 머리를 써야지. 저기서 가장 중요한 분이 누구겠소?”

성질 급한 이가 대번에 눈살을 찌푸렸다.

“뭐라케 씨부리 쌌노. 걍 퍼뜩…….”

그때 웬 여자아이가 끼어들었다.

“임금님이시지요.”

열 살 남짓 됐을까. 먼 길을 왔는지 아이의 행색은 꾀죄죄했으나, 두 눈은 유난히 반짝거렸다.

* 격쟁(擊錚) 조선 시대에 원통한 일을 당한 사람이 임금이 거둥하는 길에서 징과 꽹과리를 쳐서 하문을 기다리던 일.

"죄꼬마한 게 여들하다*."

황해도에서 온 사람이 기특하다는 듯 머리를 쓰다듬었고, 한양 사람도 야무진 추임새가 마음에 들었는지 빙긋 웃었다.

"맞아. 그럼 군사들이 누굴 지키려고 가장 많이 모여 있을까?"

무리는 일제히 고개를 돌려 행렬을 훑어보았다. 그의 말대로 검과 활, 창을 든 군인들이 말 하나를 에워싸고 있었다.

며칠, 심지어는 몇 달째 한양에 머물며 임금이 궐 밖에 나오기를 기다리던 이들은 꽹과리와 징을 울리며 내달리기 시작했다. 아이도 어른들을 따라 힘껏 뛰었다. 격쟁 무리가 다가오자 군인들은 어쩌지 못하고 임금의 기색을 살필 뿐이었다. 자식 같은 백성이 제게 오는 것을 막지 말라는 어명 때문이었다.

"억울합니다!"

"살려 주이소!"

아이가 임금의 행렬에 거의 다다랐을 때였다. 굵은 다리 하나가 불쑥 나타나더니 다짜고짜 발을 걸었다. 아이는 이내 고꾸라져 떽떼굴 굴렀다.

"크윽."

* '자그마한 게 똑똑하다'는 뜻의 황해도 방언.

가만히 있던 땅이 벌떡 일어나 후려친 듯한 충격에 정신을 차릴 수 없었다. 혀를 깨물었는지, 헐떡일 때마다 입안에서 비릿한 피 맛과 흙 내음이 가득 찼다. 눈 뜨고 코 베이는 곳이 한양이라지만, 발까지 걸 줄은 몰랐다. 아이는 눈을 부릅뜨고 다리를 건 사람을 째려보았다. 쑥대강이가 된 머리에 얼굴이 시커먼 남자가 얼핏 보이는 것 같더니, 이내 눈앞에 빨간 곤룡포 끝자락이 펄럭이고 있었다.

동시에 몸싸움하던 이들과 쉴 새 없이 울리던 꽹과리가 멈추고 사방이 고요해졌다. 임금이 준엄하게 명했다.

"아이를 일으켜라."

호위병 둘이 다가와 양팔을 잡자, 아이는 그제야 정신이 들었는지, 부축하는 손을 뿌리치고는 오뉴월에 녹은 엿처럼 땅에 찰싹 엎드렸다. 찢어진 치맛자락과 까치집이 된 머리를 찬찬히 살피던 임금이 자애롭게 물었다.

"무엇 때문에 이리 달려왔느냐?"

잠시 숨을 고른 뒤, 아이가 답했다.

"죽은 제 아비가 요괴가 되었습니다. 부디 저희 아비를 불쌍히 여기어 천도해 주소서."

그 말을 듣고 주변 사람들은 숨을 삼켰다. 감히 임금 앞에서 요괴를 언급하다니. 아무리 아이라도 입에 올려서는 안 될 말이었다. 하지만 간밤에 꾼 꿈을 떠올린 임금이 몸을 살짝 앞으로 기울이며 물었다.

"요괴라니, 그리 믿는 연유가 무엇이냐?"

"황송하오나 소녀, 죽은 사람이 보입니다."

그 말을 듣고 임금의 미소가 사라지자, 옆에 서 있던 도승지*가 호통쳤다.

"아무리 철없고 우매한 아이라 해도 감히 괴력난신**을 입에 올리는가!"

서릿발 같은 꾸중에도 아이는 잘못을 빌기는커녕 미동조차 없었다. 임금은 제 앞에 엎드린 자그마한 등을 바라보다가 말했다.

"네 이름과 나이가 어찌 되느냐?"

"성은 유가이며 이름은 벼리입니다. 올해로 열한 살이 되었습니다."

순간, 임금의 용안에 슬픈 기색이 스치고 신하들은 당혹스러운 표정을 감추지 못했다. 그도 같은 나이에 아비를 잃었기 때문이었다.

임금은 한층 가라앉은 목소리로 다시 물었다.

"열한 살이라……. 가여운지고. 네 어미는 어디 있느냐?"

* 도승지(都承旨) 오늘날 대통령의 비서실장이라 할 수 있는 승정원의 으뜸 벼슬.

** 괴력난신(怪力亂神) 귀신과 같이 이성적으로 설명하기 어려운 존재나 현상. 공자는 가르침에 도움이 되지 않는다며 입에 담지 않았다.

"저를 낳다가 세상을 떠났다 들었습니다."

그가 측은한 마음에 혀를 차자 아이가 재차 아뢨다.

"홀로 저를 키워 준 아비가 어디서 어떻게 죽었는지도 모르고, 그 혼은 구천을 떠돌고 있는데 어찌 자식 된 도리로서 가만히 있겠나이까. 하여 죽을 각오를 하고 임금님 앞에 나섰습니다."

잔뜩 울음기가 어린 목소리로 끝까지 또박또박 말을 마치자, 임금은 고개를 끄덕였다.

"네 효심이 과인의 마음을 울렸다. 이리 어린데도 절절한 진심이 가득하니 설령 입에 담지 못할 말을 했다 한들 어찌 쉬이 지나칠 수 있으리. 네 원통함을 꼭 풀어 줄 테니, 인제 그만 일어나거라."

한동안 멍하니 있던 아이가 고개를 들었다. 턱은 깨져서 피와 흙으로 뒤범벅이 되었고 뺨을 타고 흐르던 눈물은 땟국물이 되었지만, 두 눈은 여전히 빛났다. 아이는 벌떡 일어나 큰절을 올렸다.

친히 임금이 약조를 해 주면 어른이라도 주저앉아 울었으리라. 그런데 저렇게 어린데도 예를 갖추니, 보는 이마다 감탄했다.

임금은 나인을 불렀다.

"여봐라! 오갈 데 없는 아이를 거두어 쉴 곳을 마련해 주어

라. 또한, 아비의 생사를 철저히 조사하고 혹여 원통한 일이 있거든 사건의 진상을 낱낱이 밝히도록 하라."

그 말에 아이뿐 아니라 숨죽여 구경하던 무리까지 '키잉' 하고 울음보가 터졌다.

세상에 억울함 한 조각 없는 이가 어디 있으랴. 격쟁에 나선 이들은 말할 것도 없고 구경하던 백성들도 크게 다르지 않았다. 그래서 마치 자신이 저 아이가 된 심정으로 숨죽이며 지켜보았다. 그런데 지금 제 눈으로 본 건 무엇이란 말인가. 감히 헛소리를 지껄인 아이에게 치도곤은커녕, 아버지처럼 품어 주었다. 게다가 남은 격쟁 무리의 말을 일일이 들어주느라 임금의 행렬은 한참 동안 움직이지 않았다. 그런 임금을 보며 어떤 이는 연신 소매로 눈가를 찍고, 어떤 이는 절을 올리기도 했다.

한참 후, 취타대가 연주를 시작하면서 다시 행렬이 움직였다. 그때 누군가 소리쳤다.

"하늘이 성군을 내려 주셨다!"

그 외침은 들불처럼 번졌다. 이걸 지켜보는 게 비단 사람만은 아니라는 듯, 땅과 하늘에 가득 메아리쳤다.

며칠 뒤, 임금 정조는 어머니의 처소를 찾았다. 벼리의 사연을 궁녀로부터 전해 들은 혜경궁 홍씨가 은밀하게 뵙길 청했기 때문이었다.

홍씨는 평소와 다른 기색으로 아들을 찬찬히 살폈다. 잠시 후, 그녀는 커다란 흑단 상자를 내밀었다. 어떤 장식도 없었지만 치밀한 나무의 결과 깊은 색을 보니, 매우 귀한 것이 담겼음 직했다.

"주상, 열어 보세요."

정조는 무엇이냐 묻지 않고 열다가 우뚝 멈췄다. 안에는 각종 도술서와 〈서유기〉 같은 소설이 가득했고, 맨 위에는 오래되어 빛바랜 봉투가 있었다. 그가 미간을 찌푸리며 홍씨를 바라보았지만, 그녀는 가만히 고개를 끄덕일 뿐이었다.

정조는 마른침을 삼키며 안에 든 편지를 꺼내서 펼쳤다.

「산아.」

아버지의 필체를 단번에 알아본 정조는 눈앞이 부옇게 흐려졌다.

「네가 이 글을 읽을 때쯤이면 나는 이 세상 사람이 아닐지도 모르겠구나.」

끔찍한 과거가 대번에 그를 삼켰다. 겨우 열한 살 때의 일이었다. 어린 자식이 아버지를 죽이려는 할아버지께 울며불며 빌었다. 제발 목숨만은 살려 달라고 목이 터져라 외쳤지만, 무력하게 끌려 나갔다. 임오년 무덥던 날, 옷자락을 쓸고 가던 습한 바람의 냄새까지 생생하게 떠올랐다. 그 아버지가 오랜 세월을 돌아 바로 앞에 앉으신 듯하니, 정조는 혀뿌리가 쿡쿡 쑤셔서 숨 쉬는 것마저 버거웠다.

「나는 조선의 세자로서 사서오경을 탐독하고 성리학을 공부해야 했으나, 술법과 도가에 빠져들었다. 처음에는 그저 재미로 시작했는데 심취가 극에 달한 것일까? 어느 날부터 죽은 사람이 보이기 시작했다. 몹시 두려운 마음에 봐도 보이지 않는 척하자 그들은 말을 걸어왔다. 눈을 감고 귀를 막아도 소용없었다.

하지만 그들은 나를 저주하거나 괴롭히려는 것이 아니었다. 사악한 요괴는커녕 하나같이 억울하게 죽어 간 이 땅의 백성이었다. 절절하게 맺힌 한과 설움으로 구천을 맴돌고 있는 백성들이 너무 불쌍하여 견딜 수 없었다. 어떻게든 도와줄 사람을 찾으려 했으나 방도가 없었다. 그렇게 죽은 자들의 소리에 집착하면 할수록 미치광이로 손가락질 당했고, 아바마마의 조리돌림에 나는 깊이 병들었다. 이제는 돌이키기에 너무 늦은 듯하구나. 삶이 얼마 남았는지 가늠조차 되지 않는 지금, 마지막 정신 줄을 잡고 너에게 이 글을 남긴다.

산아, 혹여 네게도 사특한 것이 보이고 들리거든 너무 두려워하지 마라. 이 아비가 네 곁을 지키며 혼을 다하여 도와주마. 그리하여 산 백성뿐 아니라 죽은 백성까지 보듬는 희세의 성군이 되기를, 이 아비가 바라고 또 바란다.」

정조는 편지가 접힌 선을 따라 고이 접어 봉투에 넣고는 홍씨에게 물었다.

"이제야 보여 주시는 연유는 무엇입니까?"

"며칠 전, 죽은 이를 본다는 아이를 거두셨다지요?"

"아직 어려서 옳고 그름을 모르는 아이였습니다. 다만 부모를 잃고 오갈 데 없는 것이 가여웠을 뿐입니다."

"보는 눈과 떠드는 입이 많은 곳이었습니다. 주상께서는 누구보다 신중하시니 쉬운 결정은 아니셨을 겁니다. 하지만 뒷일은 충분히 감당하실 수 있기에 그리하셨겠지요."

홍씨의 말대로 정조는 신하들 앞에서 괴력난신을 떠벌리는 아이도 거둘 수 있을 만큼 조정을 단단히 장악하고 있었다.

"그뿐 아닙니다. 평소 주상께서는 사특한 것은 가까이하지 않으셨고 소설조차 난잡하다며 멀리하셨습니다. 그런데 귀신 보는 아이도 받아 주셨으니, 이제 그분의 남다른 이야기에도 귀를 기울이시지 않을까요? 하여, 지금이 가장 적기라 여겼습니다."

정조는 주름 가득한 홍씨의 얼굴을 물끄러미 바라보았다. 오랜 수심은 여전했지만, 어딘가 모르게 홀가분해 보였다.

"역적이 되어 세상을 떠난 아버지의 유품을 하나라도 전해 드리고 싶어서 남몰래 모았습니다. 오늘에 이르시기까지 아무 힘이 되지 못한 늙은이가 올리는 사죄입니다."

정조는 홍씨에게 다가가 앙상한 어깨를 감쌌다.

"그리 말씀하지 마옵소서. 두 분이 계시지 않았다면 소자가 어찌 오늘을 누리겠습니까?"

모진 세월 숨죽이며 살아온 여인은 장성한 아들의 품에 안겨 흐느꼈고, 아들은 그런 어미의 마음을 헤아리며 한참을 그대로 있었다.

해시21~23시가 넘어서 처소로 돌아온 정조는 아버지의 유품을 하나하나 펼쳐 보았다. 사도 세자가 즐겨 읽었던 〈서유기〉와 〈수호지〉, 그리고 이유는 모르지만, 불에 그슬려 알아보기 어려운 아버지의 낙서와 기이한 그림 조각들도 있었다. 심지어 귀신을 내쫓는다는 도교의 경전에는 주요한 문장마다 점이 찍혀 있었다. 자신의 광기를 스스로 고쳐 보겠다는 몸부림이었을까? 여기저기 흩어진 점들이 몹시 애처로워 보였다. 정조는 책장의 모퉁이를 쓰다듬듯 넘기며 문장을 하나하나씩 눈에 담았다. 그런데 잠시 후, 넘어가던 책장이 우뚝 멈췄다.

점 대부분은 활자로 찍어낸 듯, 일정한 각도로 비스듬히 기울어진 물방울 모양이었다. 그런데 사이사이, 엽전처럼 반듯한 원이 섞여 있는데 그것은 영 엉뚱한 글자 옆에 자리 잡고 있었다. 아버지의 유품이라 찬찬히 보지 않았다면 그냥 지나쳤으리라. 그는 재빨리 다른 책을 펴서 빠르게 넘겼다. 그러길 여러 차례, 모든 책이 어김없었다.

동그란 점이 찍힌 것은 오직 네 글자였다. 죽을 망亡, 놈 자者, 천거할 천薦, 법도 도度. 망자천도……. 정조는 화급히 아버지의 편지를 펼쳤다.

「절절하게 맺힌 한과 설움으로 구천을 맴돌고 있는 백성들이 너무 불쌍하여 견딜 수 없었다. 어떻게든 도와줄 사람을 찾으려 했으나 방도가 없었다.」

그는 네 개의 글자와 편지의 문구를 번갈아 바라보다가 한 손으로 이마를 쓸었다.

"구천을 떠도는 백성을 천도하라니. 도대체 보이지도 않고, 잡히지도 않는 원혼을 무슨 방법으로 천도하란 말인가."

두꺼운 가슴팍이 한껏 부풀었다가 천천히 꺼졌다. 순간, 꿈에서 본 여자아이가 했던 말이 떠올랐다.

'우리를 찾으세요!'

여자아이의 목소리에 죽은 자를 본다던 벼리의 말이 자연스럽게 겹쳐졌다.

"내게 쥐어진 유일한 단서군."

다음날, 정조는 벼리를 궐로 불러들였다.

자고로 군주는 항상 의심하는 것이 미덕이고 쉽게 마음을 놓으면 악덕이 아니겠는가. 그는 한동안 벼리를 홀로 두라 명했다. 텅 빈 곳에 있다 보면 시간이 지날수록 초조해지기 마련이다. 만약 누군가의 사주로 잘 훈련된 사기꾼이라면 반드시 실수할 거란 계산이었다. 한참 후, 정조는 모두를 물리고 벼리와 독대했다. 그는 작은 몸짓 하나 놓치지 않겠다는 눈빛으로 찬찬히 살피며 물었다.

"죽은 사람이 보인다고 하였느냐?"

"보는 것뿐 아니라, 그들이 하는 말도 들을 수 있습니다."

"임금 앞에서 거짓을 고하는 것만으로 목이 떨어질 수 있다는 건 삼척동자도 알 것이야. 그런데 보이는 걸 넘어서 말소리가 들리기까지 한다?"

그가 추궁하듯 물었지만, 벼리의 얼굴에는 진실을 말하는 자의 당당함이 서려 있었다.

"그렇다면 그 귀신이 대체 어디 있단 말이냐."

"송구하오나 전하 뒤에……."

벼리가 정조의 어깨 너머를 흘끔 바라보자, 그는 눈살을 찌푸렸다. 세간의 무속인들이 흔히 쓰는 수법이 아닌가.

"참으로 맹랑하도다."

그는 코웃음을 치며, 어디까지 하나 보자는 심정으로 말했다.

"그자는 어떻게 생겼느냐?"

"머리는 헝클어져 있고, 옷은 반쯤 찢어져 있사온데, 엄청 수척합니다. 그런데 제가 격쟁하던 날……."

벼리가 침을 꼴깍 삼키더니 정조의 어깨 너머를 손가락으로 가리켰다.

"저자가 제게 발을 걸어 전하 앞으로 굴러가게 했습니다. 확실합니다."

정조는 갈수록 황당한 대답에 혀를 찼다.

"이제는 귀신이 배달도 한단 말인가. 참으로 재미있구나. 좋다. 말도 듣는다고 하였으니, 그자가 뭐라 하는지 전해 보거라."

"무슨 주문을 외우는 것 같은데. 망, 자, 천도? 아까부터 이 말만 계속 되풀이하고 있습니다."

정조는 정수리에 얼음물이 쏟아진 것 같은 충격에 한동안 아무 말도 할 수 없었다. 벼리가 고개를 갸웃거리자, 그제야 그가 물기 가득한 음성으로 물었다.

"혹여 다른 말씀은 없으시냐?"

벼리가 고개를 주억거리더니 눈을 가늘게 뜨고 어깨 너머를 바라보았다. 그러고는 다시 정조의 얼굴을 마주하며 말했다.

"……산아."

비록 아이의 입을 빌렸지만, 생전에 자식을 부르던 음색 그대로였다.

"미안하다. 살아서는 광증으로 애꿎은 목숨을 해치고 죽어서는 네게 역적의 자식이라는 굴레를 씌웠구나. 너를 지키지는 못할망정, 너무 큰 상처만 주었다. 못난 아비를 용서해다오."

그러자 정조가 무릎걸음으로 다가가 벼리의 손을 덥석 잡았다. 자그마한 손을 통해, 까맣게 타서 재만 남은 것 같은 아버지의 마음이 고스란히 전달되는 것 같았다. 벼리는 멈추지 않고 마지막까지 또박또박 전했다.

"희세의 성군이 될 때까지 이 아비가 혼을 다하여 지켜주마."

"아, 아바마마."

오래도록 참고 참았던 애통이 터져 버렸다. 정조는 열한 살 먹은 아이가 되어 폭포 같은 눈물을 원 없이 쏟아 내었다.

그날 밤, 정조는 보름달을 바라보며 지난 며칠간 겪은 일들을 반추했다. 여기저기 흩어진 조각들이 하나로 모이는 순간이었다.

'내 만 개의 물을 비추는 달빛이 되어 이 땅의 모든 백성을 굽어살피리라 다짐했건만, 어찌 원통하게 죽어 떠도는 망자들은 생각지 못했는고. 그들 또한 나의 백성이요, 보살핌을 받아야 할 처지인 것을. 하지만 어찌해야…….'

고민은 잠깐이었다. 모든 답은 이미 꿈속에 있었다. 괴이한 여인의 손에 쥐여 있던 아이는 '나'가 아니라, '우리'를 찾으라 했다.

'망자를 천도하려면 벼리와 같이 특별한 능력을 갖춘 인재가 더 필요하다. 억울한 원혼은 좋은 곳으로 보내고, 지은 죄에 따라 합당한 벌을 내릴 수 있는 조직이어야 할 테니. 과인의 손과 발이 되어 은밀하게 죽은 백성까지 살피는……. 암행어사?'

정조는 미지에 대한 확신으로 점점 가슴이 벅차올랐다. 하늘의 달도 왕의 결심에 화답하듯 시리도록 푸른빛을 내고 있었다.

'일단, 조직을 꾸리려면 담당자가 있어야겠지. 과인조차 믿기 힘들었던 일을 받아들일 만큼 생각이 열려 있고 또한 전적으로 신뢰할 수 있어야 한다.'

별로 고민할 것도 없이 단번에 한 사람이 떠올랐다. 정조는 떡잎부터 남달랐던 그를 성균관 시절부터 눈여겨보았고 과거에 합격한 뒤에는 초계문신* 삼아, 옆구리에 끼고 가르쳤다. 보고만 있어도 뿌듯한 인재이자, 자신의 이상향을 펼쳐 줄 일꾼. 그라면 믿을 수 있었다.

정조가 명했다.

"여봐라. 정약용을 들라 하라."

야심한 시각, 급히 입궐한 정약용은 정조의 말을 듣는 내내 얼굴색이 다채롭게 바뀌었다. 처음에는 붉어졌다가, 곧이어 파랗게 질리더니 나중에는 허옇게 변했다. 정조는 이런

* 초계문신(抄啓文臣) 정조의 지도하에 교육 및 연구 과정을 밟던 문신.

반응을 충분히 예상했다는 듯, 전혀 개의치 않고 설명을 마쳤다.

"어쩜 모든 것이 딱딱 맞아떨어지는지. 망자를 돌보는 조직, 참신하지 않느냐?"

"전하, 말씀의 본질은 더없이 감동적이고 망극하오나, 현실화한다는 것은……."

"누가 모르더냐. 하지만 이 땅에 태어난 자는 모두 과인의 백성이다. 생과 사를 달리하였다 해서 어찌 외면할 수 있겠느냐."

"전하의 높으신 뜻을 어찌 모르겠습니까. 하오나, 전하께서 다스리시는 이 나라는 엄중한 유교 국가이옵니다. 만약 서인, 노론 벽파가 이 사실을 알게 된다면……."

"왜, 귀신 씐 애비의 자식이라 할까 봐?"

"하아……. 망극하옵니다, 전하."

"걱정 말아라. 이 일은 나와 너, 단둘만이 알고 은밀히 진행될 것이니.

아무튼 전에 없던 새로운 조직을 꾸리려면 할 일이 태산이야. 시급한 문제는 예산인데, 호조의 예산을 끌어다 쓸 수는 없고."

"예, 전하. 노론 대신들이 알게 되면 심히 홍분할 것으로 사료되옵니다."

"그럼, 예산은 내탕금*으로 처리해야겠구나."

그 말을 듣고 정약용의 눈이 잔뜩 커졌지만, 정조는 곧바로 다음 안건으로 넘어갔다.

"두 번째는 조직을 모을 특별한 스승이 필요하다. 자네 혹시 죽은 자가 보이는가?"

"살아 있는 자의 마음도 모르는 제가 어찌 죽은 자를 볼 수 있겠사옵니까."

"그래. 그것이 너와 나의 한계점이다. 학문이나 무술은 우리가 가르칠 수 있지만 저승과 미지의 존재에 대해 알려 줄 영적인 스승이 필요하다. 그래서 말인데 혹시 국무당은 어떻겠느냐?"

국무당은 나라의 명운을 빌기 위해 국가에서 관리하던 무당이었다.

"아시다시피 지금은 대가 끊긴 지 오래되었습니다."

"하지만 아직도 방방곡곡에 무당이 활동하지 않느냐? 그들 중 국무당의 후예가 분명 남아 있을 것이다. 또한 조직이 결성되면 나의 직속 기관으로 움직여야 하니 궁궐과 가까워야 할 터. 이왕이면 목멱산**에서 목멱대왕을 모셨던 국무당의 후예를 찾아보아야겠다."

* 내탕금(內帑金) 조선 시대에 임금이 개인적으로 쓰던 돈.

** 목멱산(木覓山) 서울에 있는 남산의 옛 이름.

오랜 세월, 정조에게 가르침을 받은 정약용은 대번에 눈치 챘다.

'국무당까지 언급하시는 걸 보니, 이미 결심이 선 것을 넘어서 향후 계획까지 촘촘히 짜셨음이 분명해. 이젠 누구도 말릴 길이 없겠구나.'

한번 뜻을 세우면 말처럼 질주하는 임금을 과연 누가 막을 수 있겠는가.

그는 반쯤 포기한 상태로 한숨을 삼키다가 정조와 눈이 딱 마주쳤다. 뭔가 불안한 느낌에 시선을 피하려는데, 정조가 말했다.

"예전에는 없던 새로운 조직을 꾸려야 하는 만큼, 네가 해줘야 할 일이 많다."

"예? 전하, 저는 아직 한없이 모자라고 부족한지라……."

"그래서 너를 택한 게야. 너는 과거 급제 이후에 보직을 내려놓고 초계문신이 되어 내 곁에 있지 않느냐. 너의 시간과 직무는 내가 직접 관리하니 남들의 눈을 피해 뜻을 이루기엔 가장 적합한 듯하다. 또한 지금까지 내 너를 수년간 보아 온 터, 정약용이야말로 내가 믿을 수 있는 몇 안 되는 인물 중에 단연 으뜸이라고 생각한다."

"전하, 어찌 어명을 거스를 수 있겠나이까. 뜻대로 하시옵소서."

그날 이후, 정약용은 은밀하지만 빠르게 움직였다. 정조의 말대로 하늘의 섭리인 건지, 생각보다 쉽게 국무당의 후손을 찾았다. 오십 대 중반을 훌쩍 넘은 여인은 도성 밖에 작은 신당을 차리고 살았는데, 온 동리에 칭송이 자자했다. 신통한 능력으로 사람을 도우면서도 항상 겸손하다는 평이었다.

정약용의 보고를 받은 정조는 벼리와 함께 암행에 나섰다. 그런데 두 사람이 신당에 도착하기도 전에 여인이 버선발로 뛰어나오더니 다짜고짜 큰절을 올렸다.

"제 치성이 헛되지 않았나 봅니다. 기울어져 가는 국운을 되살릴 귀인들을 뵈니 이제 죽어도 여한이 없습니다."

정조는 빙글 웃으며 말했다.

"앞으로 할 일이 많으니, 저승은 나중에 가게."

정조는 그녀를 목멱산 국사당의 국무당으로 임명했다. 이후 국무당과 벼리는 특별한 능력을 지닌 자들을 찾아 전국 방방곡곡을 돌아다녔다. 초록은 동색이라더니, 벼리는 많은 후보 중 진짜배기만 쏙쏙 골라냈다. 그렇게 다양한 이들을 모아, 국사당 옆에 결계를 치고 왕의 비호 아래 그들을 비밀리에 양성했다.

훗날, 이 사실을 아는 자들은 그들을 '요괴어사'라 불렀다.

# 七年

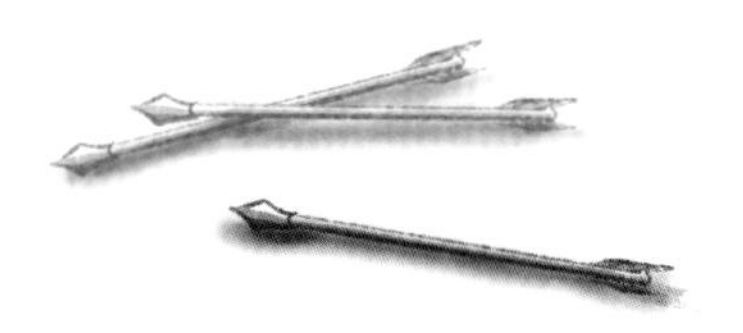

세월은 사계와 같다. 봄처럼 싹을 틔우고 꽃과 벌을 만나게 하더니 여름처럼 만물을 껑충 자라게도 한다. 정조를 만난 후, 벼리는 그런 봄과 여름을 일곱 번이나 보냈다.

목멱산 자락에 자리 잡은 국사당에서 열 걸음도 떨어지지 않은 곳에 제법 너른 마당이 펼쳐져 있었다. 마당 옆 작은 암자에 달린 풍경이 바람에 흔들리자, 그에 답하듯 한 소녀의 글 읽는 소리가 낭랑하게 퍼졌다.

마당 가운데 놓인 평상에서는 사내 하나가 부지런히 오가며 음식을 만들고 있었다. 8척*이 넘는 거구에 잔뜩 불거진 팔뚝은 여인의 허리만 했다. 구릿빛 피부에 가슴은 갑옷을 걸친 것처럼 두껍고, 짙은 눈썹 아래 움푹 들어간 눈은 옅은

* 척(尺) 조선 시대에 사람이나 사물의 길이를 재는 데 사용한 신장척(身長尺)은 약 23cm에 해당하며, 8척은 약 184cm.

회색이었다. 솥뚜껑만 한 손으로 쫑쫑 파를 써는데, 어찌나 빠른지 칼이 보이지 않았다. 썬 파를 옆으로 가지런히 밀어 놓고 통마늘을 도마 위에 올려 엄지로 살짝 누르자 밥풀처럼 으깨졌다.

그때 수풀 한쪽이 푸스스 흔들리더니 풀쩍하고 사람이 튀어나왔다.

"휴우우."

쉬지 않고 달려온 듯, 그는 붉은 얼굴로 가쁜 숨을 토하며 말했다.

"아이고 힘들다. 화엄사 넘어오는데 갑자기 소나기가 들이쳐서 비 사이로 피해 오느라 좀 늦었네요."

소년을 벗어나 청년티가 나는 그가 너스레를 떨며 거구의 사내에게 손에 든 대야를 내밀었다. 언뜻 보면 말랐지만 드러난 팔뚝은 근육질이었고 얼굴은 이제 막 솟아오른 해처럼 맑았다. 은어를 잡아 오겠다며 전날, 전라도 구례로 출발해 쉬지 않고 두 다리로 달려와 점심밥을 지을 때 도착한 참이었다. 물이 가득 찬 대야 안에는 은어가 펄떡이고 있었다.

"광탈아, 밥 뜸 들인다."

"에이, 좀 기다리지. 내가 은어밥 먹고 싶다고 몇 번을 말했어요."

"한나절이면 갔다 온다며."

"에이, 백원이 형! 물 한 방울 안 흘리면서 오려고 하다 보니 좀 늦었어요. 에휴, 밥은 글렀고……. 그럼 숭덩숭덩 썰어서 싱싱할 때 먹읍시다. 요놈들 때깔 봐요. 지느러미랑 꼬리가 노란 게 제대로죠?"

광탈이 입에 고인 침을 삼키자 뒤에서 웃음소리가 들렸다.

"밥 짓는 냄새가 제법 고소하구나."

정조였다. 백원은 들고 있던 부엌칼을 얼른 내려놓고 공수했으나 광탈은 삼촌 본 조카처럼 달려 나갔다.

"전하! 오늘 오신다고 하셔서 제가 구례까지 가서 싱싱한 은어 잡아 왔습니다. 구워 드릴까요? 아니면 날로 드시렵니까?"

"어차피 진상되는 걸, 그리 멀리까지 다녀왔느냐."

"펄펄 뛰는 놈은 아니잖습니까, 헤헤. 세상 어떤 임금님이 살아 있는 은어를 봤겠습니까! 전하도 처음 보시죠?"

"광탈아."

"예, 전하!"

"남아도는 힘, 그런 데다 쓰지 마라."

정조는 자애롭게 웃었건만, 광탈은 주춤거리며 한 발 물러났다. 임금의 옷이 무복임을 이제야 알아챘다. 오늘은 특별 훈련이 있다는 뜻이었다. 광탈이 슬그머니 돌아서려 하자, 정조가 대번에 뒷덜미를 잡았다.

"아니, 저, 뒷간 좀……."

"지난번에 99발밖에 못 맞혔지?"

"그, 그것은. 그 뭐냐, 어! 활을 다 맞히는 건 군자의 도리가 아니라 하셨지 않사옵니까."

"네놈은 군자가 아니지. 그러니 오늘은 100발 다 맞히고 밥 먹자."

광탈은 범에 물린 개처럼 축 늘어졌다. 백원이 슬쩍 웃고는 암자에 임금이 오셨음을 알리려 하자, 정조가 손짓으로 말렸다. 안에서는 벼리가 또랑또랑한 목소리로 무언가를 묻고 있었다.

"스승님께서는 귀신은 현상적 사물이 아니기에 음과 양 같은 기질로 구분하기보다는 초월적 존재로 보는 것이 마땅하다 하셨습니다. 하오나 초월적 존재라 하더라도 인간이 인지할 수 있는 기준이 필요하지 않겠습니까?"

"네 말이 맞다. 성리학에는 귀신을 나누는 세 가지 기준이 있는데……."

정약용이 답해 주는 것에 가만히 귀 기울이는 정조에게 국무당이 다가와 예를 올린 뒤, 아뢨다.

"요즘은 반나절이 지나도록 스승과 제자의 대화가 끊김이 없습니다."

일방적인 가르침이 아니라 토론이 된다는 뜻이었다. 정조는 흐뭇한 표정으로 돌아섰고 그 뒤를 국무당이 따랐다. 이런저런 이야기를 나누다가, 정조는 방문한 목적을 털어놓았다.

"괴이한 여인의 꿈을 꾼 지, 7년이 넘었네. 그것이 나타난 지 10년이 되지 않아 임진왜란이 벌어졌다는 기록이 있지. 이번에도 마찬가지라면, 때가 얼마 남지 않았어. 이제는 그들이 세상에 나갈 때가 되지 않았는가?"

정조가 물었지만, 그녀는 살짝 고개를 숙이며 말했다.

"아뢰옵기 황공하오나, 벼리는 가진 능력에 비해 그릇이 완전하지 못합니다."

"세상 완전한 이가 어디 있겠는가. 자리가 사람을 만드는 법이지. 군자는 서책이 만드는 게 아니라 경험이 만들어 내는 걸세."

"전하께서 말씀하시는 요괴어사라 함은 사건의 진실을 가리고, 판결한 뒤 원혼을 천계에 인도하는 조직이라 이해했사옵니다."

"그렇지, 바로 그걸세."

"아뢰옵기 황공하오나, 전하, 아직 이들에게는 그러한 능력이 부족하옵니다."

"정확히 어떤 능력이 부족하단 말인가?"

"이들의 실력이면 충분히 요괴를 상대할 수 있습니다. 하지만 전하의 뜻에 따르자면, 억울한 영혼과 요괴를 구분하여 천도를 해야 할 텐데, 아직 그 능력이 부족합니다. 심지어 가장 현명한 벼리마저도 현실적 판단보다는 감정을 앞세웁니다."

"그건 타고난 천성인데 어찌 쉬이 고치겠는가? 국무당, 우린 지난 7년간 하루도 쉬지 않고, 하나의 목적으로 달려왔네. 그런데 지금껏 이들이 세상에 나갈 실력이 되지 않았다니……. 그대의 말대로라면 차라리 새로운 대원을 구하는 게 더 빠르겠어."

국무당은 고개를 떨구며 작은 소리로 답했다.

"더욱 정성을 들여 하늘의 도우심을 구해 보겠습니다."

"하늘의 도우심이라……. 그 하늘이 지금껏 우리를 한 번이라도 돕기는 했고?"

"전하……."

그때였다. 암자에서 들리던 목소리가 그치더니 방문이 열렸다.

"전하!"

안에 있던 두 사람이 얼른 나와 예를 올렸다.

이제 열여덟 살이 된 벼리는 몸은 껑충 자랐지만, 머루알처럼 검고 영민한 눈매는 여전했다. 주름진 미간이 활짝 펴지며 정조가 벼리에게 물었다.

"많이 배웠느냐?"

"네, 부족하지만 열심히 배우고 있습니다."

"허허, 몸은 아니지만 머리에 든 것은 과인의 분신과 같은 자이니, 아끼지 말고 쓰거라."

임금의 말에 정약용은 슬며시 웃을 뿐 별 대꾸가 없었다. 그러자 광탈이 쏙 끼어들었다.

"목멱산도 식후경인데, 좀 먹고 해요! 네, 전하?"

감히 임금이 말하는 도중에 끼어들다니. 경을 쳐도 열 번은 칠 일이었다. 그런데 광탈은 반듯하고 고운 얼굴을 들이대며 폴짝거렸다. 천지 분간 못하는 어린아이가 따로 없었다.

"광탈아."

"네, 전하. 헤헤헤."

"목멱산이 아니라……. 됐다. 너는 아무 말 않고 밥 먹는 게 제일 예쁘다."

"사내대장부에게 예쁘다니요. 잘생겼다고 해 주십시오."

무슨 말을 해도 기죽는 법 없이 치대는 광탈을 정조도 밀치지 않고 받아 주었다.

이윽고 서늘한 그늘에, 은어로 만든 요리로 가득 채운 상이 차려졌다. 아무리 따로 상을 차렸다 하나, 임금이 미천한 신분의 백성들과 함께 먹고 마시는 것은 있을 수 없는 일이었다. 특히 신분에 대한 개념이 확고했던 정조로서는 상상도 못 하던 일이었다. 하지만 세속과 나뉜 이곳에서만큼은 달랐다.

모두 숨죽이고 자신을 흘긋거리자, 정조는 뼈째 썬 여린 살 한 점을 입에 넣었다. 사각사각한 식감이 재미있다 싶더니 입안에 시원하고 은은한 수박 향이 감돌았다. 정조는 눈을 감고 음미하다가 고개까지 끄덕였다. 그러자 광탈은 신이 났는지, 호박잎에 은어 살을 잔뜩 싸서 임금의 입에 손수 넣어 드린다고 까불다가 백원에게 오금을 맞고 주저앉았다. 한바탕 웃음이 쏟아진 뒤, 젓가락들이 부지런히 움직였다.

정조는 정약용의 잔에 술을 따라 주며 나직이 물었다.

"아까 밖에서 듣자 하니 중용 강의 내용이던데 벼리가 어느 정도 이해하더냐?"

"제가 유생 때 쓴 귀신에 대한 정의를 읽고 오더니, 막힘없이 논하기 시작했습니다. 사서삼경과 불경, 서학뿐 아니라 산수, 천문, 지리, 풍수, 법률에 이르기까지 가리지 않고 받아들이니, 바짝 마른 이끼가 물을 만난 듯합니다. 벼리는 그 나이대의 저보다 뛰어난 학식과 지혜를 갖춘 듯합니다."

"가르치느라 고생이 많다."

"송구하옵니다."

"청출어람은 스승이 훌륭한 덕분이 아니겠느냐."

벼리의 스승은 정약용이지만, 정약용의 스승은 정조였으니 자화자찬인 셈이다. 정약용은 지그시 눈을 내리깔고 받은 술을 마셨다.

"말없이 잔만 비우다니, 요즘 네 혀가 매우 부드러워졌다."

"그래야 심심해하시니, 소신이 열 마디 말로 응수하는 것보다 더 재미있지 않겠습니까?"

그가 능청스럽게 답하자 정조는 시원하게 웃었다. 그때, 한 여인이 결계를 뚫고 마당으로 들어서며 말했다.

"은어 굽는 냄새가 산 아래까지 퍼졌습니다."

그러자 광탈이 땅으로 훅 꺼지듯 없어지더니 순식간에 다시 나타났다. 그새 산 아래까지 다녀왔는지 코를 벌름거리며 말했다.

"결계 밖에서는 안 나던데요?"

"우리 광탈이는 상록수 같구나. 한결같다니까."

"헤헤, 무령 누님은 사람 알아보는 눈썰미가 날마다 좋아지시네요."

하지만 자고로 말이란 끝까지 들어봐야 하는 법.

"농을 진담으로 알아듣는 머리가 엉덩이만큼이나 가벼운게 어찌나 한결같은지. 이곳의 결계는 내가 직접 쳤는데 생선 굽는 냄새가 새어 나갈 리 있겠느냐."

광탈의 얼굴이 벌겋게 달아오르자, 또 한바탕 웃음이 쏟아졌다. 여인은 정조에게 다소곳이 예를 올렸다.

"무령, 전하를 뵈옵니다."

어디 하나 흠잡을 데 없는 몸가짐이었다. 피부는 옥을 깎아 만든 듯 매끈했고, 눈썹은 버들잎 같으며 입술은 양귀비보다 붉었다. 하지만 상대를 꿰뚫어 보는 것 같은 눈에는 왠지 모를 서늘함이 느껴졌다.

게다가 먹구렁이가 똬리를 튼 듯, 자르르 윤이 도는 가체를 하고 있었다. 선왕인 영조 때부터 법으로 금지했지만, 아직도 많은 여인이 공공연히 쓰고 다녔다. 그렇다 하더라도 임금님 앞에 저리 당당할 수 없는 노릇인데, 정작 정조는 눈살 하나 찌푸리지 않고 인사를 받아 주었다.

벼리가 재빨리 수저 한 벌을 가져와 백원의 옆에 자리를 마련하고는 무령을 불렀다.

"여기 앉으세요."

하지만 무령은 벼리의 말이 들리지 않는 듯, 단아한 표정으로 임금 옆에 자리를 잡았다. 그러자 사람들의 수저질이 뚝 멈췄다.

조선 팔도의 모든 소식을 꿰고 있는 그녀가 단순히 밥을 먹으러 온 게 아니라 임금께 아뢸 말씀이 있다는 뜻이었다. 정조 옆에 자리 잡은 무령이 잔뜩 굳어 있는 이들을 향해 화사하게 웃자 멈췄던 수저질이 다시 시작되었다.

"무슨 일이냐?"

정조가 묻자 무령은 여상한 표정으로 답했다.

"괴질동자가 나타났다고 합니다."

"역병이 퍼진 것이냐?"

"증세가 매우 끔찍하고 고칠 방도가 없다고 합니다. 그런데 마치 병이 살아서 움직이는 것처럼 사람을 골라서 덮친다 하니, 귀신의 짓이라는 소문이 파다합니다."

"사람을 고른다? 만약 그것이 원혼의 짓이라면 그나마 생전의 기억이 남았나 보군."

"하온데 병에 걸린 사람들이 예사롭지 않습니다."

"앞을 내다보는 네가 그리 말하니, 몹시 궁금하구나."

그러자 무령이 말했다.

"이제는 전하께서 계획하신 때가 된 듯하여 잰걸음으로 왔습니다."

그날 밤, 정조는 오랜 습관대로 잠을 미루고, 깊은 생각에 잠겨 있었다. 벼리를 만난 후, 어느새 7년이라는 시간이 지났다. 짧다면 짧고 길다면 긴 세월이었지만, 그간 겪었던 다사다난한 일을 살펴보면 70년이 흐른 듯했다.

"앞으로 더 벅차지겠지."

정조는 새삼스레 목멱산 신당에 모인 사람들의 명단을 살폈다. 국무당이 그들을 가르치며 틈나는 대로 기록해 놓은 것이었다.

낯익은 이름이 맨 앞에 있었다.

| 이름 | 유벼리 | 성별/나이 | 여/18세 |
|---|---|---|---|
| 가족 관계 | 일찍이 부모를 여의고 형제는 없습니다. | | |
| 능력 | 一 태생이 영리한 데다가 정약용으로부터 많은 지식을 두루 배웠습니다.<br>二 나이는 어리나 대원 중 가장 현명하고 판단력이 뛰어납니다. 배려심과 남을 존중하는 마음도 장점입니다. | | |
| 무기 | 몸이 머리만큼 따라 주지 못해서, 아직 정한 바 없습니다. | | |
| 그 외 | 아비 유해득을 천도하길 원하지만, 그의 소식이나 행방을 알 길이 없습니다. | | |

"현명하고 상황 판단이 뛰어나다……."

국무당은 지금까지 벼리가 보여 준 능력이 그녀가 가진 것의 1할도 되지 않는다고 했다. 정조의 생각도 마찬가지였다. 앞으로가 더욱 기대되는 아이였다.

"세상 밖으로 나가야 아비의 일도 해결할 수 있지."

문제는 무술 실력이었다. 아무리 가르쳐도 밑 빠진 독이랄까. 이제는 요괴를 제압하는 건 바라지도 않고 그저 제 몸 하나 건사하는 정도만이라도 해 주었으면 싶다.

"백원이 두 사람 몫을 하고도 남으니 되었다."

정조는 마음을 굳히고 다음 장을 넘겼다.

| 이름 | 백원 | 성별/나이 | 남/28세 |
|---|---|---|---|
| 가족 관계 | 부모와 터울 많은 형이 죽고, 홀로 된 형수가 그를 키웠습니다. | | |
| 능력 | 一 각종 무술에 능합니다.<br>二 타고난 장사라 무거운 무기도 가볍게 휘두르며 힘으로는 적수가 없습니다.<br>三 요리를 즐겨 하며 솜씨도 좋습니다. | | |
| 무기 | 청룡언월도 | | |
| 그 외 | 말수가 적고 사람을 꺼립니다. | | |

"굳이 두루두루 친할 필요가 있나? 동료와 잘 지내면 그만이지. 요리까지 잘하니, 대원들 굶을 일은 없겠군."

백원은 힘이면 힘, 무술이면 무술, 어디 하나 모자람이 없어서 평소 무예에 조예가 깊은 정조도 감탄하고는 했다.

한번은 대원들이 산에서 훈련하고 있을 때, 멧돼지가 나타났다. 짐승도 보는 눈은 있는지, 가장 약한 벼리에게 달려들었는데 백원이 그 앞을 가로막으며 정면충돌했다. 8척약 184cm이 넘는 멧돼지는 그 자리에서 즉사했건만 백원은 멀쩡했다. 그가 디뎠던 땅은 종아리까지 깊이 파였는데도 발자국은 단 두 개로 뒤로 물러난 흔적이 전혀 없었다.

게다가 무술 실력도 힘 못지않았다. 보통 사람들은 시위를 당기기도 힘든 목궁을 180보 밖에서 쏘는데, 당기는 족족 명중이었다. 활만 특출한 게 아니었다. 그가 당대 최고의 무사, 백동수와의 대련에서 50합을 버틴 날, 정조는 아끼던 청룡언월도를 하사했다. 북벌을 꿈꾸던 효종 때 만들어진 것으로 사도 세자가 청년 시절에 즐겨 수련하던 것이었다. 하사받을 때도 백원은 평소처럼 아무 표정 없이 덤덤하더니 막상 받고 나서는 상전 모시듯 아꼈다. 오죽하면 광탈이 무기가 아니라 마누라냐고 놀리다가 매를 벌기도 했다.

정조는 특별히 아끼는 마음을 드러내지 않으려 애쓸 정도로 백원을 총애했다. 군주로서 절대 금해야 할 태도인 건 알지만 그에게만큼은 한없이 물러지는 걸 어쩌겠는가. 정조는 흐뭇한 표정으로 다음 장을 펼치다가 씁쓸하게 웃었다.

| 이름 | 광탈 | 성별/나이 | 남/18세 |
| --- | --- | --- | --- |
| 가족 관계 | 어릴 적에 버려진 것으로 추정되어 알 길이 없습니다. | | |
| 능력 | 一 말보다 더 빨리 달립니다.<br>二 곡예에 능하고 온몸을 자유자재로 움직입니다.<br>三 뭐든 가리지 않고 다 잘 먹습니다. | | |
| 무기 | 쌍검 | | |
| 그 외 | 머리가 몸만큼 따라 주지 못하여, 언행이 어린아이 같습니다. | | |

"그 속도로 구례에서 한양까지 물 한 방울도 흘리지 않고 온다……."

도무지 믿을 수 없는 주력이었다. 한번은 전주 부의 부윤에게 가서 친서를 받아 오라는 시험을 냈더니, 한나절 만에 다녀왔다. 옷이 땀과 흙먼지에 절어 있었지만 한 손에 부윤이 직접 쓴 서신을 들고 환히 웃던 모습이 아직도 훤했다.

"광탈아, 혹시 축지법이라도 쓰는 거냐?"

"축, 뭐요?"

가볍게 한숨을 쉰 정조는 다시 쉽게 풀어서 말했다.

"어찌 그리 빨리 달릴 수 있냐는 말이다."

"그거요? 아주 쉽습니다. 겉옷을 걸리적거리지 않게 요령

게 잡은 다음에……. 좀 빨리 걸으면 됩니다.”

“아…….”

말문이 막힌 정조가 가만히 있다가 피식 웃자 광탈은 발을 움직이며 거듭 설명했다.

“요렇게 조렇게, 발을 놀리다가 막 빠르게 떼면 됩니다.”

“광탈아, 되었다.”

그 후에도 여러 번 눈여겨보았지만, 발조차 보이질 않으니 실로 대단한 능력이었다.

“게다가 생긴 거 하며…….”

백원도 어디 가서 빠지지 않는 얼굴이다. 다만 그가 억실억실하게 생긴 사내의 표본이라면 광탈은 성별까지 초월한 미인이었다. 그림 같은 외모로 보는 사람의 넋을 빼놓는데, 입만 열면 홀딱 깼다.

하지만 위아래 구분 못 하고 치대는 게 밉지 않았다. 강아지마냥 졸졸 따라다니면서 손을 끌어당겨 제 정수리를 쓰다듬게 만드는 것이 다 사랑에 주려서 하는 짓이라 안쓰러웠다.

광탈의 말에 따르면 엉덩이에 참기름이 발렸는지 태어나자마자 남사당패로 미끄러졌다고 했다. 워낙 재주가 뛰어나 우두머리인 꼭두쇠가 어릴 적부터 끼고 가르쳤는데, 엄히 다뤄야 제대로 배운다며 말보다는 주먹이 먼저였다고 한다. 게

다가 무거우면 재주 부리기 어렵다며 밥은 먹은 날보다 굶은 날이 더 많았다고 했다. 그래서 아직도 음식만 보면 눈이 돌아갔다. 오늘만 해도, 갑자기 비를 만나서라고 했지만, 오면서 몇 마리 회 쳐 먹느라 늦었을 게 분명했다. 그러니 점심에 정조에게 은어 쌈을 싸 주려 한 것은 광탈로서는 상상도 못 할 일이요, 저 자신을 다 내어 준 거나 마찬가지였다.

'쯧쯧. 가엾은 것.'

정조는 안타까운 마음으로 혀를 차며 다음에 갈 때는 제일 좋아하는 약과와 깨강정을 보따리로 주겠다고 마음먹었다.

다음은 무령이었다.

| 이름 | 무령 | 성별/나이 | 여/대략 30세 |
| --- | --- | --- | --- |
| 가족 관계 | 알려진 바 없습니다. | | |
| 능력 | 一 꿈이나 환상으로 미래를 내다봅니다.<br>二 금줄로 결계를 치고 적을 결박합니다.<br>三 큰 상인들에게 점을 쳐 주어 조선 팔도의 돌아가는 사정을 훤히 꿰고 있습니다. | | |
| 무기 | 금줄* | | |
| 그 외 | 도무지 속을 알 길이 없습니다. | | |

* 금줄(禁줄) 부정한 것의 침범을 막고 결박하는 새끼줄.

국무당의 말대로 무령은 속을 알 수 없는 자였다. 우선 나이부터 그랬다. 몇이냐 물으니 그냥 웃기만 했단다. 꼭 알아야 한다고 다시 물었으나 무령은 고개를 반대쪽으로 기울이며 웃었다고 했다. 다만 교태 어린 웃음과 차림을 보면 기생이었던 티가 날 뿐, 과거에 대해 좀처럼 말하는 법이 없었다.

그녀에 대한 정보는 이랬더라, 저랬더라 식의 떠도는 소문이 대부분이었다. 그중 가장 신빙성 있는 건, 어릴 적 교방** 을 같이 다녔다는 여자가 한 말이었다. 본래 무령의 아비는 이조판서까지 지낸 양반이었고 어미는 일패 기생***인데, 모친의 외모와 감각을 그대로 이어받아 일찌감치 기생이 되었다고 했다.

하지만 국무당도 무령이 왜 기생을 그만두고 점쟁이가 됐는지는 알지 못했다. 다만 많은 무당이 그러하듯, 평범한 기생으로 지내다가 점점 강해지는 신기를 감당하지 못하고 점쟁이가 된 것이 아닐까 싶었다. 어찌나 백발백중인지 무령은 손님을 가려 받기로 유명했으며, 해상 무역권을 가진 경강상인이나 규모가 큰 객주가 주 고객이었다. 이들을 통해 자연스럽게 전국의 정보가 그녀에게 흘러들었다.

** 교방(敎坊) 일종의 기생 학교.

*** 일패 기생(一牌 妓生) 기생은 일패, 이패, 삼패로 구분했는데, 일패는 가장 뛰어난 실력을 지니고 최상류층을 상대로 활동했으며 궁중의 국가 행사나 연회에 동원되기도 했다.

본래 기생이란 상대를 파악하는 데 능하지만 도통 제 속내를 비치지 않아야 하는 법. 게다가 미래까지 내다보니 이보다 곁에 두기 꺼려지는 이가 또 있을까. 그래서 정조는 무령의 합류를 반대했으나, 벼리가 고집을 피웠다. 무령은 예지력뿐만 아니라 금줄로 결계를 치는 능력이 뛰어나서 반드시 큰 역할을 해 줄 거라나. 벼리의 판단은 정확했다. 무령이 친 결계 덕분에 어사대 기지가 은밀하게 자리 잡을 수 있었기 때문이었다. 정조는 고개를 끄덕이며 혼잣말했다.

"가장 많은 정보를 쥔 자가 자신을 내보이기 꺼리는 건 어찌 보면 당연하지."

그때였다.

회색 연기 같은 것이 땅에서 스멀스멀 솟아올랐다. 임금이 거하는 침전의 기둥을 휘감고 오르는 것은 마치 바람에 흩날리는 여인의 긴 머리카락 같기도 했다. 연기는 어느덧 단청을 따라 뻗어 가더니 서서히 오색으로 물들었다. 노랑, 빨강, 파랑, 그리고 희고 검은 색이 뒤엉키더니 벽과 천장 틈을 비집고 들어왔다.

'흠흠.'

어디선가 꽃 내음이 났다. 달곰하게 휘감기는 것이 은은하면서도 황홀했다. 정조는 명단에 묻었던 얼굴을 들었다가 그대로 얼어붙었다.

마치 신선의 나라가 펼쳐진 듯, 오묘하고 아름다운 안개가 자신을 병풍처럼 둘러싸고 몽롱한 향기를 뿜어내고 있었다. 검은 그림자 같은 것이 꾸물꾸물 모이더니 두 개의 형체를 만들었다.

그중 하나가 폭풍 속의 천둥처럼 크게 외쳤다.

"네 이름이 이산李祘이요, 호는 홍재弘齋, 맞으렷다!"

이름을 부른 자는 갑옷을 입고 용머리가 달린 창을 들고 있었으며, 몸집이 집채만 했다. 그런데 창을 든 자 뒤에 서 있는 존재는 더욱 기가 막혔다. 키가 어찌나 큰지 어깨 위에 있어야 할 머리는 천장을 뚫고 나가서 보이질 않았다. 허리는 100년 묵은 소나무만 했고 지붕처럼 넓은 어깨에는 불덩어리가 일렁이고 있었다. 정조는 손 우산을 만들어 눈을 가늘게 뜨고 그들을 바라보았다. 그러자 또다시 호통 소리가 들렸다.

"허어, 어서 대답하지 못할까! 산 자는 지옥의 왕이신 염라대왕께 엎드려 예를 표하라!"

'염라대왕이라니! 그럼, 말을 거는 자는 저승사자?'

그제야 목멱산 신당에 걸려 있던 낡은 그림이 떠올랐다. 눈앞에 서 있는 이들은 염라대왕과 그를 모시는 저승사자였던 것이다. 정조는 눈앞이 캄캄해지는 것 같았다. 다시 저승사자가 그를 재촉하려는 순간이었다.

"커흐음!"

염라대왕이 헛기침하며 그만 다그치라는 듯, 눈치를 주었다. 그러자 저승사자가 살짝 입을 비쭉이는 모양이 어설퍼서일까. 오히려 두려움을 덜어 주었다. 책을 읽으면 통째로 외워 버리는 정조의 머리가 염라대왕에 대한 자료를 떠올리기 시작했다.

「냉정한 심판관이나 죄인을 불쌍히 여기고 때로는 자비를 베풀어 죄인에게 기회를 주기도 한다.」

여기까지 기억해 냈을 때, 염라대왕이 몸을 구부리면서 완전히 모습을 드러냈다. 수양버들처럼 휘어진 눈썹 아래에 자리 잡은 눈은 형형하게 빛났고 귀밑머리부터 시작된 수염은 배꼽까지 길게 늘어져, 맹렬하게 떨어지는 폭포 같았다. 넘치는 위엄과 강렬한 기운에 눌린 정조는 그와 마주하기는커녕, 땅속으로 꺼질 것만 같았다.

죽은 백성을 돌보겠다고 시작한 일이었다. 쉽지 않을 거라 예상했지만 염라대왕까지 만나게 될 줄은 몰랐다. 정조는 이를 악물고 속으로 외쳤다.

'이미 호랑이 등에 올라탄 셈이 아닌가. 도중에 내린다면 맹수의 밥이 될 터이니 죽을 각오로 맞설 수밖에.'

그는 단전에 힘을 모으며 깊게 호흡했다. 저승사자는 한층 더 큰 목소리로 외쳤다.

"어허, 하찮은 인간 주제에 고개를 빳빳이 들고 버티다니. 네놈이 죽고 싶은 게로구나!"

그러자 정조는 나직이 말했다.

"하찮은 건 네놈이겠지."

저승사자는 제 귀를 의심했다. 한낱 인간이 자신을 놈으로 부른 적이 있었던가?

그가 너무 당황하여 입만 벙긋거릴 때, 정조는 정중하게 염라대왕에게 말했다.

"갑작스럽게 찾아오시니 내 의관 정제도 못 하였소. 그래도 괜찮으시다면 이리 앉으시지요."

"어, 어찌……."

놓쳤던 정신 줄을 도로 잡은 저승사자가 버럭 호통을 치려고 하자, 정조가 쳐다보지도 않고 말했다.

"나 또한 나라를 다스리는 왕이오. 하늘이 허락하지 않으면 한낱 인간이 스스로 이 자리에 오를 수 있겠소? 그러니 지옥을 다스리는 왕께 머리를 조아린다면 도리어 하늘을 낮추는 것이니 이 또한 예가 아니지."

그의 말에 틀림을 찾을 수 없으니, 저승사자는 데굴데굴 눈알만 굴리는데 갑자기 천장에서 커다란 웃음소리가 들렸다.

“허허허.”

염라대왕이 웃기 시작하니 온 전이 흔들렸다. 그는 점점 몸을 줄이면서 정조에게 나름 다정한 목소리로 말했다.

“데리러 온 건 아니니 긴장 푸시오.”

어느새 사람만큼 작아진 염라대왕은 자리에 앉으며 말했다.

“이승의 왕이여, 그대의 백성들이 하늘이 내린 성군이라 외치는 소리를 들었소.”

“부끄럽습니다. 가여운 백성은 작은 베풂에도 크게 감동하기 마련일 뿐입니다.”

“큰 기쁨을 준다면 결코 작은 것이 아니지요. 하여 과인도 작지만, 꼭 필요한 이를 데리고 왔소.”

그게 무슨 뜻이냐는 듯, 정조의 눈썹이 살짝 들렸다.

“새로운 대원이 필요하다 하지 않았소? 억울한 영혼과 요괴를 구분하여 천도시키는 자를 보내 달라고 치성을 드린다고 들었는데…….”

염라대왕은 암자에서 정조와 국무당이 나누었던 이야기를 그대로 읊더니 부리부리한 눈을 찡긋거렸다.

“원래 성군의 기도는 응답이 빠른 편이오. 그리고 이승에서 애써 주시면 과인 또한 편하니, 지체하지 않고 왔소.”

"편하다니요?"

"억울하게 죽은 원귀가 세상을 떠돌다가 도리어 죄를 지어 벌을 내려야 할 때면 나도 마음이 편치 않았소. 당한 자가 더 깊은 지옥으로 떨어지기도 하니, 이게 말이 되오? 그런데 이승에서 싹 정리해서 보내 주시면 나쁜 놈만 쏙쏙 조질 수 있다는 얘기인데 그리만 해 준다면……. 허허."

염라대왕은 긴 수염을 씰룩이다가 동그란 물건을 슬그머니 내밀었다.

"요괴를 잡아도 어사대인데, 마패는 있어야겠지요?"

정조는 엉겁결에 동그란 신물을 받았다. 생긴 것은 마패였으나, 그 안에는 괴상한 모양의 동물이 새겨져 있었다.

"이것이 당신들을 도울 것이오. 껄껄."

그는 호탕하게 웃더니 냉큼 일어섰다. 몹시 서두는 기색이 영 수상했다. 마치 다루기 곤란한 것을 떠맡기는 느낌이랄까.

정조는 마패와 염라대왕을 번갈아 보다가 눈을 가늘게 뜨고 물었다.

"제가 감당하기 힘들면 어찌해야 합니까?"

"아하, 사용법을 물으신 거요?"

염라대왕이 한결 환해진 얼굴로 다가와 귀에 대고 속닥거렸다.

"단단히 목줄을 채웠으니 염려 마시오."

그는 잔뜩 미간을 모은 정조 앞에 금방울 하나를 내려놓더니 알쏭달쏭한 말만 남기고 홀연히 사라졌다.

다음 날 아침, 정조는 한바탕 요란한 꿈을 꾼 듯한 기분으로 눈을 떴다. 하지만 머리맡에 다소곳이 놓여 있는 마패와 금방울이 꿈이 아니라고 말해 주고 있었다.

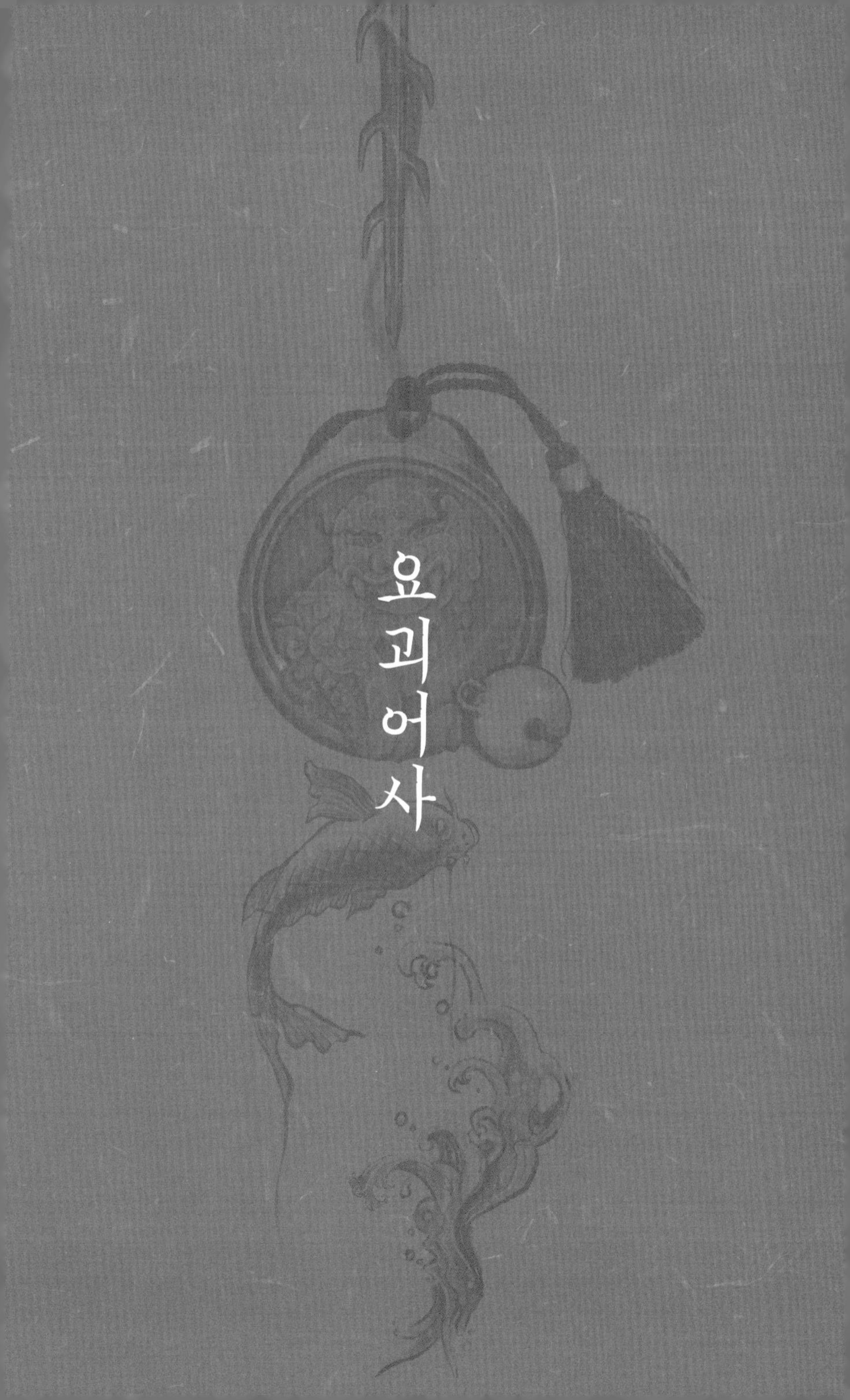
요괴어사

염라대왕이 왔다 간 지 9일째 되던 날, 밤을 몰아낼 듯 커다란 보름달이 떴다. 정조는 국사당에서 요괴어사대의 창단을 알렸고 벼리와 백원, 광탈, 무령은 무릎을 꿇고 주군의 말을 혼에 새겨 넣듯 귀를 기울였다.

"달이 이 땅 곳곳에 스며 있는 모든 물을 비추듯, 과인은 이 땅에 살았던 모든 백성을 돌보고자 한다*. 산 자와 죽은 자뿐 아니라 그 사이를 떠도는 이들도 예외일 수 없다. 하여, 너희는 요사스럽고 괴이한 일을 살피는 어사가 되어 원한의 굴레에 빠진 이들을 구하라."

정조가 벼리에게 다가가 암행어사에게 수여하는 어사모

* 만천명월주인옹(萬川明月主人翁) 달이 만 가지 물을 그 형태에 따라 비추듯, 백성을 각자 생김새와 재주에 맞게 대하는 것이 진정한 군주라는 정조의 정치 철학.

를 씌웠다. 그리고 봉서와 마패를 내리며 말했다.

"유벼리를 요괴어사대의 대장으로 임명한다."

"어명을 받들겠나이다."

벼리가 공손히 받고는 절을 올리자, 정조는 다른 대원들에게도 두루 눈을 마주치며 말했다.

"큰일에는 큰 상이 따르는 법. 괴력난신을 금하는 나라로서 너희가 이룰 업적을 실록에 남길 수는 없지만, 그에 못지않은 큰 상을 내리겠다."

정조의 말이 끝나자 모두 일어나 절을 올리는데, 무령은 무릎을 꿇은 채 고개를 들고 아뢰었다.

"전하, 저희는 그런 걸 바라지 않습니다."

그러자 광탈이 끼어들었다.

"엥? 괭이가 생선을 마다해도 정도가 있지. 누님, 거기서 저희라고 하시면 안 되죠."

항상 웃던 무령이 서늘하게 노려보자 광탈은 슬금슬금 백원의 옆으로 다가갔다. 다시 정조를 향한 무령의 얼굴은 평소와 사뭇 달랐다. 가식적인 웃음으로 가려졌던 민얼굴이 드러나는 듯, 눈빛은 뜨거웠고 홍분한 입술이 가늘게 떨렸다.

"전하, 명예와 재물은 한 줌의 바람처럼 사라져도 원한은 죽음도 앗아 가지 못합니다. 제가 그런 원혼을 수없이 봐 왔으니 잘 압니다. 제가 바라는 건 그저 이 땅에 억울한 이가 사라지는 것, 단지 그것뿐입니다."

임금이 내내 했던 말이다. 그런데 왜 반복하는지, 그것도 부자 손님들만 가려서 받는 무령의 입에서 나오니 어색한 느낌마저 들었다.

"저 누님이 정말 미치, 아야……."

광탈이 웅얼거리자 백원이 그의 허벅지를 꽉 쥐어서 말을 막았다.

잠시 침묵이 흐르고 정조는 무령을 찬찬히 살폈다. 그녀의 얼굴에는 요괴 잡는 도구로 쓰이다가 쉽게 버려질지 모른다는 두려움이 어려 있었다. 그것을 깨달은 정조는 인자한 목소리로 말했다.

"모든 물이라 하지 않았느냐. 만약 누군가가 너희를 맑다 탁하다 판단하려 한다면 과인이 절대 가만있지 않을 것이다. 맹세컨대, 끝까지 너희를 버리지 않으리."

그러자 무령이 일어나 큰절을 올렸다. 지금껏 수많은 손님에게 올렸지만, 진심을 담은 건 처음이었다. 사는 내내 편견과 배척에 숨죽이며 살았던 그녀에게 임금의 약속은 남다르게 다가왔다.

순리랍시고 한 방향으로만 흐르는 무자비한 강물처럼 세상은 무령을 배척했다. 이는 벼리와 백원, 광탈에게도 마찬가지였다. 그런데 저런 임금과 함께하면 노도도 거스를 수 있을 것 같았다.

그들의 눈동자에 자신을 향한 강한 신뢰가 어리는 걸 바라보며 정조가 말했다.

"가라. 과인의 눈과 귀가 되어 요사스럽고 괴이한 일을 살펴라. 과인의 수족이 되어 죽어서도 떠도는 이들을 구하라!"

---

어사는 어명을 받는 즉시 떠나야 하며 받은 임무 내용과 파견 지역에 대한 정보가 적힌 봉서도 사대문 밖으로 나가서 열어 보는 법이다. 비록 요괴를 쫓는다고 해도 어사는 어사이니, 벼리 일행도 서둘렀다. 막 출발하려는데, 무령이 말 네 마리를 끌고 왔다. 이를 본 벼리가 걱정스레 말했다.

"이번 암행은 극비라, 전하께서 내탕금을 풀어 경비를 주신 겁니다."

"신하 된 자로서, 어찌 편히 짐승의 등에 올라서 갈까, 그런 거니?"

무령이 웃으며 벼리가 하고 싶었던 속말을 그대로 읊었다.

"내가 산 말이다. 그러니 먹고 돌보는 것도 다 내가 낼 것이야. 비록 점쳐서 번 돈이지만 어사대 대장님을 걷게 할 수 없지. 무엇보다 너와 내가 발병이라도 나면 그게 더 민폐야."

반박할 여지가 없었다. 벼리가 얌전히 말에 오르자 무령은 백원과 광탈에게도 권했다.

"누님도 참. 나보다 빠른 짐승이 어디 있어요."

광탈이 헛웃음을 치자, 백원도 가만히 고개를 저었다.

벼리와 무령만 말에 오르고, 광탈이 맨 앞에 섰다. 그는 수면 위를 떠다니는 소금쟁이처럼 가볍게 움직이며 수시로 사라졌다가 돌아와서는 주변은 어떠한지 쉴 새 없이 조잘거렸다. 백원은 맨 뒤에서 걸었다. 자신의 짐 위에 광탈의 것까지 지고 있었지만, 숨결 하나 흐트러지지 않는 모습이 황소와 같았다. 해가 뉘엿뉘엿 서쪽 산으로 기울자, 주변을 둘러보고 온 광탈이 말했다.

"벼리야, 인가가 하나도 없어. 오늘은 맨바닥에서 자야 할 것 같은데."

잠시 후, 그들은 나지막한 언덕 밑에 자리를 잡았다. 벼리와 무령은 잇새로 새어 나오는 신음을 애써 삼키며 엉덩이와 허리를 주물렀다. 걷는 게 익숙한 벼리와 가마만 탔던 무령에게는 종일 말에 앉아 있는 것만도 고역이었다.

"욕봤다. 쉬고 있어."

백원은 그렇게 말하고는 숲에 들어가더니 자신의 두 배는 됨 직한 고목을 한쪽 팔로 가볍게 들고 나왔다. 불을 피우자마자 광탈이 밥상을 머리에 이고 나타났다. 김이 오르는 밥과 뜨끈한 국이라니. 게 눈 감추듯 먹고 나니 몸도 마음도 노곤하게 풀렸다.

그들은 모닥불 주변에 옹기종기 모여 하사받은 봉서와 마패를 조심스럽게 살폈다. 광탈은 마패를 잡고 백원에게 쭉 내밀며 너스레를 떨었다.

"암행어사 납시오! 킥킥. 형, 이것 좀 봐요. 말이 많을수록 높은 거라며?"

백원은 역시 대꾸하지 않고 휙 뺏어서 벼리 앞에 놓았다. 광탈은 입을 삐죽거리며 물었다.

"내가 잘은 모르지만, 이 마패는 좀 다른데? 아무리 봐도 호랑이 같아."

호랑인지 모를 맹수의 옆구리에 날개까지 달린 것이 영 요상했다. 그러자 벼리가 대답했다.

"해치님이셔."

"해, 뭐?"

광탈이 고개를 갸웃거리자, 무령이 답했다.

"선악을 구별하고 거짓을 고하는 자를 들이받는다는 신수* 야. 그런데 전하께서 왜 이런 마패를 주셨을까?"

"저도 잘 몰라요. 다만, 때가 되면 우리를 도울 거라고 꼭

* 신수(神獸) 해치, 용, 봉황, 주작, 현무 같은 신령한 동물.

가지고 다니라고 하셨어요. 말씀하신 대로 때가 되면 알게 되겠죠."

타닥타닥, 한동안 모닥불 타는 소리만 나다가 다시 광탈이 쫑알거렸다.

"그런데 왜 벼리가 어사대 대장이야?"

백원이 나직이 한숨을 내쉬자 광탈이 재빨리 덧붙였다.

"아니, 딱히 불만이 있는 건 아니야. 그냥 궁금해서……."

그러자 무령이 말을 보탰다.

"전투 능력으로는 백원을 따를 수 없고 빠르기야 너를 앞설 수 없지. 또 나처럼 미래를 내다보지도 못하고."

"무령 누님. 대놓고 그렇게 말하면 안 되죠. 벼리 울겠다."

"요 녀석, 네 걱정이나 해라. 아무리 빨라도 어디에 뭐가 있는지 알아야 가지. 백원도 적을 만나야 힘을 쓸 테고. 나 또한 알고 싶은 게 아니라 보여 주시는 것만 엿볼 수 있지 않느냐."

그녀가 볼 수 있는 미래는 듬성듬성 잘린 그림과 같았다. 한마디로 무슨 일이 일어날지 정확하게 알기에는 단서가 너무 적었다.

"하긴, 누님이 모든 걸 내다보면 우리가 직접 갈 필요도 없지. 임금님이 부하들 시켜서 싸악 정리하면 그만이잖아."

"반면, 우리는 임금님 내탕금 걱정하는 오지랖과 천재 선비와 사서오경을 논하는 머리는 갖추지 못했잖아. 자고로 똑똑한 머리와 넓은 오지랖을 가진 이가 대장이 되어야 아랫사람들이 편하단다."

무령의 말을 듣고 벼리가 빙그레 웃었다.

"광탈아, 이번 임무는 일종의 시험이야. 우리가 가진 힘이 어느 정도일지는 겪어 봐야 아는 거잖아. 이 마패가 우릴 어떻게 도울지도 지켜봐야 하고. 내가 왜 대장인지는 말이 아니라 행동으로 보여 줄 수도 있겠지."

벼리가 마패를 조심스럽게 집어넣은 뒤, 봉서를 풀었다. 광탈이 옆에 바짝 다가와 머리를 디밀었다.

"뭐야, 응? 뭐라고 쓰여 있어?"

"은어 먹을 때 너도 들었잖아. 괴질동자가 나타났다고."

"물론이지. 그런데 녀석이 뭔지 알게 뭐람. 알아듣게 좀 말해 봐."

벼리가 괴질동자에 대해 설명했다.

"잔칫집에 나타나서 역병을 옮기는 요괴야. 왜 그런 짓을 하는지, 어떻게 물리치는지는 알려진 바가 없어."

"엥? 알지도 못하는 놈을 첫 임무로 주면 어떻게 하라고."

"그러니 실패해도 부담이 없는 거지. 정보를 알게 되면 더 좋고."

"근데 벼리 아버지가 요괴가 되셨다고 했잖아. 그러다가 딱 마주치면 어떻게 할 거야?"

광탈의 눈치 없음이 고마운 경우가 종종 있었다. 무령과 백원은 차마 묻지 못했던 질문의 답을 기다리며 물끄러미 벼리를 바라보았다. 잠시 침묵이 흐르고 벼리가 무겁게 입을 열었다.

"두렵지만 그러길 바라. 그래야 천도시켜 드리지."

벼리가 말끝을 흐리며 백원을 슬쩍 바라보다가 덧붙였다.

"물론 소멸도 각오하고 있어. 더는 죄를 쌓지 않게 말이야. 아무튼 사사로운 감정에 얽매이는 일은 없을 거야."

벼리는 모닥불에 장작을 넣으며 답했다. 화르르, 솟구치는 불에 비친 그녀의 얼굴이 잔뜩 굳어 있었다. 그만하면 충분한 대답이었다는 듯, 무령이 일어났다.

"이만 자자. 갈 길이 멀다."

광탈은 남몰래 육포 한쪽을 잽싸게 입에 넣고는 도톰한 깔개에 몸을 뉘었다. 곧이어 광탈이 잠결에 육포를 쪽쪽 빠는 소리와 무령과 백원의 고른 숨소리가 고요한 숲에 내려앉았다. 그러나 벼리는 더욱 말똥말똥해졌다. 까만 하늘을 가로지르는 은하수를 바라보고 있자니 오래전 일이 저절로 떠올랐다.

그녀의 아비, 유해득은 보부상이었다. 일찍 아내를 잃고 홀로 딸을 키우느라 멀리 다니지 않았고, 장사를 떠나면 이웃집에 벼리를 맡기면서 돈과 자기가 파는 물건까지 넉넉히 챙겨 주었다. 덕분에 벼리는 마을 어디를 가나 환영받았고 그의 넘치는 사랑으로 어머니 없는 설움 같은 건 모르고 자랐다. 간혹 벼리가 죽은 사람을 봤다고 해도 나무라거나 꾸중하지 않는 자상한 아버지였다.

그러던 어느 날, 유해득이 올 때가 훌쩍 지나도 돌아오지 않았다. 벼리는 아버지의 동료를 찾아갔다. 보부상이야 워낙 사이가 끈끈하고 조직적으로 움직이는지라 곧 행방을 알 수 있으리라 기대했다. 그러기를 넉 달째, 동료들은 침통한 표정으로 고개만 저을 뿐이었다. 벼리는 이웃이 주는 음식으로 끼니를 때우며 종일 동네 어귀로 나가 아버지를 기다렸다.

그날도 불타는 노을을 뒤로하고 집으로 돌아오는데, 누군가 제 주변을 맴도는 기척이 느껴졌다. 침침하게 내리기 시작한 땅거미 끄트머리에 웬 남자가 서 있었다.

벼리는 저승에 속한 것을 대하면 으레 머리가 쭈뼛 서고는 했다. 이번에도 그런 걸 보니 죽은 자가 분명한데, 묘하게 애틋한 느낌이 들어서 발걸음이 떨어지지 않았다. 남자의 옷은 거적때기나 다름없고 맞아 죽었는지 온몸은 멍투성이였다. 벼리가 피하지 않고 가만히 서 있자 그가 천천히 고개를 들었다. 그 모습이 어찌나 흉측한지 벼리는 그대로 주저앉았다.

코는 안으로 움푹 들어가 콧대는커녕 구멍도 뭉개져 있었다. 이빨은 죄 빠졌고 턱은 가슴께까지 늘어져 덜렁거리는 사이로 기다란 혀를 날름거리고 있었다.

'저 혀는 뱀?'

그제야 남자의 아래가 두 다리가 아니라 촘촘히 비늘로 뒤덮인 뱀의 꼬리임을 깨달았다. 무엇보다 이마 한가운데 커다란 대못이 박혔는데, 그 사이로 피가 줄줄 흘러내렸다.

벼리는 소리를 지르려다가 우뚝 멈췄다. 자신을 향한 그의 눈빛이 유독 애달팠기 때문이었다. 거친 손으로 연신 쓰다듬어 주며 세상에서 가장 귀한 보물 보듯, 딸을 바라보던 그 시선.

내내 찾아 헤맸던 아버지였다. 하지만 반길 수 없었다. 그가 죽었다는 것도 충격인데, 흉측한 요괴가 되어 나타나다니. 벼리는 도무지 믿기지 않았다.

'아니야. 우리 아버지일 리 없어.'

벼리는 자기도 모르게 엉덩이로 뒷걸음질 치면서 연신 고개를 저었다. 그러자 요괴는 절망으로 물든 두 눈을 질끈 감더니 홀연히 사라져 버렸다. 어둠 속에 홀로 남은 벼리는 한참 동안 넋을 놓고 있다가 목놓아 울었다.

'아, 안 돼. 가지 마세요. 아버지!'

그 뒤, 사방으로 찾아다녔지만 유해득을 만나지 못했다.

겁에 질린 딸을 바라보다가 눈을 질끈 감아 버리던 모습이 아직도 생생했다. 지난 7년 내내, 아버지를 만나면 꼭 하고 싶은 말을 속으로 되뇌며 벼리는 눈물을 훔쳤다.

'그때는 너무 당황해서 알아보지 못했어요. 요괴든 귀신이든, 아버지는 영원히 나의 아버지예요. 대체 누구에게 어떤 일을 당하신 거예요? 제가 생전의 원통함을 꼭 풀어 드리고, 영혼도 좋은 곳으로 천도해 드릴게요.'

그때처럼 가슴이 지끈거렸다. 바로 앞에서 아버지를 놓치고 이제야 그와 같은 요괴를 찾아 나서는 벼리의 심경은 참담하기 그지없었다.

# 첫 번째 임무

한양에서 출발한 지 사흘 만에 어사대는 괴질동자가 나타났던 마을에서 가장 가까운 상단에 도착했다. 무령의 주 고객인 대방[*]이 부리는 곳이라, 몇 마디를 주고받은 도방[**]은 정중하게 인사했다.

"어르신께 명성은 익히 들었습니다. 이리 누추한 곳까지 찾아 주셔서 영광입니다."

"맞아 주시니 오히려 제가 감사합니다."

무령은 도방과 적당히 인사를 나눈 뒤, 곧바로 찾아온 이유를 밝혔다.

"다름 아니라 지나던 길에 괴이한 소문을 들었습니다. 근방에 역병이 돌았는데, 평범하지 않다 하더군요."

* 대방(大房) 상단의 경영자.

** 도방(都房) 상단에서 대방 다음의 부경영자.

무령이 원하는 것이 무엇인지 곧바로 알아챈 도방은 한 사내를 불러들였다. 잠시 후 나타난 남자는 눈알을 좌우로 굴리며 가쁘게 숨을 쉬는 것이 어딘가 불안해 보였다.

"배 진사 집에 하인으로 있던 자입니다. 역병이 시작된 날에도 현장에 있었습니다."

도방이 무령에게 소개하고는 사내에게 엄히 말했다.

"보태거나 부풀리지 말고 네가 본 것을 정확히 아뢰라."

그는 떠올리기도 괴롭다는 표정으로 바르르 떨더니, 겨우 입을 열었다.

"넉 달 전이었습니다."

---

근방에서 제일가는 부자, 배 진사의 집에서 큰 잔치가 열렸다. 그는 진사시*에 합격했지만, 벼슬길을 마다하고 뛰어난 수완으로 엄청난 부를 쌓았다.

웬만한 집보다 큰 곳간은 바닥이 드러나는 법이 없으며, 많은 자식을 줄줄이 낳았고, 그의 노모는 장수하여 칠순 잔치를 열었으니 모든 이가 부러워했다.

* 진사시(進士試) 조선 시대 과거 시험 중의 하나. 소과에 합격하면 생원이나 진사가 될 수 있어 생진과라고도 부른다.

그날은 일가친척뿐 아니라 동네 사람들까지 몰려 넓은 집 안에 발 디딜 틈이 없었다. 장정들이 넷씩 붙어 큰 상을 나르고 사람들이 오가며 덕담을 나누느라 음식이 입으로 들어가는지, 코로 들어가는지 모를 지경이었다. 그러나 정작 이 잔치의 주인인 노파는 잔뜩 화가 나 있었다.

"못된 것들. 남의 생일에 빈손으로 와서 식량만 축내는구나."

그녀는 옥구슬로 만든 주렴으로 사방을 가리고 자줏빛 비단에 금실 은실로 수놓은 푹신한 보료에 앉아서 중얼거렸다. 칠순이라는 나이가 무색할 만큼 여전히 눈과 귀가 밝아 젊은이나 진배없으니, 누가 얼마나 값진 것을 들고 왔는지 일일이 확인하고 있었다. 손님들과 인사를 마친 배 진사가 옆에 앉으며 말했다.

"어머니, 마음 푸세요. 동동 입만 가져온 놈들은 보리밥에 멀건 고깃국이지만, 양손 그득한 분들에게는 제대로 차려 냈습니다."

그도 조금 전, 사람 좋은 웃음으로 손님을 맞이하던 태도와는 사뭇 달랐다.

"큼큼, 잘하였다. 선물은 쏠쏠하더냐?"

"삼蔘만 스무 상자가 넘습니다."

"쯧, 나이 들어 그걸 다 먹었다간 열통 터져 죽겠구나."

"아이고, 어머니도 참. 그럼 그걸 팔아 비단옷을 해 드리겠습니다."

"거죽만 남은 노파가 좋은 옷 입어 뭐 하누?"

뭐 하나 마땅한 게 없다는 듯, 그녀가 손님들 흉을 늘어놓자, 배 진사도 남이 들으면 귀를 씻어 낼 만한 욕을 하며 맞장구쳤다. 겉만 번지르르한 모자의 민낯이었다. 배 진사가 떠 주는 전복죽을 받아먹던 노파가 축 처진 눈꺼풀에 힘을 주더니 주렴 너머를 노려보았다.

"대관절 어떤 놈이 남의 집 기둥에 기대고 있냐?"

"어디요?"

배 진사가 고개를 쭉 빼 들었다. 그녀의 말대로 대청마루 앞 커다란 기둥에 기대앉은 사람이 보였다. 마르고 꾀죄죄한 행색을 보니, 입만 가져온 놈 중 하나가 틀림없었다. 게다가 그가 기댄 것은 100년은 족히 된 모과나무로 만든 기둥이었다. 한양의 난다 긴다 하는 양반들이 눈독 들이는 바람에 원래 가격보다 더 큰 웃돈을 얹고서야 겨우 손에 넣을 수 있었다.

"저, 저게 얼마짜린데……. 고얀 놈을 봤나! 여봐라!"

배 진사가 하인을 불러 호통쳤다.

"아무리 정신이 없어도 그렇지. 거지가 여기까지 들어왔는지도 모르고 있어! 어서 쫓아내고 소금을 뿌려라!"

그러는 동안 노파는 입에 풀을 바른 듯, 아무 말도 하지 않고 거지를 노려보기만 했다. 자다가 생벼락도 아니고, 괜히 혼이 난 하인은 씩씩거리며 다가갔다. 거지는 기둥과 한 몸이라는 듯, 옆으로 찰싹 붙은 채 쭈그려 앉아 있었다.

"왔으면 밥이나 곱게 먹고 갈 일이지, 여기서 뭐 하는 거냐? 썩 일어나지 못할까!"

장정이 와서 다그치는데도 거지는 꿈쩍도 하지 않았다. 얼굴은 반이나 기둥에 가려져 잘 보이지는 않았지만 제법 멀끔하고 유순한 인상이었다.

"이봐, 어서 일어나라고!"

*"답답해서 그래."*

그제야 거지는 처서 맞은 모기처럼 가느다란 목소리로 웅얼거렸다.

"뭐?"

*"안에만 있으려니 너무 답답해서 나왔어. 조금만 있다가 들어갈게."*

"헛소리도 정도가 있지. 여기가 감히 어디인 줄 알고!"

그는 침을 퉤 뱉어서 양 손바닥을 문지르더니 거지의 한쪽 어깨를 우악스럽게 틀어잡았다.

"당장 나가……."

그는 '끙' 소리가 절로 나올 정도로 거지를 끌어당겼지만,

꿈쩍도 하지 않았다. 힘이라면 누구에게도 밀려 본 적이 없었다. 그런데 마른 지푸라기 같은 거지 하나를 움직이지 못하다니. 마치 기둥 자체를 잡고 씨름하는 느낌에 왠지 뒷골이 서늘해졌다. 배 진사가 미간을 잔뜩 찌푸린 채 주렴 밖으로 고개를 내밀자, 하인은 잰걸음으로 진사에게 달려갔다.

"아직도 내쫓지 않은 게야?"

"저, 그게……. 안에만 있어서 답답하다나? 자꾸 엉뚱한 소리를 하길래 제정신이 아닌 것 같아서 조용히 내보내려 했습니다."

그 말을 듣고 배 진사 모자가 동시에 놀랐다.

"그, 그래. 잘하였다. 얌전히 나가게 하거라."

배 진사가 헛기침하며 자세를 고쳐 앉았다. 잠시 침묵이 흐르다가 노파가 말했다.

"뒷모습이 낯이 익다."

"에이, 어머니도 참. 그 아이가 기별도 없이 오겠습니까?"

"기별이 온 적도 없지 않으냐."

"출가하여 가족과 연을 끊은 아이입니다. 물 맑고 공기 좋은 데서 잘 살고 있으니 염려하지 마세요."

"가 보았느냐?"

"……달마다 보약이며 돈을 보냅니다. 전해 듣기론 부족함 없이 지낸답니다."

노파가 끙 소리를 내며 언짢은 기색을 감추지 않았지만 배 진사는 못 들은 척했다. 그 사이, 하인은 거지에게 바짝 다가가 속삭이면서 허리춤에 찬 돈주머니를 짤렁거렸다.

"잔치 망칠까 봐 어르신께서 참으시는 거야. 그러니 나랑 얌전히 나가자. 대문 벗어나면 돈을 줄게."

그러고는 다시 일으키려 했지만 소용없었다. 보다 못한 다른 하인이 다가와 거지의 다리를 잡고 힘을 합해 잡아당겼지만 소용없었다. 그도 뭔가 심상치 않음을 느꼈다.

'버티는 건 둘째 치고, 어떻게 사람이 꼼짝도 안 해?'

그들의 씨름에, 술렁거리던 주변이 서서히 조용해지더니 손님들의 시선이 하나둘 기둥으로 모여들었다. 거지는 그윽한 눈길로 두 사람의 얼굴에 공포가 차오르는 것을 바라보다가 입을 열었다.

*"가래?"*

기어들어 가는 것 같은 목소리에는 물기가 잔뜩 배어 있었고 표정은 가을걷이가 끝난 벌판처럼 스산했다. 하인은 얼떨결에 고개를 끄덕였다. 거지는 힘없이 미소 짓더니 또 웅얼거렸다.

*"내가 가면 안 되는데……. 날 쫓아내면 많이 아플 텐데……. 전해 줘. 반쪽이는 가기 싫었다고."*

그가 주렴이 있는 쪽으로 서서히 고개를 돌리자, 두 하인은 그대로 얼어 버렸다. 거지는 한쪽 뺨이 없었다. 붉은 살 사이로 허연 뼈가 고스란히 드러나 있었고 서서히 몸을 일으키자, 한쪽 어깨와 팔도 보이지 않았다. 기둥에 기대고 있어 가려진 줄 알았던 거지의 몸은 칼로 도려낸 것처럼 반쪽이 없었다.

두 하인은 그대로 엉덩방아를 찧으며 뒤로 나자빠졌고 근처에 있던 사람들도 비명을 질렀다. 몇몇이 상을 엎으며 달아났고 행동이 느린 이들이 그 밑에 깔렸지만 부축해 주는 사람은 없었다. 오히려 뒤늦게 몰려든 손님들이 밑에 깔린 이들을 밟고 도망갔다. 잔칫집은 순식간에 난장판이 됐다.

그 와중에도 거지는 기둥처럼 미동도 없이 서서 주렴 안의 두 사람을 한참 노려보다가 천천히 발걸음을 옮기기 시작했다. 그렇게 몇 발자국 뗐을까. 물에 떨어진 검은 먹처럼 거지의 머리부터 차츰 흐려지더니 스르륵 사라졌다. 그러자 더 심한 공포에 사로잡힌 사람들이 대문으로 몰려서 먼저 나가겠다고 아우성을 쳤다. 장정들은 담장을 넘어서 빠져나갔다.

커다란 기와집은 순식간에 텅 비었다. 밥상이 사방에 나뒹굴었고 그 위에 놓여 있던 뜨끈한 육전에서는 아직도 김이 모락거렸지만, 남은 사람은 오직 배 진사와 노파뿐이었다. 그녀는 천천히 일어나더니 기둥 쪽으로 다가가 거지가 기대 있던 자리를 뚫어져라 바라보았다. 쭈글쭈글한 손을 뻗어 피가 묻은 자리를 만지는데도 배 진사는 말리지 않았다. 아니, 말려야 한다고 생각하지 못할 정도로 큰 충격을 받은 것 같았다.

---

"그 일이 있고 노인이 먼저 병에 걸리더니 배 진사와 그 집안 사람들이 차례차례 병에 걸렸습니다."

배 진사네 하인이 이야기를 마치자 무령이 물었다.

"반쪽이라는 자를 맨 처음 만진 건 자네지?"

"네, 그렇습니다. 하오나 소인과 나중에 다리를 잡은 다른 하인은 멀쩡합니다."

그렇게 말하면서도 수시로 주변을 흘긋거리는 걸 보니 정신은 멀쩡해 보이지 않았다. 그러자 도방이 설명을 덧붙였다.

"증세가 매우 끔찍합니다. 온몸에 빼곡하게 종기가 돋아나면서 열이 오르고 냄새가 역하다 싶더니 피고름까지 흐른다고 합니다."

질문을 건넨 무령은 물론, 일행 모두 그의 말에 귀를 기울이며 집중했다. 도방이 말을 이었다.

"제일 먼저 병에 걸린 배 진사 모자는 아직도 살아 있습니다. 의원의 말로는 아직 죽지 않은 게 용하다더군요. 그리고 병에 걸린 이들은 평소 배 진사와 매우 가깝게 지내는 자들입니다. 잔치에 갔던 자들이 걸렸으니 돌림병은 맞사온데, 그 집만 빼면 온 가족이 다 걸린 집은 없습니다."

그러자 벼리가 물었다.

"마치 병이 사람을 골라서 찾아가는 것 같다는 말씀이십니까?"

그가 고개를 끄덕이자, 벼리가 도방에게 한층 낮은 목소리로 물었다.

"돈이 오가는 일에 정보가 중요하다는 건 저같이 어린 자도 압니다. 하지만 그 댁에 첩자까지 심으신 연유를 여쭤도 되겠습니까?"

그러자 도방의 눈썹이 살짝 들렸다. 하인이라 소개했을 뿐인데 제 수하인 걸 단번에 알아보다니, 어린 처자가 보통이 아닌 것 같았다.

하긴 일행 모두가 그랬다. 쏘아보는 시선만으로도 사람을 죽일 수 있을 것 같은 사내는 밤중에 만나면 도깨비라 여길 만했다. 곱상한 생김새와 달리 매서운 기운이 가득한 녀석은 상대를 단번에 홀릴 만한 구미호 같달까. 살살 웃고 있지만 닳고 닳은 장사꾼 머리 위에 앉은 듯한 무령은 말할 것도 없고.

도방이 잠시 머뭇거리다 입을 뗐다.

"그, 그것이…… 배 진사가 부자가 된 연유가 기이합니다. 그는 고리대금을 놓았는데, 운이 좋아 떼어먹힌 돈 없이 꼬박꼬박 이자가 쌓여 오늘날에 이르렀다고 합니다. 그러나 그건 본인이 하는 말일 뿐, 과거에 그에게 돈을 빌린 이는 많지 않습니다. 그렇다고 물려받은 논과 밭이 있는 것도 아니니……. 이는 배 진사와 가깝게 지내는 자들이 다 그러합니다."

화수분 같은 재산에 뿌리가 없다니, 정말 수상했다.

"그뿐이 아닙니다. 과거에 합격했을 때, 그의 시가 매우 뛰어나 칭송이 자자했습니다. 진사시를 준비하는 사람이면 모범 답안으로 무조건 그 시를 공부해야 할 정도였죠. 그런데 어쩌다가 시 한 수 읊조리는 놀이를 하게 되었는데, 실력이 너무 형편없어서 망신을 샀다 들었습니다. 그 뒤로는 시를 짓는 모임이라면 무슨 핑계를 대서라도 자리를 뜨더니, 큰 부자가 되고부터는 모임에서 아예 그 놀이를 금지했습니다."

과거 시험에서 온갖 부정이 난무한 지 오래다. 몸 곳곳에 쪽지를 숨기거나 담장으로 답안지가 오가기도 한다. 심지어 대리 시험을 업으로 삼는 자까지 있으니 그가 어떻게 진사가 됐을지는 뻔했다.

"제 실력이 아니니, 과거에 합격하고도 벼슬길에 오르지 않았던 거군요."

벼리의 말을 듣고 도방은 씁쓸하게 웃었다.

수상한 점은 이뿐이 아닌 듯했지만 벼리는 더 묻지 않았다. 이 정도 정보면 그로서는 너무 많이 제공한 셈이었다.

벼리가 조심스럽게 부탁을 했다.

"혹시 저희를 배 진사 댁에 데려가 주실 수 있습니까?"

"글쎄요. 가는 이도 없지만, 그 집에서도 들이지 않을 겁니다."

"아뇨. 들이게 될 겁니다."

벼리는 빙글 웃으며 광탈을 바라보았다.

"이리 오너라!"

걸음이 빨라서 먼저 도착한 광탈이 크게 외쳤지만 배 진사 집 대문은 꿈쩍도 하지 않았다. 몇 번을 두드리다가 담을 넘으려는데, 삐걱 문틈이 벌어지더니 대뜸 구정물이 쏟아졌다.

"엣퉤퉤, 이게 뭐야!"

"네 이놈, 여기가 어딘 줄 알고 어른거리냐! 우리 나리께서 자리 털고 일어나시면 네놈들 다리몽둥이부터 분지르실 거다. 썩 꺼져!"

"아니, 이 양반이. 아침부터 개밥을 자셨나? 사람이 말을 해야지, 왜 짖어요?"

"뭐야? 새파랗게 어린놈이!"

큰소리와 함께 문이 활짝 열리더니 노인이 나와 대번에 광탈의 멱살을 잡으려 했다. 하지만 보통 사람이 잡을 수 있는 광탈이 아니었다. 그는 살짝 몸을 틀어 피하더니 고양이처럼 가볍게 뛰어올라 노인을 넘어서 안으로 들어가 대문을 잠가 버렸다. 벌겋게 열이 오른 노인이 문을 두드렸지만 소용없었다.

"용용 죽겠지? 히히. 늙어서 남한테 이놈 저놈 하니 좋겠소."

광탈이 그를 놀리는 사이, 안채의 쪽대문이 살그머니 열리더니 앳된 여인이 나타났다. 그녀가 조용히 다가가 광탈의 뒤통수를 향해 싸리 빗자루를 냅다 갈겼다.

"에구머니!"

분명 머리를 잡고 나뒹굴어야 할 사내가 빙글거리며 손에 여인의 빗자루를 들고 있는 게 아닌가. 여인은 비어 있는 제 손을 보고 놀라서 입을 다물지 못했다.

그때 문밖에서 도방의 목소리가 들렸다.

"접니다, 상단의 도방입니다."

아는 목소리가 들리자, 여인은 얼른 대문을 열었다. 이렇게 작은 소동이 마무리되고 어사대는 도방과 함께 배 진사의 집에 들어섰다. 오가는 사람이 끊이지 않던 넓은 마당은 비질한 지 오래되었는지, 군데군데 풀이 돋아났고 습한 공기 중에는 희미한 악취가 떠돌았다.

도방은 여인에게 깍듯하게 인사한 뒤, 일행에게 소개했다.

"무령님, 이분은 배 진사 댁 손자며느리 되십니다. 그리고 이분은 아주 영험하신 분으로 한양에서……."

자신의 소개가 길어지자 무령이 살포시 웃으며 배 진사의 손자며느리에게 인사했다.

"바쁠 때는 고양이 손도 반가울 수 있지 않겠습니까? 양반 가문에 무당이 들어서는 것이 조금이라도 언짢으시다면 바로 돌아가겠습니다."

"아닙니다. 이런 흉사에 도움을 주신다니 감사할 따름이지요."

손자며느리가 다시 허리를 숙였다. 안색은 어두웠으나 이목구비가 반듯하고, 단정하며 귀태가 났다. 벼리가 유심히 그녀의 정수리를 바라보더니 물었다.

"머리의 혹은 누가 그런 겁니까?"

손자며느리는 흠칫 놀라서 얼른 손으로 가렸지만 주변이 불그스름한 것이 호되게 다친 듯했다.

"혼례를 올린 지 얼마 되지 않아 집안에 큰 탈이 났는데 그나마 저라도 멀쩡하니 다행이라 여겼습니다. 누군가는 수발을 들고 살림을 꾸려야 하니까요."

하지만 이것이 오히려 화근이었다. 바깥출입을 하면 동네 사람들은 손자며느리가 잘못 들어와서 화를 불렀다고 수군거렸다. 며칠 전에는 잔치에 갔다가 병을 옮아 온 이의 가족이 다짜고짜 돌을 던졌다.

"누구 하나 도와주기는커녕 돌 던진 자를 칭찬하더이다."

아무리 결혼했다고 하나, 소녀티를 막 벗은 이가 얼마나 놀라고 무서웠을까. 그런데도 그녀는 의연했다.

"아랫사람들은 없습니까?"

"부리던 사람은 다 그만두고 하인들도 너무 무섭다고 하니, 어쩌겠습니까. 잠시 다른 데로 보냈습니다."

반쯤은 핑계였다. 갓 시집온 손자며느리만 남자, 아랫사람의 태도가 은근히 불손해지더니 재물을 털어 야반도주하는 사람까지 생겼다. 관아에 고발했지만, 답은 없었다. 그래서 아예 모두 내보낸 것이다.

"그나마 저이가 남아 주어 근근이 살고 있습니다."

광탈과 실랑이를 벌였던 늙은 하인이 고개를 숙였다. 사정을 듣고 나니 대뜸 구정물을 뿌린 것도 어느 정도 이해되었다.

"오죽 시달렸으면……. 쯧쯧."

이야기를 다 듣고 무령이 혀를 차며 말했다.

"폭삭 망해서 가루가 되어야 할 집인데, 그나마 복이 있어서 이런 며느님을 봤군요."

"예?"

너무 직설적인 말에 놀라서 입이 벌어졌지만, 무령은 여상히 웃었다. 다른 대원들은 여기저기를 살펴보다가 일제히 안채 쪽을 바라보았다. 그러자 무령이 손자며느리에게 부탁했다.

"고칠 방도를 알려면 우선 환자를 먼저 봐야 합니다. 모두 안채에 계십니까?"

"네, 제가 혼자 돌보자니 모두 가까이 계신 게 나을 것 같아서요. 혹시 직접 가시려고요?"

"당연하지요."

벼리가 앞장서고 그 뒤를 광탈과 백원이 따랐다. 무령은 이제 됐다며 도방을 돌려보낸 뒤, 손자며느리와 함께 안채로 향했다.

"크흠."

안마당에 들어서자마자 광탈이 코를 부여잡았다. 환자들이 모여 있는 안채의 문을 열지도 않았는데, 피고름 내음이 물씬 풍겼다. 손자며느리는 민망해하며 혼잣말처럼 중얼거렸다.

"전에는 그렇지 않았는데, 식구들을 이곳에 모신 뒤로는 이상하게 바람 한 점 불지 않습니다. 그래서 악취가 빠지질 않고 쌓이는 듯합니다."

문제는 냄새가 아니었다. 손자며느리의 눈에는 보이지 않지만 삿된 것들이 곳곳에 가득했다. 누런 콧물처럼 흐물거리는 것이 있는가 하면, 보라색 연기 같은 것도 있었다. 머리로 보이는 곳에 눈알만 가득한 괴이한 것들이 득실거리다가 어사대를 보자 슬금슬금 양옆으로 물러나면서 안채로 향하는 길을 터 주었다. 백원의 청룡언월도가 부르르 울자, 무령이 손자며느리를 밖으로 떠밀었다.

"여기서부터는 저희가 알아서 하겠습니다. 며느님께서는 나가 계십시오."

그녀는 당황해하는 손자며느리를 내보낸 뒤, 마당 문을 닫고는 빗장까지 단단히 질렀다.

"저것들이야?"

광탈이 묻자 벼리는 고개를 저었다.

"냄새에 꼬여 든 파리 같은 녀석들이야. 진짜는 저 안에 있어."

드륵, 드르륵, 타다닥, 탁!

마치 그 말을 알아듣기라도 한 듯, 안채에 있는 여러 개의 문들이 저절로 열렸다.

백원이 등에 메고 있던 청룡언월도를 빼 들더니, 그 무거운 것을 막대기처럼 가볍게 돌리면서 신호를 기다렸다. 벼리가 고개를 끄덕이자, 백원, 무령, 광탈은 안으로 뛰어들었다. 세 사람이 뛰어들자 열린 문이 화다닥 닫혔다.

방 안은 빛 한 점 없이 캄캄했다. 그때 반딧불만 한 빛이 하나, 둘 켜지더니 다닥다닥 들어차기 시작했다. 징그러울 정도로 많은 빛이 동시에 깜빡거리며 대원들을 에워쌌다.

*"꿰에엑!"*

괴상한 소리를 지르며 빛 무리들이 달려들었다. 그것은 수많은 괴질동자들의 안광이었다. 백원의 청룡언월도는 마치 이날만을 기다렸다는 듯, 예리하고 빠르게 움직였다. 지나가는 곳마다 찢어지는 비명이 쏟아졌다.

백원은 자비를 모르는 야수와 같았다. 금강송의 뿌리 같은 다리가 단단하게 땅을 디디고 허리는 호랑이보다 유연하게 움직이며 휘두르는 팔은 무아지경에 가까웠다. 백원의 모습이 어찌나 현란한지, 광탈과 무령조차 넋을 잃고 바라볼 정도였다.

무령도 백원에게 질세라, 머리에 손을 올리더니 가체에서 빛나는 줄을 뽑아내기 시작했다. 성역을 구분하고 삿된 것을 쫓는 금줄이었다. 별과 달, 금과 은 등 밝게 빛나는 건 죄다 모은 듯, 눈부신 빛을 뿜으며 사방을 비추자 믿을 수 없는 광경이 펼쳐졌다.

바닥에는 배 진사와 아들, 손자, 그리고 노모까지, 서른 명이 넘는 환자들이 줄줄이 누워 있었고 주변에는 괴질동자들이 몰려 있었다. 언뜻 보면 더벅머리를 한 사람의 모습이었다. 하지만 번쩍거리는 눈은 어둠 속에서 반딧불처럼 보였고 입에서는 길고 굵은 혀가 기어 나와 환자들의 곳곳을 핥아댔다. 꿀쩍꿀쩍 혀가 지나는 곳마다 종기가 돋아나더니 부풀어 오르면서 곧바로 고름을 쏟아 냈다. 차마 눈 뜨고 보기 힘들 정도로 끔찍한 광경이었다.

사람 하나에 네댓씩 붙어 있던 요괴들이 길게 늘어졌던 혀를 곧추세우고 달려들었다. 무령이 재빨리 몸을 피하며 금줄로 결계를 쳐서 한 무리의 요괴들을 가두었다. 그러고는 곧바로 몸을 돌려 뒤에서 달려드는 요괴를 향해 양팔을 뻗었다. 그녀의 손에서 여러 가닥의 빛이 뻗어 나왔고, 그 빛은 순식간에 요괴를 묶어 버렸다. 이윽고 백원이 청룡언월도를 내리쳐 단번에 으깨 버렸다. 요괴를 바라보는 그의 표정은 마치 얼음으로 만든 가면을 쓴 것처럼 서늘하기 그지없었다.

무령과 백원 중 누가 요괴보다 무서운지 감상하던 광탈이 허리에 찬 두루주머니에서 깨강정 하나를 꺼내 입에 넣었다. 정조가 '숨겨 두고 너만 먹거라.' 하며 챙겨 준 것이었다. 고소하고 달곰한 맛이 입에 퍼지자 눈앞이 확 트이고 몸을 타고 흐르던 피가 용솟음쳐 올랐다. 굼실거리던 힘이 손끝에 다다르는 순간, 소매 속에서 쌍검이 튀어나왔다.

2척 약 46cm 이 조금 안 되는 양날 검으로 특이하게 등 쪽에 가지가 달려 있었다.

"아주 착착 감기는구나!"

광탈이 그 가지를 잡고 손목을 돌리자 쌍검이 완벽한 원을 그리며 현란하게 돌아가기 시작했다. 그가 바닥을 박차고 오르더니 백원의 뒤로 달려드는 요괴에게 검을 휘둘렀다. 양날이라 좌로 베나 우로 베나 어긋남이 없었다. 다른 요괴 하나가 나름 머리를 쓴다고 천장에서 떨어져 내렸지만 보지도 않고 뻗은 칼날에 두 동강 나 버렸다. 넘쳐 나는 당분에 취한 광탈은 이름처럼 미쳐 날뛰었다.

어느새 방문을 열고 들어온 벼리는 구석에서 대원들의 전투를 감상했다. 이렇다 할 무기도 없는 데다, 전혀 도와줄 상황이 아니었기 때문이었다.

"어째……. 괴질동자들이 불쌍해 보이네."

그녀의 말대로 요괴는 불에 뛰어든 나방 무리 같았다. 수만 많았지, 속수무책으로 당하고 있었다.

벼리가 손나팔을 만들어 외쳤다.

"혹시 천도해야 할 원혼이 있을지도 모르니까, 좀……."

말리려 했지만 이미 늦었다. 겨우 살아남은 세 마리가 지붕을 뚫고 솟아올랐지만, 공기를 가르며 날아오른 청룡언월도가 한꺼번에 꿰뚫었다. 요괴들은 비명조차 내지 못하고 연기가 되어 흩어졌다.

백원이 임무를 마치고 떨어지는 청룡언월도를 가뿐하게 받아 내자, 어사대의 첫 전투가 마무리되었다.

무령이 광탈의 등을 도닥이며 말했다.

"고생했다. 너무 빨라서 네 검이 보이지도 않더라."

그러자 광탈은 헤죽거리며 자신에게 다가오는 벼리에게 말했다.

"봤냐? 이 광탈님의 활약에 감탄만 나올 거다."

"네, 네. 머리가 쭈뼛 설 정도로 대단하셔서 공짜로 본 게 미안할 정도네."

벼리는 그의 어깨를 두드리며 백원과 무령에게도 고개를 끄덕였다. 그러고는 배 진사 가족들에게 다가갔다.

"이상해. 괴질동자를 물리쳤는데 여전하네."

그들은 여전히 사경을 헤매고 있었다.

"좀 시간이 지나야 하지 않을까?"

무령이 곁으로 다가오며 대꾸를 하다가 노파와 시선이 마주쳤다. 그러자 노파는 자꾸 감기는 눈을 부릅뜨고 중얼거렸다.

"우, 리……. 아들. 우리……. 아, 아들."

"모자가 쌓은 업보로 이리되었거늘, 이 와중에도 자식 타령이라니."
"아, 니, 야. 우리 아들이……. 그, 그럴 리 없어."
노파는 이 말만 남기고 까무룩 숨을 거두었다.
"저 노파는 죽는 순간까지 거짓말을 하고 있어."
무령의 알 수 없는 혼잣말에 벼리가 물었다.
"거짓말이라니, 언니 그게 무슨 소리예요?"
"그게 말이다, 아……."
탄식 같은 신음과 함께 그녀의 눈동자가 흐릿해지자 광탈이 외쳤다.
"어, 누님이 미래를 본다!"
무령이 휘청거리자, 백원이 얼른 허리를 감아 안고 단단히 붙들어 주었다. 모두 마른침을 삼키며 그녀의 예언을 기다렸다.
"벼, 벼리야……. 그분이 오신다. 깊이 숨을 들이켜야 해."
'엥?'
세 사람은 영문을 모르겠다는 표정으로 무령을 바라보았다. 숨을 들이켜라……, 그것도 벼리만?
그때였다. 광탈이 메고 있던 괴나리봇짐이 갑자기 꿈틀거렸다.
"어, 어라?"
놀란 광탈이 봇짐을 안으려 하자, 더욱 심하게 요동치더니 스르르 풀어졌다. 눈에 익은 것이 팽그르르 튀어 올랐다. 마패였다.

크르르르.

난데없이 맹수가 목을 울리는 소리가 들리면서 회전하는 마패가 점점 부풀어 올랐다. 동시에 색도 짙푸르게 변하더니 무엇인가 크게 일렁였다. 커다란 파도 같은 것이 철썩이더니 하얀 포말까지 일으켰다.

그제야 벼리는 무령이 한 말을 깨닫고 힘껏 숨을 들이켰다. 배 속과 폐부, 심지어 볼까지 빵빵하게 만든 순간, 거대한 파도가 덮쳤다. 물살은 그녀를 품고 빠르게 돌다가 거대한 용오름이 되어 솟구쳐 올랐다. 물살에 휩쓸려 정신없이 돌다 보니 입에서 보글보글 나오던 거품이 거의 사그라들고 있었다. 그러자 물살이 서서히 느려지더니 그녀를 부드럽게 내려놓았다. 벼리가 더는 참지 못하고 입을 벌리자, 물 대신 공기가 들어왔다. 분명 물속인데 온몸이 보송보송했다. 그녀는 멍한 표정으로 몰아치는 파도를 만졌다. 손아귀에 부드럽게 감기는 감촉은 익히 알던 것이건만 팔에 돋은 솜털 한 오라기조차 젖지 않았다. 그리고 이 물살 속에 있는 건 자신과 노파, 단둘뿐이었다. 무령과 광탈, 백원을 찾아 고개를 두리번거렸지만 찾을 수 없었다.

그 순간, 두 개의 점 같은 것이 일렁이더니 부리부리한 눈으로 변했다. 곧이어 드러난 얼굴은 감히 똑바로 바라보기도 힘들었다. 넓은 이마 한가운데에 검붉은 반점이 찍혀 있었고 코에는 흰 수염이 너울졌다. 뾰족한 송곳니가 드러난 입에서 뿜어내는 거센 기운에 몸이 오그라들 것 같았다. 여름날 먹구름 같은 갈기, 호랑이 같은 몸통과 대검보다 날카로운 발톱이 달린 네 발까지 모습을 드러냈다. 파도 사이를 뚫고 내려온 짐승은 집채만큼이나 컸고 안개 같은 입김을 뿜으며 천둥 치는 소리로 말했다.

"거짓을 고하는 자, 누구인가!"

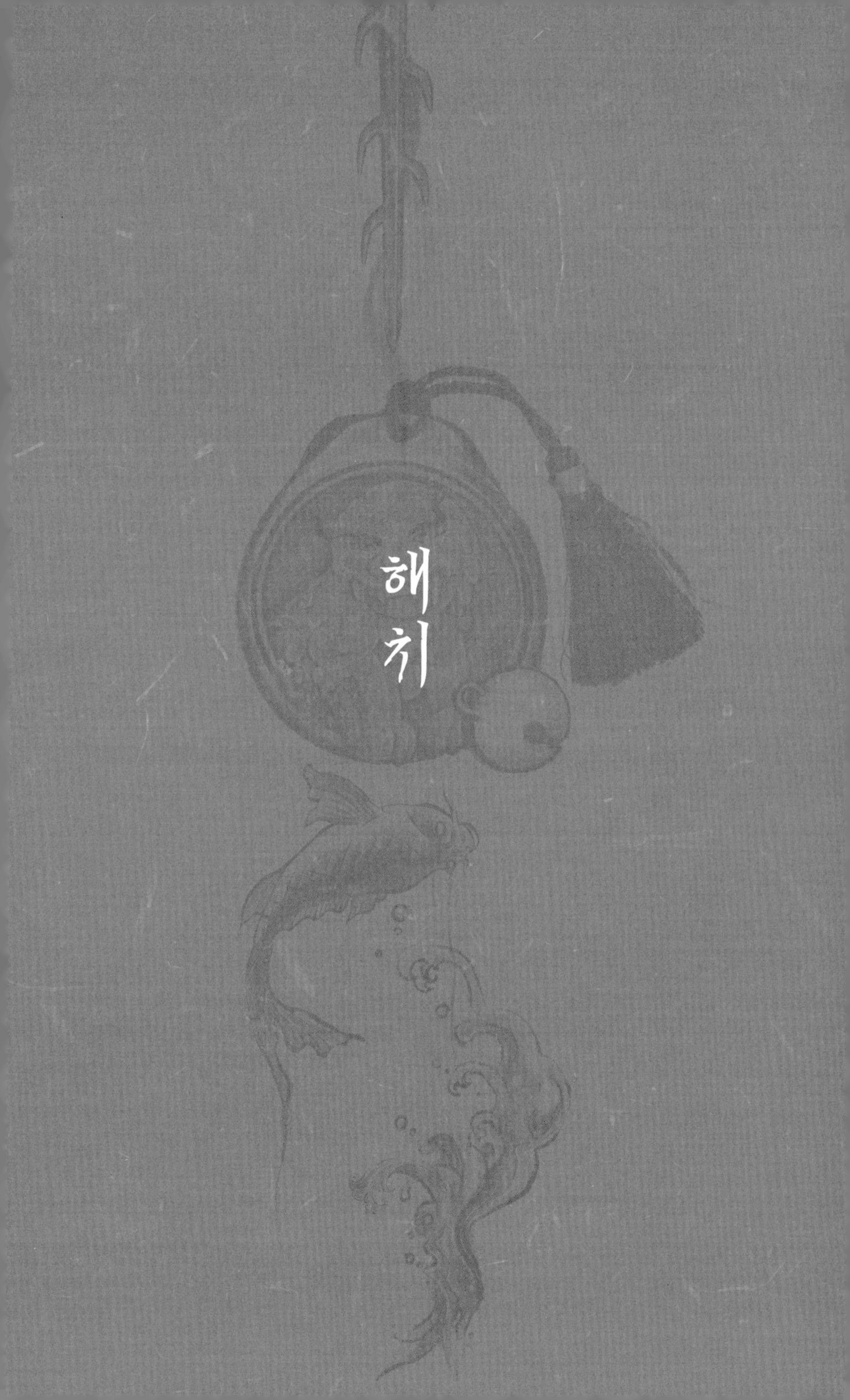
해치

그것은 마패에 새겨져 있던 모습 그대로였다. 얼핏 호랑이처럼 생겼는데, 목에는 사자의 갈기가, 겨드랑이에는 날개가 달려 있었다. 목에 달린 은방울에서 쉼 없이 뻗어 나오는 물은 어느새 거대한 장벽을 이루었다. 엄청난 기운으로 들끓는 두 눈이 벼리에게 향했다. 원래 있던 세상에서 뚝 떨어져 나온, 전혀 다른 차원에 속했던 두 존재가 서로를 응시했다. 여기가 어딘지, 다른 대원이 왜 보이지 않는지 벼리에게 이런 것은 더는 중요하지 않게 느껴졌다. 오직 눈앞의 존재에게 모든 감각을 빨리는 듯, 아무 생각도 할 수 없었다.

잠시 후, 그것이 먼저 움직였다. 벼리를 향해 다가오는 걸음에 맞춰 물이 갈라지며 길이 났다. 축축하고 검은 코가 벼리의 정수리 위에서 벌름거렸다.

크흥!

콧김이 어찌나 차가운지 머리통이 얼어 버릴 것 같았다. 맹수는 눈까지 지그시 감고 마치 꽃향기를 음미하는 듯, 벼리의 내음을 들이켰다. 곧이어 어슬렁어슬렁 옮겨 가서는 이미 숨이 끊긴 노파의 냄새도 맡았다.

"한 사람만이 진실을 말하고 있다."

그렇게 말하고는 바닥에 배를 깔고 앉았다. 벼리는 덜덜 떨리는 턱에 힘을 주고 어떻게든 정신을 잃지 않으려 애썼다.

'신수의 기운이 분명해. 그냥 마패에 새겨진 장식이 아니라 정말…….'

신령스럽기 그지없다는 신수. 익히 알고 있었지만, 감히 마주칠 기대조차 못 했던 위대한 존재.

"호, 혹시 선악을 판별한다는……. 해치십니까?"

"진실과 거짓도."

입은 움직이지 않는데 목소리는 쩌렁쩌렁, 사방에 메아리쳤다.

"언제까지 나를 구경할 셈인가? 한시가 급할 텐데."

해치가 콧김을 뿜으며 말하자 벼리의 치맛자락이 펄럭였다.

"예? 아, 그, 그게……."

너무 얼떨떨해서 벼리가 말을 더듬자 해치가 다시 일어

났다.

“누가 죄를 지었는지, 내가 직접 심판하겠다.”

그러자 노파의 시신에서 뿌연 연기가 빠져나오더니 뭉글뭉글, 뭉치기 시작했다. 이윽고 노파와 똑같은 모습이 된 연기는 해치 앞에 다소곳이 섰고 벼리는 바닥에 있는 시신과 그것을 번갈아 보았다. 노파의 영혼이 육체에서 빠져나왔음을 단번에 알 수 있었다. 해치는 불타는 듯 이글거리는 눈동자로 노파를 노려보며 말했다.

“네가 내쫓았으니 네가 부르거라.”

그 말이 떨어지기가 무섭게 노파가 왈칵 울음을 쏟아 내며 빌었다.

“잘못했습니다. 제가 죽을죄를 지었습니다.”

두 손을 모아 싹싹 빌었지만 해치는 탐탁지 않다는 듯 혀를 차더니 커다란 발톱 끝으로 물결을 일으켜 노파를 감싸 옥죄기 시작했다. 그러자 노파는 고통을 견디지 못하고 명을 따랐다.

“반쪽아.”

여전히 울고 있지만, 입에는 붓으로 그린 듯한 미소가 걸렸고 꾸민 티가 역력한 목소리는 가증스러웠다. 절대 하고 싶지 않은 마음과 달리, 해치의 능력에 압도당해서 죄짓던 모습을 그대로 재현하는 듯했다.

"우리 아들, 반쪽이. 엄마가 부르잖아. 어디 있니?"

그러자 사방을 둘러싼 파도가 살짝 갈라지더니 그 사이로 누군가 절뚝거리며 들어왔다.

"어머니, 반쪽이 왔어요."

그는 잔칫날 기둥에 기대 있던 자였다. 아주 오랫동안 불러 주기를 기다렸다는 듯, 반만 남은 얼굴에는 기쁨이 가득했다. 하지만 이내 해치를 보고는 우뚝 멈췄다.

"네가 괴질동자를 불러들였느냐?"

해치가 물었지만, 반쪽이는 대답하지 않았다. 감히 신수 앞에서는 어떤 존재도 거짓을 고할 수 없다. 그렇다고 진실을 말할 수 없으니 침묵하는 눈치였다. 그러자 해치는 더는 묻지 않고 앞발을 들었다. 길게 휘어진 발톱 끝에서 파도가 솟아 나와 커다란 병풍처럼 펼쳐졌다. 그 위에 그림들이 떠오르더니 이윽고 살아 있는 것처럼 움직이면서 반쪽이와 노파의 과거를 보여 주기 시작했다.

☰

"반쪽아."

"아, 어머니!"

반쪽이가 대청마루 기둥에 힘없이 기대어 있다가 여인이

부르자 냉큼 일어났다. 반쪽이의 얼굴은 지금과 달리 멀쩡했고, 사슴을 닮은 눈이 꽤 유순하고 지혜로워 보였으며 노파는 훨씬 젊은 모습이었다.

"왜 나와 있느냐?"

"안에만 있으려니 너무 답답해서요. 햇빛 좀 쬐다가 곧 들어가겠습니다."

"아니다. 찬 공기 마시다가 고뿔이라도 들리면 큰일이야."

여인은 누가 봐도 몸이 불편한 아들을 살뜰하게 챙기는 자상한 어머니처럼 보였다. 하지만 바짝 다가와 부축해 주며 속삭이는 말은 전혀 달랐다.

"네가 우리 집안과 네 형을 생각한다면 어찌 이런 경거망동을 한단 말이냐. 답답하면 모두 잠든 한밤에나 나오거라. 아니면 네 방문에 또 못을 처박아야 알아듣겠니?"

"심려를 끼쳐 죄송합니다, 어머니."

반쪽이가 코가 석 자나 빠져 답하자, 여인은 다시 목소리를 높였다.

"아니다, 괜찮아. 이 어미는 너를 돌보는 기쁨으로 산단다. 어서 들어가자."

혼인한 지 일 년 만에 낳은 장남은 그녀의 자랑이었지만, 늦게 본 막내, 반쪽이는 어떻게든 감추고 싶은 수치였다. 한쪽 어깨와 팔이 없고 그나마 두 개 달린 다리는 길이가 달라서 절뚝거렸다. 반쪽이가 태어난 후, 여인은 모진 시집살이와 수군거림에 시달렸다.

"끔찍해. 대체 태교를 어떻게 한 거야!"

"배 속에 있을 때 쥐가 파먹은 것도 아니고……. 어째 사람이 딱 반쪽밖에 없어?"

"전생에 무슨 죄를 지어서 저런 괴물을 낳았대?"

"그나마 씨가 좋아서 첫째는 멀쩡한 거야."

"또 모르지. 밭이 나빠서 겉만 멀쩡하면 어쩐다니?"

말 한마디 한마디가 불에 달궈진 쇠꼬챙이가 되어 가슴을 후벼 파는 것 같았다. 장남이 없었다면 예전에 쫓겨났으리라. 그녀는 오직 장남만 바라보며 모진 세월을 버텨 냈다.

큰아들은 겉도 안도 멀쩡했다. 아니, 다소 영악했다. 어디서든 제 몸 챙길 줄 알았고 남달리 욕심이 많아서 갖고 싶은 건 어떻게든 손에 넣었다. 볼수록 흡족한 자식이었다. 그나마 다행인 건 반쪽이도 제 형을 닮아 똑똑하고 부지런했다. 아니, 너무 똑똑했다. 한 번도 가르친 적 없는데, 형의 어깨너머로 글을 배우더니 시를 짓는다며 귀한 문방사우를 몰래 쓰곤 했다.

유달리 욕심이 많은 형이 가만히 있을 리 없었다. 반쪽이를 흠씬 두들겨 패고 그 시를 제가 지은 것처럼 서당에 들고가 훈장에게 칭찬받고 왔다. 여인은 큰아들을 말리기는커녕 오히려 두둔했다.

"못난 동생을 두어 네가 고생이 많다."

그게 화근이었을까? 큰아들은 칭찬에 겨운 나머지 점점 글을 멀리하더니 나쁜 아이들과 어울리기 시작했다. 볼 때마다 속이 터지는데, 반쪽이는 혼자서 〈산학계몽〉*을 읽으며 수학을 깨우쳤다. 여인의 시어머니는 끌끌 혀를 찼다.

"약해서 곧 죽을 것 같기에 내버려 두었더니, 기어이 장남 복을 끌어다 쓰는구나. 배에서 나오자마자 엎어 놨어야 했어, 쯧쯧."

그럴수록 큰아들을 보는 여인의 눈에는 꿀이 뚝뚝 떨어졌고, 막내를 바라보는 눈에는 가시가 돋은 듯했다.

하지만 개똥도 약에 쓸 때가 있는 법. 큰아들이 과거 치를 나이가 되자, 여인은 계획을 세웠다. 그리고 시험 당일, 세 모자가 다 함께 시험장에 도착했다. 여인은 큰아들에게 자신이 손수 지은 비단옷을 입혔고 반쪽이는 여자로 꾸며서 머리끝까지 쓰개치마를 뒤집어씌웠다. 그리고 시험장 안에 있는 큰아들에게 반쪽이가 쓴 답안지를 담장 위로 넘겨주었다. 그런 식으로 가문 최초의 진사가 탄생했다. 이러한 부정행위로 진사에 오른 여인의 장남이 바로 배 진사였다.

* 〈산학계몽(算學啓蒙)〉 1299년에 간행된 원나라의 수학 입문서.

하지만 거기까지였다. 장남이 가진 낮은 학식으로는 벼슬길은 무리였다. 머리는 좋은데, 나쁜 친구들과 어울린 대가를 이런 식으로 치르다니. 여인은 배 진사가 너무 가엾고 불쌍했다. 한동안 실의에 빠진 배 진사는 술과 여자로 세월을 보내다가 평소 어울렸던 돈깨나 있는 자들의 투자를 받아 고리대금업을 하겠다고 나섰다.

그런데 어찌나 수완이 좋은지, 집 안에 둘 데가 없을 정도로 많은 돈을 벌어 오기 시작했다. 그러던 어느 날, 배 진사는 뜬금없이 반쪽이를 데려다 쓰겠다고 했다.

"어머니, 점점 사업의 규모가 커지다 보니, 손이 모자랍니다. 반쪽이가 셈도 잘하고 믿고 맡길 만하니 데리고 다니겠습니다."

"아서라. 네가 너무 마음이 너그러워서 공과 사를 명확히 긋지 못하는구나. 아무리 형제라 해도 저런 아이를 동생이라 내보이면 네 명성에 흠이 될까 걱정이다."

"아닙니다, 어머니. 이 배 진사가 겨우 그런 걸로 무시받겠습니까? 도리어 저를 봐서라도 반쪽이를 아무도 홀대하지 못할 겁니다."

껄껄 웃는 모습이 어찌나 듬직하던지. 그녀는 반쪽이를 동생이 아니라 그냥 아는 사이라고 소개하는 조건으로 허락해 주었다. 그렇게 막내는 관대한 형님 덕분에 태어나서 처음으로 일다운 일을 하게 되었다.

그러던 어느 날, 배 진사가 반쪽이에 대한 걱정을 털어놓았다.

"일이 너무 고된지 힘들어합니다. 이참에 물 맑고 공기 좋은 데서 편히 쉬라고 할까 봐요."

여인은 두말하지 않고 허락했다. 그렇게 반쪽이를 멀리 떨어진 사찰에 보내고 완전히 가슴에서 지웠다. 앓던 이가 빠진 것 같아, 오랫동안 소식이 없어도 궁금해하지 않았다.

그런데 세월이라는 게 참 고약했다. 나이를 먹는 만큼 회한이 곱절로 쌓였다. 종일 방 안에 앉아 좋았던 기억보다는 안타까웠던 순간을, 잘한 것보다 못한 짓한 걸 되새김질하며 보냈다.

'내가 살면서 남에게 크게 해코지한 적은 없지만, 저승에 가면 작은 거 하나하나 다 들춘다던데…….'

덩그러니 절에 떨궈 놓은 반쪽이가 자꾸 마음에 걸렸다. 배 진사에게 반쪽이의 안부를 물으면 잘 있다고만 했다. 한 번은 뜨신 밥에 고기라도 먹이고 싶다며 데려오길 청했다.

"어머니도 참……. 반쪽이도 나이가 들어서 기가 딸립니다. 쌀밥에 고기 먹으러 여기까지 오다가 저승으로 빠지겠습니다."

그는 딱 잘라 거절했다. 금이야 옥이야, 정성을 쏟았던 큰

아들은 어미를 뒷방 늙은이 취급했다.

'젊어서는 시부모와 남편이더니, 늙어서는 아들이 주인 행세를 하는구나.'

여인은 턱턱 막히는 가슴을 부여잡고 기구한 제 팔자를 원망할 뿐 더는 묻지 않았다.

여인이 배 진사의 헛소리에 속아 넘어가 준 것은 진실을 알기 두려웠기 때문이었다. 그가 단순한 고리대금업자가 아니란 건 예전부터 눈치채고 있었다. 못된 짓을 하는 형이 사람 취급도 하지 않던 동생을 데려가더니 영 소식이 없다? 제 앞에 지옥이 아가리를 떡 벌리고 있는 듯했다. 하지만 비 온 뒤 지네가 바글거릴까 봐 돌 밑을 들추지 못하는 사람처럼, 여인은 자신이 저지른 죄를 마주할 용기가 없었다.

노파의 사연이 주마등처럼 흐른 뒤, 해치가 반쪽이에게 물었다.

"너는 왜 죽었느냐?"

그는 여전히 입을 꾹 닫고 있었다. 하지만 신수의 법정에서는 묵비권이 통하지 않았다. 해치가 다시 앞발을 공중에 긋자 그의 이야기가 펼쳐졌다.

반쪽이는 너무 외로웠다. 가족들은 자신을 없는 사람 취급했고 아랫것들은 그를 '구들장 귀신'이라 부르며 피했다. 항상 방에 갇혀서 바깥출입을 할 수 없었기 때문에 너무 답답하면 밤중에 몰래 나와서 대청 기둥에 기대앉아 서늘한 공기를 들이마시고는 했다. 이마저도 어머니에게 들키면 방문을 못질당하기 일쑤였다.

하지만 투정 한번 하지 않았다. 자신이 가족 사이에 끼어들 수 없는 처지임을 아주 어릴 때 깨달을 만큼 그가 똑똑했기 때문이었다. 하지만 이런 몸으로 똑똑하다는 것은 저주에 가까웠다.

'내가 좀 너그러운 가족 사이에 태어났다면?'

이랬었다면, 저랬었다면……. 다 소용없는 미련일 뿐이다. 구들장 귀신으로 사는 것이 그가 할 수 있는 최선이었다. 그러나 무심한 하늘도 그가 너무 딱했던 걸까. 드디어 기회가 찾아왔다. 어느 날, 어머니가 유난히 다정한 목소리로 물었다.

"네가 시를 잘 짓는다지? 네 형이 무척 칭찬하더구나."

"형님이요? 보잘것없는 저를 칭찬해 주시니 몸 둘 바를 모르겠습니다."

말은 그랬지만 속은 씁쓸했다. 어릴 적, 형의 먹과 벼루를 썼다가 죽도록 맞은 기억이 생생했다. 병신 때문에 더러워졌다며 벼루로 맞은 자국이 몸 곳곳에 고스란히 남아 있었다.

"이번에 네 형이 진사시를 보게 되었다. 그런데 네가 시 짓기를 즐겨 하니, 네 형이 쓴 답안에 조금만 더 끄적여 보거라. 네게도 귀한 경험이 될 거라더라. 어쩜 그리 자상한지."

대리 시험을 보라 하는 사람이 자상하다? 씁쓸했지만 한편으로는 기뻤다. 비록 형의 이름이지만 자신이 쓴 답지가 시험대에 오르게 된다니. 가슴이 꽹과리처럼 요란하게 뛰기 시작했다. 시험 날, 반쪽이는 드디어 집 밖의 땅을 밟아 보았다. 비록 쓰개치마를 뒤집어써서 앞이 제대로 보이지 않았지만, 집 안 공기와는 비할 수 없이 상쾌했고 구름처럼 모인 사람들의 기척은 어찌나 생기가 넘치던지 헤벌쭉 벌어진 입은 다물어지지 않았다. 반쪽이는 담벼락에 기대서 시를 써 내려갔다.

「이가 나간 술잔이지만 깨지지 않는 건
적게나마 담긴 술이 충분히 향기롭기 때문이요
불행을 안고 태어났지만 행복할 수 있는 건
배우는 기쁨을 취하느라 불행을 내려놓았음이라」

나라를 속여서 부끄러웠지만, 장원으로 뽑혔다는 소식을 듣고 펑펑 울었다. 그리고 두 번째 기회가 왔다. 어머니가 조용히 방에 들어와 반쪽이에게 신신당부했다.

"네 형이 하는 일을 도와라. 다만 그냥 아는 사람이라 해. 좀 놀리거나 너를 꺼려도 성내지 마라. 그냥 나 죽었소, 하는 거야. 명심해. 절대 네 형에게 누가 되는 짓은 말아라."

대리 시험을 볼 때와는 다른 의미로 반쪽이의 심장이 덜컹거렸다. 그래서 일에 최선을 다했다. 몇천 냥이 오가도 단 한 푼도 틀려 본 적이 없었다. 그렇다고 남이 인정해 주는 것도 아니었다.

"병신이 이것도 못 하면 뒈져야지."

이런 말이 되돌아왔지만 상관없었다. 타인에게 받는 인정이나, 가족이 주는 사랑보다 더 큰 기쁨을 맛보았기 때문이었다. 반쪽이가 드디어 한 사람 몫을 한다는 기쁨. 괴물이라 놀리고 병신이라며 때려도 마냥 웃음이 나왔다.

하지만 그에게 허락된 기쁨은 거기까지였다. 자고로 돈이란 돌고 도는 법. 어느 정도 나가야 들어오는 게 인지상정인데, 이상하게 배 진사는 쓸어 모으기만 했다.

"돈을 찍어 내는 것도 아니고……."

반쪽이는 혼잣말하다가 자기도 모르게 입을 틀어막았다. 배 진사는 고리대금업을 하는 사람이 아니라, 화폐를 위조하는 화폐 위조범이었다.

여기서 반쪽이의 과거가 끝이 났다. 온통 파도로 둘러싸인 공간에는 노파의 울음소리만 흘렀다. 이윽고 해치가 침통한 표정으로 물었다.

"네 목숨을 앗은 자는 누구냐?"

"바로 저 자신입니다."

반쪽이가 씁쓸하게 말했다.

"형님이 화폐 위조범이란 사실을 알았을 때, 고민은 길지 않았습니다. 증거를 잡아 관아에 신고하려 했습니다. 하지만 이제 막 세상으로 나온 제가 산전수전 다 겪은 자들을 이길 수 있었겠습니까? 엽전을 찍어 내는 걸 훔쳐보다가 딱 걸렸습니다. 아무리 그래도 동생인데……. 형님은 그들에게 잡힌 저를 두고 뒤돌아섰습니다."

생전에 멀쩡했던 반쪽이의 얼굴과 달리, 지금은 하나 남은 눈에서는 눈물이, 반이나 사라진 얼굴에서는 붉은 피가 흘러내리고 있었다. 그가 어떻게 죽었는지, 해치가 보여 주지 않아도 충분히 알 것 같았다. 노파가 더욱 소리 높여 울었다. 그러자 해치가 어슬렁거리며 다가오더니 발톱 끝으로 그녀의 눈물을 받아 냄새를 맡았다.

"하품할 때 나는 것보다 더 가치가 없구나."

"제 진심과 한이 담겨 있습니다. 그런데 어찌 물과 다름없는 것에 비유하십니까!"

노파가 손사래를 치더니 점점 목소리가 높아졌다.

"몸이 불편한 자식을 낳은 슬픔을 아십니까? 겪어 보지 않고는 모릅니다, 암요! 모두 제 잘못이라고 했습니다. 재를 배 속에 품고 있을 때 몹쓸 걸 먹어서, 애초에 몸에 흠이 있어서……. 그 사람들은요? 나를 욕하고 비난하던 자들은 왜 벌을 주지 않습니까? 저는 최선을 다했습니다."

"곧 같은 곳에서 만나게 될 테다."

노파는 그곳이 바로 지옥임을 깨닫는 순간, 정신이 아득해졌다. 그러나 해치는 아랑곳 않고 판결했다.

"죄인은 듣거라. 너는 어미로서 마땅히 자식을 돌봐야 하거늘 방에 가두고 심지어 다른 형제의 성공을 위한 도구로 이용하였다. 그리고 몸이 불편한 자식이 눈앞에서 사라진 지 수십 년이 지났다면 어미 된 자로서 상황을 의심하고 우려하는 것이 상식일 것이다. 그런데 죄인은 큰아들의 말을 변명 삼아 자신을 속이고 현실을 외면하였다. 이것은 명백한 죄일 터. 그런데도 최선을 다했다며 하늘을 탓하는가? 네게 무려 칠순에 이르기까지 돌이킬 기회를 주었으니, 최선을 다했다면 그것은 하늘일 것이다."

해치가 앞발로 허공을 긋자 다시 하얀 포말이 일었다. 거기에는 기와집보다 큰 글씨가 떠올랐다.

「愛 사랑 애」

그런데 이게 끝이 아니었다. 잠시 후, 두 글자가 더 떠올랐다.

「自己愛 자기애」

"이것이 너의 죄명이다. 사랑은 받고 나누어야 하거늘, 부모 된 자로서 내리사랑은커녕 혼자만 취한 죄가 매우 크다. 지옥에서 그 값을 치르라!"

그의 판결이 끝나자 벽을 이루던 물결이 거세게 일렁이더니 노파를 감싸 올렸다. 그녀는 듣는 귀가 녹아내릴 것 같은 비명을 지르며 몸부림쳤다.

"잠시만요! 제 아들에게 딱 한마디만 하게……. 바, 반쪽아, 미안하다! 엄마가 잘못했……."

그러나 너무 늦은 참회였다. 그녀를 칭칭 감싼 물결이 꽃봉오리 모양으로 변하더니 순식간에 바닥으로 떨어졌다. 수많은 물방울이 검붉은 빛을 뿌리며 한자리에서 맴돌다가 완전히 사라졌다. 벼리는 튀어 나가려는 정신을 꼭 부여잡고 끝까지 이를 지켜보았다.

이제 해치의 시선은 반쪽이를 향했다.

"괴질동자를 끌어모은 건 네 형과 어미가 쌓은 업보였다. 하나, 네가 어미의 칠순 잔치에 나타나 그들을 막은 건 무슨 연유냐?"

그 말을 듣고 벼리의 눈이 커졌다.

"반쪽이가, 괴질동자들을 막았다고요? 왜요? 전 오히려 괴질동자를 반쪽이가 불러들인 줄……. 읍!"

방청객이 엉겁결에 끼어든 게 마음에 들지 않았는지, 큰 주먹만 한 물방울이 피어나더니 벼리의 입을 막았다. 그러고는 여전히 공중에 떠 있는 하얀 포말에 다시 글씨가 떠올랐다.

「법정 소란죄 – 유벼리, 1차 경고」

해치와 눈이 마주치자 벼리는 어깨를 움츠리며 손으로 입을 막는 시늉을 했다. 그제야 반쪽이가 답했다.

"저는 가족에게 애착이 없습니다. 엄밀히 따지면 원망이 크지요. 하지만 어머니와 형 같은 이들과 가족이 되는 바람에 평생 갇혀 살았던 저처럼, 단지 이런 가문에 태어났다는 이유만으로 집안의 아이들이 병에 걸려 죽는 건 안타까웠습니다."

그르르.

반쪽이의 대답을 듣고 해치가 목을 울리며 이빨을 드러

냈다.

"채워지지 않는 갈증을 언제까지 괜찮은 척, 고고한 척으로 메꾸려 하느냐! 마땅히 누려야 할 것을 구하는 건 부끄러운 것이 아니다."

나무람과 측은함이 섞인 말을 듣자, 반쪽이의 남은 얼굴이 서서히 붉게 물들었다.

"판결한다. 반쪽이는 죽음을 무릅쓰고 화폐 위조의 증거를 모으다가 억울하게 살해당했다. 게다가 구천을 떠도는 중에도 죄 없는 아이들에게 닥칠 업보를 막으려 했다. 그의 올곧은 마음과 선행을 하늘이 기억했다. 따라서 본 법정은 반쪽이의 환생을 명하노니, 자식을 지극히 여기며 바르게 키울 부부의 아들로 태어나 천수를 누리게 하라!"

"크흑."

반쪽이가 참았던 울음을 터뜨리며 해치에게 큰절을 올리자, 다시 물결이 일어났다. 반쪽이를 감싼 물결은 용오름이 되어 치솟더니 하늘을 환하게 밝히다가 구름 속으로 사라졌다. 벼리는 난생처음 보는 장관에 입이 떡 벌어졌고 해치는 혼잣말했다.

"흥, 전생은커녕 지금 일도 기억하지 못할 하찮은 인간 주제에 절은 무슨……."

해치가 가소롭다는 듯 콧방귀를 뀌더니 벼리를 향해 고개를 돌렸다.

"버러지처럼 하찮은 게 여기 또 있구나."

그와 눈이 마주치자 엄청난 기운이 벼리를 덮쳤다. 마치 얼음물 속에 빠진 것처럼 숨이 턱턱 막혔다. 신수의 기운은 감히 인간이 감당할 수 있는 게 아니라고 배웠다. 하지만 머리로 아는 것과 직접 겪는 건 천양지차임을 깨닫는 순간이었다.

그러나 유벼리가 누군가. 겨우 열한 살에 격쟁했고 대담하기로 둘째가라면 서러울, 정조가 직접 키운 인재가 아닌가.

'전하께서는 범에게 물려 가도 정신만 차리면 된다고 하셨어.'

그녀는 두어 번 심호흡한 뒤, 단전에 힘을 주며 말했다.

"하찮은 건 네놈이겠……."

"네가 모시는 임금이 이미 저승사자에게 써먹은 말이지만, 어디 계속해 보거라."

해치가 앞발에 턱을 괴며 한심하다는 표정을 지었다.

"네? 아, 그랬군요. 먼저 쓰셨구나."

벼리가 자라처럼 목을 움츠리자, 해치가 터벅터벅 다가왔다.

"저 밖에 있는 녀석들도 너처럼 건방진지 봐야겠다."

그러자 주변을 감싸고 있던 물결이 요란한 소리를 내며 단숨에 갈라졌다.

# 비형랑의 후예

한편, 무령과 백원, 광탈은 당황스럽기 그지없었다. 갑자기 마패가 공중으로 튀어 오르더니 순식간에 벼리와 함께 사라졌기 때문이다.

"벼, 벼리야?"

무령이 말까지 더듬으며 당황했다. 광탈이 서둘러 봇짐을 뒤졌지만, 안에는 약과와 깨강정만 굴러다녔다.

"마패가 팽그르르 튀어 오르고 파도가 솟아오르더니, 벼리가 뿅……."

"뿅? 뭐?"

광탈의 말이 끝나기도 전에 벼리가 웬 남자와 함께 뒤에서 불쑥 나타나 말했다. 광탈은 너무 놀란 나머지 엉덩방아를 찧었다.

"엄마야!"

백원은 대번에 남자의 목에 청룡언월도를 겨눴다.

남자는 잘 빚은 도자기 같은 얼굴에 눈은 흑백이 너무 선명해서 마치 빛이 나는 것 같았다. 그런데 위보다 아래 속눈썹이 더 길고 가지런하여 어딘가 묘한 인상을 주었다. 그가 어사대 대원들을 훑어보더니 씩 웃었다. 그러자 붉은 입술 사이로 하얗고 뾰족한 송곳니가 드러났다. 살짝 덧난 이 덕분에 그린 듯한 이목구비가 조금은 현실적으로 보였다.

벼리가 눈치껏, 해치를 겨누고 있는 청룡언월도를 손가락으로 밀어서 옆으로 치웠다.

“그 마패에 들어…… 계셨던 해치님이세요.”

하지만 백원은 여전히 경계를 풀지 않았고, 광탈도 멍하니 입만 벌리고 있었다. 그나마 무령이 다소곳이 큰절을 올렸다.

“신수께서 친히 모습을 드러내 주시니, 그저 감읍할 따름입니다.”

백원과 광탈을 보고 찌푸려졌던 해치의 미간이 다소 펴지더니 벼리를 향해 턱짓했다.

“예? 뭐를 하란 말씀이신지…….”

벼리가 황망한 표정으로 쩔쩔매자 해치가 한숨을 내쉬었다.

“서로 나눌 이야기가 있지 않으냐? 너는 저 안에 있었던 일을 전하고 밖의 사정은 어땠는지 듣거라."

벼리가 노파와 반쪽이의 심판, 그리고 파도가 빠지자마자 해치가 인간으로 변신한 일을 전해 주자, 대원들은 심판의 장이 펼쳐진 것은 보지도 못했으며 그녀가 사라지고 물 한 사발 들이켤 시간밖에 지나지 않았다고 말했다.

"이게 말이 돼?"

광탈이 머리를 긁적이며 중얼거리자 해치가 물었다.

"그러는 너는 말이 되느냐?"

"아니, 개 풀 뜯는 소리도 아니……. 읍!"

무령이 다급하게 그의 입을 막았다. 해치가 '저놈은 원래 저러냐?'라는 듯한 표정으로 바라보자 벼리는 난처한 얼굴로 웃기만 했다. 그러자 해치가 무령과 백원을 바라보며 말했다.

"저 여인은 한눈에 나를 알아보았고 너는 단칼에 요괴를 베었다. 평범한 사람이 그리할 수 있느냐?"

곧이어 해치의 손끝이 광탈을 향했다.

"너는 반나절 만에 한양과 구례를 오갈 만큼 발이 빠르다. 이 모든 것이 어찌 말이 되겠느냐?"

꿋꿋하게 대꾸하던 광탈의 입도 다물렸다. 어릴 적에는 항상 궁금해했다. 왜 남과 다를까.

그러나 목멱산에서 자신과 같은 사람들과 모여 살면서 묻어 두었던 질문이었다. 벼리가 침묵을 깨고 물었다.

"그럼 저희가 이런 능력을 가진 연유를 알고 계십니까?"

"아직도 그걸 모르는가?"

"모르니까……. 여쭙죠?"

"하찮다, 정말 하찮아. 날고 기는 비형랑이라도 인간의 피가 너무 섞이니 이 모양이구나."

"비형랑에 인간의 피가 섞여서……. 우리요?"

벼리가 눈을 동그랗게 뜨고 어사대 대원들과 자신을 연거푸 가리켰다.

비형랑은 신라 시대에 죽은 진지왕의 혼이 사람과 관계를 맺어 태어난 자로, 마음대로 귀신을 부릴 수 있고, 하룻밤 새 다리를 놓기도 했으며 도깨비를 보내 왕을 돕던 신비로운 인물이었다.

"그럼 누구겠니? 목멱산에 모여 있는 너희들의 능력을 어찌 설명할 것이냐?"

"남이 보지 못하는 걸 보고."

"듣지 못하는 걸 들으며."

"하지 못하는 걸 한다?"

무령과 백원, 광탈이 차례로 답하고 마지막으로 벼리가 중얼거렸다.

"국란이 일어날 때를 맞춰 다 모였다……. 우연치고는 절

묘하네요."

"우연이 아닐 수도 있지. 비형랑의 후손인 너희를 평화로운 시절에는 각각 흩어 놓았다가, 필요할 때 모으는 것. 그것이 바로 하늘의 이치니라. 정도를 넘어선 재주를 거두지 않고 남겨 둔 이유이기도 하다. 하지만 워낙 오랜 세월 동안 인간과 섞이다 보니 비형랑의 후손들은 그 피가 흐려졌다. 그 중에 가장 특출한 게 너희라 뽑힌 게야. 두 번 말하기 싫으니, 남은 이야기는 너희 임금 앞에 가서 하자."

해치가 부채를 부치며 끌끌 혀를 찼다. 갑작스러운 출생의 비밀에 정신이 없던 벼리가 가자는 말에 놀라서 물었다.

"하오나 남은 사람들은 어찌합니까?"

가짜 돈을 만들어 경제를 흔들고 제 동생까지 죽음으로 내몬 배 진사 또한 노파처럼 값을 치러야 마땅하다. 그러나 갓 시집온 손자며느리와 어린아이들은 무슨 죄가 있겠는가. 벼리가 이들을 왜 심판하지 않는지 모르겠다는 듯 고개를 갸웃거리자, 해치는 한쪽 입꼬리를 올리며 씩 웃었다.

"괴질동자들을 너희가 모두 소멸시켰으니, 곧 나을 거다. 그리고 죽은 자의 심판은 내 몫이나, 산 자의 심판은 너희 임금이 해야지. 하늘이 세워 옥좌에 올랐다나? 얼마나 바른 판결을 내릴지, 똑바로 지켜보겠다."

마치 두고 보겠다는 말처럼 들려서 벼리는 자기도 모르게 눈살을 찌푸렸다.

"예쁜 눈 그렇게 뜨면 못생겨진다."

해치가 씩 웃더니, 목에 달린 은방울을 가볍게 손가락으로 튕겼다. 그러자 방울의 갈라진 틈에서 시원한 물소리가 흘러나왔다.

"설마……."

조금 전 호되게 당했던 벼리가 양옆에 서 있는 백원과 무령을 잡고 화다닥 달아나며, 팔이 두 개라 미처 챙기지 못한 광탈에게 외쳤다.

"광탈아, 피해!"

그러자마자 방울에서 파도가 치솟았다.

"어이쿠!"

광탈은 잽싸게 담장 위로 뛰어올라 피했지만, 물살이 워낙 거셌는지, 그가 깃털처럼 가뿐하게 반대쪽에 착지하자마자 담장이 와르르 무너져 내렸다.

"허, 성질이 흔들 삐죽이도 아니고. 신수 맞아?"

광탈이 황당하다는 듯 중얼거렸지만 해치는 가볍게 무시하고 파도 위에 올라탔다. 그러고는 무너진 담장 쪽을 매섭게 째려보는 해치의 시선에, 백원도 그를 좇아 물끄러미 바라보았다.

"먼저 갈 테니, 너희도 서둘러라. 그럼 한양에서 보자꾸나."

해치의 작별 인사에 다음 상황을 직감한 어사대 대원들이 서로 부둥켜안자, 물살이 다시 거세게 일었다. 벼리와 무령은 백원이 품어서 그나마 안전했지만, 겨우 그의 팔뚝을 붙잡은 광탈은 널어놓은 빨래처럼 휘날렸다. 해치를 태운 파도는 이내 구름 사이로 사라져 버렸고 대원들은 참았던 숨을 몰아쉬었다. 그래도 한 번 더 겪어 봤다고 벼리가 먼저 정신을 차렸다.

"들었죠? 서두릅시다. 광탈아, 가서 사람들을 불러와. 우선 환자들을 다른 데로 옮겨야겠어. 언니와 오라버니는 배 진사가 집에 숨겨 놓은 화폐 위조의 증거를 찾아봐 주세요. 저는 손자며느님께 자초지종을 알려 드릴게요."

대원들이 각자 흩어진 뒤, 무너진 담장이 조금씩 들썩였다. 곧이어 돌무더기가 흘러내리더니 그 속에서 웬 여우가 튀어나왔다. 타오르는 불처럼 빨간 털에 검은 기운이 넘실대는 아흔아홉 개의 꼬리까지. 딱 봐도 평범한 짐승이 아니었다. 여우는 어깨에 묻은 잔돌을 털어 내며 중얼거렸다.

"썩어도 준치다, 이건가? 뿔도 없는 주제에……."

벼리 일행도 자신의 기척을 느끼지 못했건만, 해치는 대번에 알아채고는 담장을 무너뜨렸다. 일종의 경고인 셈이다. 한양에서 보자는 말은 저도 포함인 듯했다.

"염라가 똥줄이 탔나. 해치까지 보낼 줄은 몰랐는데……."

여우는 곤란하게 됐다는 듯 혀를 차며 안채 쪽을 살피더니 와락 얼굴을 구겼다.

"역시 괴질동자는 약했나?"

딱히 기대한 건 아니지만 그렇게 많이 보냈는데, 한 영혼도 손에 넣지 못했다. 여우는 풍성한 꼬리 하나를 제 손으로 쓰다듬으며 잠시 생각에 잠겼다.

"뭐, 이만하면 됐다. 서로가 하나 되어 요괴를 손쉽게 물리쳤다고 착각할 테니 더 잘된 일이지. 비형랑의 자손들아, 조만간 뼈까지 자근자근 씹어 주마!"

그때, 사람들이 다가오는 소리가 들렸다. 여우는 공중제비를 돌더니 바람처럼 사라졌다.

어사대는 괴질동자 사건을 성공적으로 해결하고 무사 귀환했다. 무령이 결계를 친 창덕궁 수구문*을 통하여 남몰래 입궐한 벼리는 정조에게 그간의 일을 상세하게 보고했다. 야무진 설명을 다 들은 후, 정조는 흐뭇하게 웃었다.

* 수구문(水口門) 성안의 물이 성 밖으로 흘러 나가도록 개울이나 도랑에 낸 문.

"잘하였다. 정말 잘했어."

"……순식간에 사람으로 변했는데, 뾰족한 송곳니는 여전했습니다. 어찌나 신기한지……. 전하, 혹시 해치님은 만나 보셨습니까?"

정조가 고개를 저었다.

"용오름은커녕 물보라도 보지 못했다. 아무래도 만만치 않은 상대인 듯하니, 너도 조심히 대하거라."

벼리는 정중하게 대하되, 함부로 속내를 보이지 말라는 뜻임을 단번에 알아챘다.

"명심하겠습니다."

"노고가 많았다."

해치의 말대로 산 자의 심판은 정조에게 넘어갔다. 얼마 되지 않아, 그는 위조범들과 유통에 가담한 자는 물론이거니와 엽전을 찍어 내던 주조 시설까지 모두 찾아냈다.

인정전 안, 좌우로 늘어선 신하들은 고개만 떨구었다.

"너희는 법과 기강뿐 아니라, 임금조차 없는 듯 구는구나."

정조가 나직이 말하자 서늘한 기운이 내려앉았다. 그는 대리청정할 때부터 지금까지 크고 작은 범죄를 직접 살폈다. 허술하면 다시 수사하게 하고 때로는 직접 판결을 내리기도 했다. 하물며 이번 사건은 국가 경제의 근간을 흔드는 것이니 말해 무엇 하랴.

"압수한 구리만 3000근이 넘는다. 이렇게 오랫동안 대규모로 불법을 저질렀는데, 임금이 먼저 알다니. 그대들은 관모를 쓴 골동품인가? 불법이 난무하는데, 조신하게들 몸을 사리는구나. 차라리 관모를 벗어 정전 기둥에 씌우거라. 기둥이 사리 분별을 더 잘할 게야!"

정조는 한껏 호통치고는 어찰을 쓰기 시작했다. 휘몰아치듯 빠른 붓놀림을 보니, 몹시 화가 난 게 분명했다.

"화폐의 위조는 국기를 흔드는 중죄로서 역모와 맞먹는 형벌을 내림이 마땅하다. 주범 배가를 비롯한 관련자 모두를 극형에 처하라. 직접 화폐 위조에 참여하지 않았다 하더라도 그것을 유통시켰거나 방관한 자들을 엄히 색출하여 섬으로 유배 보내고, 죄인이 기거하는 방 둘레에 탱자나무 가시를 둘러 방에서 한 발자국도 나오지 못하게 하라. 또한 해당 지역의 수령을 파면하여 팔도와 양도개성과 강화 등 모두의 경계로 삼게 하라! 다만……."

덧붙이는 말머리에 신하들의 귀가 쫑긋 섰다.

"끝까지 주인에게 충성을 다한 늙은 하인은 면천시키도록 하며, 환자를 돌보고 가문을 지킨 손자며느리는 특별히 사면한다. 그리고 본인이 원할 시 이혼을 허락한다."

일순 주변이 술렁였다.

"아뢰옵기 황송하오나, 화폐의 위조는 국기를 문란하게 만드는 중죄이옵니다. 손자며느리라면 죄인의 가족인데, 관련자에게 전적인 사면은 전례가 없는 일이옵니다. 게다가 이혼까지 허하시면……."

"통촉하여 주시옵소서."

신하들이 이구동성으로 외치며 고개를 조아렸다.

"국법이 그러하니 법대로 하라……? 자고로 판결이라 함은 백성이 마음으로 따를 수 있어야 한다고 누차 일렀거늘. 경들은 앵무새요?"

"하오나 법을 반드시 지켜야 근간을 바로 할 수 있습니다."

"자꾸 국법을 논하는데, 그래, 우리 법대로 합시다! 지금 관련자들에 대한 사면이 전례가 없다 하였는데, 도리를 지킨 며느리와 의리를 지킨 노복을 화폐 위조의 관련자라 할 수 있는가?"

정조의 서늘한 물음에 모두 유구무언이 되었다. 성난 범의 코털을 뽑는 짓이었다. 좌불안석이던 신하들 사이에서 이조판서, 임현조가 입을 열었다.

"전하, 지극히 영민하신 판결에 소신, 찬탄을 금치 못하겠나이다."

모두 얼떨떨한 표정으로 임현조를 바라보았다. 정조도 미간을 접었다.

그가 누구인가. 임금과 정치적 대척점에 자리한 노론의 수장이다. 누구보다 고집스럽게 반대할 줄 알았는데, 찬탄하다니.

"손자며느리는 식을 올린 지 얼마 되지 않아 집안이 풍비박산이 났습니다. 그런데 자신도 옮을 수 있는 위험을 무릅쓰고 역병에 걸린 식구들을 지극정성으로 돌보았습니다. 혹자는 당연한 것이 아니냐 하겠지만 막상 자신이 그 지경에 처하면 당연하게 지킬 이가 몇이나 되겠나이까. 나라에서 열녀문을 세워 줘도 모자랄 판에 처벌이라니. 소신들의 무지를 꾸짖어 주시옵소서."

신하들은 눈과 귀를 의심했다. 정말 저이가 임금 앞에서도 한 치도 물러나지 않으며 원리원칙을 고수하던 그 임현조가 맞는가. 하지만 모두의 의아한 시선에도 그는 아랑곳하지 않고 말을 이었다.

"손자며느리의 친정 중 누구도 이 사건에 연루된 자가 없습니다. 따라서 사돈의 처지에서 보면 어엿한 집안의 준수한 청년이라 여기고 여식을 보낸 것이니, 일종의 사기 결혼을 당한 것이 아니겠습니까. 하여 본인이 원한다면 이혼을 허하심이 마땅합니다. 전하께서 내린 판결은 재판의 신수라는 해치도 흡족해하리라 사료되옵니다."

임현조가 온화하게 웃으며 발언을 마쳤다. 정조는 그의 희끗희끗한 수염 사이로 살짝 드러났다가 사라지는 송곳니를 놓치지 않았다. 문득 벼리가 했던 말이 떠올랐다.

'사람으로 변했는데, 뾰족한 송곳니는 여전했습니다.'

정조가 눈을 가늘게 뜨고 그를 바라보다가 다시 판결을 진행했다. 임현조의 지지 덕분에 판결은 일사천리로 마무리되었다.

"임금이 구중궁궐에 들어앉아 밖의 형편을 모를 것이라 생각지 마라. 암행어사가 과인의 눈과 귀가 되나니."

활을 떠난 살 같은 경고가 신하들의 정수리에 꽂혔다. 대신들은 등골을 타고 내려오는 오싹함을 애써 참으며 조심스럽게 물러났다.

이윽고 홀로 남은 정조는 남은 상소문을 마저 펼쳤다. 그제야 사관도 붓놀림을 멈췄다. 사방이 고요하여 상소문을 접고 펴는 소리만 들렸다.

그런데 내용을 읽어 내려가던 임금의 눈이 점점 커졌다.

"졸렬한 놈……. 주둥이를 확……."

혼잣말하던 임금이 비답*을 적기 시작하자, 사관도 붓을 세웠다.

* 비답(批答) 임금이 상주문의 말미에 적는 가부의 대답.

「상이 이르시길…….」

자고로 사관이란 목에 칼이 들어와도 모든 걸 적어야 한다. 하지만 빠지면 나올 길 없는 나라님의 매력에 취한 건 그도 마찬가지였다. 잠시 머뭇거리던 붓이 다시 움직였다.

「……차마 입에 담기 힘든 말씀을 하시며 전교하시니라.」

그날 밤, 침전에 든 정조는 염라대왕이 주고 간 금방울을 손안에서 굴리고 있었다. 따로 알아본 바에 의하면 임현조는 자신이 무슨 말을 했는지 전혀 기억하지 못했으며 동료들이 상황을 설명해 주자, 몹시 당황했다고 한다.

"반쪽이의 재판을 마치자마자 순식간에 사람이 되었다고 했으니, 신수라면 변신할 수 있는 모습이 하나만은 아니겠지."

게다가 벼리가 전한 바에 따르면 인간의 왕이 얼마나 바른 판결을 내릴지 똑바로 지켜보겠다고 했다. 그는 벼리의 말을 토대로 대강의 추리를 끝내고는 당사자를 직접 만나 보기로 했다.

"이것이 목줄이라면, 잡아당겨 볼까?"

정조는 금방울을 들고 가볍게 울렸다. 그러자 청량한 소리와 함께 대나무 숲을 지나온 바람처럼 시원하고 향기로운 공기가 주변을 감쌌다. 곧이어 웬 사내가 목을 부여잡고 나타났다. 그의 목에 달린 은방울이 정조의 손에 든 금방울에 맞춰 공명하고 있었다. 고통 속에 비틀린 입술 사이로 새하얀 송곳니가 보였다. 정조는 방울을 울리기 전, 단단히 각오했던지라 별로 놀라는 기색 없이 침착하게 물었다.

"산 자의 왕이 내린 판결이 마음에 드셨습니까, 해치님?"

방울 울리기를 멈추자, 해치가 헥헥 거리며 가쁜 숨을 쉬었다.

"염라가 노망이 들었군. 어찌 하찮은 인간에게 그것까지 쥐여 주었는가!"

해치가 거칠게 묻자, 정조가 씩 웃더니 다시 방울을 들어 올렸다.

"어, 어허. 그만하면 됐습니다. 이제 말로 하시지요."

대번에 공손해진 해치의 태도에 정조의 표정도 한결 누그러졌다.

"벼리에게 말씀은 들었습니다. 사건 해결에 큰 도움을 주셨다고."

"커흐흠. 그 아이가 그리 말하였습니까?"

해치는 올라가려는 입꼬리에 힘을 주었지만 기쁜 표정을 감추지 못했다. 그 모습을 보고 정조도 웃음을 참았다.

'어쩐지 천계에 속하는 이들이 사람보다 허술하구나.'

속마음 감추는 데 능하지 못한 것이 천진해 보인달까. 순진한 건지, 모자란 건지. 어쩌면 상대가 얕보게 만들려는 지능적인 작전일지도 모른다.

"한양에 왔으면 곧바로 과인을 찾을 것이지 어찌하여 신하로 변신하셨소?"

"변신은 아니고 잠깐 그자의 몸을 빌려 도우려 했을 뿐입니다."

그 말은 진심이었다. 백성이 마음으로 따를 수 있는 판결이란 말을 듣는 순간, 해치는 마음 한구석이 술렁였다. 하찮은 인간이라며 대놓고 무시했던 편견이 싹 날아가고 염라가 이곳에 보낸 이유도 조금은 이해되었다.

그런데 이렇게 무식하게 불러내다니, 잠시나마 들었던 호감은 저만치 물러났다. 정조는 해치의 불만스러운 표정을 본체만체하며 말했다.

"몇 가지 물을 것이 있소. 그대의 대답 여하에 따라 거취를 결정하지요."

"뭐라?"

참다못한 해치도 그르르, 목을 울리며 만만치 않은 성질을 드러냈다.

"이승의 왕이 무슨 권한으로 감히 신수의 거취를 정한다는 건가?"

"그대는 염라대왕께서 날 도우라고 보내셨소. 하나 도움은 사정에 따라 얼마든지 거절할 수 있는 법이지."

"반품할 방법은 있고? 죽어야 만나는 염라가 아닌가."

해치가 이죽거리자 정조가 자애롭게 미소 지었다.

"방울이 있는데, 내가 갈 필요가 있는가? 온 곳으로 그저 보내면 그만인 것을."

정조가 금방울을 울리자 은방울이 같이 흔들리면서 해치의 목을 조여 왔다. 해치가 그대로 쓰러져 바닥에서 몸부림치다가 그 자리가 매끈매끈해지고서야 방울이 멈췄다.

"이제 거취 결정이 과인에게 달렸다는 걸 확실히 했으니, 허심탄회하게 대화를 나눠 봅시다."

"흐윽, 그러시지요."

"그대는 선악을 판별하고 법과 정의를 수호한다고 들었소. 그리고 오늘 보니 여러 모습으로 변신하는 것 같고, 그 밖에 무얼 할 수 있소?"

해치가 분한 기색을 애써 누르며 답했다.

"물을 다스릴 수 있고, 죄인의 진술이 참인지 거짓인지 과거를 통하여 엿볼 수 있습니다. 그것을 바탕으로 죄인을 심판합니다."

"흠, 듣고 보니 용보다 더 뛰어나신 듯하오."

"용? 하! 감히 그런 지렁이와 비교하다니. 내 이름의 뜻은 해가 보낸 벼슬아치라오. 말 그대로, 존재 자체가 뜨거운 양의 기운이 충만하여 음기 가득한 잡것을 물리치고 악을 소멸하는 위대함의 절정이지. 할 수 있는 게 뭐냐고? 인간의 말로는 다 표현할 수 없는데도 애써 설명해 주었거늘, 감히 뱀에서 시작한 녀석과 비교하다니. 능력만큼은 나와 비교할 신수가 없소이다. 이 궐 사방에 나를 조각해 놓았으니 잘 알 것 아니……."

해치가 목청을 높이다가 금방울을 보고는 말끝을 흐리자 정조가 넌지시 물었다.

"그리 대단하신 분이 하찮은 인간들을 도우시다니. 그럼 무료 봉사는 아니실 테고."

해치의 눈동자가 심하게 흔들리자, 정조는 환하게 웃었다.

"저, 그게……. 염라대왕님과 약조한 상급이 있긴 있지요."

'염라'라고 하더니 '대왕님'이 붙었다.

'당황하는 꼴이, 상은커녕 빚이라도 진 것 같구나.'

대번에 눈치챈 정조가 계속하라는 듯 손을 까딱였다.

"실은 제가 악귀와 싸우다가 조금 다쳤는데……. 염라대왕님께서 약간 도움을 주셨습니다."

그 말을 하면서 해치가 손으로 이마를 더듬었다. 자세히 보니 희미한 흉터가 눈에 띄었다. 그가 손으로 더듬지 않았다면 몰랐으리라.

'심계가 밝지만, 아이만큼이나 얕아.'

정조는 신수가 어사대와 함께 활동하게 된다면 결코 전면에 내세우지 않기로 마음먹었다. 그는 해치가 더욱 긴장하도록 잠시 침묵했다가 슬쩍 추임새를 넣었다.

"저런, 해치께서 다칠 정도였다면 상대는 그냥 소멸했겠소."

"허허, 거의 그렇다고 할 수 있지요."

이마가 식은땀으로 반짝이는 걸 보니 패배한 것이 분명해 보였다.

"어떤 몹쓸 놈이 감히 신수께 그런 짓을 했는지, 쯧!"

"수라, 그 녀석이 속임수만 쓰지 않았다면 충분히……."

쥐락펴락, 정조의 밀고 당기기에 휘말려 이름까지 말한 해치가 당황하며 입을 꽉 다물었다.

"수라?"

정조가 되물었지만 해치는 짧게 고개만 저었다.

"곤란하면 말하지 않아도 되오. 자칫 천기누설의 우를 범할 수 있으니까."

"오, 천기누설! 그렇죠."

해치의 고개가 주억거리며 안심하는 기색이 어리자, 정조는 모르는 척, 다음 질문을 이어 나갔다.

"마지막으로 한 가지 더 묻겠소. 요괴어사대가 비형랑의 자손이라 들었습니다만. 그럼, 목멱산에 모인 자들 말고 후손이 더 있는 겁니까?"

해치는 마지막이라는 단서에 경계심이 풀린 나머지 말이 길어졌다.

"비형랑을 들어 보셨을 겁니다. 그는 죽은 자의 아들로 태어나 일찍이 귀신을 부릴 줄 알았고 비범한 능력을 갖추고 있었습니다. 그의 후손도 마찬가지지요. 그들은 이 나라뿐 아니라 세상 곳곳에 퍼져 있고 능력의 종류와 정도가 다 제각각입니다. 다만 어사대 대원들이 가장 강력하다 할 수 있지요. 이승과 저승을 아우르는 섭리가 가장 적절한 때에 가장 적합한 이들을 모은 셈입니다."

"참으로 기막힌 섭리요. 저절로 돌아가지만, 때를 맞추어 한 치도 틀림이 없으니."

정조가 새삼스럽다는 듯 감탄하자, 해치도 지그시 눈을 감으며 고개를 끄덕였다.

"그런데 비형랑의 자손과 해치 그리고 염라대왕까지 나서야 한다면 그 수라라는 자가 제법 강한 존재인 듯싶소."

"제법 세지요. 아주 고약합니다. 하지만 천계가 온 힘을 합칠 것이니 너무 염려하지 마십시오."

"천계가……, 온 힘을 합쳐야 할 정도로?"

정조의 눈이 사납게 빛나자, 해치가 주섬주섬 말하기 시작했다.

"너무 염려하지 마십시오. 내 신수의 이름을 걸고 앞장서서 싸우겠습니다."

그러자 정조가 해치에게 바짝 다가가 얼굴을 맞대고 악다문 잇새로 으르렁거리듯 말했다.

"과인은 말을 믿지 않는다. 사람은 물론이거니와 태어나 처음 마주하는 신수의 말이라면 더더욱! 연합하기로 했으면 애초에 모든 정보를 풀었어야지. 그래서 네게 수라에 관해서도 더는 묻지 않을 게야. 직접 알아본 뒤 다시 물을 터이니 각오하라."

그러자 해치도 내내 숨기고 있던 본색을 드러냈다.

"왕이란 자리가 태어난 김에 주어지는지라 큰 기대가 없었는데……. 배포와 심계가 보통이 아니구나. 하지만 신수를 모욕하여 얻을 게 무엇이더냐?"

"틀렸어. 과인은 얻어 내는 자가 아니라 취하는 자이다. 지금껏 그렇게 해서 나의 백성을 지켰으니, 상대가 신수나 요괴라 해서 달라지지 않아. 그 빌어먹을 섭리라는 것이 왜 하필 과인의 땅에 이르렀는지는 모르지만, 만약 네놈들 싸움에 내 백성의 피가 한 방울이라도 떨어진다면……. 지옥 끝까지 쫓아가서라도 그 대가를 받아 낼 것이야!"

임금의 기세가 어찌나 서늘한지, 해치는 잠시 말문이 막혔다. 그러자 정조가 몸을 물리더니 제자리에 앉아 의관을 바로 했다.

"석 달 뒤, 어사대는 재정비를 마치는 대로 떠날 터이니, 미리 함께하여 호흡을 맞춰라. 그리고 어사대와 함께 활동하는 동안은 벼리에게 금방울을 맡길 것이다. 알아서 깍듯이 모시거라."

정조가 이만 물러나라는 듯 손을 휘젓더니, 그대로 자리에 누워 버렸다. 화가 난 해치가 허연 콧김을 내뿜었지만, 정조는 피식거리며 돌아누울 뿐이었다.

해치는 화를 누르며 속으로 생각했다. 죽은 자를 천도하고 지옥에 보내는 자신에게 등을 보인 자가 있었던가? 이승과 저승을 통틀어 처음이었다.

"금방울만 아니었어도……. 염라, 어디 두고 보자!"

기 싸움에서 완패한 해치가 씩씩거리며 사라진 뒤, 정조는 금방울을 꽉 쥐고 있던 주먹을 폈다. 얼마나 힘을 주었는지 굳은살이 잔뜩 박여 딱딱한 손바닥에 방울 자국이 고스란히 패어 있었다. 그도 사람이었다. 어찌 무섭지 않았으랴. 하지만 어사 임명식이 있던 날, 자신들을 쓰다 버리지 말아 달라던 무령의 간절한 부탁을 떠올리며 버텼다. 이것은 모든 백성을 어깨에 짊어진 지도자가 감당해야 할 무게였다.

그날 이후, 해치는 정조 앞에 코빼기도 비추지 않았다. 그래도 정조의 명에 따라 어사대와 함께 지낸 지 두 달이 되었다.

어사대의 근황이 궁금했던 정조는 모두를 물리고 홀로 후원으로 나섰다. 그는 참나무와 소나무가 빽빽하게 우거진 후원의 돌담을 따라 걷다가 수구문 앞에 멈췄다. 돌담 아래 낸 창살 사이로 북악산에서 내려온 맑은 물이 찰찰찰, 은빛 물결을 만들며 궁 밖으로 흘러나가고 있었다. 그가 주변을 살핀 뒤 돌담에 손을 대자 거미줄보다 촘촘한 금빛 선이 뻗어나가더니 커다란 연꽃 모양이 되었다.

바로 무령이 친 결계였다. 정조의 기운에만 반응하는 연꽃은 인당수에 빠졌던 심청을 궐에 데려다 놓듯, 그가 원하는 곳으로 데려다주었다. 물론 도착지는 무령이 친 결계가 있는 곳만 가능했다. 주인을 알아챈 듯 연꽃이 활짝 피어나더니 그를 감싸 안고 단숨에 어사대 기지로 모셨다.

기지 안, 연무장에는 오늘도 기합 소리가 가득했다. 검술을 익히는 벼리의 몸에서 모락모락 김이 오르는 듯했다.

"몸통을 봐. 발과 손, 시선은 상대를 얼마든지 속일 수 있다. 그러나 몸통은 근본과 같아서 결코 속일 수 없어!"

조선 최고의 무사 백동수가 벼리와 직접 대련하면서 쉼 없이 지적하고 있었다.

"또 다리가 비었다!"

백동수가 목검으로 벼리의 허벅지를 내리치자 그녀는 맥없이 주저앉았다. 그는 이를 악물고 신음조차 내지 않는 벼리에게 다그치듯 물었다.

"내가 뭐라고 했지?"

"바깥 허벅지 힘줄은……. 흐읍, 무릎과 종아리까지 감싸고 있다. 따라서 한방에 하체를 무너뜨릴 수 있으니 항상 조심하라 하셨습니다."

"그런데 너는 항상 그러지 못하는구나."

백동수는 나지막이 한숨을 쉬었다.

7년이나 무술을 익혔는데, 허벅지 같은 큰 부위도 막지 못하다니. 정상적인 사람이라면 방어 본능이 발휘되기 마련이다. 맞으려고 가만히 있는 게 더 힘든 일 아닌가. 그뿐이 아니었다. 맞는 무기를 찾는답시고 바꾼 것만 열 가지가 넘었다. 그런데도 어느 것 하나 정착하지 못하고 돌고 돌아, 다시 검을 잡게 되었다. 혹자는 너무 자주 바꿔서 그런 게 아니냐 물을지 모르지만 백동수가 내린 결론은 달랐다. 한마디로 맞는 무기가 없는 게 아니라, 무기가 맞지 않는 몸이었다.

벼리가 비틀거리며 다시 일어났다. 그때, 시나브로 나타난 정조가 자연스럽게 끼어들더니 훈수를 두기 시작했다. 벼리는 금방이라도 울 것 같은 얼굴로 두 명의 천재 스승을 번갈아 보았다. 그 모습을 멀리서 지켜보던 해치가 중얼거렸다.

"발갛게 달아오른 게 꼭 오미자 같네."

그러자 옆에 있던 광탈이 입 안 가득 느티떡을 밀어 넣으며 말했다.

"오미자 화채, 맛 좋죠."

"너는 훈련 안 하냐?"

"훈련이란 아직 이룰 게 남아 있는 이들이나 하는 겁니다."

광탈이 다리를 절뚝이다가 다시 넘어지는 벼리를 턱으로 가리키며 쩝쩝거렸다. 해치는 인간과 섞여 지내느라 신수의 기운은 갈무리했지만, 워낙 까칠하고 거만한지라 아무도 접근하지 않았다. 그러나 조선에서 제일가는 마당발, 광탈만은 예외였다.

"제발 떨어지거라. 네놈이 먹는 것에서 역겨운 냄새가 진동한다."

"안 먹어 봤으면 말을 마요. 포근포근한 게 얼마나 맛있는데."

"이 신수님이 감히 속계의 음식에 입을 댈까!"

해치가 서슬 퍼렇게 화를 냈지만, 광탈은 여름날 풀 뜯는 소처럼 느른한 표정으로 입만 우적거렸다. 매번 이런 식이라 해치도 점점 지쳐 갔다.

"파리처럼 귀찮게 말고 다른 사람이랑 놀거라."

"이렇게 예쁜……. 아니, 멋진 파리 봤어요?"

그러더니 주머니에서 주섬주섬 꺼낸 것을 해치에게 슬쩍 쥐여 주었다.

"이건 또 뭐……."

마냥 찌푸려지던 해치의 눈이 대번에 커졌다. 멀구슬 열매였다.

"해치님은 이것만 드신다면서요? 그래서 제가 남쪽 끝까지 가서 따온 겁니다. 원래 사람들은 같이 먹으면서 친해지는 법이거든요. 아이고 다리야."

광탈이 거하게 생색내며 눈썹을 들썩였다. 금방 따온 거치고는 쪼글쪼글 말라붙은 게 모양은 영 아니었지만 해치는 반가운 기색을 감추지 못했다. 그도 그럴 것이, 이승에 온 뒤로 처음 접한 음식이었다.

"그러니 동장군처럼 쌀쌀맞게 굴지 맙시다, 형님."

형님? 해치는 제 귀를 의심했다. 정말 별꼴을 다 당한다 싶은데, 샐쭉 웃는 걸 보니 너무 잘생겼다. 화까지 풀리게 만드는 마성의 외모란 게 있다면 광탈인 듯싶었다.

"허어, 참!"

해치는 뒷짐 지고 얼음 지치는 것처럼 매끄럽게 걸어가는 광탈을 보며 헛웃음 쳤다. 형님이라니. 여기 인간들은 하나같이 망측하고 버릇이 없었다.

"음, 음……. 맛은 형편없지만. 내가 워낙 주려서, 하는 수 없이 먹는다."

남쪽 끝은 개뿔. 약방에서 사 온 줄도 모르고 해치는 눈까지 감고 맛과 향을 음미했다*.

안 먹는다고 죽는 건 아니지만, 오랜만에 먹으니 꽝꽝 언 가슴 한 귀퉁이가 살짝 녹는 느낌마저 들었다.

"요망하다, 참 요망해."

말로 남의 속을 싹 뒤집어 놓았다가도 곰살맞게 굴면서 그걸 풀리게 하는 게 광탈이라면, 벼리는 하찮은데 묘하게 안쓰러워 눈길이 가곤 했다. 해치는 정조에게 허벅지를 맞고 구르는 벼리를 바라보며 중얼거렸다.

"인간은……. 어렵다."

다음 날 아침, 벼리는 끙끙 앓는 소리를 내며 일어났다. 온몸이 안 아픈 데가 없는데 특히 허벅지가 욱신거리고 목은 타는 듯이 말랐다. 그녀는 눈도 제대로 뜨지 못하고 머리맡에 둔 물그릇을 찾아 손을 더듬거렸다. 그런데 물그릇 대신

* 전설에는 해치가 멀구슬 열매만 먹는다 전해지며, 실생활에서는 약재로 쓰인다.

커다란 상자 같은 게 만져졌다. 제대로 보니 세월의 흔적이 켜켜이 쌓여 있지만 섬세한 금장식만은 여전히 빛을 발하는 상자였다. 함부로 손을 댈 수 없는 위엄이 느껴져 머뭇거리는데 옆에 놓인 서신이 눈에 띄었다. 그녀는 잠시 망설이다가 먼저 편지를 열어 보았다. 처음 보는 글씨였지만 누가 쓴 건지 금방 알 수 있었다.

「천계의 제일가는 신수이나, 하늘의 뜻을 받드느라 하찮은 인간들과 큰일을 도모하게 되었으니 어찌 지켜만 보리오. 비록 네가 미물에 지나지 않으나 그 노력이 가상하여 우주의 정기를 품은 무기를 하사한다. 그러니 몸과 마음을 다하여 뜻을 이루도록 노력하거라.

추신 : 보잘것없는 네 무술 실력에도 불구하고 신령한 힘은 제한받지 아니하나, 그래도 하체는 조심하거라.」

벼리는 떨리는 손으로 조심스럽게 상자를 열었다. 칼의 좌우로 각각 3개씩의 칼날이 가지 모양으로 뻗어 있는 것이 모양새조차 신비로웠다. 그림으로만 보던 칠지도였다. 들어 있던 상자 못지않게 색이 바랬지만 세상에 속하지 않은 신묘함이 어려 있었다. 왈칵, 벼리는 눈앞이 뿌예지며 치밀어 오르는 감동을 주체할 수 없었다.

'이런 귀한 것을 어찌 나에게…….'

순간 볼을 타고 내려온 벼리의 눈물이 칼날 위로 떨어졌다.

치익!

눈물이 순식간에 김이 되어 증발했다. 놀란 벼리가 흠칫 칼을 떨어뜨리며 물러났다.

'뭐야? 만질 땐 뜨겁지 않았는데?'

"겁은 많아서. 쯧!"

뒤에서 해치가 불쑥 나타났다. 벼리가 깜짝 놀라 뒤로 몸을 돌리다가 균형을 잃고 땅 위에 떨어진 칼에 다시 손을 올렸다.

"으악!"

놀라서 얼른 뗐지만, 손은 멀쩡했다.

"호들갑은. 상서로운 칼이라 그리 일렀거늘."

그녀는 들은 척도 않고 한 번 더 손을 대었다가 재빨리 떼었다. 그래도 열기가 느껴지지 않자, 두 손으로 조심스럽게 들어 올렸다.

"이 칼을 저에게 선물하신 겁니까?"

"내가 아니면 누가 이런 귀한 것을 구할 수 있겠나?"

"백제의 근구수왕이 왜왕에게 하사한 것으로 알고 있는데,

물 건너 왜국으로 간 칠지도가 어찌 제 손에……."

벼리가 의아해하며 묻자, 해치는 아무도 모르는 사실을 혼자 알고 있다는 듯 자만심 가득한 어깨를 들썩이며 이야기를 꺼냈다.

"정확히는 두 자루였다. 하나는 네 말대로 왜국에 하사하였고, 나머지 한 자루는 백제가 멸망하면서 사라졌다. 신라와 연합했던 당군이 사라진 칠지도를 찾으러 온 백제를 다 뒤졌지. 이 칼을 얻는 자, 저승의 요괴들을 다스릴 수 있다는 소문이 자자했거든. 당시 당나라는 강성한 나라였으니, 이승뿐 아니라 저승까지 탐내지 않았겠느냐?"

"칠지도가 그렇게 영험합니까?"

"왜국에 하사한 것은 철로 만들었지만, 네 손에 들려진 칠지도는 이 세상의 것이 아니다."

"네? 이 세상의 것이 아니라면……."

"인간의 세월로 1600년 전, 하늘에서 별 조각이 떨어졌다. 어리석은 인간이지만 그나마 나은 자가 있는 법. 백제의 왕이 영험함을 알아보고 별 조각을 칼로 만들어 이름을 지었으니, 칠지도라 하였다."

그러자 벼리는 눈을 감고 기억을 더듬었다.

"초고왕 21년 겨울 10월에 구름 없이 우레가 쳤고 혜성이 서북쪽에 나타났다가 20일 만에 없어졌다……. 지금 이때의 일을 말씀하시는 겁니까?"

가뜩이나 동그란 눈을 더 동그랗게 치켜뜨고 벼리가 묻자, 놀란 해치가 되물었다.

"아니 네가 그것을 어찌……."

"삼국사기, 백제본기, 초고왕 편에도 이 별에 대한 기록이 나옵니다."

기억의 한계가 없다는 듯 주르르 말하는 벼리를 보며 해치는 새삼 인간이란 존재가 신기하게 느껴졌다. 어사대 대원들이야 특별한 피가 섞였다지만 정조와 국무당, 백동수까지 차례로 떠올리며 적어도 그들에게는 하찮거나 미물이란 말을 쓰기 어렵다는 생각이 들었다. 해치는 기특하다는 듯 웃으며 칠지도의 마지막 행방에 대해 알려 주었다.

"백제의 마지막 국무당이 제 혼을 바쳐 깊숙이 봉인해 놓았더라. 그의 희생이 오늘을 위함이 아니겠느냐? 이제는 세상 빛을 볼 때가 된 듯하여 내 친히 꺼내 와…… 억!"

벼리가 해치를 와락 껴안았다.

"정말 고마워요. 해치님, 제가 얼마나 기쁜지 모르실 겁니다!"

놀란 해치가 바르작거렸지만 조그만 처자가 어찌나 옹골찬지 벗어날 수 없었다.

"놔, 놔라! 어이쿠!"

그러자 벼리는 해치를 내팽개치다시피 놔 주고는 밖으로 나가며 소리쳤다.

"백원 오라버니, 광탈아! 이것 봐!"

팔을 파닥여서 겨우 넘어지지 않은 해치가 옷을 탈탈 털면서 투덜거렸다.

"천하에 무도한 녀석 같으니라고! 기껏 구해다 줬더니, 뭐, 백원 오라버니? 광탈아? 쳇!"

그러면서도 표정은 나쁘지 않았다.

백원과 광탈이 놀란 얼굴로 방에서 튀어나오자 벼리는 신이 나서 칠지도를 보여 주었다. 그러더니 해치를 가리키며 조잘거리는데 광탈이 한번 보자며 손을 쑥 내밀었다. 벼리가 선뜻 검을 넘겨주더니 둘이 좋아서 폴짝거리고 백원은 흐뭇하게 웃었다. 해치는 저리 좋아할 줄 알았다면 진작 가져다 줄 걸 그랬나 싶었다.

동시에 무감하고 동료애라고는 한 톨 없어 제각각 나섰다가 무참히 패했던 신수들이 떠올랐다. 그 쓰라린 기억 위에 인간들의 모습이 덧씌워졌다.

'저들은 우리와 다르다.'

신수만큼 강하지 않지만 서로 아끼고 하나 되는 인간이란 존재를 보면서 해치는 문득 희망을 떠올렸다.

'이번에야말로 수라를 소멸시킬 수 있지 않을까?'

그 시각, 무령은 개성에서 온 손님을 맞이하고 있었다. 하인의 안내를 받아 신당에서 무령을 기다리는 손님의 차림은 한눈에 봐도 부티가 났다. 청나라에서 수입한 값을 묻지도 않고 사 간다는 자줏빛 비단옷을 입었고 손에 든 부채는 무려 백 번이 접힌다는 오십살백접선이었다. 부채 끝에 다는 장식인 선추 안에는 향가루를 넣었는지, 방 안에 은은한 향기가 돌았다. 손님은 기와집 한 채를 입고 있는 거나 마찬가지건만, 얼굴에는 수심이 가득했다. 잠시 후, 무령이 신당 안으로 들어오자, 손님의 얼굴이 그제야 환해졌다.

"큰일을 하신다는 분의 표정이 이리 솔직하시면 어찌합니까."

무령이 살짝 핀잔이 담긴 농을 하면서 운을 떼자, 손님도 웃으며 답했다.

"허허, 자네의 말이 맞네. 대대로 삼 장사를 하였지만, 이번처럼 괴이한 일은 처음이라."

그는 전국에서 재배되는 인삼을 모아 홍삼으로 가공하여 판매하는 개성상인이었다. 당시 조선은 인삼 무역의 황금기를 맞이하고 있었다. 산에 밭을 일구어 인삼을 대량으로 재배함과 동시에 홍삼증포기술의 발달로 청나라에 홍삼을 수출하여 큰돈을 벌어들였다. 무엇보다 이 일이 날씨 같은 변수가 생기면 치명적일 수 있기에, 그는 수시로 무령을 찾아와 조언을 구했다. 하지만 괴이하다는 말은 처음이었다. 무령이 사뭇 진지한 표정으로 물었다.

"무슨 일이십니까?"

"그동안 꾸준히 질 좋은 삼이 나던 마을이 하나 있는데, 갑자기 사람들이 삼 캐기를 거부하고 있다네. 근처에 오랫동안 버려진 절이 있는데, 거기 사는 요괴가 마을로 내려와 사람을 잡아간다나? 흠, 처음에는 범을 오해했나 싶어서 웃돈을 주며 어르려 했지. 근데 얼토당토않은 소리라고만 할 수 없는 게, 마을에 줄초상이 나고 있지 뭔가. 그래서 자네에게 온 걸세. 넉 달 안에 홍삼 300근을 의주 상인에게 보내야 하는데, 이를 어찌하면 좋단 말인가?"

무령은 짧게 고개를 끄덕였다.

"잠시만 기다려……."

그때였다. 갑자기 탄식 같은 신음과 함께 무령의 눈동자가 흐릿해졌다. 곧이어 눈앞이 캄캄해지더니 어디선가 구슬피 우는 소리가 들렸다.

*"제발 살려 주세요. 저희는 죽을 수 없습니다."*

*"반드시 돌아가야 합니다. 제발 자비를 베푸소서."*

무령은 소리의 주인들이 죽은 자라는 걸 단박에 알아챘다. 처량한 호소가 이어지던 순간, 갑자기 커다란 불기둥이 치솟더니 금세 모든 걸 불사르기 시작했다. 불길에 사로잡힌 영혼들은 비명을 질렀다.

*"제발 저희를 구해 주십시오!"*

그 외침이 어찌나 처절한지, 무령은 절로 몸을 떨었다.

그녀가 환상을 보는 동안, 손님은 마른침을 삼키며 예언을 기다리고 있었다. 이윽고 붉은 석류 같은 입술이 열리더니 그에게 경고했다.

"모든 것이 타올라 재가 될 것이다. 삼은커녕 아무것도 건지지 못해!"

너무 단호한 결론에 손님의 얼굴에는 잠시 실망하는 기색이 스쳤다. 하지만 이내 결심을 한 듯 굳은 표정으로 혼잣말을 했다.

"이번 거래는 물러야겠군."

돌려줘야 할 계약금은 둘째고 상인에게 생명이라 할 수 있는 신뢰에 금이 갈지도 모른다. 하지만 지금까지 무령의 예언은 엇나간 적이 없기에 그는 깨끗이 포기하기로 했다. 손님이 후하게 사례하고 홀가분한 마음으로 길을 떠난 뒤, 무령은 수구문의 결계를 통해서 남몰래 정조를 찾아갔다.

---

며칠 뒤, 정조는 어사대의 임무를 담은 봉서를 가지고 왔

다. 그는 벼리가 보여 준 칠지도를 물끄러미 바라볼 뿐, 별다른 말을 하지 않았다.

칭찬을 바란 건 아니지만 적어도 감탄은 할 줄 알았는데. 결국 해치가 먼저 입을 열었다.

"큼큼, 말이 아니라 행동으로 보여 줬으니 이제는 믿을 수 있겠습니까?"

"한번 무너진 신뢰가 그리 금방 회복될 리 있나. 앞으로도 더욱 노력하거라."

해치의 얼굴이 와락 구겨지더니 그의 목에 걸린 은방울에서 철썩이는 물소리가 났다. 하지만 정조가 손목에 맨 금방울을 보여 주자 대번에 사그라들었다.

둘 사이에 어떤 일이 있었는지 모르는 어사대 대원들은 나름대로 반응했다. 무령은 재미있다는 표정으로 존대하는 신수와 하대하는 정조를 번갈아 보았다. 해치에게 받은 게 있는 벼리는 난처한 얼굴인데, 워낙 신경이 무딘 광탈은 볶은 콩을 한 움큼 입에 넣고 오도독거리기 바빴다. 백원은 청룡언월도를 언제든 잡을 기세로 임금을 등지고 해치를 노려보니, 이리 억울할 수가. 정조는 제 알 바 아니라는 듯, 해치를 싹 무시하며 무령에게 명했다.

"도착하는 즉시, 절 근처에 연꽃 결계를 그려 다오."

무령이 조심스럽게 이유를 물었지만 정조는 씩 웃을 뿐,

대답해 주지 않았다. 그는 대원들에게 출발을 명했다.

"이번에도 몸 건강히 다녀오너라."

혹여 성공한 지난 임무 때문에 부담을 느낄까, 당부하는 말이었다. 임금의 자애로운 미소에 벼리는 잔뜩 힘주고 있던 어깨를 스르르 풀었다.

"명심하겠습니다."

"그리고 이건 항상 매고 다녀야 한다."

해치는 임금이 벼리의 손목에 금방울을 달아 주는 걸 씨근덕거리며 지켜보았다. 한편으로는 백원이 아니라 벼리여서 다행이라 생각했다.

어사대는 즉시 길을 떠났다. 전처럼 무령과 벼리는 말에 오르고 백원은 묵묵히 뒤를 지켰다. 광탈은 멀찌감치 앞서가는 해치를 향해 외쳤다.

"형님, 같이 가요!"

그 말을 듣자마자 해치는 연기처럼 사라져 버렸다.

"부끄러워하기는, 헤헤."

해치의 뒤를 쫓으려는 광탈을 무령이 말렸다.

"아서, 누구나 홀로 있는 시간이 필요하단다. 광탈아, 이거 먹을래?"

그냥 놔뒀다가는 기어코 해치를 화나게 할까 싶어서 광탈을 먹을 것으로 유인했다. 그녀가 동백 잎으로 만든 찹쌀 부각을 건네자, 광탈은 신이 나서 깨금발로 뛰어왔다.

사대문을 벗어나서 한적한 곳에 이르자 벼리가 봉서를 폈다.

"무슨 임무야?"

광탈이 바짝 머리를 디밀며 묻자 벼리가 어두운 표정으로 답했다.

"사내 넷이 실종되었다가 까맣게 타서 뼈만 남은 채 발견됐대."

명당

주막에 사내 네 명이 앉아 있었다. 초저녁부터 시작된 술자리는 으슥하도록 이어지고 있었다. 술병이 쌓이고 안주로 내온 선짓국은 바닥이 드러났다. 바삐 오가며 음식을 내오던 주모는 구석에서 졸고 있었다.

취기가 오른 그들은 앞다투어 세상을 비판했다. 조선을 오염시키는 서학부터 앞뒤가 다른 선비와 탐관오리, 심지어 임금까지 들먹였다.

"언제까지 서학에 물든 벼슬아치들이 조정에 들끓는 걸 지켜보아야 하나!"

"어리석은 임금 때문에 이 나라 백성이 더욱 우매해지는 게 아닌가. 우리 마을만 해도 그래. 미신에 얽매여 벌벌 떠는 꼴이라니!"

부어라 마셔라 하던 사내들이 일제히 앞산을 바라보았다.

이 마을에는 용루사龍淚寺라는 허물어진 절이 있었다. 너무 오래전 일이라, 왜 절이 폐허가 됐는지 아는 이가 없었다. 하지만 아직도 겹으로 금줄을 둘러 아무도 들어가지 못하게 했으며 대부분은 그쪽을 바라보는 것도 꺼렸다. 사내들은 혈기에 술기운까지 더해져, 분을 참지 못했다.

"세상을 밝힐 사상과 학문이 엄연히 있거늘, 무지몽매한 백성들은 빈 절간조차 두려워하다니. 망조가 들었어!"

그러자 구석에서 꾸벅꾸벅 졸고 있던 주모가 퍼뜩 일어나더니 말했다.

"설마 절에 가시려는 건 아니죠? 절대, 절대 안 됩니다!"

"아이고, 깜짝이야."

"처음 보는 얼굴인데? 원래 있던 사람은 어디 가고……."

사내들은 그제야 주모가 바뀐 걸 알았다. 그녀는 눈이 쭉 찢어지고 코와 입이 앞으로 돌출된 것이 묘하게 여우를 닮은 듯했다.

"아이고, 가면 큰일 납니다."

"누가 간다고 했소? 왜 이리 호들갑이야."

"용이 되었으나 승천하지 못한, 한이 서린 곳입니다. 절 한가운데 있는 바위에 용이 흘린 눈물 자국이 아직도 선명하대요."

"용이 되었는데, 승천을 못 했다고? 과거에 급제했는데 관직에 나아가지 못했다는 말과 똑같네."

사내들이 어처구니없다는 듯, 큰 소리로 웃었다.

"미신이라 업신여기지 마십시오. 이 마을에서 태어났으니 다들 아시지 않습니까? 그 절에 발을 들이면 큰일 납니다!"

주모가 끓는 기름 솥에 물 붓는 소리를 계속 주절거리니, 사내들은 거세게 화를 냈다.

"천한 년이 무식한 말만 쏟아 내는구나!"

"멍청하면 온순하기라도 해야지!"

대번에 상이 엎어졌다. 그러나 주모는 마치 작정이라도 한 듯, 더욱 소리를 높였다.

"책상머리에 앉아 공자 왈 맹자 왈 지껄이는 게 뭐 그리 대단한 줄 아쇼? 겁도 없이 덤비다가 천벌을 받는다니까……. 윽!"

다짜고짜 주먹질이 시작되었다.

"네 이년, 닥치거라!"

"허어, 정녕 이 나라가 망해 가고 있구나. 종묘사직을 도탄에 빠지게 할 소리야!"

"오냐, 못된 버릇을 단단히 고쳐 주마!"

그들은 주모를 실컷 두들겨 패고는 손에 잡히는 대로 주막에 있는 것들을 부수기 시작했다. 술병과 그릇이 깨지고 온갖 세간살이가 마당에 뒹굴었다. 사내들은 피투성이가 된 주모에게 손가락질하며 웃었다.

"주제도 모르는 천것에게는 매가 약이지."

"에이, 술맛 다 떨어졌네. 우리 집에 가서 한잔 더 하자고."

"이 시간에 마나님을 깨우려고?"

"가장이 친구를 데리고 왔으면 버선발로 나와야지! 그게 도리 아니겠는가?"

"이 친구, 수신제가修身齊家를 이뤘군! 이제 치국治國과 평천하平天下만 이루면 되겠어, 하하하. 인재를 몰라보는 나라가 통탄스럽구나."

사내들은 휘청거리며 주막을 나섰다. 너무 취했던 걸까? 그들은 훤히 열린 방문 사이로 이 주막의 원래 주인인 주모가 곤히 잠든 것을 보고도 그냥 지나쳤다.

한편 사내들에게 얻어맞은 주모는 마당 한가운데 오도카니 서 있었다. 돌부처처럼 꼼짝도 하지 않던 입가가 슬며시 벌어지더니 숨죽여 웃는 소리가 새어 나왔다.

사방에는 불빛 한 점 없으나 제법 살이 차오른 달이 환하게 비추고 있어서 걷는 데는 문제가 없었다. 사내들은 갈래길에서 우뚝 멈췄다. 왼쪽은 집으로 가는 길, 오른쪽은 금지된 절로 오르는 길이었다. 그때 누군가 속삭이듯 말했다.

"선비로서 불의를 보고 지나치면 쓰겠나?"

부추기는 듯한 음성이 낯설어 뒤돌아보았지만 아무도 없었다. 하지만 누가 한 말인지는 더 이상 중요하지 않았다. 정의감으로 활활 타오르는 사내들은 누가 먼저랄 것도 없이 오른쪽으로 들어섰다. 분명 꼴 베는 아이들이나 겨우 다니던 좁은 산길이었는데, 오늘은 유난히 곧고 넓어 보였다. 얼마 가지 않아 출입을 막는 금줄이 보였다. 지푸라기에 달린 낡은 천 조각이 절대 가지 말라는 듯 펄럭거렸지만, 가장 앞에 선 자가 잡아당기자 금줄은 맥없이 끊어졌다. 여덟 개의 발은 땅에 떨어진 금줄을 지르밟고 거침없이 올라갔다.

이윽고 눈앞에 절이 어스름하게 보였다. 듣기로는 인적이 끊긴 지 200년도 더 된 절이라고 했다. 다 허물어지다 못해 흔적도 없어야 하건만 지금도 사람이 사는 것처럼 제법 깨끗했다. 그들이 잠시 멈칫거리자 또 낯선 목소리가 들렸다.

"인제 와서 무서워? 쯧, 자네가 내 친구란 게 부끄럽군."

그러더니 누군가 어깨를 툭 치더니 앞장섰다. 그러자 다른 이들도 홀린 듯, 뒤따랐다. 맨 뒤에 서 있던 사내가 뭔가 이상하단 걸 느끼고 멈칫거렸다. 그는 손가락으로 일일이 가리키며 사람 수를 세었다.

'하나, 둘, 셋……. 넷?'

분명 자신까지 합하면 앞에 있어야 할 사람은 세 명이어야 하거늘. 그는 눈을 비비고 다시 수를 세었다.

"하나, 둘, 셋. 허허, 그렇지. 내가 잘못 봤군."

이미 절 안으로 들어간 세 명은 어디서 주워 왔는지 몽둥이까지 들고서는 그를 불렀다.

"거기서 뭐 하나? 얼른 돕지 않고!"

이윽고 사내들은 닥치는 대로 절을 때려 부수기 시작했다. 저 아래 주막에서 난동을 피우던 것보다 더한 기세였다. 빈 절은 요란한 소리를 내며 속수무책으로 당했다.

"이, 이보게. 여기 좀 보게!"

대웅전에 들어간 자가 큰 소리로 외쳤다. 하나둘 안으로 들어가다가 우뚝 멈췄다. 사람보다 조금 더 큰 불상이 그들을 내려다보고 있었다. 누군가 매일 닦고 손질한 것처럼 반질반질하고 매끈했다.

"마을에서 올라오지 못하게 한 이유가 여기 있었군. 누군가 마을 사람들을 속이고 몰래 섬기고 있었던 게 분명해!"

또 부추기는 음성이 끼어들었다. 이제는 익숙해지기라도 한 걸까? 이상한 것보다 부아가 먼저 치밀었다.

"사람을 기만해도 유분수지!"

"아주 혼쭐을 내 주자고!"

분기탱천한 그들은 득달같이 달려들었다. 불상을 몽둥이로 내리치자 텅텅, 우그러졌다. 그런데도 분이 풀리지 않았는지, 네 명은 동시에 불상을 들어 올려서 옆으로 밀었다.

터엉 텅, 종이 울리는 것 같은 소리를 내며 구르던 불상은 마루를 뚫고 땅바닥에 처박혔다.

"쭉 찢어진 눈으로 내려다보던 얼굴이 보이지 않으니, 속이 다 시원하구나! 성리학의 국가에 부처가 웬 말이더냐. 땀 흘려 일하지 않고 쌀이나 구걸하러 다니는 중놈들이 없어야 이 나라가 바로 서는 게지."

"잘했네!"

"이제 내려가자고."

사내들은 껄껄 웃으며 툭툭 손을 털었다.

"잠깐, 어리석은 마을 사람들은 이 절이 있는 한, 계속 두려워할 거야. 그러니 아예 불을 질러 버리자고!"

"거참, 화끈하군! 생각 잘했네."

모두 담배를 피우는지라, 부싯돌은 충분했다. 사내들은 불을 지필 만한 것들을 한데 모아 부싯돌을 튕겼다.

순간, 바람 한 점이 훅 불더니 불씨를 꺼뜨렸다. 그들은 동시에 몸서리쳤다. 단순히 불이 꺼져서가 아니라 바람이 유난히 찼기 때문이었다.

"때가 어느 땐데, 웬 갑자기 한겨울 황소바람이……."

모두 자기 팔을 쓸며 주변을 둘러봤지만 사방은 고요했다.

"빨리하고 내려가자고."

"그, 그래."

다시 부싯돌을 튕겼지만, 또 바람이 불었다. 그런데 이번에는 좀 더 세고 오랫동안 휘몰아쳤다. 어찌나 차가운지, 사람들 입에서 허옇게 입김이 새어 나왔다. 슬금슬금 겁이 났다. 그들은 어미 닭 찾는 병아리들처럼 서로 몸을 모으고 두리번거렸다.

그때, 바람결에 이상한 소리가 들렸다.

"*흐흐, 흑. 허으흐.*"

분명 사람의 울음소리였다.

"으아!"

한 명이 비명을 지르며 튀어 나가자 나머지 셋은 저절로 딸려 나갔다.

바람은 거의 구르다시피 내려가는 사내들을 쫓아왔다. 게다가 마치 칼로 살을 베는 것 같은 차가움이었다. 발이 느린 자 하나가 점점 뒤처지기 시작했다.

"이보게, 같이 가세!"

하지만 앞선 이들은 금세 사라지고 결국 홀로 남게 되었다. 허연 입김이 그대로 얼어서 눈가루처럼 흩날렸다. 사지가 얼어서 움직이기 불편할 정도였다. 점점 발의 감각이 둔해지더니 땅을 디디는 느낌마저 없어졌다.

짜작, 짜그작.

갑자기 얼음 갈라지는 소리가 나면서, 볼이 떨어져 나가는 것처럼 아팠다.

"엥? 이게 무슨 일이야."

볼을 더듬자 손에 끈적한 것이 묻었다. 곧이어 비릿한 피 냄새가 코를 덮쳤다. 한겨울에 종일 밖에 있으면 볼살이 얼어서 갈라지곤 하지만, 이렇게 피가 흐르는 건 처음이었다. 통증보다 더 큰 공포가 사내를 덮쳤다.

그는 도무지 떨어지지 않는 발을 억지로 떼며 마을을 향해 달렸다. 아니, 달리려 했다. 하지만 땅에 붙은 듯 두 발은 꼼짝하지 않았다. 상체는 앞으로 잔뜩 기울어져 있고 발은 땅에 잡혀 있으니, 결국 중심을 잃고 앞으로 고꾸라졌다.

"어이쿠!"

다시 일어나 걸으려는데, 도무지 몸이 말을 듣지 않았다.

"아이고, 설마 부러진 거야?"

다리를 살피려고 시선을 내렸는데, 자신에게 무슨 일이 일어났는지 이해할 수 없었다. 잠시 멍하니 바라보다가 뒤늦게 비명이 터졌다.

분명히 다리에 달려 있어야 할 발이 보이지 않았다. 꽁꽁 언 두 발이 얼음 쪼개지듯 잘려서 땅에 박혀 있는 게 아닌가. 사내는 비명조차 지를 수 없었다.

그때, 더욱 거세지는 바람을 타고 다시 울음소리가 들렸다.

"흐흐, 허으윽……."

주막과 절에서 분탕질하던 기색은 간데없고, 사내는 두 손을 모아 싹싹 빌었다.

"자, 잘못했습니다. 살, 살려 주세……."

바람은 더욱더 거세게 불면서 그의 간절함을 집어삼켰다. 싹싹 빌고 있던 손이 야금야금 얼더니 손가락들이 처마 밑 고드름처럼 똑똑 떨어져 나갔다.

"사, 살려 줘! 으아아……."

하얀 서리가 온몸을 뒤덮고 마지막으로 비명까지 얼려 버렸다.

쩌저적, 쩡!

한겨울 언 장독 터지는 소리가 나면서 사내의 몸이 조각조각 떨어져 나갔다.

한편, 우연히 같은 방향으로 뛰게 된 두 사내는 그나마 정신을 차렸다. 혼자가 아니라는 게 이렇게 고마울 수 없었다.

"허허, 암만해도 바람 소리를 잘못 들은 것 같네."

"그, 그렇지?"

그때였다.

한 줄기 바람이 손목을 스치더니 날카로운 통증이 느껴졌다.

"아야, 뭐야?"

그는 벌에 쏘인 듯 욱신거리는 곳을 살폈다.

길고 가느다란 얼음 조각이 달빛을 받아 반짝거렸다.

"뭐, 뭔가?"

"별거 아니야. 신경 쓰지 말게."

"시답지 않게……. 얼른 내려가자고."

누구 하나 다른 친구를 찾아보자는 말을 하지 않았다. 무사히 산을 내려가 집에 닿고 싶은 본능만 머릿속을 헤집었다.

휘이잉.

다시 차가운 칼바람이 몰아치자, 이번에는 여러 개의 얼음 바늘이 사정없이 꽂혔다. 옆에 있던 친구가 무슨 일인지 다시 물었지만, 그는 대답도 하지 않고 달리기 시작했다.

"이, 이보게. 같이 가!"

남은 이가 따라 달리기 시작하자, 다시 거센 바람이 몰아치더니 수많은 얼음 바늘이 날아왔다.

"으아악!"

거센 통증에 저절로 비명이 나왔다. 손으로 연신 털어 보았지만 박혔던 것이 채 떨어지기도 전에 다른 바늘이 날아왔다. 손이 얼음 바늘로 뒤덮여 더는 움직일 수 없었다.

"커흑!"

두 사람은 더는 버티지 못하고 경사 길에서 그대로 굴렀다. 혀를 깨물었는지, 가쁜 숨을 토하자 후두두 피가 떨어졌다. 그때, 바람을 타고 이상한 소리가 들렸다.

똑, 똑, 똑.

마치 나무에 못을 박는 것 같은 소리가 메아리처럼 울리자, 얼음 바늘의 공격은 더욱 거세어졌다.

똑, 똑, 또도독!

주변을 떠돌던 괴상한 소리는 점점 빠르고 또렷해지더니 중얼거리는 소리가 섞여 들었다. 그제야 두 사내는 목탁을 두드리며 염불 외우는 소리라는 걸 깨달았다. 곧이어 사람의 음성이 들려왔다.

*"추워."*

*"배고파."*

깊은 한이 서린 하소연을 들으며 두 사내는 얼음으로 만든 고슴도치 꼴이 되어 숨을 거두었다.

맨 처음으로 절에서 빠져나온 사내는 아래를 향해 내려가고 있었다. 어릴 적부터 아버지를 따라 사냥하러 다녔기에 그에게 산은 익숙한 곳이었다. 놀란 마음이 차츰 가라앉으니, 별일 아닌데 괜한 호들갑을 떤 듯했다. 마을에 내려가면 친구들과 서로 골릴 거리가 생겼다 싶으니, 헛웃음까지 나왔다.

스스스.

사내는 낯선 기척에 걸음을 멈추었다. 사냥을 자주 다니다 보니, 그는 소리만 들어도 상대가 짐승인지, 아니면 바람결에 풀잎끼리 부딪치는 것인지 구분할 수 있었다. 가만히 귀 기울이자 이윽고 다시 소리가 들렸다.

스읏, 스스스.

순간, 사내는 예전에 만났던 착호갑사*가 해 준 이야기가 떠올랐다.

'산에는 많은 게 삽니다. 그러니 발소리만 듣고도 상대를 구분할 수 있어야 합니다. 사사사……. 이렇게 물이 흐르는 것처럼 부드럽고 가벼운 소리는 풀잎끼리 스치는 거지요. 반면 짐승이나 사람은 풀을 헤치며 나아가기에 바람과 달리 묵직합니다. 그리고 동시에 낙엽 밟는 소리가 납니다.'

그런데 지금 들리는 소리는 둘 중 어떤 것도 아니었다.

'그런데 간혹, 풀 스치는 소리인 건 분명한데, 유달리 묵직하고 음산한 게 있습죠.'

스스스, 스읏.

착호갑사가 마지막으로 말했던 게 바로 이 소리인가 싶었다. 평소 듣던 바람이나 짐승 소리와는 확연히 달랐기 때문

* 착호갑사(捉虎甲士) 조선 시대, 호랑이를 잡기 위해 특별히 뽑은 군사.

이다.

'바로 귀신입니다. 공중에 떠다니니 스치는 소리만 있고 밟는 소리는 나지 않거든요.'

착호갑사의 말을 듣고 사내가 피식 웃자, 그는 다시 진지하게 말했었다.

'겪어 보지 않았으니, 믿지 못하시는 게 당연합니다. 하지만 삼 캐다가 떨어져 죽은 심마니 귀신에, 범을 달고 다니는 창귀까지……. 해가 진 산에는 짐승보다 무서운 것들이 우글거립니다.'

착호갑사가 제 목을 긋는 시늉하던 모습이 생생하게 기억났다.

하지만 회상은 여기까지였다. 현실이 대번에 사내를 덮쳤다. 정체를 알 수 없는 그것은 뱀처럼 갈지자 모양으로 풀을 가르며 다가오더니 이내 양 갈래로 갈라졌다. 그를 가운데 두고 둥근 원을 그리더니 어느새 코앞까지 다가왔다.

똑, 똑, 똑.

일정한 박자로 나무를 두드리는 것 같은 소리가 들렸다. 곧이어 풀 사이로 둥근 것이 보인다 싶더니 서서히 솟아올랐다. 어스름한 달빛에 모습을 드러낸 것은 족히 서른 명이 넘는 승려들이었다. 그들이 목탁을 두드리며 한 걸음 한 걸음 다가오자 사내는 그대로 주저앉았다.

"자, 잘못했습니다."

사내가 두 손 모아 싹싹 빌자, 목탁 소리가 뚝 멈췄다. 잠시 정적이 흐른 뒤, 사내와 정면으로 마주 보고 있던 승려가 나직이 물었다.

*"무엇을?"*

"절을 부수고 불상을 넘어뜨린 건 그냥 장난이었습니다. 싹 다 배상할 테니 사, 살려만 주십시오. 다시는 얼씬도 하지 않겠습니다!"

그러자 승려들이 발작하듯 소리를 지르며 달려들었다. 그들은 눈 깜짝할 사이에 바로 코앞으로 다가와 사내에게 얼굴을 디밀었다. 사내는 넋을 놓고 비명을 질렀다.

"으아아악!"

승려의 얼굴은 새카맣게 그을린 해골뿐이었다. 코가 있어야 할 자리는 텅 비었고 퀭하게 뚫린 눈구멍에는 잔뜩 낀 구더기들이 꾸물거렸다. 그들은 턱뼈를 딸까닥거리며 외쳤다.

*"우리도 살려 달라고 빌었다."*

*"하지만 아무도 들어주지 않았어."*

*"그러니 우리도 들어줄 필요가 없겠지?"*

딸깍거리던 턱이 빠지더니 가슴께까지 내려앉았다. 그리고 그 사이로 붉디붉은 혀가 기어 나왔다. 수많은 혀는 사내의 구석구석을 핥아 올렸다.

"사, 살려 줘!"

그가 헐떡대며 소리 지르자, 한껏 벌어진 입안으로 여러 개의 혀가 꾸역꾸역 밀려들었다.

"우욱!"

사내가 허옇게 거품을 물고 정신을 잃자, 해골들은 사정없이 그를 때리며 고함질렀다.

*"기절하는 자비를 베풀 수 없다."*

*"일어나. 너도 겪어 봐야 해!"*

사내가 고통에 몸부림치자, 해골들이 손을 뻗어 그의 목을 조르기 시작했다. 뼈만 남은 손가락이 사내의 목을 파고들자, 가느다란 분수처럼 피가 솟아올랐다.

'부처님 잘못했습니다. 살려 주세요!'

그는 발버둥 치며 속으로 빌었다. 하지만 너무 늦은 참회였다. 목에서 흘러나온 피가 바닥을 붉게 물들이며 사내는 숨을 거두었다.

그때였다. 절 쪽에서 불기둥이 솟아오르더니 사방을 밝게 비췄다. 그러자 해골들은 공포에 질려 부들부들 떨면서 엎드렸다.

*"죄지은 영혼을 바칩니다."*

*"가득한 번뇌를 드시고 더욱 강해지소서."*

그러자 불기둥이 가열차게 타오르며 회오리처럼 팽글팽

글 돌면서 네 명의 사내와 해골들을 차례로 삼켜 버렸다.

한참 앞서가던 광탈이 일행에게 돌아왔다.

"벼리야, 이 등성이만 넘어가면 목적지야."

그의 말대로 얼마 가지 않아 문제의 마을이 모습을 드러냈다. 오목한 분지에 자리 잡은 마을은 제법 규모가 있었다. 산줄기를 타고 내려오는 길쭉한 모양의 안개가 넘실넘실 고여서 마을을 감싸고 있었다. 유난히 짙고 뿌예서 마치 커다란 백사가 새 둥지를 감싼 것처럼 보였다. 구불구불 이어진 안개를 따라 끄트머리로 시선을 올리니, 울창한 숲이 듬성듬성해진 곳이 보였다.

"저기가 그 절이야."

답사를 다녀온 광탈의 말에 의아하다는 듯 벼리가 답했다.

"저기가? 폐사廢寺가 될 수가 없는데……."

"그게 무슨 소리야?"

광탈과 백원이 지도와 먼 산자락을 번갈아 보며 고개를 갸우뚱거렸다.

"잘 봐. 저 마을 뒤편에 버티고 있는 산이 주산이야. 그리고 정남쪽에 솟아난 봉우리가 안산 역할을 하지. 주산으로부터 이어진 산자락이 누가 봐도 좌청룡 우백호의 분지 형태를 하고 있어. 그리고 마을 가운데로 정북에서 정남으로 강물이 흐르고 있잖아? 지도에 있는 절은 주산의 양지바른 기슭에 지어져 있고, 저 마을은 명당 중의 명당이거든. 그런데 어떻게 폐사가 나올까?"

조선 시대 지식인에게 풍수지리는 아주 기본적인 교양에 속했다. 벼리는 신라 말 풍수지리를 도입했던 도선 스님의 〈도선비기〉를 정약용에게 배웠으며 어사대를 모으느라 국무당과 함께 전국 방방곡곡을 이 잡듯 뒤진 덕분에 웬만한 지세와 풍수의 기운을 읽을 수 있었다.

"용루사라, 용의 눈물…… 씁쓸하네."

무령의 얼굴에 그늘이 잠깐 드리우자 광탈이 물었다.

"용이 우는 게 왜, 씁쓸해요?"

"이무기가 3000년을 수행해야 용이 될 수 있어. 정말 어려운 일이지. 그런데 용이 되고도 기쁘기는커녕 눈물을 흘렸다? 대체 어떤 사연이 있길래……. 절터에 있는 바위 한가운데가 움푹 파여 있는데, 전설에 의하면 용의 눈물 자국이라는 거야."

무령의 답에 광탈이 고개를 끄덕이며 말을 이었다.

"아, 그래서 용루사구나. 그러면 용의 한을 불심으로 누르려고, 그 터에 절을 지었나?"

어사대는 안개에 가려진 절터 쪽을 보며 한동안 말이 없었다. 결국 광탈의 허기가 침묵을 깼다.

"째려본다고 귀신이 도망갈 것도 아니고. 내려갑시다. 뜨끈한 국밥 한 그릇 해야지!"

그가 구름 탄 신선처럼 가벼이 걸음을 옮겼다.

나그네가 마을에 들어서자 사람들은 흘끔거리기 바빴다. 흡사 마을에 가득한 안개처럼 낯선 이들에게 벽을 세웠다. 안개야 분지에 형성되는 일상적인 현상이라 치더라도 마을을 누르고 있는 음습한 기운은 명당이라는 벼리의 말을 비웃는 듯했다. 그러거나 말거나 배가 고픈 광탈은 지나가는 사람의 소매를 붙들었다.

"여기 주막이 어디요?"

"우리 마을은 나그네가 뜸하여 주막이 없소. 저기 있는 산만 넘어가면 또 마을이 나옵니다. 거기 가서 알아보시오."

"또 산을 넘으라고요? 방금 내려왔는데?"

"그건 댁의 사정이지. 우리도 나름의 이유가 있어 객을 반길 수 없으니 야박하다 여기지 말고 가던 길 가시게."

하지만 여기서 포기할 광탈이 아니었다.

"킁킁, 국밥 냄새다! 우거지에 선지를 넣었네."

오직 냄새만으로 들어간 재료까지 알아낼 정도니, 그가 일행을 주막까지 인도하는 건 일도 아니었다. 광탈은 비어 있는 평상에 냉큼 오르더니 주문부터 했다.

"주모, 여기 국밥 다섯, 아니 여섯이요."

하지만 나이가 지긋한 주모가 등을 보이고 못 들은 체하자, 무령이 다가가 슬쩍 엽전을 내밀었다.

"한데서 자서 등 시리지, 배는 등하고 딱 붙어서 숨쉬기도 힘듭니다."

주모가 잠시 머뭇거리더니 잽싸게 엽전을 챙겼다.

"먼저 촌장님께 허락받아야 하는데……. 워낙 인자하셔서 먼 길 온 사람 내치지는 않으실 거요."

주모가 검지와 엄지를 동그랗게 말면서 작게 속삭이자 무령이 화사하게 미소를 지었다.

일행은 주모의 조언대로 촌장에게 엽전 꾸러미를 내밀며 마을에서 머물다 가기를 청했다. 쪼글쪼글 주름진 얼굴을 한껏 굳히고 있던 촌장의 눈이 휘둥그레지더니 낚아채듯 가져갔다.

"시장할 텐데, 우선 밥부터 자시겠습니까?"

대번에 태도가 바뀐 촌장은 방을 내주고 소담한 밥상까지 차려 주었다.

후루룩, 쩝쩝!

"와, 음딕 솜띠가 보똥이 아니네."

광탈이 맑은 뭇국에 보리밥을 말면서 감탄하자 멀찍이 떨어져 지켜보던 해치가 눈살을 찌푸렸다.

"언제는 백원이 끓여 준 게 제일 맛나다고 했다가, 언제는 궐 음식이 최고라 하고. 정녕 네가 제일 좋아하는 음식은 무엇이냐?"

"목구멍으로 넘어가는 거요."

"뭐?"

해치는 또 말을 섞은 자신을 탓했다.

광탈이 활짝 웃으며 해치 몫으로 나온 국그릇에 말린 멀구슬 열매 몇 알을 띄웠다.

"와서 한번 자셔 봐. 천계 음식은 생각도 안 날걸요?"

벼리와 무령은 물론이고 백원까지 피식 웃자, 해치가 눈을 질끈 감고 뒤로 돌아앉았다. 벼리는 밥상을 물리며 촌장에게 하루 더 묵기를 청했다.

"저희 마을이 워낙 외진 곳이라, 마을 사람들이 객을 낯설어해서……."

촌장이 말을 흐리자, 벼리가 무령의 옆구리를 콕 찔렀다.

"어? 아, 아이고 배야."

무령이 그대로 드러눕더니 납작한 배를 문지르며 백원에게 눈짓했다. 백원이 작게 한숨을 쉬고는 어색하게 장단을 맞춰 주었다.

"왜 그러시오?"

"여보, 제가 말을 오래 탔나 봐요. 우리 아기가……. 아흑!"

백원의 얼굴이 대번에 발긋해지고 멀쩡하던 여인이 왜 저러나 싶어 촌장이 목을 빼는 순간, 벼리가 딱 막아서며 주머니째 돈을 내밀었다.

"좀 약소하지만, 우리 마님께서 홑몸이 아니신지라 피로가 풀릴 때까지만 며칠 부탁드리겠습니다."

주머니를 바라보는 촌장의 눈은 번들거렸고 입술을 축이는 걸 보니 갈등이 심한 듯했다. 하지만 결국 그는 돈을 택했다.

"임산부를 내칠 수는 없으니, 원하신다면 쉬다 가십시오. 하나, 마을 사람들이 거리를 두어도 너그러이 봐주시길 바랍니다."

촌장의 얼굴에는 민망함이 어려 있었다. 어린 처자에게 돈만 밝히는 것처럼 보이는 게 몹시 부끄러운 듯했다. 벼리가 때를 놓치지 않고 넌지시 물었다.

"인상도 푸근하시고 살기 좋은 마을 같은데, 객을 꺼리는 이유가 무엇입니까? 저희도 조심하려고 여쭙는 겁니다."

그제야 촌장이 내내 무거웠던 속내를 살짝 비쳤다.

"망나니 같은 자들이 금기를 깨는 바람에 밥줄이 끊기고 동네에 줄초상까지 나서 객을 꺼렸던 거요."

"줄초상이요?"

벼리가 되물었지만, 촌장은 굳은 표정으로 고개를 저었다.

"동네가 뒤숭숭하니, 그냥 얌전히 있다가 조용히 가시길 부탁드리오."

촌장은 더는 알려 줄 수 없다는 듯 급하게 자리를 떴다.

이윽고 어사대는 조를 나누어 마을로 나섰다. 광탈과 해치는 폐사와 그 주변을 살피고 백원과 무령은 줄초상에 대해 알아보기로 했다.

벼리는 홀로 나섰다. 작은 단서도 놓치지 않겠다는 기세로 꼼꼼히 살피며 천천히 걸었다. 뿌연 흙먼지 같은 안개는 해가 떠도 여전히 맴돌고 있었다. 마침 상여 나갈 준비가 한창인 집이 보였다. 모두 부지런히 오갔지만 슬픈 기색은 없었다. 상주가 '에고에고' 하고 울면 객들이 '어이어이' 하고 답했지만, 형식적인 곡소리일 뿐이었다. 모두의 얼굴에는 내일 자신이 저 상여에 실릴 수도 있다는 공포가 서려 있었다.

벼리가 더 자세히 보기 위해 담장으로 다가갔을 때였다.

좌악!

난데없이 벼리의 머리 위로 구정물이 쏟아지더니 담장 위에서 여종 하나가 고개를 내밀고 호통쳤다.

"웬 년이냐! 여기가 어디라고 함부로 엿봐?"

어린 처녀를 얕보는 기색이 역력한 말투였다. 여종은 피식거리다가 놀라서 입이 벌어졌다. 맹랑한 계집 대신 흠뻑 젖은 선비가 서 있는 게 아닌가. 산골 무지렁이가 봐도 귀티가 철철 나는 게 아무래도 지체 높으신 이를 건드린 듯했다.

"아이고, 쇤네가 죽을 짓을 저질렀습니다. 이걸 어쩐담."

눈 깜짝할 사이에 나타나 벼리 대신 구정물을 뒤집어쓴 해치가 싸늘하게 웃으며 말했다.

"어쩌긴, 버린 사람이 가져가면 되지."

그 말과 동시에 해치의 옷을 적신 구정물이 한 방울도 남지 않고 쏙쏙 빠져나오더니 작은 파도가 되어 여종의 얼굴을 철썩 때렸다.

"어푸푸!"

여종은 구정물을 삼키다가 사레까지 들렸다. 지독한 냄새에 구역질하는 꼴을 보다가 해치가 벼리를 데리고 돌아섰다.

"언제 나타나신 겁니까? 분명 물을 맞으셨는데, 옷도 멀쩡하고."

벼리가 신기한 듯 종알거리자, 해치의 어깨가 으쓱해졌다.

"내가 누구냐? 이 정도로 뭘, 허허."

"그런데 광탈이는요?"

해치는 먼 산을 바라보며 못 들은 척했다. 광탈이 줄기차게 곶감을 먹으며 손가락을 쪽쪽 빠는 게 지저분해서 버리고 왔다고 어사대 대장인 벼리에게 고할 수는 없는 노릇 아닌가. 해치가 헛기침하며 걸음을 떼자, 벼리는 작게 한숨 쉬고는 뒤를 따랐다.

무령과 백원은 이제 막 임신한 새색시 연기로 동네 아낙네들에게 정보를 캐고 있었다. 아낙들은 백원을 보며 혀를 내둘렀다.

"오메메, 신랑이 장승 같은 게……. 튼실하게 생겼네."

"처자 굶길 일은 없겠어."

"호호호, 정말요? 하긴, 제가 입덧하자마자 어찌나 챙기는지. 마실 좀 나오겠다니까 이렇게 쫓아왔어요."

무령의 천연덕스러운 대답에 여인들은 까르륵 웃고 백원은 얼굴부터 가슴팍까지 벌겋게 물들었다. 아낙 중 하나가 자연스럽게 물었다.

"입덧은 견딜 만해?"

그 말을 기다렸다는 듯, 무령은 눈시울을 웃고름으로 살짝 찍으며 답했다.

"실은 친정어머님이 일찍 돌아가셔서 제가 아는 게 워낙 없어요. 뭘 먹어야 아기에게 좋고, 삼가야 할 건 또 뭔지……. 산을 넘다 보니 인삼밭이 보이던데, 그건 먹어도 되나요?"

"에구, 산 쪽은 보지도 말어."

"무슨 일 있어요?"

"일은 무슨……. 아무것도 없어."

하지만 무령은 강아지처럼 눈썹을 축 늘어트리고 속으로 숫자를 셌다.

'하나, 둘, 세엣…….'

안쓰러운 마음에서 나오는 오지랖은 다섯을 넘어가는 법이 없었으니까. 무령의 예상대로 아낙은 우물쭈물하다가 작게 속삭였다.

"저기……. 딸 같아서 알려 주는 거야. 그러니까 어디 가서 절대 말하면 안 돼!"

"그럼요."

한편, 해치에게 버림받은 광탈은 달콤한 곶감을 질겅이며 용루사에 도착했다.

"버려진 절 맞아?"

광탈은 입술을 오므리고 휘파람 소리를 길게 뽑으며 주변을 둘러보았다. 군데군데 마루가 깨지고 문짝이 주저앉았지만, 누군가 잘 가꾼 흔적이 역력했다. 금방이라도 스님이 나와서 합장이라도 할 것 같았다.

마당 한가운데는 크고 넓적한 바위가 떡하니 자리 잡고 있었다. 높이는 가슴께까지 닿았고 평상을 두 개 정도 합친 만큼 넓었다. 매끈한 윗면에는 한 뼘 정도 깊게 파인 물방울 모양이 눈에 띄었다.

"이게 용의 눈물이 떨어졌다는 자국인가?"

광탈은 신기하다는 듯, 한참을 바라보다가 대웅전으로 들어갔다. 안은 엉망이었다. 여기저기 부서지고 불상은 고꾸라져 있었다. 그리고 주변에는 기원을 적은 나무패가 흐트러져 있었다.

"보자, 뭐라고 적혀 있나. 음, 음……. 아! 그거구나. 지, 심, 발……. 마지막은 무슨 글자더라?"

그때였다.

*"원*! "*

답답하다는 듯, 구석에서 누군가 대신 읽어 주었다. 광탈은 재빨리 쌍검을 뽑을 자세를 취했다.

*"쉿! 조용히 해."*

*"아니, 너무 더듬거리니까 그렇지."*

이어서 아옹다옹하는 소리가 들렸다. 가늘고 높은 것이 어른이 아니라 아이들 음성이었다. 살기는 전혀 감지되지 않았다. 느껴지는 기운이 혼령인 것은 분명했지만, 요괴나 악령은 아닌 것이 확실했다.

"지나가던 나그네입니다만……. 목 좀 축입시다."

* 지심발원(至心發願) 지극한 마음으로 소원을 빈다는 뜻의 기도 문구.

광탈은 짐짓 모른 체하며 부탁했지만, 답이 없었다. 여기저기 기웃대던 광탈이 턱을 쓸며 잠시 생각했다.

'여기 있는 혼령이 아이들이라면……. 사람이든 귀신이든 요건 못 참겠지.'

광탈이 바닥 여기저기에 구르고 있는 그릇 하나를 집어 들었다. 그는 쌍검 중 하나를 빼서 그릇을 검 끝에 올리더니 손날로 쳐서 핑그르르 돌렸다. 남사당패에 있을 때, 신물 나게 했던 버나 놀이*였다.

막대기 끝에 커다란 잔칫상까지 올려서 돌려 대던 실력이 어디 가랴. 잡고 있던 검을 휙 올리자, 그릇이 공중으로 치솟았다. 떨어지는 것을 다시 검 끝에 살포시 받아 내자 대웅전 안에서 박수 소리와 함께 다양한 반응이 쏟아졌다.

*"와아!"*

*"쉿, 조용히 해!"*

광탈이 씩 웃더니 다시 한번 그릇을 공중으로 던지면서 재주를 넘은 뒤, 떨어지는 것을 받아 내자 아까보다 더 큰 탄성과 박수 소리가 이어졌다. 광탈은 계속 그릇을 돌리며 말했다.

"애들아, 형은 무서운 사람이 아니야. 그냥 지나가다가 들

* 버나 놀이 둥근 그릇 따위를 막대기나 담뱃대 끝에 올리고 돌리는 묘기.

렀는데, 어른들은 안 계시니?"

그러자 안에서 옥신각신 실랑이하더니 한 아이가 말했다.

*"시신 거두러 가셨어요."*

"시신?"

*"네. 왜놈들 때문에 사람들이 많이 죽었어요."*

"왜놈?"

광탈은 영문을 알 수 없어, 고개를 갸웃거리다가 물었다.

"그럼 언제 돌아오시니?"

*"해지기 전에 오신댔어요. 그때까지 꼭꼭 숨어 있으라고 하셨어요."*

*"산 아래에 난리가 났대요. 그래서 우리는 여기서 꼼짝 말고 있어야 해요, 그치?"*

*"응. 그러니까 아저씨도 가세요. 절에 아무도 들이지 말라고 하셨어요!"*

*"아저씨 아니랬어. 형이라잖아. 그리고 재미있는데……."*

*"야아, 율도 스님 오시면 너 말 안 들었다고 이를 거야!"*

*"키잉, 언제 오시는데."*

*"어제도 그제도 안 오시잖아. 스님 보고 싶어."*

*"히잉, 배고파."*

오랫동안 기다리다가 지쳤는지, 아이들은 기어코 울음보를 터뜨렸다. 배가 고프다는 말에 광탈의 가슴이 찌르르 울렸다.

"알았다. 스님 오시면 나중에 한번 뵙자고 말씀드려. 형아, 간다. 그리고 너희 이거 먹을래? 임금님이 주신 아주 귀한 거야."

광탈은 괴나리봇짐 가득한 주전부리를 댓돌에 살며시 내려놓았다. 먹을 거란 말에 수런수런 난리가 났다. 광탈은 편하게 먹으라 말하며 씁쓸한 표정으로 돌아섰다.

정찰을 나갔던 어사대 대원들이 다시 모였다. 먼저 무령이 알아낸 정보를 풀었다.

"맨 처음에 죽은 사내 넷은 평소에 행실이 나빠서 부모 말고는 슬퍼하는 이도 없었다더구나."

"범이 미친개 물어 가서 속이 시원하다?"

광탈이 묻자 백원이 고개를 끄덕였다.

"그날도 주모가 잠든 새 몰래 와서 술 꺼내 마시고, 다음날 국 끓이려고 둔 선지를 생으로 먹었대."

"엥, 선지를 생으로 먹어? 그건 나도 못 먹는다. 미쳤거나 단단히 홀렸거나, 둘 중 하나네."

광탈이 콧등을 잔뜩 찌푸리자, 무령은 고개를 끄덕여 맞장구를 쳐 주고 말을 이어 갔다.

"그러고는 상이며 그릇까지 죄 엎어 놓고 산으로 갔던 거지. 없어진 지 이틀 만에 해골이 된 건 둘째야. 그 뒤부터 사람이 계속 죽어 나가니, 모두 두려움에 떨고 있어."

죽은 사내들이 금줄까지 끊고 올라갔으니, 마을 사람들은 그들 때문에 죽음의 문이 활짝 열렸다고 원망했다.

"100년 전만 해도 마을에서 걸핏하면 사람이 죽어 나갔다더구나. 그래서 아주 영험한 스님을 모셨는데, 금줄 치는 것 말고는 자기도 방법이 없다면서 절대 끊지 말라고 신신당부했다나? 정말 신기한 건 그때부터 괴상하게 죽는 일은 없어졌대. 근데 끊어지자마자 이 지경이 됐으니, 쯧."

"그 뼈는 매장했나요? 볼 수 있으면 좋겠는데."

벼리가 눈을 반짝이며 물었다.

그녀의 스승인 정약용은 암행어사로 파견되어 다양한 사건을 해결했었다. 그중 살인 사건을 수사하면서 여러 차례 시신 부검을 목도했다. 정약용은 어사대도 이러한 지식이 꼭 필요하다며 벼리에게 법의학의 교과서라 할 수 있는 〈신주무원록〉, 〈증수무원록〉 등을 읽혔고 심지어 오작인*들과 함께 시신을 해부하도록 했다. 그는 검시 과정이 올바른지, 그 외 숨겨진 단서가 더 없는지, 그리고 경험에서 얻은 자신만의 비법까지 세세히 가르쳐 주었다. 덕분에 그녀는 탄탄한

* 오작인(作作人) 지방 관아에서 시신을 검시하고 매장까지 맡았다. 비록 신분은 천민이나 상당히 전문적인 업무를 수행했다.

이론과 경험까지 겸비했다. 하여, 죽은 자가 뼈만 남았다 해도 작은 단서를 찾을 수 있지 않을까 기대했던 것이다.

하지만 돌아온 무령의 대답은 영 실망스러웠다.

"금기 구역에 들어갔다가 사달이 난 거잖아. 마을의 규율을 어겼다나 어쨌다나 하면서……. 마을 사람들이 장사도 치르지 않고 죽은 사내들의 뼈를 빻아서 산에 뿌렸대."

잠잠히 있던 백원이 덧붙였다.

"뼈는 태운 것처럼 거무스름하게 그을렸는데, 살 한 점 없이 깨끗했다고 들었다."

"그 정도로 태우려면 보통 화력으로는 어림없어요. 꽤 많은 연료와 시간이 필요한데, 동네 사람들 모르게 시신을 태우고 이틀 만에 제자리에 갖다 놓았다?"

거의 불가능하다. 벼리는 이것이 사람이 아니라 요괴의 행위임을 다시 한번 확신하게 되었다. 벼리가 손으로 관자놀이를 쓸며 광탈을 바라보자, 그는 꽤 심각한 표정으로 말했다.

"수상해."

그 한마디에 모두 귀를 쫑긋 세웠다.

"꽤 오래된 절이었어. 임진왜란 때 국란을 막는 기원패가 있었으니까."

"임진왜란? 제대로 읽은 거 맞느냐?"

해치가 어이없다는 듯 묻자, 힐난을 담은 여덟 개의 눈동자가 일제히 그를 향했다. 자고로 바보에게 바보라고 하면 안 되는 법. 용에게 역린이 있듯, 광탈에게는 어사대 대원이 된 지 7년 만에 겨우 천자문 하나 뗀 것이 역린이었다. 예상대로 광탈은 바락 성질을 냈다.

"정말 섭섭하네. 형님, 아무리 내 머리가 얼굴만 못해도 그 정도는 읽습니다! 한번 써 볼까? 거, 뭐시냐…… 임, 진!"

광탈이 씩씩거리며 방바닥에 손가락으로 몇 획을 긋더니 멈칫거렸다. 그는 끙끙 앓는 소리를 내며 머리를 쥐어짜다가, 절에서 가져온 나무패를 방바닥에 탁 소리가 나도록 세게 내려놓았다.

"봤지? 눈이 달렸으면 어디 읽어 보시죠!"

광탈의 말대로 나무패에는 '임진년 진충보국기원壬辰年 盡忠報國祈願'이라고 쓰여 있었다. 뒤의 몇 글자는 세월의 흔적에 지워졌지만, 임진왜란 때 일본을 막기 위해 기원한 흔적은 또렷이 새겨져 있었다. 광탈은 해치를 향해 콧방귀를 뀌고는 대원들만 바라보며 말했다.

"누군가 거기 살면서 알뜰살뜰 돌본 것 같달까? 그래서 낡기는 했지만, 충분히 읽을 수 있었지. 그리고 그곳엔 아이들의 혼령이 살고 있었어."

"아이들?"

"응, 아이들. 절에 살던 동자승들 같았어."

"해치려 하지는 않고?"

벼리가 놀라서 물었지만, 그는 한쪽 입꼬리를 올리며 가소롭다는 듯 웃었다.

"감히 이 광탈님을? 어림없지. 오히려 잔뜩 겁을 먹더라. 그래서 너그러운 마음으로 자비를 베풀었지. 우리 전하께서 챙겨 주신 간식을 주머니째 댓돌에다 놓고 돌아서니까 아주 득달같이 달려들었어. 맛있었던지, 나중에는 웃음소리도 나고. 자고로 웃으면서 먹는 녀석치고 나쁜 놈을 못 봤다니까. 따라서 그 혼령들은 악령이 아니야."

무적의 논리에 해치는 간신히 한숨을 참았다. 그러든지 말든지, 광탈은 침을 튕기며 말을 이었다.

"그런데 수상하지 않아? 생각해 봐. 외진 곳에 오랫동안 버려진 건물이라면 아무리 절이었다고 하더라도 온갖 귀신들이 득실득실하기 마련이잖아. 그런데 딱 동자승의 혼령 몇 명만이 살고 있더라고. 그런데 그 혼령 몇이 무서워서 금줄을 몇 겹으로 둘러쳤다?"

의외로 날카로운 추리에 대원들이 감탄하는 찰나, 해치가 톡 껴들었다.

"네가 악령의 기운을 눈치채지 못한 건 아니고?"

당연히 광탈은 아득바득 대들었다.

"와, 진짜 억울하네. 그렇게 내 실력이 의심되면 찰떡처럼 옆에 붙어 계셨어야죠. 개떡처럼 뚝 떨어져서 혼자 다녀 놓고!"

"허어, 인간은 어찌 그런 흉한 것을 먹…… 아니, 여기서 개떡은 나를 말하는 것이냐?"

"대장, 개떡이 뭔지도 모르시는 위대하신 신수님께서 나를 산에다 떨렁 버리고 사라지셨어! 이거 농땡이지?"

"네 이놈, 아무리 못 배웠다지만, 감히 농땡이? 농땡이라니!"

해치는 보릿겨 따위를 넣은 거친 떡은 본 적 없기에 멍멍 짖는 개를 떠올렸고 농땡이의 정확한 뜻도 몰랐다. 하지만 어감이 영 나쁜 것이 분명 좋은 말이 아닐 거라는 눈치는 있었다. 살다 살다 이런 대접은 처음이라, 해치의 은방울 주변에 시퍼런 물이 일렁이기 시작했다. 하지만 이미 광탈도 눈에 뵈는 게 없었다.

"그래, 내가 몸만큼 머리가 좋은 편은 아니라 못 배웠소. 그래도 일하던 중간에 놀러 간 신수보다야 훨씬 낫지!"

"그러는 너는? 벼리에게 이르는 꼴이, 엄마 옆구리 콕콕 찌르며 고자질하는 아이 같구나. 허, 참으로 볼 만하다!"

사람과 신수의 다툼을 불안하게 지켜보던 백원과 무령은 어느새 입꼬리에 힘을 꽉 주면서 웃음을 참고 있었다. 어찌나 둘 다 하는 짓이 애 같은지. 반면 벼리는 골똘히 생각하느라 그들이 다투는 줄도 몰랐다. 임진왜란에, 버려진 절과 어린아이의 혼, 그리고 잇따른 동네 사람들의 죽음까지. 각각 흩어져 있던 단서가 벼리의 머릿속에 시간 순으로 자리를 잡더니 거미줄처럼 촘촘한 연결고리를 만들었다. 잠시 후, 결론을 내린 벼리가 입을 열었다.

"분명히 그곳에 살고 있을 거야. 광탈도 속일 만큼 강한 공력을 지닌 요괴가……."

벼리의 한마디에 해치는 흐뭇한 표정으로 헛기침을 했고 광탈은 입을 비쭉 내밀며 말했다.

"분명 못 느꼈는데……."

"어쩌면 해치님이 거기에 올라가지 않은 게 다행일지도 몰라요. 그런 존재와 신수이신 해치님이 맞붙었다면 그 와중에 아이들의 혼이 다칠 수도 있었잖아요. 요괴를 물리치는 것도 중요하지만 떠도는 영혼을 천도해야 하는 것이 우리의 임무이니, 조심스럽게 움직여야 합니다. 정찰은 무령 언니가 맡고, 절에 숨어 있을지도 모르는 강력한 요괴는 광탈과 백원 오라버니가 맡아 주세요."

모두 말없이 고개를 끄덕였다.

"그리고 해치님. 부탁 하나 드려도 될까요?"

"응?"

벼리가 해치에게 굳이 부탁할 필요는 없었다. 정조에게 하사받은 금방울을 흔들면 그만이었으니까.

그러나 벼리가 무리를 이끄는 방법은 정조와 사뭇 달랐다. 은근한 칭찬과 존중하는 태도로 상대를 들었다 놓았다 하며 마음을 부드럽게 만들었다. 그래서 해치처럼 까다로운 신수도 점점 벼리에게 너그러워지면서 그 덕을 대원들도 누리고 있었다. 조금 전 다툼에서 광탈이 물벼락을 맞지 않은 것만 봐도 알 수 있었다. 그녀가 왜 대장인지 더는 설명이 필요치 않은 이유이기도 했다.

해치는 마지못해 한다는 듯 뜸을 들이면서도 쉽게 허락했다.

"부탁이라? 간절히 원한다면야, 뭐……."

"정말 다행입니다. 하찮은 저희로서는 엄두가 나지 않아서 무척 고민했답니다."

"뭘 고민씩이야. 말만 하거라. 어사대 대장의 부탁이라면 내 꼭 그리하마."

해치가 인자하게 미소 짓자, 벼리가 말했다.

"저승에 가셔서 죄인들을 끌고 와 주세요."

"……그러지. 앗, 뭐라고?"

전혀 예상하지 못한 부탁에 해치의 입에 걸려 있던 미소가 사라졌다.

해가 재 너머로 사라지자 마을에 짙은 어둠이 내려앉았다. 사람들은 문고리를 단단히 잠그고 일찍 잠자리에 들었다. 얼마 지나지 않아 뾰족한 갈고리달이 떠오른다 싶더니, 이내 구름 안으로 사라졌다.

그러자 이 순간만을 기다렸다는 듯, 검은 그림자가 스멀스멀 땅에서 기어올라왔다. 밤보다 더 컴컴한 것들은 물에 풀어진 먹처럼 흐물거리더니 마을 쪽으로 향했다.

*"오늘은 누구를 데려갈까?"*

*"실한 놈으로 골라야지."*

*"하루라도 빨리 풀려나려면 부지런히 데려가야 해……."*

검은 형체들이 수런수런 이야기를 나누며 마을에 들어섰다. 그들이 뿜는 기운이 어찌나 흉흉한지 동네 개들도 꼬리를 말고 숨을 죽였다.

벼리에게 구정물을 뿌린 여종은 호롱불 옆에 앉아 꾸벅꾸벅 졸고 있었다. 그 와중에도 손은 하던 일을 놓지 못하고 더듬거렸다. 줄초상으로 온 동네가 뒤숭숭했지만 반대로 그녀의 벌이는 쏠쏠해졌다. 평소 바느질이 빠르고 꼼꼼한 편이라 상복 만드는 일감이 밀려들었기 때문이었다.

"아야!"

기어코 바늘에 찔렸다. 손가락에서 난 피가 삼베를 붉게 물들이는 걸 보고 퍼뜩 잠이 달아났다.

"에구, 이걸 어째!"

그녀는 밖으로 나가서 피가 묻은 천을 물에 담갔다.

"낮부터 재수가 없으려니까."

여종은 벼리의 반반한 낯짝이 떠오르자 화가 나서 박박 천을 비볐다.

"누구는 선녀처럼 곱고 누구는 이 모양이야!"

자신은 태어나 보니 못생긴 여종이었다. 이름보다는 메주로 불리기 일쑤였지만 일솜씨가 빼어나고 억척스러웠다. 어른들은 그녀에게 곧잘 말했다.

"일색 소박은 있어도 박색 소박은 없다고 했다. 그러니 더 부지런히, 착하게 살면 행복해질 거야."

여종을 눈여겨본 주인도 좋은 사람을 골라 짝지어 주려 했다. 하지만 주인이 점찍은 남자가 손사래 쳤다.

"아무리 그래도 정도가 있지, 어떻게 저런 여자랑……."

상대를 마음에 두고 있던 여종은 실망이 이만저만 아니었다. 게다가 못생겨서 퇴짜 맞았다고 소문이 나서 망신까지 당했다.

'박색 소박이 없다고? 사람 부려 먹으려고 지어낸 소리지. 새빨간 거짓말이야!'

그날부터였을까. 여종의 곱지 않던 심보가 더 못되어졌다. 남의 신발에 오줌 누기, 국 끓이다가 침 뱉기, 자는 아이 얼굴에 방귀 뀌기. 자기보다 어린 종은 툭하면 굶기고 쥐 잡듯 잡아서 몇몇은 도망갔다가 잡혀 오기도 했다. 여종을 두고 사람들은 박색에 심보까지 고약하다 수군댔지만, 전혀 신경 쓰지 않았다. 내 입에 맛있는 거 들어오고 주머니에 돈만 차오르면 그만이었다. 그러니 마을을 휩쓰는 줄초상도 처음에나 무서웠지, 갈수록 고소한 마음을 감출 수 없었다.

가만 보면 절간 귀신들은 영 엉뚱한 이들을 잡아가는 것도 아니었다. 뼈만 남은 사내놈들은 죽어도 싸다. 예전부터 온갖 못된 짓을 골라 했으니까. 그다음에 죽은 이는 온갖 거짓말로 이웃 간에 싸움을 붙이는 재미로 살던 영감이었다. 그놈도 싸다. 다음은 누구였더라?

"에이, 누가 죽든 말든 무슨 상관이야. 그냥 싹 다 잡아가라."

여종은 글공부하다가 미친 생원처럼 주절거렸다. 오늘 낮에만 해도 그렇다. 담장에 어른거리는 반반한 낯짝을 보는 순간 심술이 나서 구정물을 뿌렸다. 그런데 잘생긴 선비가 나타나더니 대신 뒤집어쓰는 게 아닌가.

'온갖 복은 왜 예쁜 것들 차지야? 고것의 목이나 댕강 부러졌으면.'

여종이 저주를 퍼부으며 천을 비비고 있을 때였다.

활짝 열린 방문으로 바람이 들었는지, 방 안의 호롱불이 훅 꺼졌다. 여종은 화를 내며 손으로 앞을 더듬거렸다.

"정말 가지가지 한다!"

그런데 뒤에서 이상한 소리가 들렸다.

똑, 똑.

여종은 흠칫 놀라 뒤를 돌아보았지만 뭐가 보일 리 없었다. 그녀는 마른침을 삼키며 도로 앞으로 향했다. 방 쪽으로 가는 걸음이 저절로 빨라졌다.

똑, 똑, 똑.

다시 들리는 소리에 머리가 쭈뼛 섰다.

"누구냐!"

괄괄한 성격답게 여종은 뒤돌아 고함쳤다. 그새 어둠에 눈이 좀 익었는지, 뭔가 꾸물거리는 게 보였다. 그녀가 더 자세히 보려고 눈을 가늘게 뜨자, 마침 구름에 가려졌던 달이 나왔다.

대여섯 걸음 떨어진 자리에서 한 무리의 승려들이 목탁을 치고 있었다.

똑, 똑, 똑, 똑…….

유난히 날카롭고 탁한 목탁 소리가 귀를 파고들었다. 여종이 벌벌 떨면서 뒷걸음질 쳤다. 그러자 한 승려가 고개를 들더니 그녀에게 말을 걸었다.

*"보살님, 보시하시겠습니까?"*

"야, 야밤에 갑자기. 마님도 주, 주무셔서 제 마음대로 드릴 수도 없습니다."

그녀가 더듬거리며 물러나자 유난히 시린 돌풍이 불어닥쳤다. 그 바람에 치맛자락을 밟고 주저앉았다. 순식간에 여종의 다리가 꽝꽝 얼어 버릴 것처럼 추워지더니, 입에서 허연 입김이 쏟아져 나왔다. 그러자 승려가 천천히 다가오며 말했다.

*"아무거나 상관없습니다. 보시하는 자도 받는 자도 모두 맑지 못하니……. 작은 거 하나면 됩니다."*

무슨 말인지 잘 모르겠지만 그가 달라는 것이 절대 작은 게 아닐 듯했다. 어둠으로 가려진 승려의 얼굴에서 뭔가 꿈틀거리는 게 어슴푸레 보였다. 여종은 믿기지 않았다.

'혀?'

그러나 사람치고는 너무 길었다.

"안 돼……. 사, 살려 주세요."

그제야 여종은 금줄이 끊어졌다는 폐사를 떠올렸다. 귀신이 밤마다 내려와서 마을 사람들을 잡아간다더니 설마 제게 올 줄은 몰랐다. 여종은 눈물 콧물을 쏟으며 손을 싹싹 빌었다.

"다, 다시는 하지 않겠습니다!"

그러자 목탁 소리가 뚝 끊겼다.

*"무엇을?"*

"말씀하시면 뭐든지, 절대 하지 않겠습니다. 살려 주세요!"

*"우리도 그렇게 말했지."*

*"시신을 거두는 짓은 다시는 하지 않을 테니 이만 보내 달라고."*

*"절에서 아이들이 기다리고 있으니, 제발 자비를 베풀어 달라고 말이야."*

여종은 도무지 알아들을 수 없었다. 하지만 그들은 더욱 혹독한 냉기를 뿜어내며 한목소리로 외쳤다.

*"하지만 아무도 들어주지 않았다!"*

말 한마디 한마디마다 절절하게 맺힌 응어리가 느껴졌다. 그러고는 승려들이 둥둥 떠서 순식간에 여종의 코앞에 들이닥쳤다. 금방이라도 바스러질 것 같은 낡은 승복을 입은 해골에서 킬킬 웃음소리가 새어 나오더니 뼈만 남은 손이 그녀의 머리채를 휘감아 잡았다.

*"보살님, 이제 가시지요."*

*"고약한 심보를 맛있게 드실 분에게로."*

*"그분께서 보살님을 먹고 진정한 용이 되신다면 이 또한 영광 아닙니까?"*

*"그래야 선한 이들이 하늘에 오를 수 있습니다."*

해골들은 여종을 데리고 순식간에 폐사에 도착했다.

폐사에 이른 해골들은 사방에 불이 켜져 있는 것을 보고 멈칫했다. 그들이 당황하며 주변을 살피는데, 미리 기다리고 있던 벼리와 광탈, 백원이 모습을 드러냈다. 정신을 잃고 축 늘어진 여종의 머리채를 잡고 있던 해골이 외쳤다.

*"애꿎은 생명을 해치고 싶지 않습니다. 청하지 않은 객들은 나가시오."*

"말세야. 하다 하다 해골이 승려 흉내를 내네. 여자를 놔 주면 자비를 베풀 수도 있고."

광탈이 허리춤에서 쌍검을 빼 들며 말하자, 해골들은 보란 듯이 여종을 멀리 내던졌다. 그녀가 허수아비처럼 맥없이 떨어지더니 목이 부러지는 소리가 들렸다. 그러자 백원이 벼리에게 다가갔다.

"혼자 있을 수 있겠니?"

"그럼요."

벼리가 등에 멘 칠지도를 가리키며 힘주어 답했다. 그가 벼리에게 짧게 고개를 끄덕이더니 호랑이처럼 뛰어나갔다. 청룡언월도도 푸른 검기를 내뿜었다.

처음에는 월등히 수가 많고 바람처럼 빠른 해골들이 우세

한 것처럼 보였다. 그들은 백원과 광탈을 요리조리 피하면서 기다란 혀를 내밀어 방어하고 소나기 같은 얼음 바늘과 강풍을 날렸다. 그러나 전세는 금방 역전되었다. 빠르기로 치자면 광탈이 더 했으니 쌍검을 휘두르며 지나간 자리에는 뼛조각이 우수수 떨어졌다.

"처서에 입 돌아간 모기도 아니고. 너무 약한데? 백원이 형, 나 혼자도 충분해요."

광탈이 여유롭게 할 말 다 하며 검을 휘둘렀다. 그런데 백원은 좀처럼 마음먹은 대로 되지 않아 당황하고 있었다.

웅, 우웅.

백원의 손이 부르르 떨릴 정도로 청룡언월도가 울었다.

"형, 왜 그래요?"

광탈이 한 팔에 하나씩, 해골 둘을 한꺼번에 상대하면서 물었다. 백원은 심상치 않음을 느끼고 청룡언월도를 더욱 그러잡았지만, 진동은 계속되었다.

"청룡언월도가……. 우는 것 같아."

혼잣말처럼 중얼거리던 백원이 무엇인가를 깨달은 듯 갑자기 큰 소리로 외쳤다.

"그만, 해치면 안 돼!"

해골을 향해 일격을 가하려던 광탈이 우뚝 멈췄다.

"그게 무슨 소리예요? 이제 머리만 날리면 끝인데."

광탈의 말대로 해골들은 꼴이 말이 아니었다. 팔과 다리뼈는 성한 것이 없었으며 어떤 것은 머리뼈만 동동 떠다니고 있었다. 그러자 그나마 멀쩡한 해골이 싹싹 빌기 시작했다.

*"제, 제발 살려 주시오. 지은 죄는 지옥에서 받겠소. 아이들의 소식을 알 때까지만 자비를……."*

"아이들? 네 이놈, 여기 사는 애들까지 노리는 것이냐!"

광탈이 되묻자 해골이 손 비비기를 멈추더니 놀란 것처럼 턱뼈가 툭 벌어졌다. 그는 살려 달라고 빌던 것도 잊고 광탈의 바짓가랑이를 잡았다.

*"어디서 보셨습니까? 아이들은 모두 무사합니까? 혹시 배곯지는 않는지……."*

"이봐 진정해. 하나씩만 물으라고."

*"제발 알려 주십시오. 아이들이 행복하게 살다가 무사히 극락에 이를 수만 있다면 여한이 없습니다. 그렇게만 된다면 저를 당장 검으로 베셔도 됩니다."*

텅 빈 두 구멍에서 당장이라도 눈물이 흐를 것 같았다. 조금 전까지 싸우던 것도 잊을 만큼 아이들을 향한 절절한 마음이 느껴지자, 광탈은 잠시 망설이다 물었다.

"너, 율도 스님이라고 알아?"

*"율도 스님? 어디서 많이 들어 봤는데……."*

해골이 멍하니 되새김질하듯 불렀다. 몹시 귀에 익지만 떠오르는 건 없었다.

*"아무것도 기억나지 않습니다. 저희가 찾는 아이들이 누군지도 모릅니다. 다만 꼭 찾아야 할 것 같은 미련을 떨치지 못하고 지금까지 시키는 대로 했습니다. 셀 수 없이 많은 날이 흘렀지만……."*

"잠깐!"

광탈이 해골의 말을 막았다.

"아니, 바로 지척에 두고 아이들을 왜 찾아다녀?"

*"설마, 아이들이 이 절에 있습니까? 안 돼. 이를 어찌해."*

그 말을 들은 해골들이 절규하듯 외치는 순간, 부르르 땅이 흔들렸다.

*"요, 용이……. 깨어난다!"*

비명과 함께, 땅이 흔들리더니 수박 쪼개지듯 갈라졌다. 그 틈으로 해골들이 먼저 빨려 들어가면서 건물까지 무너져 내리기 시작했다.

"벼리야!"

백원이 득달같이 달려와 벼리를 품에 안더니 힘껏 발을 굴렀다. 그는 날아오르듯 높이 뛰어 순식간에 절을 벗어났다.

"괜찮으냐?"

백원이 상처를 입지는 않았나 살피자 벼리가 고개를 끄덕였다.

"네, 멀쩡합니다. 그런데 저건……!"

땅이 갈라진 틈으로 절이 무너져 내리며 흔적도 없이 사라졌다. 마치 지옥의 문이라도 열린 듯, 커다란 구멍에서 붉은 빛과 함께 엄청난 열기가 치솟았다. 순간, 청룡언월도가 웅웅 울리며 푸른 검기를 뿜어냈다. 백원이 청룡언월도의 자루를 단단히 움켜쥐며 말했다.

"벼리야, 산 아래로 내려가."

"하지만……."

그가 우악스럽게 벼리를 돌려세우더니 등을 떠밀었다.

"여기는 광탈과 내가 맡을 테니 너는 무령을 찾아. 마을에 피해가 가지 않도록 결계를 치라고 해!"

그러고는 뒤도 돌아보지 않고 불이 치솟는 곳을 향해 도약했다. 그가 바람처럼 사라진 자리에 발을 박찬 모양대로 땅이 움푹 파였다. 물론 벼리도 안다. 다른 사람도 아니고 대원들 걱정을 할 필요가 없다. 그런데도 어쩐지 불길한 느낌을 지울 수 없었다. 벼리가 산 아래와 절 쪽을 번갈아 볼 때였다. 엄청난 바람이 벼리를 지나 절 중앙에 뚫린 구멍 쪽으로 휘몰아쳤다. 동시에 주변의 바위와 나무가 뿌리째 뽑혀서 구멍으로 빨려 들어갔다.

"헉!"

벼리가 가슴을 치며 숨을 몰아쉬었다. 아무리 숨을 들이마셔도 안으로 들어오는 게 없었다. 주변의 공기가 다 구멍 안으로 빨려 들어갔는지, 귀까지 먹먹했다. 이게 다 무슨 일인지 정신을 차릴 수 없었다.

순간, 땅이 꺼진 구멍 속에서 불이 치솟아 오르더니 커다란 회오리를 만들어 냈다. 빨아들인 공기만큼이나 어마어마한 기세였다.

벼리는 등에 닿는 묵직함이 칠지도인 것을 깨닫자, 나무와 바위가 빨려 들어가는 와중에도 왜 자신은 휩쓸리지 않는지 깨달았다. 마치 칠지도가 든든히 지켜 줄 테니 물러서지 말라고 하는 것 같았다. 그녀는 망설임을 끝내고 절 쪽을 향해 달렸다.

절이 있던 자리에 가까이 이르렀을 때, 땅이 한 차례 더 흔들렸다. 먼저 것과는 비교도 되지 않을 정도로 더 강력했다. 벼리는 대번에 고꾸라져 굴러 내려갔다.

"벼리야!"

무령이 다급하게 가체에서 금줄을 뽑아 벼리를 휘감았다. 그녀는 산 둘레에 결계를 치다가 불길을 보고 올라오던 중이었다.

"다치지 않았니?"

무령이 물었지만 벼리는 앞을 바라보며 그대로 굳어 있었다. 무엇인가 지하에서 올라오고 있었다. 그것은 꾸물꾸물

땅 위를 기다가 덩굴처럼 불기둥을 휘감았다. 하늘에 닿을 듯한 기세로 솟아오르던 거대한 괴물이 울부짖었다. 그러자 잔뜩 벌어진 입에서 불길이 뿜어져 나왔다. 그것은 순식간에 하늘을 가리고 있던 구름을 뚫고 올라갔다.

치익, 치이익!

벌겋게 달군 쇠를 물에 넣을 때 나는 소리가 온 하늘에 울려 퍼지더니 두꺼운 구름이 증기를 뿜어내며 사라졌다. 구름을 태운 불덩이들이 곧이어 땅으로 떨어졌다.

무령이 결계를 칠 틈도 없이 시뻘건 불이 두 사람을 덮쳤다. 용광로 같은 열기에 둘은 본능적으로 서로를 부둥켜안았다.

쏴아, 철썩!

갑작스러운 파도 소리와 함께 시원한 물줄기가 그들을 감쌌다. 물에 빠진 건 맞는데, 온몸이 보송보송했다. 익숙한 느낌에 벼리가 살며시 눈을 뜨자, 물결 너머에 어른거리는 사람 그림자가 보였다.

해치였다.

부드럽게 두 사람을 품은 물기둥이 조심조심 땅에 내려 주었다.

"힘은 개미만큼도 없는 주제에……."

그는 벌컥 역정을 내다가, 열기에 꼬불꼬불 굽이진 벼리의 머리카락을 보고는 입을 꾹 닫았다.

"아무튼 너희는 이 몸이 없으면 무용지물이구나, 쯧. 내 뒤에 꼭 붙어 있거라!"

무령은 자신은 본체만체하며 벼리만 챙기는 그를 잠잠히 바라보다가 벼리의 등을 살며시 밀었다.

"가자."

"네, 언니."

해치는 다시 물결을 일으켜 무령과 벼리를 감싸더니 빠르게 광탈과 백원이 있는 곳으로 향했다.

절 쪽의 상황은 예상보다 심각했다. 멀쩡하던 건물들은 땅과 함께 사라졌고 오직 용의 눈물이 떨어진 바위만 남아 있었다. 겉보기에 넓적하기만 했는데, 그 뿌리가 꽤 깊은지 옆에서 괴물이 꾸역꾸역 솟아나는데도 조금도 흔들리지 않았다. 광탈과 백원은 바위에 간신히 매달려 있었다. 바위가 가려 준 덕분에 옷과 머리만 그을렸고 다친 데는 없어 보였다.

해치가 그들을 향해 외쳤다.

"저것은 강철이다!"

"그게 뭔데요?"

광탈이 되물었다. 해치가 나직이 한숨을 쉬고는 큰 소리로 설명해 주었다.

"불을 뿜는 용이야. 눈에 보이는 건 뭐든 태우는 아주 사나운 녀석이다!"

벼리가 의아하다는 표정으로 강철을 바라보았다. 강철은 지나가기만 해도 땅에 독기가 스며들고 주변을 불바다로 만드는 요괴로, 곡식뿐 아니라 하늘의 구름까지 태워 버린다. 그래서 '강철이 지나는 곳은 가을도 봄 같다.'라는 속담이 있을 정도였다. 전해지는 바에 의하면 원래 크기는 사람의 두 배 정도라고 하는데, 눈앞의 강철은 헤아릴 수 없을 정도로 컸다.

"해치님, 강철이 저렇게 큽니까?"

해치 등 뒤에 바짝 붙어 있던 벼리가 물었다.

"무척 드물지만 강철은 용의 뇌까지 빨아 먹는다. 꼴을 보아하니 이 자리에서 승천하던 용을 잡아먹은 게 분명해. 그래서 크고 강력해진 것 같다. 쉽지 않은 싸움이 되겠어."

언뜻 뱀처럼 보이지만 큰 발이 몸통 양쪽에 두 개씩 달려 있었다. 온몸을 뒤덮은 비늘은 검붉었고 그 사이에서는 쉽없이 증기가 뿜어져 나왔다. 해치도 저렇게 큰 강철은 처음 봤다. 게다가 하늘을 향해 불을 토하는 꼴은 명백한 선전포고였다. 아무리 사납다고 해도 요괴는 요괴일 뿐이다. 감히 천계에 도전하는 건 상상도 못 할 일이었다.

해치가 눈살을 찌푸리자, 하늘을 향해 계속 불을 뿜어내던 강철이 우뚝 멈췄다. 그러고는 천천히 머리를 내리더니 아래를 내려다보았다. 여전히 불이 일렁이는 얼굴은 기괴하기 짝이 없었다.

머리에는 여러 개의 뿔이 바큇살 모양으로 뻗쳐 있고 그 사이는 박쥐의 날개 같은 얇은 막으로 뒤덮여 있었다. 아무리 봐도 눈과 코는 보이지 않았다. 강철은 머리를 둘러싼 막을 빠르게 펄럭이며 고개를 주억거리다가 정확히 해치와 벼리, 무령이 있는 쪽을 향해 멈췄다.

목표를 찾았다는 듯, 서서히 아가리를 벌렸다. 그런데 위아래로 벌어지는 단순한 모양이 아니었다. 입이 네 조각으로 나뉘어 아래, 위, 양 갈래로 동시에 벌어졌다. 안에는 톱니 모양의 이빨이 빼곡하게 들어차 있는데, 그 가운데 둥글고 밝게 빛나는 공 같은 게 보였다. 강철은 한껏 가슴을 부풀려 공기를 들이마셨다. 아까처럼 귀가 먹먹할 정도로 공간이 텅 비더니 입안에 든 공 같은 것이 더욱 커졌다.

쿠아아악!

몸이 쪼개질 것 같은 울부짖음과 함께 강력한 불줄기가 뿜어져 나왔다. 하지만 무령과 벼리에게 불은 닿지 못했다. 해치가 산만한 파도를 일으켜 강철의 불을 막았기 때문이다. 강철은 불길을 거둬들이고는 해치를 잠시 살피더니, 입에서 검은 연기를 뿜으며 웃었다.

*"내가 너무 오랫동안 잠들어 있었나. 뿔 없는 해치를 보게*

*될 줄이야.”*

해치는 잘생긴 젊은 선비의 모습을 하고 있었지만 강철은 한눈에 신수를 알아보았다.

“과분한 힘을 흡수하다가 지렁이가 된 네가 할 말은 아닌 듯싶구나. 눈과 코는 없고 입만 벌름거리니 딱 지렁이 아니더냐.”

해치가 비소를 머금고 받아쳤다.

바위에 매달려 있던 광탈과 백원은 해치와 강철이 이야기를 나누는 틈을 타서 땅으로 내려왔다. 해치는 두 사람이 안전한 걸 확인한 뒤 강철을 도발하기 시작했다.

“이 터에서 승천하던 용을 너 따위가 잡았을 리 없다! 누가 도왔느냐? 아니면 남이 해친 걸 주워 먹은 걸 수도 있겠구나. 어서 바로 고하지 못할까!”

강철은 사납지만 지능이 높지 않은 편이라 금세 낚였다. 수많은 비늘이 쇠 긁는 소리를 내며 부르르 떨더니 그 사이로 검은 수증기가 먹구름처럼 뿜어져 나왔다.

*“수라님 발아래서 기던 녀석이 입만 살았구나. 그분께서 깨어나신 뒤 네놈부터 없앤다고 하셨지만, 내가 직접 목을 바치는 것도 나쁘지는 않겠지.”*

강철은 음산하게 웃으며 끝이 두 갈래로 갈라진 긴 혀를 날름거렸다.

'수라?'

벼리는 수라라는 이름을 듣는 순간 해치의 미간이 일그러지는 것을 똑똑히 보았다. 웬만해서는 표정을 읽을 수 없는 해치였는데, 그가 평정심을 잃어 귀까지 붉어진 것을 보니 분명 수라라는 자와 큰 악연이 있는 듯했다.

심상치 않은 둘을 지켜보던 어사대 대원들에게 해치의 목소리가 들렸다.

슬슬 전투 준비를 해라.

그런데 해치의 음성은 귀가 아니라 피부를 타고 들려오는 느낌이었다. 청각이 아닌 촉각으로 느껴지는 기이한 음성이었다. 대원들이 놀라서 일제히 그를 바라보았다.

지난 수년간 국무당에게 대체 뭘 배운 게냐? 하나부터 열까지 가르쳐야 하는구나. 너희도 마음으로 생각하면 나처럼 말을 주고받을 수 있다!

그러자 백원이 하는 말이 모두에게 같은 방식으로 전달되었다.

우리가 어떻게 하면 되겠습니까?

나 혼자서도 충분히 저놈의 모가지를 비틀어 버릴 수 있지만, 그러다가는 마을 전체가 홀라당 타 버릴 수도 있으니 최대한 빠르고 확실하게 제압해야겠다. 너희들이 함께 싸우는 것을 허락한다.

해치의 대답을 듣고 벼리가 물었다.

저 괴물의 약점은 어디입니까? 용의 형상을 하고 있으니 역린입니까?

그래. 용의 비늘이 거꾸로 돋아난 부분, 역린을 노려야 한다. 문제는 분에 넘치는 힘을 흡수하느라 몸이 뒤틀렸어. 역린이 어디 있는지 찾아야 한다.

그러자 광탈이 끼어들었다.

아, 탐색이야 내 전문 아니겠어요? 내가 저 지렁이 대가리부터 꼬리 끝까지 샅샅이 뒤질 테니 해치 형님은 내가 통구이가 되지 않게 물이나 좀 뿌려 주세요.

광탈과 백원이 무기를 다부지게 그러잡고, 무령은 금줄을 빙빙 돌리며 달려 나갈 자세를 취했다. 벼리도 칠지도를 뽑으려 손을 뻗을 때였다. 해치가 물결로 벼리의 앞을 막았다.

어허! 넌 뒤에 멀찌감치 떨어져 있거라. 거치적거리지 말고.

해치님, 하, 하지만…….

예끼, 말 들어!

울상이 된 벼리를 남기고 대원들이 강철을 향해 뛰어올랐다. 강철도 갈라진 입을 한껏 벌리고는 불을 내뿜었다. 조금 전과는 비교도 안 되는 화력이었다. 광탈이 다람쥐처럼 요리조리 피하며 투덜거렸다.

아, 저놈의 신수는 왜 요괴를 약 올려. 이러다 통구이 되겠네!

이놈아, 다 들린다! 사람이든 요괴든, 화가 나면 눈에 보이는 게 없는 법이다. 그래야 틈새 찾기도 쉽지. 거꾸로 박힌 비늘을 찾는 데만 집중해! 광탈이 역린을 찾는 동안, 무령은 강철의 다리를 감아 움직이지 못하게 하고 백원은 적극적으로 공격해라!

해치가 단호하게 명하며 세 사람이 움직이는 대로 물을 뿜어 불을 막았다. 어찌나 자유자재로 물을 다루는지, 단 한 치도 어긋남이 없어서 대원들은 편안한 갑옷을 입은 것 같았다.

백원은 해치가 만든 파도를 타고 날아올라 강철의 머리로 뛰어 올라갔다. 그는 이 요괴가 상대의 기운을 감지할 때마다 목에 두르고 있는 막을 유난히 떤다는 걸 간파했다.

이게 녀석의 더듬이라면.

푸른 기운이 단단히 어린 청룡언월도를 휘두르자 검은 막이 삭은 보자기처럼 쫙 찢어졌다. 청룡언월도는 구름을 뚫고 땅으로 작렬하는 번개 같았다. 머리부터 목을 지나 앞발까지 이어지는 강철의 막을 찢더니, 곧 튀어올라 아름드리나무보다 굵은 뿔을 수수깡 베듯 베어 냈다.

백원의 예상은 적중했다. 막이 찢어진 강철은 더듬이를 떼어 낸 벌레처럼 휘청거렸다. 요괴는 더욱 분을 내며 아무 데나 되는 대로 불을 쏘아 댔다. 온 천지를 태울 듯한 열기로 산이 녹아내릴 것 같았다. 하지만 이번에도 해치가 일으킨 파도가 산불이 더는 번지지 않도록 막았다.

광탈은 어느 틈에 강철의 어깨에 올라가 있었다.

거꾸로, 거꾸로 난 비늘이라…….

그는 강철의 비늘을 타고 내려가 양쪽 겨드랑이를 찬찬히 살피더니 무령에게 외쳤다.

여기는 없어. 누님, 금줄 하나만 걸어 줘!

광탈이 부탁하자 무령이 금줄을 공중에 쏘아 올려 강철의 뿔 하나에 단단히 감아 놓았다. 광탈은 재빨리 뛰어올라 줄을 움켜잡더니 강철의 길고 굵직한 몸을 나선형으로 달려 내려가면서 역린을 찾기 시작했다.

이번에는 무령의 차례였다. 그녀는 파도를 타고 물 찬 제비처럼 자유자재로 움직이며 가체에서 뽑아낸 금줄을 강철의 다리에 두르기 시작했다.

해치님, 꼬리를 묶고 다리 사이로 지나갈 테니 그 앞에 파도를 준비해 주세요!

무령은 강철이 아래위로 긴 몸에 비해 상대적으로 다리가 짧아, 꼬리로 중심을 잡는다는 걸 간파했다. 해치가 만든 파도와 한 몸이 된 그녀가 강철을 쓰러트릴 밑 작업을 마쳤다.

광탈이 강철의 옆구리를 지날 때였다. 기척을 느낀 강철이 앞발을 뻗어 광탈을 내려치려는 순간, 백원이 단숨에 청룡언월도를 그었다. 후드득, 발가락 세 개가 검은 피를 뿜으며 떨어져 나갔다. 강철이 잘려 나간 발가락을 내려다보며 비명을 지르는 순간 광탈이 눈을 커다랗게 뜨고 외쳤다.

역린이다! 혀에 돋아나 있어요. 형, 저 녀석 어디라도 좋으니까 하나만 더 잘라 봐요. 내가 들어갈게요.

다른 대원들은 제 귀를 의심했다. 광탈이 평소에도 좋은 상태는 아니었지만, 어떻게 불을 뿜어 대는 아가리 속으로 들어가겠다는 건지.

너 제정신이야?

광탈아, 안 된다!

벼리와 무령이 차례로 말렸다.

그럼, 다른 방법이 있어? 물을 좀 세게 뿌려 줘요!

해치님, 절대 안 됩니다!

벼리가 단호하게 반대했다. 광탈은 기세가 오르면 자칫 과해져서 자신을 돌보지 않기 때문이었다. 더군다나 해치는 손을 떨고 옷이 땀으로 얼룩져 있었다. 거대한 장벽을 만들던 물의 기세가 점점 줄어드는 게 확연히 보였다. 그러나 해치는 주저하지 않고 지시했다.

촌각*밖에 버티지 못한다. 서둘러!

* 촌각(寸刻) 약 1분 30초.

커다란 물방울이 공중에 떠오르더니 광탈을 감쌌다. 그는 지체하지 않고 금줄을 잡아 빠르게 도약했다. 백원은 강철의 옆구리에 청룡언월도를 박아 넣더니 길게 그으며 아래로 떨어져 내렸다. 청룡언월도의 궤적을 따라 강철의 몸이 갈라지더니 벌어진 상처에서 시퍼런 불꽃이 피어올랐다. 강철이 괴로워하며 귀가 찢어질 듯한 비명을 질러 댔다.

"크아악!"

괴성을 지르는 틈을 타서 광탈이 요괴의 입속으로 뛰어 들어갔다. 그때였다. 벼리의 등에 매달려 있던 칠지도가 달아오르기 시작했다. 놀란 벼리가 화급히 칠지도를 뽑아 들었다. 동시에 고통에 몸부림치던 강철이 금줄에 발이 묶여 균형을 잃고 쓰러지려 했다.

**모두 조심해라! 벼리, 너도 내 뒤로 오너라!**

해치의 다급한 외침에도 불구하고 벼리는 곧장 앞으로 달려 나갔다.

"벼리야!"

당황한 해치가 목청껏 불러 보았지만, 그녀는 이내 사라지고 없었다. 그 순간, 강철이 그대로 고꾸라졌다. 세상이 쪼개질 것처럼 땅이 울리고 곧이어 짙은 흙먼지와 함께 자잘한 돌들이 파편처럼 날아왔다. 해치가 물을 뿌려 먼지를 걷어내며 물었다.

모두 무사한가?

흙먼지가 서서히 걷히면서 그 사이로 강철 밑에 깔린 무령이 보였다. 그녀는 요동치는 녀석에게서 벗어나려 했지만 소용없었다. 천근만근 같은 강철의 무게도 무게였지만, 헝클어진 금줄이 옥죄어 왔기 때문이었다.

백원도 난감하기는 마찬가지였다. 강철의 꼬리에 맞아 떨어지면서 청룡언월도를 잃어버렸다. 급한 대로 함께 떨어진 무령이 빠져나올 만한 공간을 만드느라, 온몸으로 강철의 무게를 버티며 애쓰고 있었다.

한편 벼리는 우박처럼 떨어지는 자잘한 돌을 맞으며 달리고 있었다. 스스로 튀어 나간 건 아니었다. 그녀가 칠지도를 거머쥐는 순간, 그대로 끌려간 것이었다. 놀란 벼리가 놓으려 했지만, 손이 자루에 딱 달라붙은 듯 떨어지지 않았다. 하지만 당황한 것도 잠시, 해치가 준 신령한 검을 따라 힘껏 달리기 시작했다.

"광탈아!"

벼리가 광탈을 불렀지만, 그는 돌아보지 않았다. 광탈은 강철이 토해 내는 불덩이를 요리조리 피하면서 네 갈래 중 두 개 남은 입술을 내리찍고 있었다. 한쪽 팔은 축 늘어져 움직일 때마다 맥없이 흔들렸고 한 자루만 남은 검은 여기저기 이가 빠져서 곧 바스러질 것 같았다. 하지만 이성을 잃고 무아지경에 빠진 광탈은 기어코 입술 하나를 뜯어냈다.

시간이 없다!

바닥난 힘을 쥐어 짜내느라 해치의 악다문 입술 사이로 피가 배어 나왔다. 더 이상의 수증기를 끌어다 쓸 수 없을 정도로 대기는 메말라 갔다. 대원들을 둘러싼 물방울마저 김을 내며 서서히 타들어 가고 있었다.

그제야 벼리는 칠지도가 왜 자신을 끌고 이곳에 왔는지를 깨달았다. 모든 대원을 구하는 방법은 강철을 죽이는 것뿐이었다.

그녀는 눈을 가늘게 뜨고 강철의 하나 남은 입술 너머를 노려보았다. 혀의 중앙에는 검은 비늘이 거꾸로 돋아나 있었다. 그러자 이때를 위해 오랜 잠에서 깨어났다는 듯, 칠지도가 더 뜨겁게 달아오르며 용암과도 같은 빛을 내기 시작했다. 이내 벼리는 검과 하나가 된 것처럼, 몸과 마음이 편안해졌다. 벼리는 말갛게 떠오르는 태양처럼 달궈진 칠지도를 들고 강철을 향해 도약했다. 두 갈래로 나뉜 혀끝이 칠지도의 기운을 감지했는지, 빠르게 날아왔다. 순간, 벼리에게 백동수의 목소리가 선명하게 떠올랐다.

'다리가 비었다!'

그녀는 오른쪽 허벅지를 후려치려는 혀끝을 재빨리 쳐 냈다. 하지만 강철의 혀가 두 갈래로 갈라졌다는 걸 뒤늦게 깨달았다.

'아차!'

나머지 혀끝이 벼리의 왼쪽 다리를 노리며 날아왔고, 그녀는 자기도 모르게 눈을 질끈 감았다. 벼리의 왼쪽 다리가 통째로 날아가기 직전이었다.

바로 그때였다.

쐐애액, 팍!

어디선가 바람을 가르고 날아온 화살이 강철의 혀를 꿰뚫더니 그대로 땅에 박혔다. 그게 끝이 아니었다. 연속해서 쏘아진 살은 무령에게 엉켜 있는 금줄을 정확하게 끊어 냈다. 강철이 더욱 몸부림쳤지만 살은 단 한 발도 어긋나지 않았다.

대원들은 울컥 눈물이 날 뻔했다. 누군지 보이지는 않았지만 날아오는 살의 궤적만 보고도 알 수 있었으니까. 하지만 감동에 젖어 있을 틈이 없었다. 벼리는 망설이지 않고 역린을 향해 돌진했다. 땅에 박혀 있던 혀끝이 찢어지면서 다시 벼리를 향해 날아들었지만, 광탈이 절뚝이며 달려와 쳐 냈다. 화살도 쉬지 않고 날아와 벼리가 갈 길을 터 주었다. 벼리는 활짝 벌어진 입을 향해 돌진했다.

역린은 혀가 갈라지기 시작한 중앙에 자리 잡고 있었다. 위기를 감지한 건지 혀가 성난 파도처럼 이리저리 휘몰아쳤다. 그녀는 눈도 깜박이지 않고 역린이 붙은 부분을 노리고 칼을 휘둘렀지만 한 치도 건드리지 못했다. 베어 내기는 커녕, 몸부림치는 강철의 입안에서 균형을 잡는 것도 어려웠다.

"죽어!"

벼리가 고함을 질렀지만 흥분할수록 칼을 휘두르는 각도가 점점 커져서 허공을 가를 뿐이었다. 그때였다. 다시 한번 스승의 목소리가 귓가에 쩌렁쩌렁 울렸다.

'몸통을 봐……. 몸통은 근본과 같아서 결코 속일 수 없다!'

맞다! 그녀가 노려야 하는 것은 어지러이 움직이는 역린이 아니었다. 사람의 중심이 몸통이라면 역린이 돋은 혀의 중심은…….

그녀는 칠지도를 높이 들어 올린 뒤 혀의 뿌리를 사선으로 베어 냈다.

뎅겅!

날도 없는 칼이 강철의 혀를 대번에 잘라 냈다. 역린이 붙은 혀가 바닥에 데구루루 구르더니 물 밖에 나온 물고기처럼 퍼덕거렸다. 잘린 끝에서는 시커먼 액체가 분수처럼 치솟았고 강철은 그대로 축 처졌다. 거칠게 오르락 거리던 가슴이 서서히 멈추더니 강철의 거대한 몸이 까만 재가 되어 흩날리기 시작했다.

동시에 해치가 부리고 있던 물방울이 바닥으로 떨어지며 땅으로 스며들었다. 대원들 모두 무너지듯 주저앉았다.

"모두 무사한가?"

어둠 속에서 한 손에 활을 든 정조가 모습을 드러냈다. 그의 화살집은 텅텅 비어 있었다.

"혹시 몰라 준비했던 건데, 과인이 늦지 않아 다행이구나."

정조는 위급할 때를 대비해서 국무당을 시켜 화살에 영험한 기운을 불어넣어 두었던 것이다.

"전하……."

벼리가 꾸역꾸역 일어나려 하자 그는 손을 저으며 말렸다.

"으아아, 전하!"

한쪽 팔을 축 늘어뜨리고 달려온 광탈이 그의 품에 폭 안겼다.

"흐응, 딱 죽는 줄만 알았습니다."

정조는 눈물 콧물 쏟으며 징징거리는 광탈을 물끄러미 바라보고는 등을 쓸어 주었다.

"그래, 많이 놀랐지?"

정조가 광탈을 살살 달래더니, 그를 안고 있는 팔에 갑자기 힘을 주었다.

우두둑, 빡!

기습적으로 빠진 어깨를 맞추자 광탈은 온몸을 부르르 떨며 신음을 뱉어 냈다. 정조는 아이 어르듯 달랬다.

"어깨는 빠지자마자 끼워야지. 그러지 않으면 자꾸 빠진다, 광탈아."

정조는 무령을 안고 걸어오는 백원을 향해 고개를 끄덕였다. 표정 하나 변하지 않았지만, 눈빛에는 안쓰러움과 염려가 가득했다.

"모두 애썼다. 정말 잘해 주었어."

해치는 정조에게 아는 체 않고 곧장 강철이 쓰러진 곳으로 향했다. 요괴는 검은 재가 되어 바람결에 흩날리고 있었다.

백원은 그 모습을 바라보며 중얼거렸다.

"죽일 것까진 없었는데……."

무령의 의아한 시선을 느꼈는지, 그는 말을 덧붙였다.

"괴질동자와는 상대도 되지 않는 강력한 요괴였어. 살려 두었다면 많은 정보를 얻을 수 있지 않을까 해서."

버리는 재를 흩으며 뭔가를 찾는 해치를 보고, 자리에서 일어나 그에게 다가갔다. 그때 발에 까만 구슬 같은 것이 채였다. 들어 올려 살펴보니, 크기는 사람 머리통만 한데 달걀처럼 매끈했다.

"맨손으로 만지면 위험하다!"

해치가 화들짝 놀라며 낚아채듯 구슬을 가져갔다. 그는 구슬을 두 손으로 감싸더니 숨을 몰아쉬고는 눈을 감았다.

곧이어 길고 곧은 손가락 사이로 청명한 빛이 새어 나왔다. 그러자 맑은 물에 먹을 푼 것처럼 검은 기운이 스르륵 사라지더니 무지개처럼 영롱한 빛으로 변했다.

"강철이 삼켰던 용의 여의주다. 상서롭고 맑은 기운이 가득하구나."

그가 음미하듯 눈을 감았다. 전투로 소진된 힘이 다시 차오르는 게 느껴졌다.

어느새 주변으로 모여든 대원들이 멍하니 여의주를 바라보자 해치는 재빠르게 여의주를 품에 넣고는 외쳤다.

"아직 다 끝나지 않았다. 폐사에 남은 영혼들을 심판해야지."

해치가 손을 들어 올리다가 정조와 눈이 마주쳤다. 그가 한번 지켜보겠냐고 시선으로 묻자 정조도 짧게 고개를 끄덕였다. 해치는 곧바로 물결을 일으키며 명을 내렸다.

"용루사에 얽혀 있는 영혼은 모두 들라!"

거대한 물의 장막이 세상과 심판장을 분리하고 용루사에 얽힌 영혼들을 속속들이 불러냈다.

맨 처음에 나타난 이들은 절을 부수다가 죽은 네 명의 사내였다. 그 뒤에는 해골에게 잡혔다가 목이 부러져 죽은 여종이 서 있었다. 그리고 강철이 나타나기 직전 사라졌던 해골들과 광탈이 만났던 동자승들의 혼령들이 차례로 불려 왔다. 마지막으로 모습을 드러낸 무리는 처음 보는 이들이었는데, 목에 죄수들에게 씌우는 나무로 된 형구가 채워져 있었다. 바로 벼리가 지옥에 가서 데려와 달라고 했던 영혼들이었다.

해치는 은방울에서 커다란 파도를 일으키며 말했다.

"누가 어떠한 죄를 지었는지, 낱낱이 보이라!"

그러자 허공을 가득 채운 파도가 이들의 과거를 보여 주기 시작했다.

---

파르스름하게 머리를 민 동자승들이 나이 지긋한 스님을 둘러싸고 저마다 물었다.

"스님, 언제 오십니까?"

"힝, 또 가세요?"

"저희끼리 있으면 너무 무섭습니다."

대여섯이나 되는 고만고만한 아이들은 참새처럼 짹짹대며 낡은 장삼을 붙잡고 놔 주질 않았다.

"율도 스님. 다른 스님들은 언제 오십니까?"

가장 어린 동자승이 기어코 울음을 터뜨렸다. 율도 스님은 무릎을 꿇고 앉아 아이의 눈물을 닦아 주었다.

"오늘도 형아 스님들이랑 있어야 합니까?"

"지광아."

"예."

동자승이 꿀쩍꿀쩍 울먹이며 대답했다.

"산 아래에는 큰 난리가 났다. 우리가 외진 데 살아서 목숨을 부지한 건, 중생을 도우라는 부처님의 뜻이 아니겠느냐?"

하지만 어린아이에게는 너무 어려운 말이었다.

본래 용루사에는 제법 많은 스님이 있었다. 그런데 왜란이 일어나자, 나라를 지키겠다며 스님들은 모두 승병으로 참전했고 가장 나이가 많은 율도 스님만이 동자승들을 돌보기 위해 남았다. 그런데 요즘은 길에 나뒹구는 시신을 거둔다며 율도 스님마저 매일 산 아래로 내려갔다.

그는 지그시 눈을 감고 마구 일렁이는 마음을 다스렸다. 동자승들은 그에게 더없이 소중했다. 하지만 저 아래 참상을 본 이상, 도저히 외면할 수 없었다.

"오늘은 일찍 오마."

"그게 참말입니까?"

그가 고개를 끄덕이자 동글동글한 얼굴들이 확 밝아졌다.

"돌아오면 송기떡*을 해 주마."

* 송기떡(松肌떡) 소나무 껍질을 삶아 곡식 가루를 섞어 빚은 떡으로 임진왜란 당시, 굶주리던 백성들이 먹기 시작했다고 한다.

그 말에 동자승들은 겅중거리며 손뼉까지 쳤다. 저리 기뻐하는 걸 본 것이 너무 오랜만이라 율도 스님도 목이 멨다. 그는 언제나처럼 단단히 일렀다.

"절에는 아무도 들여서는 안 된다. 혹시 누가 오는 게 보이면 대웅전 벽장 안에 숨거라. 알았지?"

"네, 알겠습니다!"

율도 스님은 동자승들에게 다정하게 웃어 주고는 무거운 발길을 돌렸다.

얼마 전, 승병으로 나간 이들의 소식을 알아볼까 싶어 절 아래로 내려갔었다. 그런데 주변이 산이라 비교적 안전했던 마을이 쑥대밭이 되어 있었다. 집은 불타고 땅 곳곳에는 고인 피가 굳어 검게 변한 웅덩이가 수두룩했다.

너무 놀란 스님이 황급히 마을을 벗어나려는데, 발에 뭔가 채었다. 해골이었다. 그는 엉겁결에 뒷걸음치다가 헛디뎌 넘어질 뻔했다. 이번에는 긴 뼈였다. 그가 눈을 들어 사방을 살피니, 여기저기 뼈투성이였다.

'아직 핏자국이 선명한데, 썩어 가는 시체가 아니라 뼈라니?'

그러고 보니 이 마을을 오는 동안 살점 붙은 시신 하나 볼 수 없었다. 이게 무슨……. 가장 끔찍한 건 죽음이 아니었다. 전쟁이 휩쓸고 간 자리에서 살아남으려면 죽음보다 더한 짓도 해야 했다.

왜군이 보이는 족족 사람을 죽이고 양식을 빼앗은 뒤, 심지어 마을에 불까지 질러 버리니 그들을 피해 살아남아 떠도는 자들에게 죽어 있는 이들의 육신은 유일한 먹거리였다.

나무아미타불……. 율도 스님은 차마 외면할 수 없었다. 적에게 죽임당하고 같은 민족에게 시체까지 뜯긴 이들이 편안히 눈을 감을 수 없으리라. 자신은 모든 이를 부처처럼 섬겨야 하는 승려가 아닌가. 그래서 그는 동자승들을 단단히 단속한 뒤, 마을로 내려와 뼈를 거두어 땅에 묻어 주고 있던 것이다.

'오늘만, 그래 오늘까지만 하자.'

그는 거듭 다짐하면서 산에서 내려오다가 야들야들하게 물오른 소나무를 발견했다. 절로 올라갈 때 뜯을까 하는 망설임은 잠시였다.

"껍질이 멀쩡한 소나무는 오랜만이군. 허허."

율도 스님은 동자승들을 배불리 먹일 수 있겠다는 기대에 부풀어 조심조심 껍질을 뜯고는 소나무에게 감사의 인사를 올린 뒤, 서둘러 마을로 향했다.

마을에 들어서자, 서늘한 시선들이 그에게 꽂혔다.

"돌중이 오늘도 왔군."

"캬악, 퉤! 재수가 없으려니……."

떠돌이들은 아예 마을에 정착했다. 어딜 가나 먹을 게 없는 건 마찬가지였으나, 이곳은 멀쩡한 집 몇 채라도 남아 있었기 때문이었다.

그들은 율도 스님을 증오했다. 자신들도 설마 사람의 살을 먹게 되리라고는 눈곱만큼도 상상하지 못했다. 하지만 굶주림에 지쳐 정신이 돌아 버리니 가릴 것이 없었다.

그런데 저 돌중 하는 짓이 희미하게 남은 양심을 쿡쿡 찔렀다. 자신들이 먹다 버린 뼈를 거둬서 땅에 묻고 염불까지 외우는 모습이 딱 보기 싫었다. 떠돌이들의 증오는 불처럼 번지며, 없는 소문까지 만들어 냈다.

"낮에는 보란 듯이 저러면서 밤에 몰래 돌아와 뼈를 가져가 고아 먹는대."

"그래서 피둥피둥 살이 올랐군."

하지만 피골이 맞닿은 건 율도 스님이었고, 그에 비해 혈색이 도는 건 오히려 그들이었다.

"이봐, 혹시……. 저번에 실종된 막득이네 둘째 아이도 저치가 훔쳐 간 거 아니야?"

두런두런 주고받던 말이 우뚝 멈췄다. 왜 동네에서 아이가 없어지는지는 본인들이 잘 알고 있었다. 더는 먹을 게 없었기 때문이었다. 그런데 불편한 진실을 뒤집어씌울 대상이 눈앞에 바르작거리고 있었다. 그들은 두룩두룩 눈알을 굴리다가 맞장구쳤다.

"허어, 그러고 보니 망태기가 부쩍 수상해 보이는군!"

사람들이 하나둘, 율도 스님에게 다가왔다. 번들거리는 눈이 어찌나 흉흉한지, 절로 몸이 움츠러들었다. 율도 스님은 오늘따라 가지 말라고 유난히 말리던 동자승들을 떠올리며 마른침을 삼켰다.

"왜, 왜들 이러시오?"

"내놔!"

사내 하나가 스님이 메고 있는 망태기를 빼앗았다.

"뭐야?"

"제법 실한데!"

싸한 소나무 향이 물씬 도는 껍질을 꺼내며 그들이 입맛을 다셨다.

"안 되오. 그건 우리 동자승들……."

"동자승?"

율도 스님은 스스로 입을 틀어막았지만 늦었다.

"그냥 떠도는 돌중인 줄 알았더니 절이 있었군."

"게다가 아이들까지 키우고 있었다? 그래서 뼈를 쓸어 갔구나."

"절간에 가면 송기떡이 잔뜩 쌓여 있겠는데? 고깃국하고 말이야."

"이, 이러지 마시오. 시신을 거두는 짓은 다시는 하지 않을 테니 이만 보내 주시오."

"말로 할 때 앞장서!"

하지만 스님은 꼼짝하지 않았다. 떠돌이들은 발길질하고 주먹질에 심지어 흉기까지 썼지만, 그는 숨이 끊어질 때까지 절 쪽으로는 시선 한번 주지 않았다.

---

여기서 그들의 과거가 끝났다. 온통 파도로 둘러싸인 재판정에는 울음소리만 흘렀다. 어이없게도 그 소리의 주인은 해치가 지옥에서 데려온 이들이었다.

벼리는 온전히 전후 사정을 파악하는 데 필요하다며 임진왜란 당시, 용루사와 관련이 있는 이들을 참고인으로 소환하길 원했다. 그 말을 들은 염라대왕은 몹시 반가워했다. 그들에게 당한 영혼들이 저승에 도착하지 않아 심판이 지금껏 미뤄지고 있었기 때문이었다. 염라로서도 몇백 년 묵은 손톱 밑 가시를 빼내는 기분이었으니 망설임 없이 내어 주었다.

율도 스님을 해친 떠돌이들은 구슬피 울며 하소연했다.

"그저 너무 배가 고팠을 뿐입니다."

"그런 저희 앞에서 소나무 껍질을 들고 다닌 저 중이 잘못입니다."

해치는 노한 기색을 감추지 않았다.

"너희는 지옥에 머물면서도 아직도 제 죄를 깨닫지 못했구나. 구천을 떠돌 뻔한 이들을 거두어 장례를 치러 준 의인을 때려죽이고 그 시신까지 먹은 주제에 억울하다니!"

해치가 짧게 손짓하자, 작은 물결이 일더니 그들의 얼굴을 쓸고 지나갔다. 그러자 나불거리던 입이 감쪽같이 사라졌다. 조용히 하라고 엄포를 놓는 것보다 효과적인 방법에 정조는 한쪽 눈썹을 올리며 제법이라는 표정을 지었다.

지옥에서 온 자들을 간단하게 제압한 뒤, 해치는 절을 부순 네 명의 사내를 향해 얼굴을 돌렸다. 눈치만 살피고 있던 그들도 하소연하기 시작했다.

"저희는 그런 사연은 알지 못했습니다. 다만 사내대장부 유생으로서 미신을 타파하기 위해…… 앞장선 거지요. 자고로 유교를 근본으로 섬기고 조상의 은덕을 기려야 하거늘, 아랫것들이 절을 두려워하며 금줄 치는 걸 어찌 두고 보겠습니까?"

그들이 하는 말을 듣고 있던 광탈이 픽 웃었다.

"내가 광대 그만두길 잘했지. 양반네들이 저렇게 정성껏 웃겨 버리는데 어디 밥 먹고 살았겠어?"

그러자 공중에 떠 있는 하얀 포말에 글씨가 떠올랐다.

「법정 소란죄 – 광탈, 1차 경고」

서운함을 느낀 광탈이 팔짱을 끼고 토라졌다가 다쳤던 어깨를 잡고 쩔쩔매자 해치가 살짝 한숨을 쉬고 다시 재판을 이어 갔다.

"닥쳐라! 기껏 절을 부수는 것이 너희가 말하는 정의더냐? 무엇보다 자꾸 신분 운운하는데, 너희가 기린다는 그 조상은 왜란 때 이 마을에 자리 잡은 떠돌이들이다."

해치가 입을 없앤 자들을 손으로 가리키자, 사내들은 털썩 주저앉았다.

"그런 주제에 나와 다르다는 이유만으로 행패를 부리다니. 부끄러운 줄 알라!"

내내 불안한 표정으로 눈치를 살피던 여종은 해치의 말이 끝나기가 무섭게 끼어들었다.

"쇤네야말로 정말 억울합니다. 남을 위해 밤늦도록 바느질하다가 저들에게 잡혀 왔습니다."

그녀가 울면서 해골들을 가리켰다.

"정녕 그리 생각하느냐?"

해치가 날카로운 송곳니를 드러내며 되묻자 공중에 걸린 커다란 파도가 과거에 있던 일을 비추었다. 몰래 도망갔던 노비가 관아에 끌려가 곤장을 맞는 장면이었다.

"네 괴롭힘을 견디지 못하고 도망갔다가 잡혀 온 달래라는 아이다. 곤장을 맞고 사흘 뒤, 장독으로 숨을 거두었다. 겨우 열두 살이었지. 또 하나 볼까?"

그러자 다른 장면이 펼쳐졌다. 웬 남자가 토사곽란을 하는 모습이었다.

"저자의 이름은 돌구다. 네가 뱉은 침에 삭은 팥죽을 먹고 탈이 났지. 본래 장이 약했던 탓에 결국 기력을 회복하지 못하고 일주일 만에 죽었다. 이래도 억울한가?"

여종은 볼을 실룩대다가 웅얼거렸다.

"장이 약한 게 어찌 제 잘못이……. 읍읍!"

해치는 더는 들을 것도 없다는 듯, 물결을 일으켜 그녀의 입을 없애 버리고는 은방울을 울렸다. 그러자 허공에 하얀 포말이 일더니 큰 글씨가 떠올랐다.

「憎 미울 증」

잠시 후, 한 글자가 더 떠올랐다.

「憎惡 증오」

해치가 준엄한 목소리로 선고했다.

"이것이 너희의 죄다."

그는 먼저 네 명의 사내를 바라보았다.

"자신이 믿는 것이 곧 정의라는 삐뚤어진 생각으로 남을 해하고 괴롭힌 죗값은 지옥에서 치르라!"

"사, 살려 주십시오. 그저 젊은 혈기에 술이 들어가서 큰 실수를 저질렀습니다."

"맞습니다. 사람을 죽인 것도 아니고……. 저희가 종종 실수했지만, 취하지 않았을 때는 남을 괴롭히지 않았습니다. 그러니 자비를 베풀어 주소서."

사내들이 눈물 콧물을 쏟으며 빌자, 내내 지켜보던 정조가 심판대 앞으로 한 걸음 다가서더니 할 말이 있다는 표정으로 해치를 바라보았다. 그러자 해치는 짧게 고개를 끄덕이며 발언을 허락했다.

"하늘이 주신 권한으로 죽은 자를 심판하는 신수여. 생전에 저들 또한 과인의 백성이었으니 한 말씀 올리겠소."

사내들은 메마른 입술을 잘근 씹으며 초조한 표정으로 정조를 바라보았다.

"과인에게는 술이란 입술을 적시는 정도로 마셔야 한다고 여기는 신하가 하나 있소. 그의 주장에 따르면 술에 취하면 부모도 알아보지 못하고 사리 분별이 되지 않으니 광인이나 다름없다고 하였소. 미친병은 재앙과 같아서 스스로 막을 방법이 없고 술에 취한 자 또한 이성을 잃고 제 뜻과 다른 짓을 했으니 결과를 놓고 보면 크게 다르지 않소."

그 말을 듣고 사내들은 반색하며 조급하게 고개를 주억거렸다. 정조는 빙글 웃고는 말을 이었다.

"하나, 술주정은 스스로 만든 것이오. 애초에 따지고 보면 자신이 원해서 마신 것이니 용서해 줄 필요가 있겠소? 말을 들어 보니 저들은 평소에도 술을 마시면 행패를 부렸다는데, 자신이 술기운을 이기지 못한다는 걸 알면 마땅히 끊어야 하거늘! 장기간 지속해서 마셨으니, 감안해 줄 여지가 있소이까."

변호를 기대했던 이들은 사색이 되었고 해치는 흐뭇하게 대꾸했다.

"그리 말한 신하가 누굽니까?"

"정약용이라 하오. 과인도 이와 비슷한 사건을 판결했는데, 절대 선처하지 말라며 조금도 그 뜻을 굽히지 않았소."

"그리 지혜로운 신하를 두었다니, 만약 하늘도 사사로운 감정이 있다면 부러워했을 겁니다."

곧 해치의 표정이 서늘하게 바뀌더니 판결문을 계속 읽어 내려갔다.

다음은 온갖 심술을 부리던 여종 차례였다.

"나보다 잘나고 행복하다는 이유만으로 미워한 죄. 너는 자신보다 힘이 약한 아이를 학대하고, 갖은 악행을 저질러 죄 없는 사람을 죽음까지 몰아넣었다. 죄질이 좋지 않고 참회하는 모습조차 없으니, 지옥에서 똑같은 고통을 겪어 보아라!"

마지막으로 지옥에서 데려온 떠돌이 무리를 향해 말했다.

"자신의 악함을 비추는 거울을 보고 돌이키기는커녕 증오한 죄! 동자승들이 추위와 굶주림을 겪으며 하염없이 기다렸던 고통을 너희도 지옥에서 겪도록 하여라!"

해치의 판결이 끝나자 벽을 이루던 물결이 거세게 일렁이더니 죄인들을 감싸 올렸다. 곧 물결이 핏빛으로 물들더니 순식간에 땅속으로 꺼졌다.

반쪽이의 심판을 지켜봤던 벼리는 그나마 여유가 있었다. 하지만 광탈과 백원, 무령은 정신없이 휘몰아친 해일 같은 재판에 겨우 정신 줄을 부여잡고 있었다. 정조 또한 온몸에 식은땀이 흐를 정도였다.

이윽고 해치의 시선이 동자승들에게 향했다. 이 와중에도 아이들은 낯이 익은 광탈에게 손을 흔들며 까르르 웃고 있었다. 너무 순수하고 해맑아서 이들의 죽음이 더욱 아프게 다가왔다. 해치가 침통한 표정으로 물었다.

"너희의 목숨을 앗은 자가 누구냐?"

동자승들은 파르스름한 머리를 긁으며 고개를 저었다.

"그게 무슨 말씀이십니까?"

"저희는 이렇게 멀쩡하게 살아 있는데요."

"우리가 벽장 안에 숨어 있어서 못 보셨나 보다."

"우리는 스님을 기다리고 있습니다. 그런데 사람들이 몰려와서 숨었습니다."

"스님이 절대 나오지 말라고 했거든요."

"그런데 사람들이 절에 있는 걸 죄다 가져가요!"

"맞아! 나쁜 사람들이야."

"무서워."

"배고파."

"벽장이 좁아서 갑갑해요."

"숨을 못 쉬겠어."

동자승들은 저마다 한마디씩 하며 울상이 되었다. 그 말을 듣고 사람들은 참담함에 고개를 떨구었다.

자초지종을 헤아려 보니, 율도 스님을 죽인 떠돌이들이 기어코 절을 찾아 약탈했고, 동자승들은 벽장 안에 숨어 하염없이 율도 스님을 기다리다가 숨을 거둔 듯했다. 그들은 자신들이 죽은 줄도 모르고 오랜 세월을 벽장 안에서 지낸 것이다. 재판을 지켜보던 사람들의 눈시울이 붉어졌다.

"형아 스님, 나 율도 스님 보고 싶어요."

가장 나이 어린 지광 스님이 울음을 터뜨렸다. 그러자 다른 동자승들도 눈물을 흘리기 시작했다.

"나도……. 전쟁 나간 스님들도 다 보고 싶어."

아이들이 하는 말을 가만히 듣고 있던 광탈이 백원의 귀에 속삭였다.

"백원이 형. 우리가 강철을 만나기 전에 싹 다 베었던 그 해골들, 혹시 전쟁 나갔다던 스님들 아니에요? 왜놈들과 싸운다고 전쟁 나갔다가 싹 다 죽고, 혼령이 되어 자신들이 지냈던 절로 되돌아온 거……? 그, 그러면……."

광탈은 몹시 당황했고, 자기도 모르게 청룡언월도를 어루만지는 백원의 표정은 매우 복잡해 보였다. 만약 완전히 멸했다면 저들의 혼 또한 없어지기에, 청룡언월도가 아니었다면 돌이킬 수 없는 짓을 저지를 뻔했다.

그때 해골들이 더듬거리며 외쳤다.

"율도? 율도라……. 나 율도 아는데? 어? 왜 기억이 안 나지? 강철님을 만난 이후로 이상하게 옛일들이 떠오르지 않아."

어딘가 익숙했지만 기억나지 않는 이름, 안개 속처럼 어렴풋했다. 그런데 이상하게도 아이들의 울음소리를 듣고 있자니, 가슴이 미어졌다.

'뭘까? 대체 이 기분은?'

그러다가 해골들은 깨달았다. 이 아픔은 그리움이었다. 보고 싶은 이를 만나지 못하는 아픔이었다.

그러자 해치가 판사석에서 내려와 해골들에게 다가갔다.

"강철이 너희에게 약조했던 것이 무엇이냐?"

그러자 해골들은 두서없이 자백했다.

"세상에 나쁜 자가 너무 많아 용이 되지 못하고 있으니 그들을 잡아 오라고 하였습니다. 악한 자를 먹고 용이 되면 저희의 소원을 들어준다고 하였습니다."

"서로 누구인지 어떻게 모였는지는 기억나지 않지만 저희는 하나의 소원을 빌며 움직였습니다."

"그래서 악한 자들을 강철님께 잡아 바쳤습니다. 절을 부순 선비들, 심술궂은 여종도."

"음……. 그토록 바라던 소원이 무엇이냐?"

해골들은 또 머뭇거렸다. 이번에도 머릿속에 안개가 낀 듯했다.

"절에 남은 아이들을 지켜 달라고 했는데……."

감정은 절절한데, 아이들의 이름과 생김새조차 떠오르지 않았다.

"쯧쯧, 강철이 너희를 수하로 부리려고 모든 걸 잊게 하였구나."

"그, 그게 무슨 말씀입니까?"

"승려였던 너희가 손에 피를 묻히면서까지 그리워했던 동자승들이 바로 벽장 안에 숨어 있던 저 아이들이다."

해치가 손가락으로 해골들의 이마를 차례로 찔렀다. 그러자 앙상한 뼈에 살이 차오르고 거죽의 형태가 잡히더니 순식간에 생전의 모습을 되찾았다. 동시에 머릿속에 가득하던 안개가 걷히면서 바로 앞에 낯 모르는 아이들을 알아보게 되었다.

그들은 잠시 서로 바라보고만 있었다. 서로를 찾아 헤매던 세월만큼이나 쌓인 그리움 때문에 혀뿌리가 쑤시고 목이 메 말을 할 수가 없었다. 해치 덕분에 제 모습을 찾은 노승이 작게 읊조리듯 아이를 불렀다.

"지, 지광아."

"율도 스님!"

아이는 달군 콩처럼 튀어 나가 그의 품에 와락 안겼다.

"미안하다. 미안해. 너무 늦었지?"

율도 스님의 볼을 타고 흐르던 굵은 눈물이 동그란 정수리에 떨어졌다. 지광은 앙앙 울면서도 연신 고개를 저었다.

"아닙니다. 보고 싶었습니다, 스님."

그들은 부둥켜안고 상대의 낡은 옷에 얼굴을 문질렀다. 얼마나 그리워하던 몸 냄새인가. 바짝 마른 풀과 본당을 그윽하게 채운 향 내음이 섞인 냄새가 오랜 세월을 뛰어넘어 이들을 감싸 주었다. 어린 지광이 율도 스님에게 말했다.

"저 조금밖에 안 울었어요. 아니, 조금 많이 운 것도 같아요. 그래도 형아 스님들이 울지 말라고 하면 입에다가 힘 꽉 주고 참았어요."

"그래, 잘하였다. 정말 잘해 주었어."

"그럼 용서해 주시는 겁니까?"

"아니다, 아가야. 용서는 오히려 내가 빌어야 한다. 산에서 내려가다 정말 실한 소나무를 만났어. 그래서 잘 벗겨서 송기떡을 해 주려 했지. 그런데 덜렁거리다가 마을에서 잃어버렸지 뭐냐. 그걸 찾느라 조금 늦었다."

그들은 서로의 뺨을 더듬어 흐르는 눈물을 닦아 주었다. 그리고 가장 하고 싶었던 인사를 나누었다.

"안녕히 다녀오셨어요?"

"오냐. 많이 기다렸지?"

이제라도 만났으니 되었다. 그들은 서로를 얼싸안고 한참을 울었으나 누구 하나 말리지 않았다. 아니, 감히 할 수 없었다. 광탈도 엉엉 울면서 스님들께 다가가 얼싸안으려 하자 정조가 그의 뒷덜미를 잡았다. 해치 또한 이들의 울음이 잦아들 때까지 인내심 있게 기다려 주었다.

이윽고 해치의 목에 달린 은방울이 맑은 물결을 일으키더니 그들을 감싸 올렸다. 스님들이 놀란 표정으로 해치를 바라보았다. 아무리 속았다고는 하나, 강철의 부하 노릇을 하며 지은 죄가 있지 않은가. 동자승들과 회포를 푼 뒤, 지옥에 가서 벌 받을 각오를 하고 있었는데 이 무슨 조화란 말인가.

그들의 얼굴에 가득한 생각을 읽은 해치는 못 본 척 고개를 돌릴 뿐, 아무 말도 하지 않았다. 그러나 물결은 주인의 뜻을 안다는 듯, 용루사 스님들과 동자승들을 한꺼번에 감싸더니 점점 오므라들었다. 그제야 해치가 내린 판결을 이해한 율도 스님이 닫히는 물결 사이로 해치에게 큰절을 올렸다. 곧이어 그들은 용오름 기둥을 타고 하늘로 치솟았다.

땅에 남은 이들은 한참 동안 하늘을 바라보며 남은 여운을 달래는데, 해치는 도통 이해할 수 없다는 듯 고개를 갸웃거리다가 돌아섰다. 그러자 광탈이 조르르 달려와 어깨동무했다.

"와, 정말 우리 형님 대단하시다!"

"신수를 형님이라 부르는 네놈 버르장머리가 더 대단하다."

"근데 형님, 아까 챙긴 여의주는 어디 있습니까? 다 같이 싸웠는데 설마 홀로 냠냠 하시는 건 아니지요?"

그러자 모두의 시선이 해치에게 향했다.

"큼큼, 너는 꼭……."

"꼭, 뭐요?"

광탈이 해맑게 웃으며 되묻자, 해치는 이를 꽉 물었다. 웃는 얼굴에 침 못 뱉는단 말은 인간의 어리석음이 만들어 낸 거짓말이 분명하다고 생각할 때였다. 정조가 내리누르는 듯 한 시선으로 그를 바라보자, 해치는 한숨을 쉬고 여의주를 꺼냈다.

"와, 대박이 넝쿨째 굴러 들어왔네."

"호박."

광탈의 말을 바로잡아 주는 무령도 눈은 여의주에 가 있었다.

"누님, 이거 장에 내다 팔면 얼마나 받을까?"

"영험함의 가치를 어찌 값으로 매기겠느냐? 여의주는 감히 사고팔 수 있는 것이 아니니, 잘 모셔야 한다. 가령 나의 신당 같은 곳이 적당하겠지."

그렇게 말하는 무령의 표정은 더없이 진지했다.

"아니, 뭐에 쓰는 건 줄 알고 신당에 모신대. 해치 형님 안 그래요? 아끼다 똥……. 읍읍."

듣다 못한 백원이 광탈의 입을 막자, 무겁게 내려앉은 침묵 속에 숨 막히는 눈치 싸움이 벌어졌다. 그때 벼리가 조금도 망설이는 기색 없이 말했다.

"진상하여야 합니다."

해치가 기가 막힌다는 듯 콧방귀를 뀌었지만 벼리는 표정 하나 변하지 않았다.

"이무기가 용이 되려면 땅에서 1000년, 산에서 1000년, 물에서 1000년, 총 3000년을 견뎌야 한다고 들었습니다. 해치님, 맞습니까?"

"그렇다. 장소에 따라 차이가 있지만, 대개는 그러하지."

"장소라……. 그럼 이 여의주는 조선의 땅과 산 그리고 물의 기운으로 빚어진 거죠?"

해치의 가지런한 아래 속눈썹이 살짝 실룩였다. 조선 땅에서 빚어진 게 아니랄 수도 없고 그렇다고 인정하자니, 몹시 불안했다.

"하지만 이 영물은 인간이 엄두도 내지 못하는 세월 동안 덕을 쌓아야 겨우 얻을 수 있다. 그런데 어찌 인간에게 진상할……."

"알겠습니다. 여의주의 주인께서 이 땅에서 수행하다가 용이 되어 승천하기 직전에 강철에게 당하시다니. 저도 몹시 안타깝습니다. 그러기에 더더욱 여의주는 아무나 가질 수 없지요."

"그렇지. 영물을 세속에 둘 수는 없지."

고개를 끄덕이던 해치가 멈칫했다.

'이렇게 쉽게 인정한다고? 유벼리가?'

상대가 누구인가. 정약용과 머리를 맞대면 한나절을 주고받는 아이였다. 말로는 진 적이 없고 순순히 물러나는 법이 없었다. 게다가 이승의 왕이 가만히 뒷짐 지고 있는 것도 수상했다.

말로 이기기 힘들면 행동이라도 빨라야 하는 법.

"따라서 여의주는 내가 잘 보관하고……."

해치가 여의주를 슬쩍 제 품에 넣으려 하자, 벼리가 다시 물었다.

"실례지만 용과는 어떤 관계이십니까?"

"뭐?"

"이건 용루사의 용이 남긴 것으로서 유산은 당연히 직계 가족에게 우선권이 있습니다."

"가조옥? 허! 세상에 어떤 용이 가족을 두겠느냐?"

"해동 육룡이 나르샤 일마다 천복이시니 고성동부하시니."

벼리가 두 손을 공손히 모아 정조를 가리켰다.

"용비어천가의 첫 구절에도 나와 있습니다만, 전하께서는 이 땅 여섯 용의 후손이십니다."

"요옹? 사람이?"

"네, 그러니 임금이신 게지요."

"그것도 여섯?"

해치가 어이없다는 듯 반문하자, 벼리가 손가락 여섯 개를 쭉 펴 보였다.

"그럼요. 대를 이어서. 아버지도, 할아버지도."

"그 할아버지의 할아버지도. 쭉?"

벼리가 고개를 끄덕였다.

"떼끼! 그건 억지다."

"억지가 아닙니다. 임금님이 입으시는 옷을 뭐라고 부르는지 아십니까?"

"고, 곤룡포지."

"마찬가지로 앉으시는 자리는 용상이라 부르지요. 그뿐이겠습니까? 전하의 얼굴은 용안이라 하며, 그 노여움은 역린이라 일컫습니다. 역린이 용의 거꾸로 돋아난 비늘이란 뜻쯤은 이미 알고 계실 텐데요."

그녀의 말에 고개를 끄덕이는 어사대 대원들을 보며 해치가 마른침을 삼켰다.

"반면 해치님은 영험하신 신수님, 맞으시죠?"

"그렇지!"

"그럼 같은 신수라는 것 외에 용과 다른 접점이 더 있으실까요?"

해치는 대답하지 못하고 입만 뻐끔거렸다.

"따라서 이 유산의 정당한 상속자는 용의 직계 후손이신, 전하십니다. 고로 이 여의주는 나라님께 진상하는 것이 옳습니다."

벼리라는 이름 그대로 반짝이는 별처럼 똘망똘망하게 말한 뒤 정조를 바라보자, 그는 솟아오르는 광대를 진정시키고 그녀에게 한쪽 눈을 끔벅였다. 땅에 주저앉아 볶은 콩을 먹으며 지켜보던 광탈이 하얀 이를 드러내며 웃고 있었고 그 옆에 앉은 무령은 고개를 끄덕였다. 백원도 벼리의 주장이 마음에 쏙 든다는 표정이었다. 기가 막히고 코가 막힌 해치가 중얼거렸다.

"입이 세 개면 없는 호랑이도 만든다지만……. 허, 참으로 무도하다."

다수의 의견에 밀린 해치는 먼 산을 보고 크게 한숨을 내쉬고는 마지못해 여의주를 내밀었다. 정조는 사양하지 않고 받으며 한마디 했다.

"두 손으로 해야지, 쯧."

강철이 죽고 꺼멓게 타 버린 산 위에 두 개의 제상이 차려졌다. 한 상에는 절마다 솜씨 좋기로 유명한 스님들이 정성 들여 차린 음식이 올려져 있었다. 윤이 자르르 도는 찹쌀과 밤, 은행을 새벽이슬 맞으며 딴 연잎에 싸서 찐 연잎밥. 달달하게 볶은 호두와 대추를 올린 표고버섯구이. 속을 파낸 호박에 두부와 잣을 채워 쪄 낸 호박찜. 소나무의 여린 속껍질로 만든 송기 조금에 쌀가루를 듬뿍 넣어 만든 쫄깃쫄깃한 송기떡도 수북이 놓여 있었다.

사는 동안 천하다 업신여김 받았건만, 전쟁이 일어나자마자 맨몸으로 나선 승병들과 발에 채는 뼈를 모아 장례를 치러 주었던 승려, 그리고 오지 못할 이를 기다리다가 숨을 거둔 동자승들을 위한 밥상이었다. 더 값진 것으로 해 주지 못해 정조의 표정은 그리 밝지 못했다. 하지만 이 땅의 찬란한 햇빛 한 줌, 맑은 비 한 모금, 보드라운 바람 한 줄기가 골고루 섞인 밥상이었다.

반대편의 상에는 결이 다른 음식들이 차려졌다. 전란에 유명을 달리한 백성들을 위한 상이었다. 이 또한 기상천외한 진미나 별식은 아니었다. 밥과 국, 고기와 생선, 각종 채소 반찬이지만 전혀 평범하지 않았다.

이천에서 진상한 흰 쌀밥과 함경도 미역에 제주도 전복을 넣어 끓인 국, 강원도 멧돼지를 푹 고아 만든 수육에는 평안도의 곤쟁이젓이 곁들여 있었다. 개성의 송이버섯과 영산강에서 자란 숭어알찜까지. 조선 팔도의 모든 것을 담은 밥상이었다.

「어디서 살았던 누구였을꼬
생전에 무엇을 좋아했을꼬
알고는 싶으나 알 길이 없어

지극한 마음 담아 차려 올리네」

정조는 손수 시까지 지어 그들을 기렸다.

엄숙한 제가 끝난 뒤, 흥겨운 마당이 펼쳐졌다. 피리, 장구, 해금, 여러 악기가 풍악을 울리자, 광탈이 합죽선을 들고 높은 줄에 올랐다. 그는 아래에 있는 광대와 재담을 주고받으면서 깨금발로 뛰고 엉덩이를 튕겨 높이 솟아올랐다. 그것도 모자라 공중에서 몸을 훅 돌려서 떨어지기를 반복하니, 박수가 쏟아졌다.

높은 언덕에서 그 모습을 보고 있던 정조는 조용히 벼리를 불러 옆에 앉혔다.

"금방울을 울리지 않았다며?"

"신수는 개나 소가 아니니까요."

"배려심이 깊구나."

"다 전하께 배운 것입니다."

"과인에게?"

"전하께는 미천한 저희도 그분 못지않게 이질적인 존재입니다. 그런데 아무렇지 않게 받아 주셨지 않습니까?"

벼리가 살짝 고개를 수그리며 마저 말했다.

"임무를 완수하라는 부담도 주지 않으셨고요."

항상 무사히 다녀오라고만 했다. 정조는 그저 빙그레 웃었다.

"네 말은 기특하나 한 가지 틀린 게 있다."

정조는 눈을 동그랗게 뜬 벼리에게 한없이 인자한 표정으로 말했다.

"너희는 미천하지도 이질적이지도 않은, 나의 백성이고 자식이다."

잠시 먼 산을 바라보던 정조의 시선이 힐긋 해치를 향했다. 벼리는 임금의 짧은 시선을 놓치지 않고 조용히 물러나 해치의 옆자리에 앉았다.

해치는 광탈이 줄 위에 길게 누웠다가 외무릎으로 기어가는 재주에 폭 빠져 있었다. 입까지 헤 벌리고 눈 하나 깜빡하지 않았다.

"입에 파리 들어가겠습니다."

"어, 어?"

움찔 놀란 해치는 엉겁결에 입가를 매만졌다.

"광탈이 녀석, 제법 하는구나."

해치의 입은 웃으며 광탈을 말했지만, 눈은 뒤쪽의 임금을 흘깃거리고 있었다.

"가 보십시오."

"어딜?"

"어디긴 어디겠습니까. 서로 하실 말씀이 많으시잖아요."

해치는 입을 샐쭉하며 못 들은 척했다. 그러자 벼리가 팔꿈치로 그의 옆구리를 슬쩍 찔렀다.

"어이쿠!"

언제부터 존재했는지 스스로도 가물가물할 만큼 오래 살았지만, 긴 세월 동안 인간에게 옆구리 찔려 보기는 처음이었다. 간지러우면서도 온몸을 움찔거리게 하는 감각에, 해치는 앉은자리에서 펄쩍 뛰었다.

"일어나신 김에 다녀오시면 되겠네요."

벼리가 아예 그가 앉았던 자리까지 차지해 버리며 생글거렸다.

해치가 툴툴대며 정조의 옆에 앉았다. 둘은 나란히 앞만 보며 서로 눈도 마주치지 않았다. 어색함을 견디지 못한 해치가 먼저 말을 꺼냈다.

"감축드립니다. 용의 여의주도 얻으시고……."

"왜 승려들의 여죄는 추궁하지 않았느냐?"

정조가 그의 말을 끊으며 물었다. 해치는 잠시 침묵하다가 작게 중얼거렸다.

"자고로 판결이라 함은 백성이 마음으로 따를 수 있어야 한다고 하시지 않았습니까?"

술잔을 기울이던 정조의 손이 뚝 멈췄다.

"명부를 보니 승려들이 강철에게 바친 자들은 살아 있었다면 더 지독한 죄를 저질렀을 자들이길래, 뭐…….”

해치가 말끝을 흐리자 정조는 희미하게 미소 지었다. 전혀 공정하지 못한 답변이었지만 왠지 밉지 않았다. 정조는 어쩌면 해치도 몇몇 인간들에게서 찾아볼 수 있는 따스한 마음씨를 가지고 있을지도 모른다는 생각을 하게 되었다.

“됐다.”

‘엥? 판결이 어떻다는 둥 잔소리를 퍼부을 줄 알았는데…….’

정조는 말린 멀구슬 열매를 잔뜩 올려서 찐 시루떡을 그의 앞으로 쓱 밀어 주었다.

“애썼다.”

이게 뭐라고. 그 한마디가 날 선 마음을 포근하게 만들었다. 해치는 고명만 쏙쏙 골라 떼어 먹으며 속으로 되뇄다.

‘인간은……. 어렵다.’

이런 해치의 속도 모르고 광탈은 줄 위에서 더욱 높이 뛰어올랐다. 파란 하늘을 배경으로 광탈의 손에 들린 하얀 합죽선이 구름처럼 팔락였다. 한 폭의 그림 같은 풍경에 이따금 은쟁반에 옥구슬 굴러가는 듯한 아이들의 웃음소리가 들리는 듯도 했다.

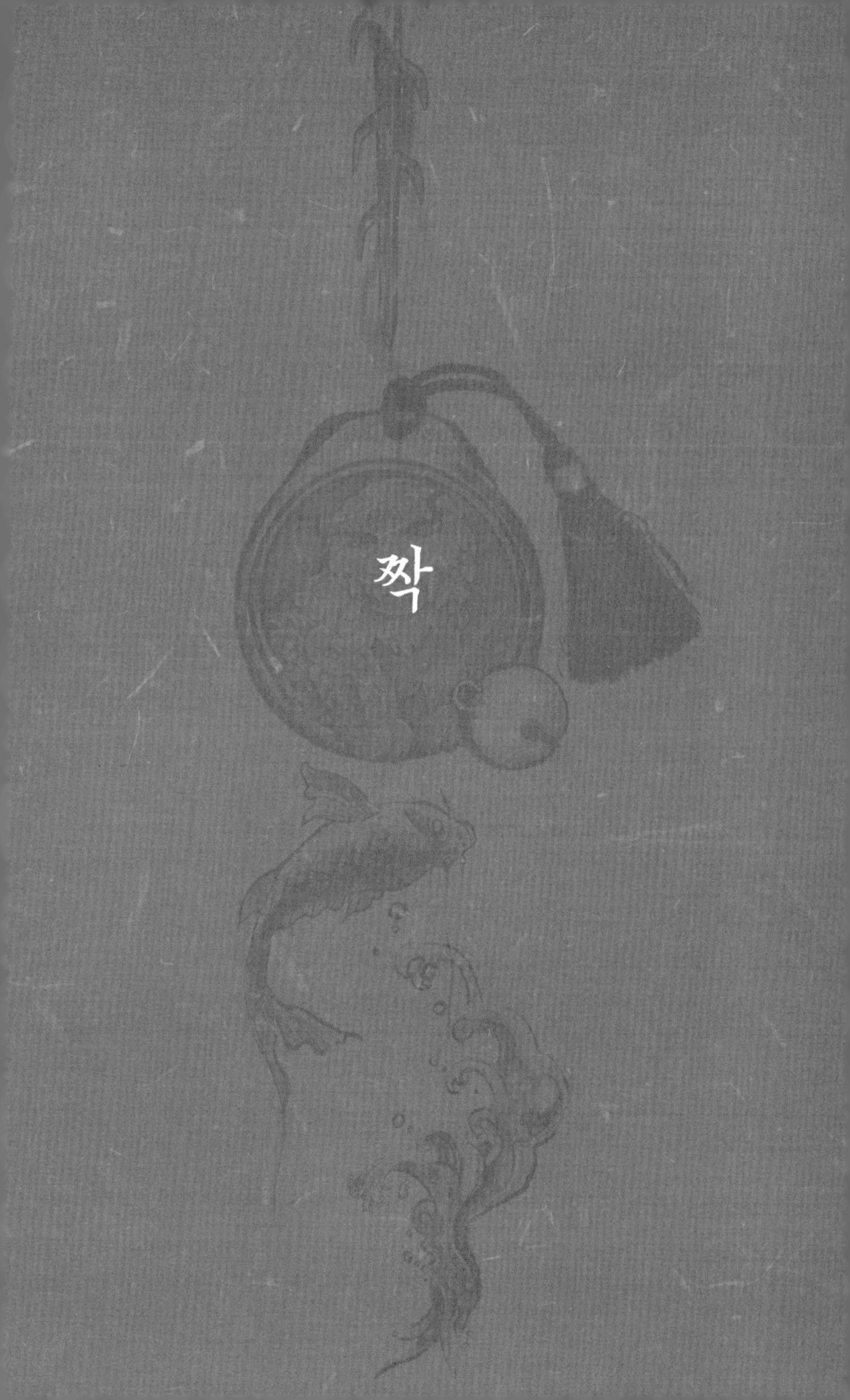
짝

무령만 빼고 다른 대원들의 부상은 심하지 않았다. 정조는 무령에게 친히 약재와 의원을 보내 주었다. 가을을 재촉하는 비가 한동안 이어졌다. 목멱 기지는 내리는 비와 함께 차분한 시간을 보내고 있었다. 광탈과 백원에게는 모처럼 휴식 시간이 주어진 셈이었다.

벼리는 예외였다. 정조의 도움이 없었다면 강철의 혀를 베어 내기는커녕, 자신의 다리 한쪽이 날아갔을 테니까. 그녀는 오늘도 흙탕물을 뒤집어쓰며 검술을 익혔다. 상단 막기를 배우느라 어느새 이마에는 엽전만 한 혹이 두 개나 났다.

백동수의 목검이 벼리의 정수리에 떨어지는 모습을 보며, 해치의 길게 뻗은 아래 속눈썹이 사르르 떨렸다.

'저렇게 힘도 없고 검술에 소질이 없는 아이가 전설에서 말한 칠지도의 주인이라는 게 믿기지 않는군…….'

해치는 강철과의 전투를 떠올렸다. 최대한 티 내지 않으려 했지만 거의 1000여 년 만에 치러진 싸움에서 몸이 예전 같지 않음을 느꼈다. 메말라 있는 대기에서 물을 끌어다 쓰는 것도, 강철의 화염 속에서 자신보다 빠른 대원들을 지켜 내는 것도 그에게는 너무나 벅차고 힘든 일이었다.

이제는 끝이구나 싶을 때, 그는 똑똑히 보았다. 하늘의 태양만큼이나 뜨겁게 달궈진 칠지도와 그것을 손에 쥔 벼리가 하나 되어 강철의 아가리 속으로 날아가던 그 모습을.

전설에 의하면, 별 조각으로 만들어진 칠지도는 평범한 사람이 만지면 아무 변화가 없지만, 자신의 주인을 만나면 용암보다 더 뜨거운 기운을 내뿜으며, 칠지도를 가진 자가 세상의 요괴를 다스린다고 했다. 백제의 근초고왕 때 만들어진 칠지도가 1400년의 세월을 뛰어넘어 비로소 주인을 만난 것이다. 자신에 의해.

그런데 도무지 이해되지 않는 것은 하늘이 어떤 이유로 자신과 이 아이를 만나게 했는지, 그리고 세상을 구할 칠지도의 주인이 지금 눈앞에서 처참하게 얻어터지는 저 여자아이라는 사실이다.

신나게 정수리를 가격당하는 벼리를 보며, 그는 자기도 모르게 머리를 매만졌다. 그때 광탈이 나타나 중얼거렸다.

"와, 우리 대장 머리가 돌부처네. 대단하다. 그런데 맞은 건

대장인데 왜 해치 형님이 아파하십니까?”

“아파하긴, 무슨……. 너는 오늘도 노는 것이냐?”

“쉬는 겁니다. 검을 새로 만들어야 해서 어쩔 수 없습니다.”

“검이 없으면 맨손 격투라도 연습해야지.”

그의 충고는 귓등으로 가볍게 쳐 낸 광탈이 하얀 강정을 입에 넣더니 옷자락에 손가락을 쓱쓱 닦자, 해치가 대번에 눈살을 찌푸렸다.

“너희 대장의 무술 수업처럼 네 식탐도 끝이 없구나, 쯧.”

그런데 오늘 먹는 건 제법 모양이 예뻤다. 작고 하얀 조팝나무꽃을 한데 뭉쳐 놓은 듯한 모양새가 탐스러웠다.

“그건 또 뭐냐?”

“교백화요.”

광탈이 몇 번 씹지도 않았는데, 와사삭 소리를 내다가 금세 녹아서 사라졌다.

“메밀을 오래 볶으면 애네가 팟팟, 이런 소리를 내면서 터져요. 거기에 조청을 넣어서 싹 감싸 주면, 그냥 입에서 녹습니다.”

“그냥 익히기만 하면 됐지, 그걸 더 볶아서 터뜨린다고?”

가만 보면 여기 인간들은 끼니에 온 마음을 다한다.

“정성이다, 정성.”

고개를 절레절레 젓는데 이상하게 침이 고였다. 광탈이 그걸 놓치지 않고 실쭉 웃었다.

"하나 잡숴 봐요."

"됐다. 둔한 녀석이 먹는 데만 눈치가 빠르구나."

"그래야 더 많이 먹죠."

광탈이 봄에 눈 녹듯 사라진 강정을 아쉬워하며 입맛을 다실 때쯤 잘 익은 수박 두드리는 소리가 났다.

딱!

벼리가 머리를 감싸고 바닥을 데굴데굴 굴렀다.

"일어나! 바닥을 구르는 순간, 상대의 검이 내리꽂힌다고 몇 번을 말했느냐!"

백동수가 엄하게 꾸짖자, 해치가 발딱 일어났다.

"저저저. 아니, 실전하고 연습은 구분해야지. 가뜩이나 몸도 둔한 애를……."

광탈이 피식 웃으며 당장이라도 튀어 나갈 것 같은 해치의 옷자락을 잡아당겼다.

"가요. 부침개 했어요."

"그건 또 뭐냐?"

"해치 형님 거는 멀구슬 열매를 듬뿍 넣었대요. 어서 가시죠. 부침개 냄새 퍼져야 훈련도 끝납니다."

"그건 또 무슨 소리냐?"

"부슬비가 내리는 날, 이 냄새를 거부할 수 있는 사람이 몇이나 되겠어요, 킥킥."

"넌 대체 못 먹는 게 뭐냐?"

"도토리묵이요. 써서 싫어요."

"도토리 뭐?"

해치는 알아들을 수 없는 말을 뒤로한 채, 광탈을 따라 갔다.

언제나 그랬듯, 오늘도 부침개를 부치는 사람은 백원이었다. 식칼로 김치를 종종종 썰어서 곱게 간 녹두에 넣었고, 달군 무쇠솥 뚜껑에 돼지비계로 기름을 둘렀다. 그 위에 반죽을 한 국자 듬뿍 떠서 넓게 펼쳤다.

좌르륵, 치익!

반죽 익는 소리가 내리는 비와 장단을 맞추며 고소한 냄새를 풍겼다. 그 냄새를 따라 나타난 광탈은 자신의 발보다 빠른 손놀림으로 부침개를 입에 실어 날랐다.

단 한 번만 뒤집었을 뿐인데, 겉은 누룽지처럼 바삭하고 속은 촉촉했으며 김치가 톡톡 터지는 게 감칠맛을 더했다. 입천장 데는 것도 모르고 모락모락 김을 내뿜으며 부침개를 흡입하는 광탈을 보고는 곧이어 백원이 직접 담근 막걸리를 내왔다.

"계곡물에 담가 놔서 시원할 게다."

꿀꿀꿀.

광탈이 해치에게 잔을 내밀자, 그가 절레절레 고개를 저었다.

"신수한테 술이라니!"

"원래 부침개랑 막걸리는 장승과 같은 거요, 형님. 천하대장군 옆에 지하여장군 없으면 쓰겠습니까?"

광탈이 그의 입에 억지로 잔을 들이밀었다.

"국수하고 막걸리는 중간에 끊으면 못써요. 쭈욱 단숨에, 옳지!"

꿀떡꿀떡.

엉겁결에 한 잔을 다 비운 해치가 한동안 멍하니 있자 반응이 궁금한 광탈이 물었다.

"어때요? 시원하지 않아요?"

백원도 같은 심정으로 답을 기다리는데, 드디어 해치의 입이 열렸다.

"꺼어어어어억……!"

단전부터 끓어오른 트림이 몸을 두 쪽으로 가르고 하늘로 날아오르는 기분에 그는 정신을 차릴 수 없었다.

"……꺽!"

마침표를 찍듯 짧은 트림으로 마무리 짓자 광탈은 박장대소했다.

그때 벼리를 가르치던 백동수가 나타났다. 해치는 몽롱한 기분에도 혹이 난 이마를 찾았지만 보이지 않았다.

해치가 백원에게 다가가 나직이 말했다.

"두어 장만 따로 부쳐 다오."

백원이 한쪽 눈썹 끝을 쓰윽 올리자, 해치가 혀를 찼다. 저 불충한 눈길은 도무지 적응되질 않았다.

"벼리가 안 온 걸 보니, 훈련이 너무 고되었나 보다. 그래도 뜨끈한 걸 먹여야 하질 않겠느냐. 가는 길에 주려고 그런다."

벼리라는 말에 백원이 미간을 살짝 모았다가 이내 돌아섰다. 잠시 후, 해치는 백원이 넉넉하게 싸 준 부침개 다섯 장을 들고 비척비척 나섰다. 다리가 온통 풀려서 힘이 들어가지 않았지만, 왠지 벙싯벙싯 웃음이 나왔다.

그가 더욱 벼리를 챙기게 된 것은 왜란 때 억울하게 죽었던 혼령을 위한 제사를 지내던 날부터였다. 해치의 눈은 줄타는 광탈을 향해 있었지만, 귀는 정조와 벼리에게 가 있었다.

'신수는 개나 소가 아니니까요. ……전하께는 미천한 저희도 그분 못지않게 이질적인 존재입니다. 그런데 아무렇지 않게 받아 주셨지 않습니까?'

버르장머리 없는 말에 발끈했던 성질이 가라앉았다. 받아준다는 표현도 그의 기준에서는 주제넘은 표현이었지만, 경배만 받던 그로서는 신선했다. 받아들여지고 받아 주는 낯선 관계가 점점 편안하고 흡족했다.

"딸꾹! 허허, 희한하네. 입에서는 시원했다가 속에서는 뜨겁고, 알딸딸하니 기분이 좋구나."

해치는 똑바로 걷고 싶었다. 그런데 자꾸 몸이 기울어지더니 크게 휘청이다가 목멱 기지를 감싸고 있는 결계 밖으로 몸이 빠졌다. 그런데 마침 이 근방을 떠돌던 처녀 귀신과 딱 마주쳤다.

*"엄마야!"*

마른하늘에 날벼락도 유분수지, 신수 중의 신수인 해치와 마주친 처녀 귀신은 곧장 뒤로 나자빠졌다.

"예가 어디라고 얼쩡거리느냐!"

그가 호통을 치려다가 언성을 낮췄다. 잡귀가 불결하게 느껴지기에는 기분이 너무 좋았기 때문이었다.

"쯧쯧, 굶은 지 오래구나."

그가 인심 쓰듯 부침개 한 장을 건네자 귀신도 얼결에 받아 들었다.

"이걸 만든 자에게 걸리면 넌 찍소리도 못하고 소멸당한다. 다시는 얼씬도 말거라."

해치가 참새 쫓듯 손을 휘적이며 결계 안으로 사라졌지만, 처녀 귀신은 한동안 움직이지 못했다. 잠시 후, 코를 찌르는 고소한 냄새에 겨우 정신을 차리고 뒤도 돌아보지 않고 달아났다.

얼마나 갔을까. 그녀는 겨우 마음을 진정시키고 풀썩 주저앉았다.

*"후유, 죽는 줄 알았네."*

말을 해 놓고 혼자 웃었다. 한번 죽었는데 무슨…….

처녀 귀신은 미지근해진 부침개를 반듯하게 둘로 가르더니 한쪽을 게 눈 감추듯 해치웠다. 해치의 말마따나 굶은 지 오래였다. 먹기야 했지만, 산 사람과는 달라서 귀신의 입을 통과한 부침개는 그대로 땅에 떨어졌다. 약간 푸석해졌을 뿐 조금도 줄어들지 않았다. 그녀는 남은 반쪽을 품에 넣고는 털레털레 살아 있는 사람들이 모인 곳으로 향했다. 비가 와서일까? 모두 일찍 집으로 들어가고 이제 막 어둠이 깔린 거리는 텅 비었다.

*"아, 심심하다, 심심해."*

그때, 저 멀리서 두런두런 말소리가 들렸다.

"세상에서 제일 무서운 귀신이 뭐냐고? 그야 당연히 처녀 귀신이지."

*'엥?'*

그녀가 자신을 부르는 소리에 얼른 다가가자, 마루에 앉은 여인들은 알 수 없는 한기에 소름이 돋아난 팔뚝을 쓸었다.

"생각해 봐. 시집도 못 가, 아이도 못 낳아. 그런데 꼴깍 죽기까지 했으니 그 한이 오죽 깊겠어?"

"그런 식으로 따지면 총각 귀신은? 한은 똑같은데 힘은 더 세잖아."

"어찌 하나만 알고 둘은 모르는가. 자고로 약한 자가 한이 더 많은 법이야."

*"아주 용천지랄하고 자빠지셨네."*

진짜 처녀 귀신이 코앞에 앉아 있는지도 모르고 여인들은 침을 튀겨 가며 말했다.

"왜 처녀 귀신이 더 무서운지 알려 줄까?"

한 여인이 서늘하게 묻자, 일순 조용해졌다. 그러자 그녀가 손짓으로 무리를 모으더니 작게 속삭였다.

"우리 바깥양반이 아주 용하고 연세 지긋한 법사님을 아는데, 그분이 직접 처녀 귀신을 본 적이 있대. 그래서 예쁘더냐고 법사님께 물었대."

"처녀 귀신이 그렇게 예쁘다며?"

"구미호 못지않아서 남정네들 막 꾀고."

"나도 그런 이야기 많이 들었어. 그래서 법사님이 뭐라고 그러셨대?"

문제를 낸 여인이 빙글 웃더니 노인 목소리를 흉내 내며 대답했다.

"처녀 귀신은 처녀인 이유가 다 있다네. 마지막으로 본 처녀 귀신은 우리 주지 스님을 닮았지 뭔가."

"어?"

"뭐……."

"아!"

여인들은 손뼉 치며 박장대소하다가 아예 데굴데굴 굴렀다.

그때였다. 순간 주변이 대낮처럼 밝아지더니 하늘이 쪼개지는 소리가 났다.

"에구머니나!"

"에그, 요란스럽기도 하지. 심장 떨어지는 줄 알았네."

갑작스러운 천둥 벼락에 모두 화들짝 놀랐다. 그런데 문제를 낸 여인은 고개를 떨구고 미동도 하지 않았다. 비 오는 날, 귀신 이야기를 하던 사람이 천둥이 쳐도 꼼짝도 않는다. 여인들은 점점 두려움에 사로잡혔다.

"자네 왜 그러나?"

"자, 장난하지 마. 너무 무섭잖아."

연이어 물었지만, 여인은 꼼짝도 하지 않았다. 모두 눈치만 살피는데, 그녀가 나직이 웃더니 모여 있는 사람들에게 물었다.

"사실은 처녀 귀신보다 훨씬 더 무서운 게 있는데 들어 볼텐가?"

"어, 어?"

여인이 서서히 고개를 들더니 입꼬리가 슬며시 벌어졌다.

"그깟 처녀 귀신은 댈 게 아니지. 세상에서 제일 무서운 귀신은 말이야……."

그녀가 갑자기 손가락으로 사람들의 등 뒤를 가리키며 외쳤다.

"네 뒤에 있는 귀신이다!"

그러자마자 누군가 사람들의 어깨를 덥석 잡았다.

"꺄아악!"

다들 외마디 비명을 지르더니 고양이 만난 쥐 떼처럼 사방으로 흩어졌다. 그리고 홀로 남았던 여인은 털썩 쓰러졌다.

*"꼴 좋다. 코딱지만 한 것들이 어딜 감히!"*

처녀 귀신은 입을 비죽거리며 자리를 떠났다. 실컷 골탕을 먹였는데도 속이 후련하지 않았다. 조금 억울했다.

박색이라 혼례를 올리지 못한 게 아니었다. 왕년에 동네 총각들이 자신만 보면 볼을 물들이곤 했다. 그리고 동네에 이름난 효녀였다. 장녀로 태어나 걸음마를 떼면서부터 어머니를 도왔다. 바느질이면 바느질, 음식이면 음식, 어느 하나 빠지지 않고 솜씨마저 좋으니, 그녀를 점찍은 예비 시댁이 과장 조금 보태서 동네 한 바퀴였다.

*"그런데 뭐? 주지 스님을 닮아!"*

번쩍, 꽈르릉!

다시 벼락이 치더니 한층 빗줄기가 굵어졌다.

그녀가 열일곱 되던 해, 어른들끼리 이야기를 끝내고 날까지 잡았었다. 혼례를 보름 앞둔 날, 키우던 백구가 냇가를 향해 요란하게 짖어 대길래 가 봤다.

"아이고 이걸 어째!"

냇가에서 놀고 있던 막둥이가 깊은 데까지 떠내려갔다. 짧은 팔이 허우적대는 걸 본 순간 그녀는 망설임 없이 뛰어들었다. 숨이 턱에 닿고 팔다리에 힘이 쏙 빠질 무렵, 막둥이 머리끄덩이를 간신히 잡아서 커다란 바위 끝에 올려놓았다.

그런데 그녀는 올라올 수 없었다. 두 다리에 치맛자락이 감겨서 꼼짝도 하지 못했다. 옴죽옴죽해 보았지만 소용없었다. 죽을 것 같은 공포에 젖 먹던 힘까지 짜냈더니, 염병. 다리에 쥐가 났다. 그녀는 다리를 부여잡고 꼬르륵 가라앉았다. 어느새 따라 들어온 건지, 백구가 팔을 물고 안간힘을 썼지만 소용없었다. 결국 그녀와 백구는 퉁퉁 불은 시체가 되어 집으로 돌아왔다.

부모보다 앞서갔다고 장례도 못 치렀다. 철모르는 동생들은 떡 먹는다고 좋아했다. 그리고 소식 듣고 온 삼촌은 악담을 퍼부었다.

"이런 후레자식년을 봤나. 감히 부모보다 먼저 가? 형수가 잘 가르쳤어야죠! 동생들 간수도 못 하고 물에 빠져 죽으면 어쩌자는 거야. 혼례 올린다고 쓴 돈이 얼마인데……."

*'아니, 제가 뭔데 우리 엄마한테 똑바로 하라 마라야!'*

옆에 엎드려 있던 백구도 이빨을 드러내며 으르렁거렸다. 생전에도 사람 말을 잘 알아듣더니 귀신이 되고서는 더 영민해진 것 같았다. 그날 밤, 처녀 귀신은 침을 질질 흘리며 입을 벌리고 자는 삼촌에게 작은 선물을 했다.

*'돈, 돈 하는데……. 에라, 이거나 처먹어라!'*

백구와 함께 잡아 온 유난히 통통하고 긴 돈벌레가 28개의 다리를 버르적거리며 그의 입안으로 들어갔다. 삼촌은 열두 마리나 삼키고서야 깨어났다. 펄떡펄떡 뛰며 입안에 두 손을 넣고 휘저었다가 거품을 물고 쓰러지는 꼴이 어찌나 쌤통이던지.

문제는 때마침 저승사자가 그녀를 데리러 온 것이었다. 순간 지옥이 퍼뜩 떠올랐다. 부모 눈에 눈물 뺀 죄에 집안 어른까지 놀렸으니, 필시 지옥 중에서도 제일 아랫목에 갈 게 뻔했다. 그래서 도망쳤다. 뭣도 모르는 백구도 덩달아 뛰었다.

그런데 생각보다 귀신 신세도 나쁘지 않았다. 지겨운 밥 안 해도 되지, 소여물 쑤느라 새벽 별 보며 일어나지 않아도 됐다. 무엇보다 악다구니가 따로 없는 동생들을 돌보는 일도 끝났다. 처녀 귀신은 백구와 함께 금강산도 오르고 동해도

가 보고 임금님이 사는 궐도 기웃거렸다.

여인 홀로 외롭지 않냐고? 천만에! 장난치는 재미도 쏠쏠했다. 남편이 될 뻔했던 점쇠가 장가가는 날, 괜히 심술이 났다. 그래서 신방에 들어가는 요강 안에 개구리를 넣었다. 첫날밤에 자신과 이룰 뻔한 망측한 짓을 엿보려 한 건 절대 아니었다.

그가 밤중에 일어나 주섬주섬 바지춤을 풀고 요강 뚜껑을 열자마자 기특한 개구리가 덥썩 물었다. 사람이 놀라면 저렇게 높이 뛸 수도 있다는 걸 처음 알았다.

그녀는 키득거리며 신부가 곱게 벗어 놓은 혼례복을 쓰다듬다가 사라졌다.

하늘에 맹세코 그 뒤로 점쇠네를 괴롭힌 적은 없었다. 하지만 자신 덕에 목숨을 건진 막둥이가 무럭무럭 자라 상투 틀 때 은근히 부아가 났다. 본래 상투란 달걀 크기 정도가 되어야 하는데 녀석은 어찌나 머리숱이 많은지 배코치기*를 해야만 했다.

그녀가 막둥이의 정수리를 밀던 이를 슬쩍 치자, 탐스러운 머리가 숭덩 잘려 나갔다. 큰누나가 죽었을 때는 떡 먹는다고 좋아하던 고얀 녀석이 세상 떠나갈 것처럼 울자, 조금은

* 배코치기 상투의 모양을 예쁘게 내기 위해 동전만 한 크기로 정수리 숱을 쳐서 가운데가 가라앉게 만드는 것.

속이 시원했다. 그렇게 매일매일 백구랑 놀다가 동네 어르신들 잿밥을 얻어먹으며 다니니, 하늘을 둥둥 떠다니는 구름이 된 기분이었다.

하지만 뻗어 가는 칡도 끝이 있다고 했던가. 죽은 지 너무 오래되자, 얻어먹을 잿밥도 없고 사람 놀리는 재미도 시들해졌다.

세월이 흐르고 벽에 똥칠할 때까지 살다 죽은 막둥이가 찾아왔다. 녀석은 제 증손주가 챙겨 주는 제사까지 살뜰히 받아먹고 있었다.

*"누님, 정말 오랜만에 뵙습니다."*

*"흠흠, 난 댁 같은 동생 둔 적 없습니다."*

*"누님, 세월이 많이 흘렀습니다. 이제 저도 여기 올 일이 없습니다. 가기 전에 마지막으로 드릴 말씀이 있습니다."*

녀석은 마지막 제상을 받으러 온 길이었다.

*"혼이 오랫동안 구천을 떠돌면 둘 중 하나입니다. 소멸하거나 다른 귀신을 잡아먹고 요괴가 되는 것이지요. 부모님과 형제 모두 누님을 기다리고 있으니 저와 함께 가시지요."*

부모님이라……. 살림 밑천이라고 실컷 부려먹다가 동생 구하려 죽은 자식, 한 번도 기려 본 적 없는 분들이었다.

*"고맙다, 죄송하다, 이런 말부터 해야 하는 게 도리 아니냐? 그리고 가족은 무슨. 이 정도면 혹부리 영감도 혹 떼서*

*던졌다!"*

처녀 귀신은 혹여나 동생을 데리러 온 저승사자와 마주칠까 두려워 그대로 줄행랑쳤다. 그 후 이승의 세월로 10년이 흘렀다. 요즘 들어 점점 힘이 없어지더니 점점 제 존재가 희미해지고 만사가 귀찮았다.

길게 한숨을 흘리고 있을 때, 백구가 나타났다.

*"뽈뽈, 어디를 그렇게 싸돌아다니냐?"*

백구는 연신 꼬리를 휘저으며 혀를 내밀고 입꼬리를 잔뜩 올렸다. 순하디순한 눈에는 그녀를 구하려다 자기도 죽었다는 원망 한 자락 없었다. 그녀는 새삼 자신이 백구만도 못하다는 생각이 들었다. 한편으로는 녀석이라도 곁에 있어 줘서 뼈가 사무치도록 고마웠다.

*"식었지만 먹을 만할 거야."*

그녀는 해치가 준 부침개 반쪽을 내밀었다. 그러나 백구는 본체만체 그녀의 옆구리에 얼굴을 묻고 있었다.

*"너 정말 수상하다. 혼자 맛있는 거 먹고 다니는 거야?"*

그러자 바쁘게 움직이던 꼬리가 오뚝 멈추더니 아래로 슬금 처졌다. 언젠가부터 백구는 사람이 차린 음식을 먹지 않았다. 그리고 점점 옅어지는 그녀와 달리 날이 갈수록 기운이 진해졌다. 때로는 어디서 한바탕 구르다 온 건지 여기저기 생채기가 나 있기도 했다.

*"놀아도 조심히 놀아야지. 장난도 적당히 해."*

다정하게 타이르자, 백구가 애교를 부리듯 처녀 귀신의 품을 파고들었다.

---

때는 정조 18년, 100년을 내다보고 짓는 화성 건축이 한창이었다.

예전에는 이런 나랏일은 백성을 강제로 부리는 경우가 많았다. 하지만 정조는 노동자들에게 일한 만큼 대가를 주었다. 심지어 반나절만 일해도 돈을 주었고 일하다가 다치기라도 하면 치료와 함께 일당의 반을 주었다. 그래서 나날이 모여드는 사람이 늘어났고 더운 여름에도 일을 쉬려 하지 않았다.

하지만 유례없는 된더위가 몰아닥쳐서 정조는 날이 서늘해질 때까지 공사를 중단하라 명을 내렸다. 그러나 이 벌이가 전부인 이들은 멈추지 않았다. 결국 다치는 사람이 속출했고 더위를 먹고 목숨을 잃기도 했다.

정조는 고심 끝에 치료제인 척사단 4000정을 하사하고 겨울에는 모두에게 털모자를 지급했다. 모자를 받아 든 이들은 입이 다물어지지 않았다. 당시 털모자는 정3품 이상만 쓰는 귀한 물건으로 평민은 감히 상상도 못 하는 물건이었다. 임금님의 깊은 사랑에 감명받은 이들이 더욱 열심히 일한 건 당연한 결과였다. 그 이후, 계절병으로 죽는 이가 없었다.

남자도 그들 중 하나였다. 남자는 죽을 둥 살 둥 열심히 일했다. 부모님은 일찍 돌아가셔서 얼굴도 기억나지 않았다. 그래도 죽으란 법은 없는지, 동네 어른들 덕분에 겨우 끼니는 때우다가 팔과 다리에 힘이 붙으면서 남의 집 일을 도우며 살고 있었다.

그러다 화성 건축 이야기를 듣자마자 달려들었다. 한참을 기다린 후에야 겨우 차례가 왔다. 그는 몸이 부서져라 일했다. 본래 덩치가 크고 성실하여 감독관이 그를 마음에 들어 했다.

"너 이름이 뭐냐?"

그는 쭈물쭈물 답을 하지 못했다.

"실은……. 없습니다."

이름이 없는 게 딱히 드문 일도 아니었다. 먹고사는 것이 제일 중요한지라 자식 이름을 지어 주지 않는 부모도 허다했고, 살다가 본인이 잊기도 했다.

"임금 지급한 걸 기록하려면 이름이 필요한데……."

감독관은 그를 물끄러미 바라보더니 붓을 들었다.

"덩치가 크니까 이제부터 큰노미라고 부르자, 어때?"

참 성의 없는 작명이었지만 그것도 좋았다. 사람 좋은 감독관도 자신이 이름을 지어 주었다며 그를 아들처럼 아꼈다.

돈도 버는데 이름에 아버지 같은 분까지 생기자 구름 위를 걷는 기분이었다. 그는 아무리 춥고 더워도 쉬지 않고 일했다. 하루하루 두둑해지는 엽전 꾸러미를 보며 다짐했다. 얼굴은 곰보로 얽혀도 마음은 비단처럼 고운 여인을 맞아 알토란 같은 자식들 낳아 알콩달콩 살아 보자고.

그런데 장이 익으면 파리가 낀다더니, 채석장에서 일하다가 사고가 났다. 큰노미는 갑자기 머리 위로 떨어진 돌을 맞고 기절했다. 하지만 워낙 타고난 체력 덕분에 그대로 자리를 털고 일어나 다시 채석장으로 가서 열심히 일했다.

문제는 그 이후였다. 자신을 대하는 사람들의 반응이 이상해졌다. 큰노미를 없는 이 취급하며 말도 걸지 않았다. 감독관도 그에게 임금을 주지 않았다.

*'까먹으신 건가? 뭐……. 나중에 주시겠지.'*

하나, 아무리 사람이 좋아도 참는 데 한계가 있는 법. 보름이 지나도록 소식이 없었다. 그는 단단히 따질 각오를 하고 감독관을 찾았다. 그는 솟구치는 화를 꾹꾹 누르며 물었다.

*"저, 임금이 많이 밀렸습니다. 언제 주실 건가요?"*

그런데 감독관은 귀신 만난 사람처럼 비명을 지르며 도망갔다.

삽시간에 소문이 퍼졌다.

"큰노미가 나타났다며?"

"뒤통수가 푹 파였는데 거기로 끊임없이 피가 흘렀대."

"아이고, 그럼 총각 귀신이 된 거잖아."

그들이 수군거리는 소리를 듣고 큰노미는 자신이 죽었다는 걸 깨달았다.

얼마나 울었는지 모른다. 밑 빠지게 일만 하다가 돌에 맞아 죽다니. 휑하게 깎여 나간 뒤통수를 더듬다가 그대로 주저앉았다. 그의 소같이 순한 눈망울에서는 쉼 없이 눈물이 떨어졌다.

*"어, 그러고 보니……. 돈은?"*

그제야 요 홑청을 뜯어 깊숙이 숨겨 놨던 엽전 꾸러미가 생각났다. 숨도 안 쉬고 달려가 다짜고짜 숙소 문을 열었다. 어떤 놈이 자신이 덮던 이불을 둘둘 감고 자고 있길래 한 귀퉁이를 잡고 팡팡 털어 버렸다. 그리고 투두둑 요를 뜯었지만, 엽전은 보이질 않았다. 눈앞이 캄캄해졌다. 그는 허리를 잡고 바닥을 구르는 녀석의 멱살을 잡았다.

*"여기 있던 돈을 어찌했느냐!"*

"으악!"

남자는 허옇게 눈을 까뒤집더니 그대로 기절해 버렸다. 그날부터 아무도 그 방에 들어가지 않으려 했다. 집주인은 소박한 밥상을 차려 주며 연신 손을 비볐다.

"큰노미 총각, 이거 드시고 좋은 곳으로 가시게."

어림도 없는 소리! 그는 하루도 거르지 않고 온 방을 샅샅이 뒤졌다. 집주인은 팥도 뿌리고 소금도 치다가 결국 무당에게 부적을 얻어 왔다. 하지만 그의 집념은 이길 수 없었다. 넉 달 뒤, 집주인은 아예 방문에 못질을 해 버렸다.

큰노미는 자기 돈을 찾느라 저승사자를 피해 도망 다녔다. 저승이고 지옥이고, 그걸 찾기 전까지는 어림없었다. 노력이 헛되지 않았는지, 돈의 행방은 사람들의 수군거림 덕분에 알게 되었다.

"큰노미가 돈 쓰는 거 봤어? 모은 게 꽤 되지, 아마."

"그럼 그걸 찾으려고 밤마다 발광을 하는 거야?"

"하긴 나라도 그러겠네. 오죽 살뜰하게 모았나? 쯧쯧, 가여워."

생전에 워낙 순하고 착해서인지, 사람들은 그를 무서워하면서도 한편으로는 안타까워했다.

"하면 돈을 찾아 주면 큰노미가 노여움을 풀까?"

"그걸 죄 감독관이 가져갔잖아. 살아생전엔 아버지 행세하면서 그리 예뻐하는 척을 하더니 그걸 귀신한테 돌려주라 하면 그 양반이 내놓겠어? 어림도 없지."

큰노미는 자신의 귀를 의심했다.

*'내 친아버지처럼 따랐거늘……'*

피가 거꾸로 솟는 분노를 가누지 못한 채 큰노미는 바람보다 더 빠르게 감독관의 집으로 쳐들어갔다.

*"나와! 어디 있어? 돈 내놓으라고!"*

갑자기 절구통이 날아다니고 문짝이 뜯겨 나가니, 놀란 가족들이 벼룩 튀듯 도망갔다. 하지만 집 안 어디에도 감독관은 보이지 않았다.

*"내 돈 내놔!"*

집 안은 단숨에 쑥대밭이 되었다. 그때였다. 어디선가 나지막한 한숨 소리가 들렸다.

"큰노미야, 다 잊고 좋은 곳으로 가라."

귀신이 되고 제일 신기한 것은 아무리 멀리 있어도 제 이야기를 하면 들린다는 것이었다. 감은 멀지만 분명 감독관의 목소리였다. 그는 산발한 머리를 휘날리며 그쪽으로 달려갔다. 저 멀리, 웬 무덤가에 앉아 있는 그가 보이자, 큰노미는 대뜸 고함을 지르려 했다. 하지만 감독관이 중얼거리는 말을 듣고 우뚝 멈췄다.

"네가 그토록 좋아하던 토란떡이야. 우리 마누라가 만들었는데, 먹을 만하려나 모르겠다. 그래도 뜨끈할 때 먹어라."

듬성듬성 떼를 올린 무덤 앞에는 곱게 찧은 토란에 찹쌀가루를 넣어 노릇노릇하게 지진 떡을 소담하게 담은 접시가 놓여 있었다. 감독관은 붉어진 눈시울을 훔치며 햅쌀로 빚은 백주를 따라서 무덤 위에 뿌렸다.

"네 돈은 관 안에 다 넣어 줬잖아. 왜 그걸 모르고 헤매길 헤매, 이놈아. 그냥 다 잊고 좋은 데 가거라. 가서 옥황상제한테 결혼시켜 달라고 떼 좀 써."

감독관은 이내 흐느꼈다. 큰노미는 멍하니 서 있다가 그의 관 안으로 들어갔다. 썩어 가는 제 시신은 안중에도 없었다. 알록달록 여러 조각의 헝겊을 대어 만든 주머니 안에는 그가 평생을 바쳐 모은 돈이 고스란히 들어 있었다.

감독관이 떠날 때까지 그는 주머니를 품에 안고 하염없이 울었다. 돈을 찾아서가 아니었다. 아무 연고도 없는 저 같은 게 언감생심 무덤에 누웠을 줄이야. 거적때기에 둘둘 말아 버려도 할 말 없는 처지 아닌가. 그리고 토란떡은 그의 말대로 제일 좋아하는 음식이었다. 감독관의 집에 놀러 갔을 때 그의 부인이 해 준 걸 먹고 너무 맛있어서 허둥거리다가 모두 웃었던 기억이 났다. 게다가 목숨보다 소중히 여겼던 돈을 고스란히 넣어 준 것까지.

달랑 혼자인 줄 알았는데. 그래서 온통 화만 났는데. 피 한 방울 섞이지 않은 남이 자신을 기억해 주었다. 제일 좋아하는 거, 제일 아끼는 거, 그리고 황송한 무덤까지. 너무 부끄러웠다. 미안하고 면목 없어서 쥐구멍이라도 있으면 숨고 싶었다.

*"아차, 집!"*

다시 바람처럼 감독관의 집으로 향했지만 엎어진 물이었다. 주워 담을 수 없다면 채우기로 마음먹었다. 가만히 돌이켜 보니 화가 나거나 감정이 격해질 땐 사람들에게 모습을 드러낼 수도 있고 힘까지 쓸 수 있는 듯했다. 잘만 이용하면 은혜를 갚을 수 있을 듯했다.

그 이후부터 감독관 부부에게 믿을 수 없는 일이 벌어지기 시작했다. 아침이면 가지런히 정리한 장작이 가득 쌓여 있고 물동이마다 맑은 물이 찰랑거렸다. 하루는 감독관이 기와를 얹는 현장을 지휘하다가 사고를 당할 뻔했다. 지붕을 덮으려고 올려 둔 기왓장이 떨어진 것이다. 사람들이 피하라고 고함을 지르자, 감독관은 본능적으로 위를 바라보았다. 순간, 머리 위로 떨어지던 기와가 바람에 날리는 종이처럼 저 멀리 날아가는 걸 보고서야 감독관도 죽은 큰노미가 자신과 가족을 돌보고 있다는 걸 눈치챘다.

"이 녀석아. 그만하면 됐다. 어서 좋은 데로 가라, 응? 네가 구천을 떠도는 것이 내 가슴을 칼로 후비는 짓인 걸 왜 몰라!"

하지만 저승 갈 기회는 한참 전에 놓쳐서 길을 잃은 지 오래였다.

큰노미는 깊은 근심에 빠져 터덜터덜 걷다가 우연히 처녀 귀신을 보았다. 처녀 귀신을 놀리는 말에 발끈해서 아낙들을 놀래키는 모습을 보고 자기도 모르게 웃음이 터졌다. 얼마 만에 웃어 보는 건가. 가슴 속에 켜켜이 쌓인 먼지가 웃음과 함께 씻겨 내려가는 느낌이었다.

그리고 정신을 차리고 보니, 홀린 듯 그녀를 따라가고 있었다. 멍하니 바라보다가 자기도 모르게 자신의 뒤통수에 손이 갔다. 머리 뒤쪽이 반쯤 날아가 있었다. 괜히 고운 처자가 놀랄라. 그는 조용히 사라졌다.

그런데 이게 무슨 조화인가. 그녀를 만난 뒤부터 숭숭 구멍 난 마음이 빼근하게 차올랐다. 괜히 웃음이 나고 봄볕을 쬐는 것처럼 여기저기가 간질거렸다. 그러다가도 뒤통수만 만지면 넘치던 밥물 꺼지듯이 사르르 가라앉았다. 그는 진흙을 곱게 개어 구멍 난 머리에 발라 보았지만 영 모양이 나질 않았다. 고민하고 고민하다가 이웃 마을 대감댁 마님의 가체를 조금 잘라 왔다. 그걸 살살 펴서 가려 보았지만 조금만 바람이 불어도 들썩여서 구멍이 가려지지 않았다.

*"하아."*

구렁이보다 긴 한숨이 뽑혀 나왔다. 장독 뚜껑 고인 물에 얼굴을 디밀었다. 눈은 콩알만 한데 코는 솔방울보다 커서 영 균형이 맞질 않았다. 그나마 입술은 봐 줄 만한데, 그러면 뭐 하나. 휑하니 빈 뒤통수가 야속해서 발만 동동 굴렀다.

생전과 사후를 통틀어 처음으로 사랑의 열병이 그를 덮쳤다. 그 처녀 귀신만 생각하면 가슴이 벌렁거렸고, 밤이면 밤마다 그리움이 사무쳤다.

*"한 번만, 꼭 한 번만……. 멀리서라도 보자."*

그는 마지막으로 그녀를 본 곳으로 향했다.

한편 처녀 귀신은 신경이 곤두서 있었다. 며칠 전, 재 너머 사는 우렁 각시가 해 준 말이 생각나서였다.

*'처녀 귀신아, 조심해. 요즘 꼬리가 엄청 많은 여우 요괴가 근처를 돌아다니면서 한 많은 귀신들을 잡아간대.'*

*'나 한 안 많은데.'*

*'구천을 오래 떠돌면 저절로 쌓이는 법이야, 요 맹추야.'*

*'근데 꼬리가 많으면 힘이 세?'*

*'당연하지. 원래 여우가 사람 100명을 잡아먹으면 꼬리가 하나 더 생기고 그게 아홉 개가 되면 영원히 죽지 않는다잖아. 그런데 그 여우 요괴는 꼬리가 무려 아흔아홉 개래.'*

처녀 귀신의 작은 눈이 엽전만 해지자, 우렁 각시는 한 번 더 경고했다.

*'조심해.'*

그런 참에 수풀에서 수상한 기척이 들리니 정신이 혼미할 지경이었다. 도망가려는데 놀러 나간 백구가 떠올랐다.

*'백구는 아무것도 모르는데. 집에 돌아왔다가 잡혀가면 어*

*떡해……. 침착하자. 그냥 바람일 수도 있잖아. 두더지일지도 모르지. 일단 확인한 다음에 백구를 찾으러 가자.'*

처녀 귀신은 떨리는 다리를 억지로 움직여 흔들리는 수풀 쪽으로 다가갔다. 그런데 요괴는커녕 곰 같은 사내가 서 있었다.

*"어머, 어머머!"*

놀란 건 잠시였다.

어쩜 저리 듬직할까. 나란히 서면 저 사내의 가슴팍에나 닿을까? 가슴팍이라……. 낡고 벙벙한 옷으로도 가릴 수 없을 만큼 두툼하고 떡 벌어진 것이 백두산 보고 내려오다 들렀던 개마고원 같았다. 게다가 얼굴을 보라지. 사슴처럼 순하고 둥근 눈에 우뚝하게 솟은 코와 한입 가득 베어 물고 싶은 입술까지. 어디 하나 버릴 데가 없다.

물에 빠져 죽은 뒤로 항상 퍼렇던 뺨이 발갛게 물들었다. 만약 저자가 재 너머 우렁 각시가 말한 꼬리 여럿 달린 여우라 해도 말을 걸어 볼까 싶을 정도로 가슴이 뛰기 시작했다. 그녀는 살그머니 다가가 빠끔히 고개를 내밀었다.

*"누, 누구세요?"*

한번도 그래 본 적 없던 처녀 귀신의 혀가 저절로 짧아졌다.

자라처럼 목을 길게 빼고 기웃거리던 큰노미는 제 가슴팍

근처에서 들리는 말에 고개를 숙였다.

*'헉!'*

큰노미는 명치를 주먹으로 맞은 것 같아서 숨도 쉴 수 없었다. 그녀가 자신을 말간 얼굴로 올려다보고 있었다. 어쩜 사람, 아니……, 귀신이 이렇게 조그마하고 귀여울 수 있을까? 그는 그대로 얼음기둥처럼 얼어붙어서 입만 벙긋거렸다. 둘은 서로를 빨아들일 듯 바라보다가 누가 먼저랄 것 없이 방그레 웃었다.

사랑에 빠지는 건 순간이요, 덤으로 따라오는 건 콩깍지였다. 처녀는 사내의 텅 빈 뒤통수가 너무 안쓰러웠다. 사내는 처녀의 퉁퉁 불은 몸이 어찌나 탐스럽고 말랑말랑해 보이던지. 깨물어 보고 싶다는 흉측한 생각에 제 허벅지를 내려치기까지 했다.

*"저는 큰노미라고 해요. 처자는 이름이 어떻게 되십니까?"*

*"이름? 음……."*

안타깝게도 가물가물했다.

*"제가 죽은 지 한참 돼서 기억이 나질 않네요."*

*"그, 그러세요? 하이고, 너무 귀엽고 어려 보이셔서 당연히 제가 오라버니인 줄 알았는데."*

자기도 모르게 튀어나온 본심에 큰노미의 얼굴이 터질 듯이 벌게졌다. 처녀 귀신도 배배 몸이 꼬였다. 장녀로 태어나

든든하다, 기특하다는 말만 들었지, 귀엽다는 말은 처음이었다. 게다가 오라버니라니!

둘은 언감생심 서로를 바라보지도 못하고 애꿎은 강아지풀만 뽑고 또 뽑았다.

두런두런 어색한 대화를 이어가다가 먼동이 터 오기 시작했다. 두 귀신은 가득한 아쉬움을 보듬으며 다음 밤을 기약했다.

꽃 본 나비 불 헤아리랴. 큰노미는 해거름이 가시지도 않았는데 거처를 나섰다. 그녀에게 향하는 발걸음이 그리 가벼울 수 없었다.

*"저 왔습니다."*

하지만 그를 맞이한 건 뜻밖의 존재였다.

그르르.

잉? 짐승 소리에 고개를 옆으로 돌리자, 신구*가 사납게 노려보고 있었다.

잔뜩 세운 털은 밤하늘보다 검었고 네 개의 붉은 눈에는 살기가 어려 있었다. 상대를 뼈째 씹어 먹을 것 같은 이빨을 고스란히 드러낸 모습이 어찌나 사나운지, 큰노미는 덜덜 떨었다.

* 신구(神拘) 〈천예록〉에 기록된 네눈박이 개 요괴.

*'한 많은 귀신만 노린다는 요괴가 바로 저놈이구나.'*

그는 두 손을 머리 위로 들고 아주 천천히 한 발을 뒤로 뺐다. 그리고 또 한 발. 그러고는 뒤도 돌아보지 않고 내달렸다. 그러나 몇 걸음 떼지도 않고 우뚝 멈췄다.

*"아차, 처녀 귀신!"*

어찌 그녀를 두고 도망갈까! 아니, 설마……. 벌써 신구에게 해코지당한 건가?

*"으아아!"*

큰노미는 고함을 지르며 신구가 있던 곳으로 달려갔다.

*"이 나쁜 요괴야! 우리 부인 건들지 마!"*

*"오라버니?"*

그를 맞이한 건 신구가 아니라 놀라서 눈이 똥그래진 처녀 귀신이었다. 그는 화급히 달려들어 그녀를 와락 안았다.

*"괜찮으십니까? 어디 다치지 않으셨어요?"*

연거푸 물으며 그녀를 살피는데 한쪽에서 그르르 목을 울리는 짐승의 소리가 들렸다.

*"헉!"*

큰노미가 화들짝 놀라자 처녀 귀신이 타이르듯 말했다.

*"백구야, 그럼 못써."*

*"엥, 백구요?"*

큰노미가 놀라서 처녀 귀신이 말을 한 방향을 바라보자,

하얀 개가 잔뜩 경계하다가 그녀의 말 한마디에 귀를 납작하게 눕었다.

*"조, 좀 전에 여기서 검은 신구를 만났는데."*

*"신구? 우리 백구 보고 착각했나 봅니다. 오, 라, 버, 니."*

처녀 귀신이 한 음, 한 음 힘주어 말하고 몸을 비비 꼬자, 큰노미는 다른 의미로 놀라 입이 떡 벌어졌다.

세상에 이렇게 떨리는 말이 또 있을까. 그는 연신 깜빡거리는 처녀 귀신의 눈을 홀린 듯 바라보다가 아직도 그녀를 안고 있는 걸 깨닫고는 황급히 팔을 풀었다. 처녀 귀신은 약간 아쉬운 표정이 되었다가 이내 피식 웃었다.

*"그런데 여기 들어올 때 뭐라고 하셨는데……."*

*"네?"*

큰노미는 그제야 그녀를 '우리 부인'이라고 외친 게 생각났다. 그의 얼굴은 이글거리는 태양이 되어 당장이라도 활활 타오를 것 같았다. 하지만 처녀 귀신이 화를 내기는커녕 방싯 웃자, 다리가 후들거릴 정도로 좋았다. 그러면서도 이런 모습이 멍청하게 보이지나 않을까 안절부절못했다. 백구는 그 꼴을 보고는 콧방귀를 뀌었다. 도무지 마음에 드는 구석이 없는 녀석이지만 달아났다가 도로 온 것 하나 보고 가만히 참고 있었다.

그때였다. 이질적인 기운을 느낀 백구가 귀를 쫑긋 세웠다. 보통 센 것이 아니었다. 백구는 온통 큰노미에게 정신이 팔려 있는 처녀 귀신을 한번 쓱 보고는 조용히 빠져나갔다.

강한 기운을 쫓아가던 백구는 어느새 몸집을 부풀리더니 이마에 두 개의 눈을 더 드러내며 검은 신구로 변했다. 조금 전, 큰노미에게 목을 울리며 경고하던 것과 달리 이번에는 침입자를 보자마자 대번에 달려들었다.

*"크아악! 컹컹!"*

기습당한 침입자는 놀라서 재주를 넘으며 재빨리 간격을 벌렸다. 온몸이 타오르는 것처럼 선명한 붉은 여우 요괴였다. 그는 셀 수 없이 많은 꼬리를 불꽃처럼 하늘거리며 눈살을 찌푸린 채 말했다.

"골치 아프게 됐군."

신구는 여느 요괴와는 결이 달랐다. 주로 생전 주인을 잊지 못하고 그를 지키기 위해 목숨을 거는 존재였기 때문이다. 주인의 신변을 위협한다 싶으면 상대를 가리지 않고 덤비며 소멸할 때까지 물러서지 않는다.

여우 요괴는 오랫동안 구천을 떠돈 처녀 귀신이 있다고 해서 잡아가려 했건만, 신구가 지키고 있는 줄은 몰랐다. 잠시 망설이는데, 신구가 틈을 주지 않고 재차 달려들었다. 두 요괴는 서로의 목을 물고 땅을 굴렀다. 여우 요괴가 수많은 꼬리를 뻗어 몸을 감싸자 신구는 날카로운 발톱으로 여우 요괴의 배를 할퀴어 댔다.

"카앙, 캉!"

여우 요괴가 극심한 고통에 몸부림치며 벗어나려 했지만, 신구가 목을 물고 놓아 주지 않았다. 결국 목의 절반을 내주고서야 겨우 풀려났다.

"네게 힘 뺄 시간은 없다. 바로 소멸시키는 게 너도 고통스럽지 않겠지. 내가 자비를 베푸마."

여우 요괴가 두 발로 일어서더니 풍성한 꼬리를 쫙 펼쳤다. 그러자 가운데 중심이 된 꼬리에서 밤보다 더 짙은 검은빛이 어리더니 동그랗게 뭉쳤다. 동시에 물어뜯긴 목이 스르륵 회복되더니 신구를 향해 검은빛 구슬을 날렸다. 신구는 자신을 향해 똑바로 날아오는 구슬을 피하기는커녕 입을 벌려 그것을 잡으려 했다.

사특한 것은 그대로 삼켜서 소멸시키는 신구의 습성을 이용한 공격이었다. 신구가 검은 구슬을 덥석 물었을 때였다.

챙!

벼락처럼 한 줄기 빛이 날아오더니 신구 입에 물린 구슬을 대번에 쳐 냈다. 조각난 구슬 일부가 허공에 흩어졌다.

당황한 여우 요괴가 빛의 궤적을 쫓다가 마주한 것은 머루 같은 벼리의 눈동자였다.

"더러운 비형랑의 자손이구나!"

벼리의 정체를 순식간에 알아챈 여우 요괴는 증오의 눈빛으로 그녀를 노려보았다. 신구나 빛처럼 날아다니다 주인 손에 돌아온 칠지도 따위는 안중에 없었다. 여우 요괴는 이성을 잃고 벼리를 향해 날카로운 이빨을 드러낸 채 돌진했다.

"캥캥!"

그러나 바닥에 뒹구는 건 여우 요괴였다. 때마침 나타난 해치가 무섭게 일갈했다.

"길달, 네가 제정신이 아니구나."

은방울에서 쏘아진 날카로운 물줄기가 대번에 여우 요괴의 배를 관통했다. 해치가 길달이라 부른 여우 요괴는 자신의 털보다 더 붉은 피를 뿌려 대며 마치 소금 뿌린 미꾸라지처럼 몸부림쳤다.

"으으, 네놈들을 갈가리 찌, 찢어 죽여 버릴 테다!"

"하아, 요것 봐라. 주둥이가 움직이는 걸 보니 견딜 만하구나."

해치가 날카로운 물줄기를 다시 쏘자, 여우 요괴의 턱이 부서져 나갔다. 벼리는 꿈틀대는 꼴을 노려보고는 곧장 신구에게 달려갔다.

"괜찮니?"

그렇게 물은 게 무색할 정도로 신구의 상태는 좋지 않았다. 입은 말할 것도 없고 일부 삼켰던 구슬의 기운이 배 속을 죄 녹여 버렸다. 너무 지독한 기운에 벼리마저 어지러울 정도였다. 어떻게든 신구를 구해야 한다는 생각이 앞선 나머지 손이 먼저 나갔다.

그러자 내내 여우 요괴를 공격하던 해치가 놀라서 소리쳤다.

"안 된다!"

그러나 벼리는 이미 신구의 상처에 손을 댔다. 해치가 경악스러운 표정으로 그녀에게 달려왔고, 그 틈을 타 여우 요괴가 순식간에 사라졌다.

"신구의 상처에서 손을 떼어라!"

해치는 화급히 벼리의 손을 털고 물을 소환해 씻겼다.

"아무리 겁이 없기로서니, 어찌 함부로 신구의 상처를 만지느냐. 지독한 기운이 가득한 번뇌의 구슬에 저 배가 녹은 게 보이지 않느냐? 지난번 여의주 때도 그러더니, 쯧!"

"해치님, 진정하세요."

"뭐, 진정? 하!"

해치가 어이없다는 듯 탄식하다가 벼리의 손을 보고 우뚝 멈췄다. 검을 잡느라 박힌 굳은살만 있을 뿐, 조금도 상하지 않았다. 그녀는 해치를 뿌리치고 신구에게 몸을 돌리더니 이번에는 조심스럽게 안았다.

"읏, 개처럼 보여도 요괴다. 아무거나 덥석덥석 껴안고 그러면 못써."

벼리는 해치의 말은 들은 척도 하지 않고 축 처진 신구를 꼭 껴안았다. 어느덧 검은 털이 하얗게 변하고 이마의 두 눈도 사라져 있었다. 그때 숨어서 지켜보던 처녀 귀신이 놀라서 달려왔다.

*"배, 백구야!"*

그녀가 백구의 이름을 목놓아 부르자, 벼리가 살짝 비켜주며 말했다.

"재빨리 구하려 했지만, 그러지 못했습니다. 상처가 깊습니다."

처녀 귀신은 백구를 끌어안고 엉엉 울기 시작했다. 큰노미는 곁에서 쩔쩔매며 허둥거렸다. 그러자 해치가 혀를 차며 말했다.

"사랑 놀이는 저승에 가서 해라. 너희가 구천을 떠도니 저 백구 녀석이 개고생 하는 게 아니냐, 쯧."

벼리는 손짓으로 해치를 말리며 처녀 총각 귀신에게 상황을 설명해 주었다.

"여우 요괴가 이 일대에 있는 귀신들을 잡아간다는 소문을 듣고 지금껏 찾아다녔습니다. 그러다가 여우 요괴와 싸우고 있는 신구와 마주친 것입니다."

그 말을 듣고 두 귀신은 동시에 입이 벌어졌다. 처녀 귀신이 그렁거리며 벼리에게 물었다.

*"그런데 우리 백구를 보고 왜 신구라 부르십니까? 아까 여우 요괴와 싸우던 까만 요괴는 또 뭐고……."*

"아직 모르셨습니까? 백구는 신구가 되어 그대를 지키고 있었습니다."

벼리의 말을 들은 처녀 귀신은 또 울음보를 터뜨렸다.

*"아이고, 백구야. 나는 그것도 모르고. 미안하다."*

"여우 요괴가 지금은 물러갔지만 언제 또 나타날지 모릅니다. 그리고 백구의 상태를 보니, 얼마 지나지 않아 소멸될 것 같습니다. 그러니……, 해치님 말씀대로 두 분이 이곳을 떠나 좋은 세상에서 백년가약을 맺고 백구와 함께 행복하게 사시는 것이 어떨런지요?"

*"저, 정말 그리할 수 있는 겁니까?"*

큰노미가 눈을 크게 뜨고 되묻자, 벼리가 고개를 끄덕였다. 하지만 처녀 귀신이 잠시 망설였다.

*"그동안 저승사자를 피해 다녀서……. 우리가 용서 받을 수 있을까요?"*

"죗값은 치러야지!"

해치가 냉정하게 대답했다.

"저승사자에게 치도곤으로 좀 맞고 다음 생에는 하급한 존재로 태어날 테지. 어차피 너희는 여기서도 신분이 낮았으니, 별반 다를 게 없을 거야. 지옥 떨어질 정도의 죄는 아니니, 고집부리지 말고, 아흑!"

벼리에게 옆구리를 찔린 해치는 괴상한 소리를 내며 제자리에서 폴짝 뛰었다. 그는 찔린 곳을 쓰다듬으며 엄살을 떨었지만 벼리는 눈에 준 힘을 풀지 않았다. 잠시 신경전 끝에 해치가 한숨을 쉬었다.

"아, 이거 남발하면 안 되는데……."

그는 은방울에서 물결을 일으켰다.

"하늘에 올라가면 해치님께 꾸지람을 잔뜩 들었지만 용서받았다고 말씀 드려라. 그리고 다음 생에는 가족의 연을 맺게 해 달라고 빌어. 명심해. 아주 엄하게 혼났다고 호들갑을 떨어야 한다."

해치가 한 번 더 단단히 타이르자, 처녀 귀신은 백구를 부둥켜안고 큰노미는 그 둘을 부둥켜안고 연신 고개를 끄덕였다.

방울에서 나온 물이 그들을 감싸기 전, 벼리가 외쳤다.

"그대의 이름은 꽃래였다 합니다."

*"예?"*

처녀 귀신이 되묻자 벼리가 활짝 웃으며 백구를 가리켰다.

"백구가 꼭 전해 달라고 합니다. 참 예쁜 이름이네요."

그녀의 말을 듣고 꽃래는 백구의 목덜미에 얼굴을 비볐다.

자신은 까맣게 잊어버린 이름을 아직도 기억하고 있었다니. 게다가 만신창이가 되도록 지켜 준 것도 모르고 멀뚱멀뚱 구경만 하고 있었던 게 너무 미안했다. 그녀는 펑펑 울며 약속했다.

*"백구야, 다음 생에는 꼭 내 동생으로 태어나라. 내 목숨도 아끼지 않고 널 돌봐 줄게."*

큰노미도 눈가를 훔치며 해치와 벼리를 향해 허리를 숙였다. 이윽고 밝게 빛나는 커다란 물결이 그들을 휘감아 하늘로 향했다.

애틋한 이들의 천도가 끝나자, 벼리와 해치는 서로를 바라보았다.

"백구가 하는 말을 어떻게 알아들었지? 우리 나눌 말이 많을 듯하구나."

"길달은 누구입니까? 설명하셔야 할 게 많습니다."

둘은 동시에 같은 말을 하고는 헛기침했다.

연리도

해치는 번뇌의 구슬의 깨진 조각을 찾아, 물결로 조심스레 감싸 소맷자락에 넣었다. 그러면서 벼리를 향한 잔소리는 그치지 않았다.

"이것의 기운을 만지고도 멀쩡한 인간은 네가 처음이다. 웬만한 신수도 성치 못할 터인데……. 앞으로는 절대 그러지 마라."

"번뇌가 그리 강력한 겁니까?"

"인간의 온갖 괴로움들을 모아 놓은 결정체이다. 마구니魔仇尼가 이것을 먹고 악의 근원이 될 수 있었지. 그만큼 지독한 것이다."

"마구니? 석가모니께서 깨달음을 얻을 때 방해했던 마라 파피야스 말인가요?"

하지만 해치는 대답 대신, 뜻 모를 말만 중얼거렸다.

"수라는 달랐다. 복종은커녕 온 세상을 돌아다니며 전쟁을 일으켰지. 더는 두고 볼 수 없어서 우리가 나섰다. 하지만 상대는 생각보다 강력했어."

벼리는 일순 어두워진 해치의 표정을 살피더니 조심스럽게 권했다.

"기지로 돌아가서 차근차근 들려주실래요?"

"그래……. 기지?"

생각에 잠겨 있던 해치가 대번에 눈살을 찌푸렸다.

"기지에 가면 너희 임금 모셔 오려고? 이승의 왕은 종일 일하잖아. 가뜩이나 예민한 성격인데 이 얘기까지 들으면 한 몇 달간은 잠이 안 올걸? 네가 죽고 못 사는 전하를 위해서라면 당분간은 모르는 척해 주는 것도 충성일 듯싶다."

그녀는 난감한 표정으로 말했다.

"하찮은 제가 어찌 고결하신 신수의 말씀을 알아듣겠습니까. 그나마 이승의 왕 정도는 돼야 반이라도 깨달을 겁니다."

그러고는 머루 같은 눈으로 올려다보며 그의 소맷자락을 톡톡 잡아당겼다. 하찮다는 말에 유난히 약한 해치는 몇 번 헛기침하고는 순식간에 목멱산으로 향했다.

기지에 도착한 벼리는 광탈에게 임금을 모셔와 달라고 부탁하고는 해치, 백원과 함께 암자 안으로 들어갔다.

"무령 언니는 어쩌죠? 앉아 있지도 못하는 사람을 데려올 수도 없고."

강철과의 전투에서 크게 다친 무령은 자신의 신당에 머물며 치료받고 있었다. 그러자 해치가 말렸다.

"아서라, 괜히 아픈 사람 심란하게. 일단 무령은 열외로 하자. 길달까지 전면에 나섰으니, 그 아이는 짐만 될 뿐이야. 이번 일은 우리끼리 하는 게 낫겠다."

"길달이라니?"

서늘한 음성이 뒤에서 들렸다.

결계를 넘어온 정조가 잔뜩 미간을 모으며 방 안으로 들어왔다. 어찌나 급히 왔는지, 광탈이 헐떡이며 뒤이어 들어왔을 정도였다.

'빨리도 왔네.'

해치의 가지런한 아래 속눈썹이 파르르 떨리더니 천천히 뒤돌았다.

"차근차근 말씀드릴 테니, 우선 앉으시지요."

정조가 자리를 잡자, 해치는 아주 오래 전의 이야기를 꺼냈다.

"약 2000년 전, 석가모니가 열반에 이르던 시기였습니다. 그는 번뇌와 미움, 질투, 욕심 등으로부터 인간들을 구제하기 시작했죠. 그때 가장 위기에 처했던 것이 마구니였습니다.

마구니는 인간의 번뇌를 먹고 살기 때문에 석가를 자신의 세상을 위협하는 존재로 여겼던 것이죠. 딸들을 보내 유혹도 해 보고 마귀 군대를 보내 위협도 해 보았지만 소용없었습니다. 도리어 석가는 자신의 공력으로 마구니를 가차 없이 굴복시켜 버리는…….”

“석굴암 본존불! 그 석굴암 본존불이 석가가 마구니를 눌러 버리는 순간을 조각한 거잖아?”

깻잎 부각을 막 입에 집어넣었던 광탈이 흥분하며 끼어들었다. 그답지 않은 한마디에 모두 눈을 크게 떴다.

“아……. 내가 예전에 경주로 공연하러 간 적이 있었는데 그때 불국사 스님께 들은 거야. 학문은 책으로만 얻는 게 아니지.”

그만하라는 듯, 백원이 노려보고서야 광탈의 입이 다물어졌다. 곧이어 정조가 눈짓으로 재촉하자 해치가 말을 이었다.

“결국 마구니는 석가에게 굴복했습니다. 하지만 마구니의 부하 중 하나가 복종을 거부하고 반란을 일으켰다가 석가의 제자들에게 패하고 도망갔죠. 그자가 바로 수라입니다. 그때만 해도 선과 악 사이에 반쯤 걸쳐 있는 존재였는데 쫓겨 간 이후엔 완벽한 악의 화신이 되었습니다. 수라는 동쪽으로 이동하면서 가는 곳마다 전쟁을 일으켰습니다.”

그 말을 듣고 정조가 나지막이 읊조렸다.

"인도의 석가모니를 피해 동쪽으로 갔다면 중국? 그 시대 이후의 중국이라면, 수많은 나라들로 나뉘어 전쟁을 벌였던 춘추전국시대라는 얘긴데……. 그렇다면 그 전쟁의 원흉이 수라였다는 말인가?"

"반은 맞고 반은 아닐 수 있습니다. 수라가 사람에 빙의하여 갈등을 조장한 부분도 있지만 결국 선택은 사람이 하는 겁니다. 확실한 건, 수라가 전쟁의 비극을 잡아먹으며 점점 더 강해졌다는 겁니다. 그 피비린내 나던 약 1000년간이 그의 전성기라고 할 수 있죠."

오래전 이야기를 들으면서 대원들과 임금의 표정은 점점 어두워졌다.

"결국 천계까지 넘보게 될 정도로 강해진 수라를 두고 볼 수 없었습니다. 천계의 신수가 다 함께 나섰지만, 그는 너무도 강했습니다. 그때 많은 전우를 잃었고 저도 다쳤습니다."

해치가 이마에 난 흉터 쪽으로 손을 뻗다가 거두어들였다.

"그를 몰아붙이다가 소멸시키기 직전에 놓쳤습니다. 치명적인 상처를 입은 수라는 동쪽으로 도망갔고 세상의 끝이라 불리는 신라에 도착하게 되었습니다. 그러나 그를 기다리고 있는 것은 신라의 비형랑이었습니다."

"비형랑? 그럼 저희 조상님이 수라와 맞섰다는 말씀이신

가요?"

해치는 말없이 고개를 끄덕였다.

벼리는 놀란 기색을 애써 감추며 자신의 머릿속 지식을 읊조렸다.

"삼국사기 신라본기 진평왕 37년 10월, 신라에 큰 지진이 일어나다……."

"그렇다. 그때 비형랑과 수라의 싸움으로 신라는 물론 이웃 나라인 백제까지 여파가 있었지. 매우 치열한 대결이었어. 오랜 전쟁으로 지친 수라일지라도, 인간의 피가 섞인 비형랑에게는 벅찬 상대였어. 안타깝지만 소멸시키지는 못하고 간신히 제압해 지옥의 왕인 염라에게 인계하였다. 결국 수라는 지옥 가운데서도 가장 깊은 곳에 떨어져 영원히 고통받게 되었어."

그러자 정조가 다급하게 지적했다.

"마땅히 지옥에서 벌을 받고 있어야 할 존재를 왜 이 땅에서 쫓느냐? 설마 그가 탈출이라도 했단 말인가?"

해치는 무겁게 입을 열었다.

"지옥은 어찌 보면 커다란 토끼굴 같습니다. 온갖 악한 것들을 가두다 보니, 관리 차원에서 서로 다른 지옥과 지옥을 연결하는 문을 열고 살피는 날이 있습니다. 그런데 어찌된 영문인지, 거의 죽은 거나 진배없던 수라가 감쪽같이 사라졌습니다. 어떤 방법으로 탈출했는지는 지금도 조사 중이고……."

청천벽력과도 같은 이야기에 정조의 눈앞이 아득해졌다. 작은 일에 예민하지만 큰일 앞에 담대한 그는 애써 몸과 마음을 다잡으며 말했다.

"이제 수라가 누구인지는 알겠고, 길달은 또 누구인가?"

"길달은 비형랑의 부하였습니다. 당시 신라의 왕이 비형랑에게 나라에 도움이 될 만한 자를 추천해 달라 했고 비형랑은 자기 부하인 길달을 보냈습니다. 왕은 길달에게 관직을 내렸고, 그는 꽤 충실히 일했습니다. 그러다 어찌 된 영문인지 길달은 여우로 변해 궁궐을 도망쳤고 결국 비형랑에게 잡혀 죽임을 당했다고 알려졌습니다."

그러자 광탈이 눈살을 찌푸리며 물었다.

"그 길달이라는 놈은 그때 죽었다며? 왜 지금까지 살아 있대?"

광탈의 말에 해치가 고개를 저었다.

"그건 나도 모른다. 길달이 도망친 이유와 그가 완전히 소멸되지 않은 건 오직 비형랑만이 알겠지. 하지만 비형랑은 그 이후 이승과 저승 어디에서도 찾을 수 없었다."

"와, 신수도 어쩌지 못한 수라를 빻아 버리고, 그 부하까지 족치신 뒤 아무도 모르는 곳으로 바람과 함께 사라지다! 역시 우리 조상님이라니까!"

광탈은 잔뜩 흥분했는지, 깻잎 부각을 뭉텅이로 잡고는 입에 밀어 넣었다. 모두가 침묵하는 가운데, 방 안에는 와삭와삭 씹는 소리만 났다. 골똘히 생각에 잠겨 있던 정조가 해치에게 물었다.

"혹시 수라가 탈출한 게 7년 전인가?"

그는 오래전 꾸었던 꿈을 떠올렸다. 한쪽에는 피가 떨어지는 심장, 다른 쪽에는 어린 여자아이를 쥔 여인이 불길한 미래를 예언했던……. 아마 그때가 수라가 지상으로 숨어든 대략의 시점이리라. 해치가 살짝 놀라며 답했다.

"맞습니다."

"염라가 자네를 이곳에 보낸 이유는 수라와 싸운 경험이 있었기 때문이고?"

"맞습니다, 전하."

이제 모든 의문의 실마리가 풀리는 듯했다. 단순히 이 땅에서 고통받는 억울한 원귀들을 천도시켜 주고자 했던 왕의 목적은 새로운 거대한 물줄기에 가로막혀 큰 변곡점을 맞이하고 있었다. 이제 요괴어사대의 진정한 임무는 수라를 소멸하는 것이었다.

가만히 듣고 있던 벼리가 조심스럽게 입을 열었다.

"수라의 부하인 여우 요괴가 꽃래와 큰노미를 노렸습니다.

번뇌를 긁어모은다고 했죠. 수라의 또 다른 부하였던 강철은 용의 기운을 흡수했습니다. 그들이 이렇게 힘을 모은다는 것은……. 지옥에서 탈출한 수라가 이 조선 땅의 번뇌로 힘을 회복시키고 있다는 얘기 아닙니까?"

정말 인정하고 싶지 않았다. 벼리는 자신의 추리가 틀린 거라는 말을 듣고 싶었지만 아무도 부인하지 않았다.

---

한편 무령은 반듯하게 누워 창밖을 바라보고 있었다. 눈이 시릴 정도로 푸른 하늘에 목화솜 같은 흰 구름이 둥실 떠 있었다. 옅은 회색 구름 한 점만 없으면 완벽한 풍경이었다. 그녀는 저 오점이 꼭 제 신세인 것 같아서 피식 웃었다.

깜빡 졸면서 꿈을 꾸었다. 방 안에 어사대 대원들이 모여 있는데, 벼리와 백원이 하는 말은 먹먹하게 들려서 알아들을 수 없었다. 그런데 해치의 대답은 또렷하게 들렸다.

'일단 무령은 열외로 하자. ……그 아이는 짐만 될 뿐이야. 이번 일은 우리끼리 하는 게 낫겠다.'

아파서 누워 있으니 그럴 수 있다. 애초에 숭배만 받던 신수라 배려 없이 말하는 것도 잘 알고 있다. 그런데도 그의 말은 낚싯바늘처럼 파고들었다. 게다가 항상 티 나게 감싸 주던 벼리가 잠잠히 듣고만 있던 것도 서운하기 그지없었다.

어른인 무령은 이러면 안 된다고 하는데, 어릴 적 상처에 머물러 있는 또 다른 자아는 도무지 받아들이지 못했다. 몸과 마음의 깊은 상처는 매번 같은 단어에 바르르 떨기 마련이다. 무령의 경우에는 '열외'였다.

태어나 보니 어미는 일패 기생이요, 아비는 양반으로 훗날 이조판서까지 올랐다. 천민이라기에는 애매했고 양반은 더더욱 아니었다. 결국 어미를 따라 자연스럽게 기생이 되었다. 이왕 디딘 발이니 최고가 되고자 노력했지만, 부모덕을 봤다는 둥, 반반한 얼굴 때문이라는 둥 잡소리가 따라다녔다.

하지만 그녀가 누구인가. 어미를 능가하는 실력과 지성으로 오래 지나지 않아 최고 신분의 손님만 골라서 받게 되었다. 서서히 두각을 드러내던 어느 날, 한번도 아는 체 않던 아비에게서 기별이 왔다.

'있는 듯 없는 듯 조용히 지내거라.'

태어나 처음으로 아비에게 받은 관심이 경고라니. 서럽거나 두려운 마음 대신, 오기가 뻗쳤다. 무령은 아비의 말을 듣지 않았고 그 대가는 혹독했다.

무령은 창밖을 바라보며 서늘하게 웃었다. 그때, 방문 밖에서 기침 소리가 나더니 잠시 후 여종이 조심스럽게 문을 열었다. 물이 든 대야와 천을 들은 그녀는 발소리도 내지 않고 들어왔다.

여종이 대야를 내밀자, 무령은 손가락을 넣어 온도를 확인하고는 고개를 끄덕였다. 부러진 다리가 무사히 나으려면 꼼짝도 말라는 의원의 지시가 있었다. 영 시원치 않았으나 이렇게나마 닦아야 했다.

그녀는 무령의 옷을 조심스럽게 벗기고는 물에 적신 천으로 살살 닦기 시작했다. 고운 얼굴과 달리 그녀의 몸에는 커다란 화상 자국이 있었다. 왼쪽 어깨를 지나 등을 타고 엉덩이까지 이어진 자국은 마치 기다란 뱀 같았다.

무령은 제 몸을 살피며 혼잣말했다.

"동료들에게 이제는 짐이 되었구나. 양반도 기생도 못되는 팔자가 어디 가나."

그 말을 하고 무령이 씁쓸히 웃자, 여종도 어색하게 따라 웃으며 고운 모시옷을 입혀 준 뒤, 기척을 죽이고 물러났다. 여종은 대충 정리를 마친 뒤, 잽싸게 자기 방으로 들어갔다. 그녀는 반닫이에서 작은 종이를 꺼내 몇 자 적더니 반듯하게 여러 번 접었다. 그러고는 방문을 빼꼼히 열고 주변을 살피는데, 눈앞에 모시 자락이 팔랑 나부꼈다. 무령이 손을 내밀더니 까딱거렸다.

"기특한 것. 언제 글을 배웠느냐?"

여종이 덜덜 떨면서 종이를 내밀자, 무령이 꼬깃꼬깃 접은 걸 펴서 읽기 시작했다.

"보름 동안 출타 후, 사고로 다리가 부러져 현재 치료 중……."

여종은 얼굴이 사색이 되어 두 손 모아 싹싹 빌었다. 무령은 그 꼴을 보고 화사하게 웃고는 손에서 빛나는 금줄을 뽑아내어 여종의 목에 감았다.

"캑캑!"

금줄을 잡은 손에 힘을 주자 여종의 얼굴이 붉어지다가 검게 변할 때였다. 누군가 뒤에서 무령의 허리를 감아올리더니 그대로 들어 버렸다.

"놔!"

무령이 날카롭게 외쳤지만 백원은 들은 체도 하지 않았다. 그는 남달리 넓은 보폭으로 성큼성큼 걸어서 그녀의 침소로 향했다. 화가 난 무령이 몸부림치자, 마침내 입을 열었다.

"그만, 가뜩이나 몸도 안 좋은데……. 더 다칠라."

여종을 걱정하는 게 아님을 깨닫고서야 무령은 몸을 축 늘어뜨렸다. 그는 이부자리에 그녀를 조심스레 눕히고는 도로 나갔다가 금세 돌아왔다.

"꽁꽁 묶어서 창고에 가두었다. 도망가지는 못할 것이야."

"그 아이가 무슨 짓을 한 줄 알고?"

무령이 서늘한 기운을 풍기며 물었지만 백원은 어깨를 으쓱였다.

"모른다. 하지만 네가 목을 조를 정도면 죽을죄를 저지른 게 당연하겠지."

그러자 무령이 눈을 가늘게 뜨고 '이 인간이'라는 표정을 지었다. 백원은 한없이 무뚝뚝하다가도 가끔 낯간지러운 말을 표정 하나 바꾸지 않고 했다.

'잔잔한 여심에 바위를 던져도 유분수지.'

하지만 마냥 설렐 수 없는 게, 동료를 걱정해서 한 말일 수도 있다. 무령은 헛웃음을 쳤다.

이런 무령의 속도 모르고 백원은 알록달록한 보자기를 풀더니 음식을 꺼내기 시작했다.

"잘 먹어야 뼈도 고르게 붙어."

"다 직접 만든 거야?"

무령이 한 풀 누그러진 기색으로 묻자 백원은 고개를 끄덕였다.

"입맛은 없지만, 만든 정성이 있으니……."

그녀가 냉큼 주먹밥을 입에 넣었다. 짭조름한 소금기가 밥의 단맛을 더 느끼게 해 주었고 쌀이 좋아서인지 식감이 탱글탱글한 게 씹을수록 고소했다. 무령의 버들잎 같은 눈썹이 살짝 들썩이자, 백원은 올라가려는 입꼬리에 잔뜩 힘을 주고는 부침개를 무령 앞으로 쓱 밀었다. 그녀가 뾰로통하게 물었다.

"혼자 왔어?"

"아픈 모습을 남에게 보이기 싫어할 거 같아서."

"그 '남'이라는 것에 본인도 포함되어 있다는 생각 안 해 봤나……."

그러면서도 젓가락은 바쁘게 오가고 있었다. 그래, 이 맛이었다. 평생 엄마의 솜씨란 걸 모르고 자란 무령은 시나브로 백원의 손맛에 길들여져 있었다. 백원은 먹기 좋게 부침개를 찢어 주며 말했다.

"강력한 요괴가 나타났다."

"수라와 길달? 이미 알고 있어. 나를 뭐로 보고."

"어디까지 보이는지는 모르겠지만 자세하게 말해 주려고. 그 자리에 없었으니 자칫 오해할 수도 있잖아."

무령이 잠시 멈칫하다가 다시 젓가락을 움직였다.

"계속해."

그는 회의 중에 나누었던 대화를 토씨 하나 틀리지 않게 전하려고 애썼고 무령은 잠잠히 귀 기울였다.

"너 없이 중요한 이야기를 하게 되어 불편했다."

"짐만 된다며?"

"소갈머리 없는 신수 놈과 우리를 비교하면 기분 나쁘다."

무령은 한결 누그러진 표정으로 물었다.

"그래서 이제 어떻게 하려고?"

"해치는 광탈을 데리고 곧바로 사라진 길달의 흔적을 쫓으러 갔다."

"벼리가 아니고?"

백원이 무슨 뜻이냐는 듯 바라보자, 그녀는 시선을 피했다. 한동안 잠잠히 있다가 무령이 먼저 말을 꺼냈다.

"해치는 벼리라면 살살 녹으니까 이번에도 데리고 간 줄 알았지."

그 말을 듣고 백원이 살짝 고개를 기울이며 물끄러미 바라보았다. 얼굴에는 질투하냐고 묻고 싶은 티가 역력했다. 평소 자신답지 않게 속내를 훤히 보인 게 민망했는지, 무령은 열심히 음식만 먹었다. 백원은 슬쩍 앵두화채를 건넸다.

"체할라."

하지만 무령의 입에서는 영 엉뚱한 말이 나왔다.

"아버지란 사람이 여종을 매수해서 내 동태를 살피고 있었어."

"혹시 어사대의 정체를 눈치챈 건가?"

"아니. 그자의 버릇 같은 거야. 쥐 죽은 듯 살아야 할 첩의 자식이 자꾸 세상 밖으로 튀어나오니까."

"젊은 사람이 죽은 척하는 것보다 늙은이가 죽는 게 더 쉬울 텐데."

그러자 무령이 웃음을 터뜨렸다. 백원은 무령의 웃음에서 버릇처럼 짓던 가식이 아닌, 꼭꼭 감춰져 있던 순진함을 보았다. 그에 화답이라도 하듯 백원도 싱그레 웃고는 빈 그릇을 소쿠리에 가지런히 넣었다.

"백원?"

"말해."

"너나 나나, 어딘가 단단히 비틀린 사람이야. 그런데 마음 속에 미움이 그득한 사람이 이렇게 맛난 음식으로 남의 배를 불릴 수 있다니. 신기할 따름이야."

백원은 무령의 머리를 귀엽다는 듯 커다란 손으로 한번 토닥이고는 돌아섰다.

"수발들 사람을 보내라 할게. 믿을 만한 사람으로."

무령은 백원이 조심스럽게 닫고 나간 문을 한참 동안 바라보았다.

새로 부임한 수령은 홀로 방에 앉아 있었다. 그는 반쯤 넋을 놓고 벽에 붙은 그림을 보며 중얼거리고 있었다. 아주 낡은 연리도蓮鯉圖였다.

보통 연꽃과 잉어를 그려 넣은 연리도는 과거를 준비하는 선비들이 합격을 기원하며 걸어 둔다. 그런데 이 그림은 풍기는 기운이 너무 음산하여 선뜻 걸고자 하는 사람이 없을 것 같았다.

탁한 연못에 여러 마리의 잉어들이 헤엄치고 있었다. 무리 중 가장 큰 잉어는 푸른색 몸뚱이에 마치 매를 맞아 멍이 든 것처럼 얼룩덜룩했고 커다란 눈자위에 비해 동공이 너무 작았다. 그 뒤에 자잘한 잉어들이 그려져 있는데, 너덜너덜한 지느러미에 허연 배를 까뒤집고 물 위에 둥둥 떠 있었다. 배경으로 그려진 연꽃은 어찌나 붉은지, 아가리를 잔뜩 벌리고 사냥감을 기다리는 괴물처럼 보였다.

그러나 수령에게는 너무 아름다워 보였다. 그가 희번덕거리는 눈으로 바라보자, 연꽃잎이 살아 있는 것처럼 일렁였다. 곧이어 희미한 비린내가 방안을 채웠다.

"허허, 홍련아. 정말 아름답구나."

그는 연신 눈을 비비며 중얼거렸다. 눈을 비빈 손에는 피가 묻어 있었다.

"홍련아, 내가 새로 부임했다고 다들 우습게 보았나 보다. 절대 이 방에는 얼씬도 하지 말라고 하더라. 여기서 잔 수령들이 모두 죽었다나? 그런데 이제 보니 너를 꼭꼭 숨겨 두고 만나지 못하게 하려는 수작이었어. 그래서 내가 뭐라 했는지 아느냐?"

그는 느른하게 웃으며 마치 그림이 사람인 것마냥 계속 말을 걸었다.

"계집도 아니고, 나라의 녹을 먹는 이가 어찌 그런 미신을 따른단 말인가! 이랬단다, 킬킬킬."

그가 소리 내어 웃자, 눈에서 더 많은 피가 쏟아졌다.

"너무 노여워 말아라. 그때는 뭘 모르고 한 소리야. 그게 아직도 서운했느냐? 그럼 네 마음을 어지럽힌 이 입을 찢어 버릴까?"

수령은 허둥지둥 문갑을 열고는 안에 있는 물건들을 죄 끄집어냈다.

"어?"

흐릿했던 눈동자에 잠시 초점이 돌더니 그가 우뚝 멈췄다.

'내가 지금 뭘 하고 있는 거지?'

희미하게 제정신이 드는 듯했다. 그러자 희미하던 악취가 더 짙어지고 그림에서 피가 배어 나오더니 바닥에 떨어졌다.

토옥, 톡!

규칙적으로 떨어지는 소리에 수령은 홀린 듯이 느티나무로 만든 문갑 안으로 손을 넣더니 은장도를 꺼냈다.

여자가 쓰는 것보다 훨씬 크고 각이 잡힌 남자용 은장도는 그가 고향에서 잠시 데리고 놀던 기생이 해 준 것이었다. 부임 기념이라며 그곳에 가서 자리 잡으면 저를 잊지 말고 꼭 데리러 오라 했다. 그러면서 울던 꼴이 얼마나 보기 싫었는지. 아무리 예쁘고 기예가 뛰어나도 절개를 잃은 기생은 창부에 지나지 않았다. 그나마 은장도가 워낙 모양이 좋고 값진 거라 마지못한 척, 받아 두었다.

퍼런 날에 새겨진 일편심一片心이라는 글자가 창을 통해 드리워진 달빛을 받아 반짝였다.

손이 덜덜 떨리고 땀이 비 오듯 흘렀다. 그는 겨우 그림에서 눈을 떼고 은장도를 바라보았다. 마음 같아서는 당장 이것을 내던지고 방을 뛰쳐나가고 싶었다. 하지만 거부할 수 없는 힘이 그를 단단히 붙들었다.

"어, 어? 아니다. 무섭긴!"

그림이 왜 망설이냐고 추궁이라도 한 것처럼 수령은 고개를 저었다.

"홍련아, 내 너를 위해 해 주지 못할 게 없다. 하물며 너를 미신이라 치부했던 이 입쯤이야. 하지 말라고 해도 스스로 도려내고 싶, 싶……."

은장도를 입가로 가져가려는 손과 자신을 지키려는 본능이 무섭게 싸우느라 온몸이 떨렸다. 한참을 그러다가 뾰족한 칼끝이 인중에 내려앉더니 천천히 살갗을 파고들었다.

"아악!"

목에서는 비명이 새어 나오는데, 손은 서걱서걱 윗입술을 도려내고는 둥글게 원을 그리며 아랫입술까지 내려갔다. 마침내 그림을 향해 달콤한 말을 쏟아내던 입술이 그의 손바닥에 툭 떨어졌다.

"어에, 아으에 어우아?"

그는 피가 철철 흐르는 구멍을 우물거리며 그림에게 물었다. 제 한 짓이 마음에 드냐는 뜻인 듯했다. 그러자 연꽃은 사람이 웃는 것처럼 한껏 벌어졌다. 수령은 고개를 주억거리며 같이 따라 웃었다.

수령은 그림이 좋아하니 더 하겠다는 기세로 자기 몸에 은장도를 휘둘렀다. 찌르고 가르고 자르고. 이 정도면 아직 죽지 않은 게 신기하다 싶을 정도였다.

하지만 거기까지였다. 종내에는 쏟은 피가 하도 많아서인지 온몸이 덜덜 떨렸다. 그가 쓰러지자 연꽃이 도로 오므려졌다.

"아이야, 아데……."

수령은 그림을 향해 손을 뻗었지만 잡히는 것은 허공뿐이었다. 온통 피범벅이 된 손이 아래로 떨어지자, 그림 안에 작은 잉어 한 마리가 스르르 그려졌다. 거무튀튀한 몸통에는 상처가 가득했고 고통으로 일그러진 것 같은 입에는 입술이 없었다.

지난 봄부터였다. 이 고을의 수령이 어디서인가 연리도를 얻어 왔다. 그는 비단 족자까지 만들어 그림을 붙인 뒤, 홀린 듯 그 방에서 잠을 자기 시작했다. 그가 허공에 대고 말을 하다가 껄껄 웃기도 해서 미쳤다는 소문이 돌기도 했다. 그는 북어포처럼 하루가 다르게 말라 가더니 석 달째 되던 날 스스로 목을 맸다.

수령이 죽으면 가장 가까운 이웃 고을 수령이 우선 수습하게 된다. 중앙에서 담당 인사가 내려올 때까지 지체되는 시간이 많았기 때문이었다. 옆 고을 수령, 김진은 한걸음에 달려갔다.

오작인은 김진이 보는 앞에서 시신을 살폈다. 별다른 외상도 없고 은비녀를 입과 항문에 넣어 보았지만, 색이 변하지 않았으니 독살도 아니었다. 이에 김진은 수령이 자결한 것으로 결론을 내렸다.

그런데 새로 부임한 수령도 마찬가지였다. 멀쩡한 침소를 놔두고 그림이 있는 방에서 잠들기를 고집하더니 공무도 접고 나중에는 나오지도 않게 되었다. 그 소식을 들은 김진은 참 대책 없는 자라 여기고 넘어갔다.

그런데 얼마 가지 않아 새로 부임한 수령마저 죽었다. 게다가 시신의 상태가 무척 괴이했다. 마치 바짝 말린 생선처럼 거죽과 뼈만 남았다. 살이 빠진 것과는 차원이 달랐다. 사람의 피부가 아니라 종잇장 같았으니까. 오작인도 무척 당황했다.

"제가 수많은 시신을 보았지만 이런 경우는 처음입니다."

"병은 아닌가?"

김진이 물었지만, 오작인은 눈만 굴릴 뿐이었다. 결국 그는 원인을 알 수 없는 급사라고 결론을 내렸다.

그러자 일대에 흉흉한 소문이 퍼졌다. 실은 장화 홍련이 이야기 속 인물이 아니라 진짜 귀신이며 그중 하늘에 오르지 못한 홍련이 고을에 출몰한다는 내용이었다.

이방이 그 소문을 고했을 때, 김진은 헛웃음만 지었다. 아이와 다를 바 없이 순진한 백성들이 딱 좋아할 만한 이야깃거리였으니까. 하지만 이방의 생각은 달랐다.

"영 근거가 없지 않아서 쉬이 사그라지지 않습니다."

"그게 무슨 소리인가?"

"돌아가신 두 분 다 그림에게 말을 걸고 웃기도 하셨지요. 그런데 그림을 홍련이라 불렀다 합니다."

순간, 김진의 표정이 몹시 어두워졌다. 그의 기색을 살피던 이방은 헛소리라며 노한 줄 알고, 얼른 덧붙였다.

"아주 우연이겠지만, 두 사람이 광증에 걸렸을 수는 있습니다. 하지만 그림을 사람 대하듯 하며 같은 이름으로 불렀으니, 백성들에게는 수군거리기 좋은 이야깃거리가 아니겠습니까."

그리고 세 번째 수령이 부임했다. 그가 젊은 시절 같이 공부했던 친구란 걸 알자마자 김진은 열 일 제치고 달려왔다.

"이 방에 들지 말고 꼭 정해진 침소에 거하게나. 두 사람 다 똑같은 광증으로 사망했네."

그러나 돌아오는 건 비웃음뿐이었다.

"귀신 들린 그림에게 말을 걸며 웃는다지? 김진, 자네가 청렴결백하고 백성을 위한다는 명성을 들었다네. 그런데 우습지도 않은 미신을 전하러 이리 온 것인가? 그런 줄 알았다면 자네를 만나지 않았을 걸세. 연이어 죽음이 일어났고 초동 수사를 맡은 건 자네야. 하나, 속 시원히 밝히지 못했지. 위에서 주시하고 있으니 더욱 분발해야 할 걸세."

옛 친구는 그가 보는 앞에서 귀를 씻어 냈다. 김진은 염려가 커서 경솔했음을 자책하며 돌아섰다. 그리고 한 달이 채 되지 않아 그는 죽었다. 이번에도 홍련 운운하며 광증에 시달리다가, 온몸이 난자당한 채 발견되었다.

---

설마 했던 일이 또 일어났다. 사색이 되어 있던 고을의 이방과 오작인이 버선발로 달려 나와 김진을 맞이했다.

그의 등장만으로도 관아에 술렁이던 공포가 잠잠해지는 것 같았다. 김진은 정의로우며 수령으로서도 유능했다. 게다가 겸손하고 백성들을 섬기는 마음으로 매사 성실하여 모든 이에게 존경받았다. 이방이 김진에게 흰 천을 올렸다.

"무척 언짢으실 수 있습니다. 이걸 쓰시지요."

피비린내를 없애려고 계속해서 삽주* 뿌리를 태웠지만 소용없었다.

김진이 천으로 입과 코를 막고 안으로 들어서는 순간, 너무 끔찍한 풍경에 저절로 주저앉을 뻔했다. 그는 후들거리는 다리에 애써 힘을 주고 찬찬히 방 안을 둘러보았다. 벽과 바닥은 온통 피 칠갑이었다. 수령이 흘린 피가 밤새 말라붙어 검은색으로 굳어 가고 있었다. 그리고 점점이 흩어져 있는 건 사체의 일부였다. 날카로운 칼로 자른 듯 단면이 깨끗했다. 시신을 살피는 김진 옆에서 이방이 당시 상황을 전했다.

"처음 발견한 건 여종이었습니다. 문을 열고 안을 보자마자 비명을 지르며 뒤로 넘어졌고 그다음에 몰려온 자들도 마찬가지였습니다. 나리께서 직접 보셔야 할 것 같아서 아무도 들이지 않았습니다."

"그래, 잘하였다. 여종이 발견한 시각은 어찌 되느냐?"

* 삽주 국화과의 여러해살이풀. 어린잎은 나물이나 쌈으로 먹고 뿌리를 태우면 습기와 악취를 제거하는 효능이 있다.

그는 이방에게 이것저것 더 물으며 창틀과 손잡이, 방문 주변을 유심히 살폈다. 그리고 사방에 구르는 물건들과 시신 옆에 떨어진 은장도까지. 난장판이었지만 유심히 살피니 많은 것이 이해되었다.

"범인은 사내이며 왼손잡이다."

"예?"

이방이 놀라서 되물었지만, 김진은 거침없이 명을 내렸다.

"지금 당장 수배령을 내려라. 이 정도의 양이면 범인 또한 피투성이가 되었을 터이다. 핏자국을 지우려고 씻었을 테지만 귀 뒤나 손톱 사이까지 씻지는 못했을 것이다. 그러니 그 부분을 중점적으로 보라고 전하라. 또한 범인도 제 몸에 상처가 났을 가능성이 매우 크다. 특히 왼손의 엄지와 검지, 혹은 그 사이를 칼에 베인 자가 없는지, 철저히 살피도록 하여라!"

이방들이 제각각 할 일을 찾아 흩어지려는 순간이었다.

"암행어사 출두요!"

고하는 소리가 길게 늘어지더니 헌앙한 선비가 모습을 드러냈다. 걸음걸음마다 기품이 흘렀고 수수한 옷으로도 고고함이 가려지지 않았다. 반면 유난히 길고 짙은 아래 속눈썹이 시선을 붙잡았다. 무엇보다 인상적인 것은 붉은 입술을 살짝 벌렸을 때 또렷이 보이는 송곳니였다. 그는 김진의 코앞에 마패와 유척*을 디밀었다.

"이 고을에 수령이 여럿 죽었다던데?"

어사의 증표를 확인한 김진은 얼른 예를 갖추었다.

어사 뒤에는 세 사람이 따르고 있었다. 거구의 호위 무사는 마치 고려의 전설적인 장군, 척준경이 살아 돌아온 것 같았다. 온몸에 무인의 기운이 술렁여서 감히 똑바로 바라보기가 어려웠다. 그 옆에는 남자인지 여자인지 헷갈릴 정도로 아름다운 이가 짝다리를 짚고 서 있었다. 되새김질하는 소처럼 뭔가를 계속 질겅질겅 씹고 있는데, 가만 보니 추복**이었다. 짝다리도 가관인데, 들고 있던 걸 한입에 넣더니 옷자락에다 손을 쓱 문지르는 게 아닌가.

뛰어난 외모에 비해, 하는 짓이 어이없어서 김진이 눈을 크게 뜨고 바라보자, 그는 제법 두툼한 주머니에서 추복 한 장을 더 꺼냈다. 그러더니 저를 마치 강아지 대하듯 내미는 것이 아닌가!

"드시고 싶으면 말씀하시지……."

너무 기가 막힌 나머지 대꾸조차 못 하자, 옆에 서 있던 처

* 유척(鍮尺) 놋쇠로 만든 표준 자. 곤장이나 형구의 크기가 규정에 맞는지, 혹은 암행어사가 직접 검시할 필요가 있을 때 사용했다. 마패와 함께 암행어사의 증표였다.

** 추복(槌鰒) 전복을 얇게 저며 쇠몽둥이로 두들겨 종잇장처럼 얇게 펴서 말린 포.

자가 난처한 웃음을 지으며 추복 든 손을 슬쩍 밀어냈다. 이제 열일곱쯤 됐을까, 머루알 같은 눈에는 총기가 넘쳤고 은은하고 말간 안색이 시선을 사로잡았다. 신선 중에 여자가 있다면 꼭 저런 모습일까. 잡스럽고 탁한 것 하나 없이 싱그러웠다.

"커허엄!"

어사가 불쾌한 기색을 숨기지 않고 크게 헛기침을 하고서야, 김진은 그녀를 너무 넋 놓고 바라보았음을 깨닫고 얼른 고개를 숙였다.

"쯧쯧, 한심하군. 이런 중대한 사건 현장 앞에서 한눈을 팔다니!"

"아, 아닙니다. 여인에게 한눈을 팔다뇨. 오해이십니다. 어사또를 모시고 온 수행원분들을 한 분 한 분 눈에 담는 중이었습니다."

"눈에 담다니! 왜 네가 내 수행원들을 담아, 담기를!"

해치가 유난 떠는 모습에 광탈은 추복 씹는 것도 잊고 눈만 끔뻑거렸다. 벼리도 고개를 갸웃거렸지만, 저 신수가 성질내는 일이 하루 이틀이 아니기에, 그냥 그러려니 했다. 하지만 손에 든 마패 덕에 한껏 으스대는 중이란 걸 안 백원은 피식 웃었다. 반면, 눈길 한번 잘못 두었다가 혼쭐이 난 김진은 서둘러 말머리를 돌렸다.

"상황이 위급하니, 제가 바로 현장으로 모시고자 하는데 어떻겠습니까? 이쪽으로 오시지요."

김진은 어사대를 현장으로 안내했다. 그런데 광탈과 해치는 눈살을 찌푸리며 숫제 안으로 들어오지도 않았다. 벼리와 백원만이 안을 살피고는 서로 마주 보더니 짧게 고개를 끄덕였다. 잠시 후, 벼리가 검시를 부탁했다.

오작인이 난도질당한 시체에 깨끗한 천을 씌운 후, 데운 술과 식초를 천천히 부었다. 그러자 사후경직으로 딱딱했던 시신이 부드러워지고 핏기가 쓸려 나가면서 작은 상처까지 선명하게 드러났다. 벼리는 솜털 한 올 한 올 셀 기세로 그것을 살폈다.

한편, 김진은 조금이라도 시간이 지체되어 범인을 놓칠까 안타까웠다. 그는 어사에게 다가가 전후 사정을 말했다.

"하여, 지금 당장 사람을 풀어 범인을……."

"이건 타살이 아닙니다."

벼리는 죽은 이의 손을 살피며 말했다. 김진은 해괴망측한 상황에 화를 내야 할지 아니면 따져야 할지 잠시 고민했다. 상대가 아무리 어사의 수행원이라 할지라도……. 아니지, 여인이 수행원이라는 건 듣지도 보지도 못한 일이었다. 그걸 떠나서 자신의 신분도 밝히지 않고 한 고을을 다스리는 수령에게 이리 함부로 대하다니. 얼마든지 김진이 항의할 수 있는 상황이었다.

하지만 그는 벼슬아치 이전에, 선비이고 싶었다. 상대를 존중하며 전후 사정을 알기 전에는 판단하지 않겠다는 소신을 여태껏 지켜왔다. 하여, 새파랗게 어린 처자가 자신과 다른 의견을 낸다고 하여 함부로 대하면 그것이 바로 소인배가 아닌가. 그가 감정을 가라앉히고 물었다.

"그리 생각하는 연유가 무엇인가?"

"나리께서는 범인을 사내라고 하셨다지요?"

"그랬네. 보게. 죽은 수령의 상처를 보면 거의 수평으로 나 있고 내막이 뚫려서 근육의 결이 밖으로 나와 있을 정도로 깊지 않은가? 따라서 범인은 그와 키가 비슷하고 힘이 센 사내일 가능성이 크네."

상처의 상태를 살피는 그의 지식은 오작인 못지않았기에 벼리는 사뭇 진지한 표정이 되었다.

"합리적인 판단이십니다. 하지만 이것을 좀 봐 주십시오."

김진은 시신에 다가가 벼리가 가리킨 곳을 살폈다. 오른팔을 중심으로 자잘한 상처들이 눈에 띄었다.

"사람이 자신을 해할 때, 한 번에 치명상을 가하지 못하고,

여러 번 시도하기 마련입니다. 이런 상처를 주저흔躊躇痕이라 하지요."

"음……. 하나, 상대의 공격을 방어하다가 생긴 것일 수도 있지 않은가?"

"맞습니다. 하지만 과연 범행 당시, 피해자가 방어할 수 있을 만큼 의식이 있었을까요? 어딘가에 결박당해 있었다든가, 아예 의식이 없었다든가 여러 가지 상황이 있을 수 있습니다. 하지만 현재로서는 당시 상황을 알 수 없으니, 섣불리 판단해서는 안 됩니다."

듣고 보니 맞는 말이다. 김진이 작게 고개를 끄덕이자, 벼리가 이어 말했다.

"설령 방어할 의식이 있었다 할지라도……, 두 상처에는 큰 차이가 있습니다. 방어할 때의 상처는 주로 양 손바닥과 새끼손가락 쪽 뼈에 집중적으로 생깁니다. 반대로, 스스로 입힌 상처는 대개 한쪽 손바닥과 안쪽 손목, 팔오금, 가슴에 집중되지요."

그 말을 들은 사람들은 머릿속으로 그림을 그려 보았다. 일리가 있는 말이었다.

"그리고 이쪽에 보면 아문 흔적이 있습니다. 어제뿐만 아니라 그전에도 여러 차례 시도했다는 뜻이지요. 상습적 자해……. 시차가 있는 주저흔이 있으면, 아무리 잔인해도 자살

일 수 있습니다."

"그래도 살고자 하는 본능은 큰 법이다. 어찌 사람이 스스로 제 입술을 도려낼 수 있단 말인가?"

"자신이 세다는 걸 증명하려고 과감하게 상처를 내는 경우도 종종 있습니다. 술에 취해 난동을 피우는 자들이 스스로 손가락을 자르거나 제 귀를 도려냈다는 기록이 있습니다."

"확실히 타당한 추리구나. 그러면 시신의 오른쪽에 상처가 집중된 것도 설명해 줄 수 있겠나?"

그가 범인을 왼손잡이로 추정한 근거였다. 이번에도 벼리는 머뭇거림 없이 답했다.

"가해자와 피해자의 위치에 따라 많은 변수가 있기에 오른손, 왼손잡이인지 판단하는 건 무리입니다."

그러자 김진은 옆에 부복하고 있던 오작인을 바라보았다. 그녀의 말이 맞냐고 묻는 듯한 수령의 행동에 적잖이 당황한 오작인이 머뭇거렸다.

"자네 또한 많은 경험이 있지 않은가? 가감 없이 고해 보게나."

자애로운 말투에 오작인이 고개를 숙이며 답했다.

"맞습니다. 상처가 생긴 부위나 모양은 다양한 사실을 추정할 수 있지만, 두 사람이 대치하던 와중에는 어떤 손을 주로 사용하는지를 따지는 것은……. 이치에 맞지 않습니다."

이쯤 되니 김진도 더는 반박할 여지가 없었다. 벼리는 마지막으로 쐐기를 박았다.

"이분의 손을 주목해 주세요. 오랫동안 붓을 잡고 먹을 갈 때 생기는 굳은살이 어느 손에 있습니까?"

김진은 보지 않고도 알 수 있었다.

죽은 수령이자 제 친우는 타고난 왼손잡이였다. 집안 어른들이 어떻게든 그의 버릇을 고치려 애쓴 결과, 그는 남들만큼 오른손을 쓸 수 있게 되었다. 하지만 아무리 용을 써도 왼손으로 붓을 잡았을 때만큼 좋은 결과를 내지 못했다. 결국 그는 남이 보는 데서는 오른손을 사용했고, 글을 쓰고, 그림을 그릴 때는 어떻게든 남이 없는 데서 왼손을 사용했었다. 그의 지인들은 다 아는 사실이었다.

"칼을 능숙하게 쓰는 무인이 아닌 이상, 보통 사람은 남을 찌르면서 제 손에도 상처를 내기 마련입니다. 그래서 엄지와 검지, 혹은 그 사이를 칼에 베인 자가 없는지, 철저히 살피라고 하신 거지요?"

김진이 고개를 끄덕이며 시신의 왼손을 바라보았다. 자신이 말했던 상처가 죽은 수령의 왼손에 나 있었다.

"만약 방어흔이라면 오작인의 말마따나 너무 많은 변수가 존재합니다. 하지만 주저흔이라면요?"

왼손에는 칼을 쥐고 찌를 때 나는 상처가 있고 그 밖의 자국은 오른쪽에 집중되어 있다. 따라서 죽은 이가 제 왼손으로 오른쪽에 상처를 냈다고 볼 수밖에 없었다.

해치가 그거 보란 듯이 빙글거렸고 백원은 뿌듯한 표정으로 벼리를 향해 살짝 고개를 끄덕였다. 신이 난 광탈은 여전히 추복을 질겅거리며 박수 쳤다.

한편 벼리는 이 방에서 번뇌의 구슬과 똑같은 기운을 감지했다.

'제대로 온 것 같아.'

그토록 찾아다니던 수라의 꼬리를 잡은 느낌이었다.

---

해치는 온 관아를 들쑤시고 있었다. 실제 어사가 된 기분을 만끽하는 듯했다. 이방들은 땀을 비 오듯 쏟으며 그를 쫓아다녔다.

"이 회초리는 규격보다 짧아. 이래서야 엄한 처벌이 되겠느냐? 그리고 곤장이 너무 낡았다. 새것으로 교체하되 이왕이면 박달이나 참나무처럼 찰진 것으로 하라."

그들은 유척을 들고 형구를 일일이 재고 있는 어사 뒤에서 눈알을 굴렸다. 보통 암행어사나 감찰관들은 규격보다 크거나 굵은 걸 지적하기 마련인데, 엄한 집행을 위해 더 강한 걸

찾다니.

"송구하오나, 참나무는 재질이 너무 단단하여 체벌 형구로 쓰지 못하게 되어 있습니다."

"누가?"

"예?"

"누가 그런 악법을 만들었느냐, 이 말이다!"

해치가 잔뜩 미간을 모으자, 무리 중 하나가 모기만 한 소리로 답했다.

"어사님을 파견하신 분이시지요. 정확히는 선대왕께서 정하셨습니다."

"칫, 나라님부터 이리 물러서야……. 아주 나한테만 독하게 굴지."

듣고 있던 이들의 눈이 동그래졌지만 해치는 아랑곳하지 않고 말을 이었다.

"죄인에게 더욱 강력한 처벌을 하시라 상소문을 올려야겠어!"

그들은 어젯밤에 무슨 꿈을 꾸었기에 이런 어사를 맞이하게 되었는지 곰곰이 헤아려 보았다.

반면 광탈의 마음은 국밥에 가 있었다. 여기 오기 전부터 꿩고기를 넣어 끓인 국밥이 유명하다며 꼭 맛을 보겠다고 여러 번 이야기를 한 참이었다.

그는 벼리의 옆구리를 콕콕 찌르며 말없이 졸랐다. 보다 못한 벼리가 백원에게 눈짓으로 고하고 관아를 나섰다. 물어물어 주막에 도착한 벼리와 광탈은 사람들 틈을 비집고 들어가 겨우 자리를 잡았다. 맛있다는 소문이 과장은 아닌지, 손님들로 발 디딜 틈이 없었다. 다행히도 음식은 주문하자마자 나왔다. 그토록 바라던 국밥을 후후 불어서 한 수저 들이킨 광탈은 너무 행복해했다. 아이 같은 천진함에 벼리는 절로 웃음이 나왔다.

"그렇게 좋아?"

광탈이 크게 떠서 한 입 넣고 허덕거리자 입안에서 뜨거운 김이 폴폴 피어났다.

"천천히 먹어. 또 시켜 줄게."

"국밥은 입천장 헐도록 먹어야 제맛이야."

그러고는 한 입 떠서 허공에 김 쏘아 대기를 반복했다.

벼리는 한 그릇 더 시켜 주고는 사람들이 다글다글한 국밥집 안을 찬찬히 살폈다. 단순히 광탈의 소원을 들어주기 위해 온 것만은 아니었다. 떠도는 풍문을 듣는데 이만한 곳이 없으니까.

그때 구석에 있던 나이 지긋한 일행이 눈에 띄었다.

"……홍련이 한을 품은 게야. 제일 예뻤잖아. 그런데 맨날 밀려서……."

벼리는 죽은 수령들이 홍련을 언급했다는 말을 떠올리고 귀를 쫑긋 세웠다.

"기생이 예쁘기만 하면 됐지, 아무튼 양반네들 이해를 못 하겠어."

"이 사람아. 생각을 해 봐. 꽃이 이쁘다고 다인가? 향기가 그윽해야 벌과 나비가 날아들지."

"하긴 그런 걸로 치면 그림 잘 그리는 기생 있었잖아. 홍련이 댈 게 아니었지."

"아, 기억난다. 과거 준비하는 선비들이 그거 갖겠다고 싸움까지 벌였지."

"엥? 선비들이 왜?"

"뭣이냐, 잉어! 그거가 합격시켜 준다잖아. 그래서 너도나도 달려들어서는……."

"아, 맞다. 난리도 아니었지. 죄 갓이 찌그러지고 찢어진 그림 한 조각씩 들고."

노인들은 옛 추억을 떠올리며 키들키들 웃었다.

"그림뿐이겠어? 춤도 잘 췄지."

"말이 필요 없었지. 내가 왕년에 퉁소 부르러 몇 번 갔었잖아. 바로 코앞에서 봤지. 맑은 물속에서 하늘거리는 수초 같았다니까."

"학이 춤을 춰도 그만 못했지, 암."

"춤출 무舞에 평안할 령寧, 오죽하면 이름 뜻이 평안을 주는 춤이겠어."

"그 일만 아니었어도, 일패 기생 되는 건 문제도 아니었을 텐데 말이야, 쯧쯧."

"그 어린 나이에 험한 꼴을 당했으니……. 하늘도 무심하시지. 아직 살아 있나 몰라?"

그 이름을 듣는 순간, 광탈은 수저질을 멈췄고 벼리도 한동안 멍하니 앉아 있었다.

무령은 혼자 걸을 수 있게 되었다. 오늘도 2리 정도 떨어진 동구 밖까지 다녀와서 마루에 앉아 한숨 돌렸다. 한가위를 지나 빠르게 겨울이 다가오고 있어서 제법 날이 쌀쌀해졌다. 어사대가 도착했을 쪽의 하늘을 올려다보고 있자니 괜스레 허전했다.

명을 받는 즉시 떠나야 하거늘, 벼리는 굳이 무령에게 들러 상황을 설명하고 몸은 어느 정도인지 안부를 물었다. 그러면서 다음 임무는 꼭 같이 가야 한다며 걷는 연습을 게을리 말라고 신신당부했다. 혹여 무령이 서운해하지 않을까 세심하게 챙기는 모습이 나이답지 않았다. 기특했다. 하지만 고맙지는 않았다. 무령에게는 사람 사는 정을 느낄 만한 감각이 남아 있지 않았기 때문이다.

그나마 남은 양심이 따끔하긴 했다. 떠나는 그들의 뒷모습을 보며 몇 번이나 불러 세우고 싶었다. 찾고자 하는 귀신이 누구이며 어떤 사연이 있는지, 어떻게 물리칠 수 있는지까지. 제가 아는 걸 다 털어놓을까 망설였지만 결국 말하지 않았다.

"홍련아, 이게 다 네 덕분이다."

무령은 은은한 풍경 소리를 들으며 옛 친구를 떠올렸다.

일패 기생이었던 어미에게 무령은 오점과도 같았다. 몸을 파는 삼패와 달리, 일패는 왕족과 고위 관직 앞에서 가무를 펼치며 학자와 학문적 교류도 하고 국가 행사에도 참여했다. 간혹 결혼하거나 첩이 될 수는 있어도 상대를 밝힐 수 없는 아이를 낳은 것은 부끄러운 일이었다.

워낙 똑똑했던 무령은 아무도 이야기해 주지 않았지만, 자신의 아버지가 누구인지 어렴풋이 알고 있었다. 하지만 첩의 소생도 자식으로 인정하지 않는 세상에, 높은 양반이 기생과 잠깐 스친 인연으로 낳은 딸을 돌아볼 리 없었다. 무령은 항상 외로웠다. 아비는 저를 버렸고 어미는 언제나 한기 어린 표정이었으니까.

그래도 교방을 다니게 되면서 행복을 맛보기 시작했다. 어미에게 물려받은 재능은 순식간에 만발했다. 그리고 홍련을 만났다. 두 소녀는 생판 남이었지만 동갑내기인 데다 부모에게 등 떠밀려 기생이 된 사연까지 같아서 자매보다 더 가까운 사이가 되었다. 그들은 마음속 깊이 품은 비밀도 서슴없이 나누었다.

"홍련아, 이건 비밀인데……. 우리 아버지는 아주 높은 분이야."

"누군데?"

"이조판서셔."

"정말? 내 친구 아버지가 양반이라니! 그럼 이다음에 멋진 도령 만나서 마님이 될 수도 있겠네! 우리 집은 가난해서 어림도 없지만……."

"걱정하지 마. 홍련이 너는 엄청 예쁘니까 임금님 부인도 될 수 있어."

"에이, 말도 안 돼."

"아니야. '가희아'라는 기생은 춤도 잘 추고 얼굴도 예뻐서 태조 임금님이 후궁으로 삼았었대. 한 번 있었으니, 두 번 없을까."

세상 모르고 철없는 아이들의 행복은 봄보다 짧았다.

화초머리 올리기를 앞두고 또래들은 잔뜩 긴장했다. 이는 기생으로서 첫발을 딛는 의식으로, 누가 해 주느냐에 따라 기생으로서의 앞날이 결정된다고 해도 과언이 아니었다. 누구나 상당히 명망 있고 직위도 높은 분을 원했지만, 원한다고 될 일이 아니었다. 교방의 행수는 미모가 빼어난 홍련과 뛰어난 솜씨와 어미의 명성까지 등에 업은 무령이 높은 분에게 올림을 받도록 사력을 다했다.

이때부터 홍련과 무령의 사이에 금이 가기 시작했다. 행수가 하나부터 열까지 비교했기 때문이었다.

외로웠지만 부족함 없이 자란 무령과 달리, 많은 동생들을 먹여 살려야 하는 홍련은 살얼음판에 선 기분이었다. 그녀는 자연스럽게 무령을 멀리하기 시작했고 사람과의 정은 홍련이 전부였던 무령에게는 생살이 떨어져 나가는 아픔이었다.

무령은 권 대감 잔치에 다녀왔다, 홍련은 이 참판 자제 모임에 다녀왔다, 사사건건 비교되었고 두 사람은 아꼈던 만큼 서로에게 날을 세우게 되었다. 두 사람의 경쟁으로 득을 보는 건 행수였다.

처음에는 경국지색이라 불리던 홍련이 우세했다. 그러나 그녀의 미모는 그대로인데 반해 무령의 솜씨는 날로 더해 가니 점점 손님들의 발길이 옮겨 갔다.

결정타는 그림이었다. 무령이 우연히 과거를 준비하는 선비에게 연리도를 그려 줬는데, 떡하니 장원급제한 것이었다. 그 후부터는 선비들이 그림 한 장을 얻으려고 뻔질나게 무령을 찾았고 과거를 앞둔 자식을 위해 고관대작 마님이 직접 찾아오기까지 했다.

"참으로 곱구나. 사람을 홀리는 양귀비가 아니라 고고한 모란 같아."

높으신 양반께서 찾아온 것도 영광인데, 마님은 무령을 무척 마음에 들어 했다. 그녀는 무령에게 과거를 준비하는 아들을 위해 연리도를 그려 달라고 했다. 그리고 다 그린 그림 밑에 흘려 쓴 '舞寧무령' 두 글자를 보며 흐뭇하게 웃었다.

"이름이 좋아서 그런가, 유유히 헤엄치는 잉어가 무척 평안하고 고고해 보이는구나."

"미흡한 솜씨를 칭찬해 주시니 몸 둘 바를 모르겠습니다. 부디 좋은 기운이 전해지길 바랍니다."

무령의 바람대로 얼마 가지 않아 기쁜 소식이 들렸다. 마님은 서찰로 합격 소식을 알리며 한 번 더 고마움을 표했다.

「모름지기 훌륭한 그림에는 낙관이 있어야 화룡점정이 아니겠나? 마음 같아서야 내가 직접 해 주고 싶지만, 심미안은 자네에게 미치지 못하니 이 또한 실례지. 낙관 장인에게 대금은 미리 지불했네. 가장 좋은 값을 치렀으니 마음껏 골라 보게나.」

서찰을 담은 봉투에는 언제든지 맞추러 오면 된다는 장인의 증서가 함께 들어 있었다. 참으로 사려 깊은 선물에 무령도 흐뭇했다. 또한 연이은 합격과 마님의 호방한 선물로, 무령의 명성은 나날이 높아져만 갔다.

이에 애가 닳은 건 홍련이었다. 애초에 2등이었으면 모를까, 내내 1등 자리에 있다가 경쟁자에게 끌려 내려오니 질투가 점점 증오로 변했다. 본디 모진 성품은 아니었는데, 절박함이 사람을 뒤흔들어 놓은 것이다. 어찌하면 눈엣가시 같은 무령을 내칠 수 있을까 고민하던 홍련은 어릴 적 무령이 들려주었던 비밀을 떠올리고 회심의 미소를 지었다.

'이건 비밀인데……. 우리 아버지는 이조판서야.'

홍련은 기방 행수에게 술을 잔뜩 먹이고 무령의 아버지가 서지원임을 알아냈다. 전직 이조판서이자, 현직 호조판서인 그에게 기생 사이에서 난 딸은 오물 같은 존재였다. 그를 이용하면 홍련은 무령을 제 눈앞에서 사라지게 할 수 있을 것 같았다. 어차피 버린 딸. 완전히 내치게 하는 것이 무엇이 문제란 말인가.

홍련은 한참 노는 재미에 빠져 가문의 지원이 끊긴 한 선비를 찾았다. 그는 명망 높은 집안의 자제로 맨 공부밖에 모르다가 성균관에 들어간 것이 오히려 몰락의 계기가 되었다. 머리를 식힌다며 선배들을 따라 향락가를 들락날락하면서 술과 담배를 배우고 결국엔 내기 바둑에 발목을 잡힌 것이다.

내기 바둑을 하려면 밑천이 있어야 하는데 그의 방탕한 생활에 노여워한 나머지, 아버지는 연을 끊자는 초강수를 두었다. 하지만 어디 노름 재미를 쉬이 떨칠 수 있을까. 홍련은 한 푼이라도 절실한 그에게 엽전 꾸러미를 내밀며 말했다.

"서지원 대감께서 이번에 사위를 맞이한다지요? 호방한 사내대장부라 하던데."

"설마……. 이용태를 말하는 건가? 홍련아, 네가 못 봐서 그런다. 성질이 사납고 포악하기가 무악재 범 같은 작자야."

"여인은 때때로 범 같은 사내를 흠모하기도 한답니다. 한번 뵙고 싶습니다. 소녀의 청을 들어주실 거죠?"

그는 엽전과 홍련을 번갈아 보다가 탄식하듯 말했다.

"거참, 사내 보는 눈이 이리 없어서야."

홍련은 무령이 춤을 추기로 한 모임에 서지원의 예비 사위, 이용태를 데려오게 했다. 그리고 이용태는 홍련의 계획대로 무령에게 홀딱 반했다. 그는 범이 아니라 멧돼지 같은 작자였다. 어찌나 들이대는지, 무령이 아무리 거절해도 요지

부동이었다. 젊은 피가 끓으니 코앞에 둔 혼사도 나 몰라라 했다.

당연히 무령의 아버지 서지원에게도 이 소식이 흘러 들어갔다. 며칠 후, 한 남자가 무령을 찾아왔다.

"무령이 맞소이까?"

"그렇습니다."

"그분께서 전하라는 말씀이 있어서 왔네."

이름을 직접 언급하지 않았지만 눈앞의 남자가 아버지 서지원이 부리는 사람인 걸 알고 있었기에 무령은 새삼 가슴이 뛰었다.

'이용태의 행패 때문에 위로라도? 아니야, 아니지. 그럴 리 없지. 그래도 혹시.'

머릿속이 복잡하게 얽혀 가는데 아버지가 보낸 이가 입을 열었다.

"짐승이 따로 없다. 천한 기녀의 딸이라지만 할 짓과 못 할 짓은 가려야 하지 않겠느냐? 아무리 배다른 언니라 해도, 형부가 될 사람을 유혹하다니."

무령은 정신이 아득해졌다. 너무 잔인했다. 편지조차 쓸 가치가 없다는 듯, 처음 보는 사람 입에서 짐승만도 못하다는 소리를 듣게 하다니.

"그만해."

이제 막 빛을 보기 시작한 그녀의 인생이 와르르 무너지는 느낌이었다. 아비가 딸을 짓밟는 소리가 너무 아파서 손으로 귀를 막았다. 하지만 남자는 그녀의 손목을 낚아채 귀에서 떼어 내더니, 더욱 목청을 높였다.

"……그러니 있는 듯 없는 듯 조용히 지내라, 하셨소이다."

순간, 무령은 제 속에서 뭔가 툭 하고 끊어지는 걸 느꼈다. 남자가 제 할 말을 마치고 돌아서는데, 무령이 나직이 대꾸했다.

"딸도 아닌 짐승이, 아비의 명을 따를 필요는 없지요."

그날 이후, 무령은 기방 속으로 파고들어가 일체 밖으로 모습을 드러내지 않았다. 마음이 상하거나 절망해서가 아니었다. 나름의 계산이었다.

그녀가 두문불출하자 몸이 단 건 손님들이었다. 춤 한번을 보기 위해 땅문서를 내놓고 시 한 수 적힌 족자를 차지하려고 고관대작이 서로 얼굴을 붉히기까지 했다.

그중 가장 몸이 단 건 이용태였다. 그는 기방 문턱이 닳도록 드나들면서 수시로 무령의 안부를 물었다. 그래도 만나지 못하자 선물을 보내기 시작했다. 비취와 산호 호박이 주르륵 달린 삼작노리개, 알알이 진주를 박은 색동 주머니, 흠 하나 없는 맑은 옥을 깎아서 금으로 상감을 올린 쌍가락지까지. 그가 무령을 위해 마련한 값비싼 장신구들은 다음날 저잣거리의 화제가 될 정도였다.

날로 명성이 높아지는데도 기방 행수는 걱정 어린 충고를 했다.

"판이 너무 커지면 잃는 걸로 끝나지 않아. 너도 크게 다칠 수 있다."

거울 앞에 앉은 무령은 머리에 동백기름을 바르며 대꾸했다.

"이래서 어른 말씀은 새겨들어야 해요. 있는 듯 없는 듯 지내니, 형부 될 사람이 알아서 법석을 떨어 주네요."

"피가 섞였다고 봐줄 거라 생각 마라. 똥 누고 돌아볼 사람이 어디 있느냐."

행수의 말인즉슨, 서지원에게 무령은 배설물 정도란 뜻이었다. 기름을 바르던 무령의 손이 우뚝 멈추더니 멀쩡하던 거울이 쩌적 갈라졌다. 거울 안에 일그러진 무령의 얼굴이 어찌나 서늘하던지, 행수의 눈꺼풀이 파르르 떨렸다.

"데리고 있는 기생이 황진이 부럽지 않은 인기를 끌면 그냥 지켜보세요. 초치는 소리 마시고."

얼마 후, 청나라 사신을 맞이하는 자리에 그녀가 거론되고 있다는 소식이 날아들었다. 일생일대의 기회가 찾아온 것이다. 기방은 축제 분위기였고 행수도 걱정을 접고 몇 분의 손님을 모시고 달맞이 놀이를 준비했다.

당일, 도도하게 흐르는 강물을 은빛으로 적시며 커다란 보름달이 떴다. 바람은 잔잔하여 달맞이 놀이하기에 딱 좋은 날씨였다. 나루터에 자리 잡은 악사들이 연주를 시작하고 다른 기생들은 노래로 흥을 돋웠다. 한쪽에서 행랑어멈이 숯불을 피우고 얇게 썰어 양념한 너비아니를 올렸다.

치익!

마치 비가 내리는 것 같은 소리와 함께 군침 도는 냄새가 퍼졌다. 여종들은 신선로에 불을 올리고 열자구탕을 끓여서 나르느라 종종거렸다. 일순, 잔이 돌고 누군가 즉석에서 시를 지어 낭독하자 맞은편에 앉은 이가 화답했다. 쏟아지는 달빛만큼이나 풍류가 가득한 밤이었다.

무령의 차례가 왔다. 그녀는 다홍치마와 연두저고리를 입고 한 손에는 노란 잉어가 그려진 부채를 들고 나왔다. 반짝이는 물결을 등지고 연흥무를 추기 시작하자 모두 숨을 죽였다. 슬몃슬몃 움직이는 춤 한 사위에 한숨이 폭 나오고, 굽이굽이 너울지는 치맛자락 사이로 보이는 비단신의 코와 달을 향해 뻗은 손끝의 각도가 똑같으니 감탄이 절로 나왔다. 그들은 달과 무희가 하나로 어우러지는 순간을 넋 놓고 바라보았다.

"평생 이렇게 흡족한 달맞이는 처음일세."

손님들은 무령을 연신 칭송하며 행수에게까지 고마움을

표하고 돌아갔다. 무령도 그리 기쁠 수 없었다. 한 인간으로서 사랑받지 못하고 자식으로 인정받지 못한 설움이 별것 아닌 듯 느껴질 정도로 가슴이 뿌듯했다. 또 하나의 성취를 이룬 자만이 느낄 수 있는 기쁨이었다.

행수는 악단에게 후한 삯을 줘서 보내고 남아서 정리하는 행랑어멈과 일꾼들까지 두둑하게 챙겨 주었다. 무령이 가마에 오르려는 순간이었다. 나루터 입구 쪽이 시끄럽더니 한 무리가 등장했다. 잔뜩 술에 전 다섯 명의 선비였다.

"무령아!"

그중 하나가 고래고래 이름을 부르며 다가왔다. 서지원의 예비 사위, 이용태였다.

"고얀 것! 내가 그리 보자 할 때는 여기가 아파요, 저기가 아파요, 핑계를 대더니……. 여기서 달맞이를 한다고?"

그가 어찌 알고 여기까지 왔는지는 몰라도 예감이 썩 좋지 않았다. 무령이 얼굴을 굳히자, 얼른 행수가 나섰다.

"나리, 언짢게 해 드려 송구하옵……. 악!"

그는 행수의 가체를 잡고는 그대로 땅바닥에 내리꽂았다. 그 모습을 보고 뒤에 있던 선비들이 배꼽을 잡고 웃었다. 몇몇은 얼마나 마셨는지 몸도 가누지 못하고 바닥에 앉아 웃기도 했다.

갑작스러운 폭력에 무령 일행은 모두 할 말을 잃었다. 몇

몇이 달려가 행수를 일으켰는데, 어찌나 우악스럽게 내리꽂았던지 코와 입이 피범벅이 되어 있었다. 이쯤 되니 가마꾼들은 슬금슬금 뒤로 물러났다. 그들도 이용태의 악명은 익히 알고 있었다. 행수도 때리는데, 자신들이야 말해 무엇하랴. 결국 가마꾼들은 줄행랑치고 여자들만 남게 되었다.

이용태는 그 꼴을 보고 더욱 기가 살아 언성을 높였다.

"감히 기생 주제에 양반의 마음을 어지럽게 하다니. 네 죄가 크다. 하지만 이 또한 사내를 홀리려는 앙큼한 짓이 아니겠느냐? 내 다 받아 줄 테니 이제 고분고분 안기거라."

그가 성큼성큼 무령을 향해 다가가자, 뒤에 있던 무리 중 하나가 나섰다. 바로 홍련에게 돈을 받고 처음으로 이용태를 데려왔던 선비였다.

"자네 왜 이러나? 이만하면 됐네. 흥도 깨졌으니 우리 다른 데 가서 한잔 더 하자고. 내가 사지."

"꺼져!"

이용태가 버럭 화를 내며 제 팔을 잡은 손을 떨쳤다.

"뭐? 그게 어찌 친우에게 할 소린가!"

"친우 좋아하시네. 집안에서도 내놓은 노름꾼 주제에! 같이 술잔을 기울여 주니 착각이라도 한 게냐?"

그러더니 그의 턱에 주먹을 질렀다. '퍽' 소리와 함께 나뒹군 선비는 자리에서 일어나지 못했다. 그러자 어깨동무하고 왔던 이들이 또 왁자지껄 웃어 젖혔다.

"미안하다, 무령아. 건달 한 놈 때문에 너를 기다리게 하다니."

이용태가 낄낄거리며 그녀에게 다가오더니 다짜고짜 옷고름을 잡아당겼다.

"놔라!"

무령이 몸부림쳤지만 사내를 힘으로 이길 수는 없었다. 두두둑, 그대로 고름이 뜯겨 나갔다.

"흐흐, 역시 상상하던 대로다. 아니, 훨씬 더 아름답구나. 백자 사발 두 개 엎어 놓은 듯 이런 소담스러운 절경이 또 어디 있더냐. 자, 이제 치마도 한번 벗겨 볼까나."

뒤에서 낄낄거리던 이용태의 무리들이 큰 구경거리라도 난 듯 주위를 에워싸기 시작했다. 보다 못한 행랑어멈이 목숨을 걸고 그를 말리려 하자 여종들도 덩달아 나섰다. 하지만 뒤에 있던 무리에게 이내 제압당했다.

"허허, 이용태는 기생년을 먹고, 우리는 이것들을 먹으면 되겠구나. 낄낄낄."

바로 그때 '악' 하는 비명과 함께 주위가 일순 고요해졌다. 은장도를 빼든 무령이 단번에 이용태의 손을 베어 버린 것이다.

"으아아!"

그가 제 손을 감싸고 그녀에게서 떨어져 나갔다. 무령은 일절 떨림 없는 목소리로 서늘하게 말했다.

"나의 은장도는 자결을 위함이 아니다. 또 한번 그런 짓을 했다가는 목이 따일 각오는 해야 할 것이야."

보통 서슬이 아니었다. 달빛을 받아 퍼렇게 빛나는 칼날과 뺨에 묻은 피, 그리고 얼굴에 서린 귀기까지. 어찌나 무시무시한지, 흐트러진 옷매무새는 눈에 들어오지도 않았다.

사내들은 무령의 기세와 이용태에게서 후두두 떨어지는 피가 흙바닥을 검게 물들이는 걸 보면서 술이 확 깼다. 아무래도 일이 크게 잘못되고 있다는 생각이 들었다.

"허어, 참! 노루도 악이 나면 사람을 문다더니. 고 계집 독하기도 하네."

사내들은 잡고 있던 여종들을 슬그머니 놔주며 뒤로 물러났다. 그러나 이용태는 그 정도의 사리분별을 할 수 있는 자가 아니었다.

무령이 앞으로 장인 될 서지원의 숨겨 둔 딸이란 건 이미 알고 있었다. 그리고 서지원에게 여러 차례 경고도 들었기에 마음을 접었다. 접었다고 생각했는데, 여기서 고 계집이 놀고 있다는 이야기를 듣는 순간, 이성은 간데없었다. 여기까지 몸소 납시었건만, 기생 주제에 어찌 양반을 이리 무시할 수 있단 말인가. 이용태가 이를 악물고 씨근덕거렸다.

"내가 만만하냐? 사람을 얕보아도 유분수지."

"만만하지 않으니 칼까지 빼든 것 아니겠소?"

"그래, 오냐! 내가 가질 수 없으면 남도 가지면 안 되지."

그때였다. 이용태의 눈이 핑 도는 것을 본 행수가 얼른 몸을 날렸다. 하지만 이미 늦은 후였다.

이용태는 아직도 자박자박 끓고 있는 신선로를 들어 올리더니 그대로 무령에게 부어 버렸다. 그는 고통에 몸부림치는 무령을 내려다보며 미친 사람처럼 홀로 중얼거렸다.

"처음부터 이럴 생각은 아니었어. 내, 내 맘 알지 않느냐. 내가 널 얼마나 사랑했는지. 너뿐이었다……. 가슴이 찢어질 듯 아파 오는구나. 이건……. 다 너 때문이다. 내 사랑을 받아 주기만 했어도 이런 일은 없었을 텐데. 네 스스로 한 짓이니 날 원망하지 마라."

나루터에서 벌어진 폭력 사건으로 처벌받은 사람은 아무도 없었다. 이용태의 집안뿐 아니라, 서지원도 나섰기 때문이었다. 서지원은 마음 같아서는 당장 파혼하고 싶었다. 하지만 하나뿐인 여식이 파혼녀로 낙인찍히게 할 수 없다며 아내가 울고불고 매달렸다. 또한 이용태의 집안과 얽힌 이권이 많아서 쉬이 관계를 끊을 수도 없었다. 그렇다면 이용태가 벌을 받아서는 안 되었다. 자칫하다가는 벼슬길은커녕 과거

응시도 못 하게 되는 수가 있었다.

서지원은 행수에게 넉넉한 배상금을 내밀며 이쯤에서 마무리하자고 타일렀다. 땅에 부딪히면서 앞니 두 개를 잃은 행수도 별수 없었다. 먹고 살려면 갈대가 돼야만 했다.

행수는 오히려 심려를 끼쳐 죄송하다 사죄하며 배상금을 받았다. 그중 몇 냥을 떼어 여종과 함께 무령을 기방에서 내보냈다.

"아휴, 몸이라도 추스른 다음에나……."

여종들이 지독하다고 혀를 내둘렀지만, 세상사가 그랬다. 사건도 사건이지만 왼쪽 어깨부터 등을 따라 엉덩이까지 온통 화상을 입은 무령은 기생으로서의 생명을 잃었다. 무령이 떠난 공백을 채운 것은 홍련이었다. 아무리 빼어났어도 기껏 기생이었던 무령이 빠진 자리는 티도 나지 않았다.

하지만 거기서 끝이 아니었다. 무령이 화상으로 생사를 넘나드는 동안, 그녀의 어미가 행방불명되었다.

사람들은 삼삼오오 모여 입방아를 찧기 바빴다.

"딸이 그리되었으니 실성해서 집을 나간 거 아닐까?"

"어이구, 이렇게 뭘 몰라! 무령이 그렇게 되고 서 판서댁에 갔대요."

"어이구, 간이 배 밖으로 나왔네."

"자식이 그렇게 됐는데, 그러지 않을 어미가 어디 있나? 어쨌든 찍소리도 내지 않고 살 테니까 치료만 해 달라고 했대. 자신은 이제 퇴물이 된 기생이라 일전 한 푼 없다며."

"그래서?"

하지만 상대는 가만히 고개만 저었다.

"아니, 왜 말을 하다 말아? 나 속 터지는 꼴 보려고……."

그러자 그가 입술 위에 검지를 세우고 쉬쉬거리더니 작게 속닥거렸다.

"으이그, 눈치가 이리 없어서야."

"그게 무슨……."

그제야 말뜻을 알아들은 사람들은 입을 틀어막았다.

기방 행수는 무령에게 작은 암자 하나를 얻어 주었다. 말이 암자지 서까래는 무너지기 직전이고 지네들이 제 집처럼 기어다니는 곳이었다. 무령은 하루하루 죽을 고비를 넘나들고 있었다. 그냥 끓는 물이라도 치명적인데, 신선로에 든 탕은 졸을 대로 졸아 있었다. 끈적해진 탕국물은 쉬이 식지 않았고 되직하게 풀어진 완자까지 피부에 딱 달라붙어서 화상은 생각보다 심각했다. 여종은 그리 정성껏 돌보지 않았다. 딱 봐도 며칠 못 가 숨을 거둘 것 같았기 때문이었다. 시신을 어찌 치울까 고민하는 게 전부였다.

그런 무령에게 어미가 찾아왔다. 그녀는 열에 달떠서 경련을 일으키는 딸의 이마에 손을 얹고는 물끄러미 내려다보았다. 나이를 가늠하기 어려운 얼굴에는 별다른 감정이 드러나 있지 않았지만 아픈 자식을 향한 눈에는 분노와 서글픔이 동시에 감돌고 있었다.

엄마 손은 약손이라 했던가. 거칠었던 숨이 조금씩 가라앉고 식은땀도 열과 함께 사라졌다. 내내 감겨 있던 무령의 눈꺼풀이 사르르 떨리더니 검고 말간 눈동자가 모습을 드러냈다. 기방에서 쫓겨난 지 꼬박 한 달하고 열흘이 지난 후였다.

무령은 어미가 제 옆에 있는 것에 놀랐고 그녀의 모습을 보고 또 한번 놀랐다.

*"미안하구나, 아가. 내가 참으로 어리석었다."*

이건 또 뭔가. 저 입에서 나오는 말을 곱씹어 봐도 이해가 되지 않았다. 언제부터 자신이 그녀에게 '아가'였다고. 그리고 저 지경이 되어 어쭙잖은 사과라니.

무령의 어미는 얼마나 맞았는지, 몸 여기저기가 터져 있었다. 손가락이며 발가락 하나 온전한 것이 없었고, 옆구리에서는 창자가 삐죽 튀어나와 있었다.

*"서지원을 찾아갔었다. 네가 평생 누워 있게 될지 모르니, 다만 치료나 받게 해 달라고 부탁한 게 전부였어."*

사고를 당한 딸 문제를 따지러 나선 것인데, 서지원 대신 그의 본처가 나타나 너희 모녀 때문에 내 딸의 혼사에 흠이

갔다며 화를 냈다. 그리고 뻔뻔한 낯짝을 디밀고 예가 어딘 줄 알고 오냐며 길길이 날뛰었다. 모녀가 대를 이어 집안 남자를 꾀는 창녀라고 욕을 했다. 반반한 얼굴은 건드리지 않는 게 제가 베풀 수 있는 자비라며 멍석말이를 명했다. 약속대로 몸만 때렸지만 무령의 어미는 결국 매타작을 견디지 못하고 뼈가 부러지고 내장이 터져 죽고 말았다.

*"어쩌다 이렇게 됐을까? 아무리 생각해 봐도 잘못한 게 없다. 그런데 이 꼴이 뭐니? 우리가 힘없고 의지할 데 없는 게 죄였을까?"*

어미의 눈에서 붉은 기운이 모이더니 피눈물이 되어 흐르기 시작했다. 처음에는 한 줄기였던 게 금세 절벽을 타고 흐르는 폭포수처럼 뺨을 적셨다.

그 모습을 바라보던 무령도 바짝 마른 입술을 달싹였다.

"부모의 사랑을 갈구하던 조그만 아이는 이제 없습니다."

그녀는 사금파리 깨지는 소리 같은 목소리로 속삭였다.

"죽고서야 어미 노릇이라니요. 개가 웃겠습니다."

*"무, 무령아……."*

"딸 팔아 돈을 뜯으러 갔다가 죽고서는 내게 원한을 풀어달라고 온 것입니까? 어림없지. 기방에서 그대 같은 이들을 수없이 봤습니다."

그랬다. 무령의 어미는 딸의 사고 소식을 듣고 서지원을 찾아가 돈을 뜯어내려 했다. 그런데 뜻하지 않게 서지원의 본처가 나타나 그녀를 때려죽였다. 죽어서도 이용만 하려는 시커먼 속내가 훤히 보였다.

무령은 터져 나오는 분을 참지 못하고 푸르르 떨었다. 당장이라도 일어나 손수 지옥의 문이라도 열어 주고 싶었다. 그래도 하늘은 무심하지 않았나 보다. 도무지 움직일 수 없어서 패륜은 저지르지 않게 했으니 말이다.

"하하하……."

무령은 헛웃음이 나왔다. 원혼은 무령을 한참 더 서글프게 바라보고는 조금씩 희미해지기 시작했다.

*"어릴 적부터 귀신을 보더니 이제는 마음까지 발가벗기는구나. 아직은 때가 아니라 살기는 하겠네. 모진 것."*

그 말을 남기고 어미는 사라졌다.

세 번의 계절이 강물처럼 흘러갔다.

무령은 숱한 고비를 넘기며 차츰 나아졌다. 타고난 능력이 만개한 것도 그즈음이었다.

희뿌옇던 혼과 영이 또렷해진 건 물론이요, 미래에 일어날 일들이 조금씩 보이기 시작했다. 영감이 발달하면서 신체도 급격히 변했다. 진물이 흐르고 걸핏하면 썩어 들어가던 화상이 차츰 나아지더니 옷 밖으로 드러나는 흉터는 눈 녹듯이 사라졌다. 한겨울에 얼음장 밑으로 흐르는 강물에 몸을 씻어도 추운 줄 몰랐으며 사내들보다 더 빠르게 뛸 수도 있게 되었다. 가장 놀라운 건 금줄이었다. 부정을 막기 위해 문이나 길 어귀에 건너질러 매어 놓는 새끼줄이 어느 날부터인가 무령의 손이 닿으면 살아 있는 뱀처럼 꿈틀거렸다. 얇은 실처럼 길게 뽑혀 나온 금줄은 그녀의 섬섬옥수를 감아 돌며 주인의 마음을 아는 채찍처럼 착착 감겨들었다.

무령은 왜 이런 일이 벌어졌는지 고민할 필요를 느끼지 못했고, 그럴 시간에 자유자재로 쓸 수 있는 연습을 했다. 주인의 영기를 머금은 금줄은 노란색 빛을 내며 주인과 함께 화려하게 춤을 추었다. 가는 금줄을 손끝에 감아 가체에 숨겼다 뺐다를 능숙하게 할 수 있게 될 무렵, 무령은 신당을 차리고 손님들을 받기 시작했다.

주머니 속 송곳은 언젠가는 뚫고 나오는 법, 그녀는 신묘한 점쟁이가 되어 다시 등장했다. 예전에는 무대에 올라 흥을 돋웠다면, 이제는 주렴 뒤에서 모습을 가리고 사람들을 주물렀다. 더욱 조심스럽고 교묘하게. 점집을 찾은 손님들의 마음과 과거를 읽어 내는데 한 치의 틀림도 없었고, 그녀가 알려 주는 권세가들의 미래는 수학자가 셈을 세듯 착착 맞아 들어갔다. 소문은 무섭게 퍼져 나갔고 그녀가 차려 놓은 점집을 조선의 큰손들이 앞다투어 찾았기에 가만히 앉아서 나라 안팎의 소식을 훤히 알게 되었다. 돈은 그녀가 조언한 대로 흘러갔고 그러는 동안 아버지 서지원은 벌이는 일마다 말아먹었다. 그것이 무령의 입김인 걸 알았으면 복장 터져 죽었으리라. 하지만 그녀는 자신을 짐승 취급했던 아버지에게 쉽게 죽음을 안겨 줄 마음이 없었다. 답답하고 억울하게, 그녀가 느꼈던 만큼 서서히 되돌려 주려 했다.

그러던 무령이 집 밖으로 첫 외출을 한 건 3년 만이었다. 자신에게 낙관을 선물한 마님이 돌아가셨다는 소식을 들은 뒤였다. 그제야 잊고 있던 낙관이 생각났다. 그녀는 장인을 찾아가 증서를 내밀었다. 나이 지긋한 장인이 돋보기를 끼며 잔뜩 미간을 모았다.

"정말 오래된 주문이군요."

"그간 피치 못할 사정이 있었습니다."

"살다 보면 그럴 수도 있지요."

그는 사람 좋게 웃으며 답했다. 그녀는 장인과 머리를 맞대고 낙관의 재료와 서체를 꼼꼼하게 골랐다. 모든 선택을 마치고 새기고자 하는 이름을 가르쳐 주자 장인은 거듭 확인했다.

"정말 이 글자가 맞습니까?"

무령은 뜻을 알 수 없는 미소를 지으며 단호하게 고개를 끄덕였다.

낙관을 받아 온 날, 사람이 아닌 손님이 찾아왔다. 정확히는 두 개의 썩은 발이었다. 무령은 자분자분 다가오는 걸음걸이만 보고도 발의 주인을 알아챘다. 어찌 모르랴. 그녀가 처음으로 마음을 준 친구였는데.

*"그림 한 장만 그려 줘."*

홍련은 다짜고짜 졸랐다.

"참으로 뻰뻰하구나. 죽으면 염치도 없어지는 게야?"

*"연리도 한 장만 그려 주면 조용히 갈게."*

"왜 내가 네 부탁을 들어줘야 하지?"

무령이 차갑게 내쳤지만, 홍련은 그럴수록 더 끈질기게 매달렸다.

*"너와 나를 이리 만든 양반 놈들 혼쭐을 낼 수 있게 됐잖아. 우리가 그네들보다 더 세졌으니까. 안 그래?"*

무령이 요괴가 된 친구의 발을 물끄러미 보며 아무 대꾸가 없자 홍련은 더 나지막한 목소리로 가만가만 말했다.

*"딱 한 장이면 돼. 네 힘이 깃든 그림이라면 널 버린 아비와 이 꼴로 만든 놈들이 요괴가 된 나를 마주하게 될 거야."*

회색빛 썩은 발이 초조하게 꼼지락거리는 걸 보며 무령은 속을 알 수 없는 미소를 지었다. 그러자 발가락이 우뚝 멈추더니 눈치를 보듯, 슬며시 오므려졌다.

"한 가지 조건이 있어."

*"말해."*

"단숨에 끝내지 마. 그들의 행복이 무르익을 때까지 기다려. 정상에서 굴러떨어져야 더 아픈 법이잖아."

그 말을 듣고는 홍련이 웃음을 터뜨렸다.

*"정말 독하다니까. 내가 이런 너를 이기려 했다니. 죽어도 싸지."*

무령이 그림 도구를 꺼내자 홍련이 슬며시 먹을 발가락으로 잡더니 벼루에 문질렀다.

둘은 동시에 생전을 떠올렸다. 질투와 미움은 티끌만큼도 없이, 하나가 그림을 그리면 다른 하나가 먹을 갈아 주던 그 순간 말이다. 선녀처럼 아름다웠던 이는 몹쓸 짓을 당하고 다른 하나는 요괴가 될 줄은 상상도 못 하던 시절이었다.

그래서일까. 완성된 그림은 음산한 기운이 넘쳐흘렀다. 붉은 연꽃 사이로 퍼런색 잉어가 눈을 부릅뜨고 있었다. 올올이 붙은 비늘은 억세기가 그지없었고 양옆으로 찢어진 입술은 마치 살아 있는 것 같아서 뭐든 삼킬 기세였다.

무령은 낙관을 찍어서 마무리 지었다.

「無寧 무령」

그러자 괴이한 웃음소리가 방 안에 가득 찼다.

*"뭐야. 원래 이름에서 한자를 바꾼 거야?"*

"완전히 다른 사람이 되었으니까."

그 말을 듣고 홍련은 선뜻 대꾸하지 못하다가 한껏 밝은 목소리를 꾸며 냈다.

*"춤출 무에, 평안할 령이었다가, 없을 무에, 평안할 령으로 바꿨다라……. 마음에 든다. 정말 좋아. 이 그림을 가진 자에게 영원히 평안이 없길 바라."*

"명심해. 그들이 최고로 행복할 때까지 기다려. 힘을 얻었다고 서둘지 말고."

*"더는 어리석게 굴지 않을게. 염려하지 마."*

이 말을 남기고 홍련은 홀연히 사라졌다.

어느덧 바람이 그치고 풍경 소리도 잠잠해졌다. 무령은 아련한 옛일을 떠올리며 작게 중얼거렸다.

"홍련에게 그림을 그려 준 지 7년이 넘었구나."

그렇게 중얼거리다가 살풋 미간을 찌푸렸다. 아무리 세월이 지났어도 생생했던 상처를 아련하다고 느끼게 되었다니. 이게 다 좋은 인연을 만난 덕분이다.

점쟁이로 이름을 떨치기 시작하면서 그녀는 더욱 단단하

게 기반을 다졌다. 원수들을 한 손에 쥐는 그날까지, 결코 서두르지 않았다. 무엇보다 그림으로 계약을 맺은 홍련이 알아서 움직여 줄 테니 나름 여유도 있었다. 그렇다고 해서 가만히 있던 건 아니었다. 서지원을 몰락시킬 판을 정성껏 짰고 그가 예상대로 걸려든 무렵이었다.

웬 처자가 다짜고짜 찾아와서 자신과 함께하자고 했다. 영 엉뚱했지만 좋은 기운에 눈을 뗄 수 없었고 확신에 찬 낭랑한 목소리에 오랜만에 흥미가 일었다. 바로 벼리였다.

정조는 무령 안의 어둠을 어렴풋이 알아채고 어사대에 합류하는 걸 반대했지만, 벼리는 끝까지 고집을 피웠다. 평소의 무령이었다면 가차 없이 거절했으리라. 자신을 마음에 들어 하지 않으면 나라님이고 뭐고 소용없었다. 그런데 무슨 조화람.

어느새 어사대에 합류했고 목멱산 여기저기에 결계를 치고 있었다. 그렇게 신이 나서 지내다 보니 과거를 떠올리지 않는 날이 많아졌다. 몸에 남은 흉터를 보며 하루도 빠지지 않고 되새김질을 했건만. 스스로도 이 변화가 믿기지 않았다.

광탈 덕분에 허리를 붙잡고 웃는 재미를 알게 되었고 국무당에게는 새록새록 배우는 기쁨을 느꼈다. 오랜 연륜에서 우러나오는 이론과 철학을 접하면서 자신의 능력을 어떻게 키워 나갈지 또 사용해야 할지 진지하게 고민하기도 했다. 벼리의 기특하고 배려가 넘치는 성품은 흡사 상록수 같아서 인간에 대한 혐오가 조금씩 줄어들었다.

그리고 백원이 있었다. 그가 차린 상을 받으면서 집밥 먹는 행복이 더해졌고, 무뚝뚝하지만 세심하게 챙겨 주는 그에게 절대 없을 거라 여겼던 묘한 감정이 피어오르기도 했다.

하지만 무령의 마음 한쪽에 숨죽이고 있던 희망이 몽실몽실 기지개를 켜려 할 때면 지독한 과거가 그녀를 꾸짖었다.

'옛일을 잊고 또 사람에게 마음을 열려 하다니. 그놈이 그놈이고 그년이 그년임을 더 겪어 봐야 알겠느냐? 지금이야 좋아서 하하호호거리지만 조금만 수가 틀려도 너를 뼈째 씹어 먹겠지. 네 부모, 홍련, 이용태와 친구들, 행수까지……. 그들이 네게 무슨 짓을 했는지 고새 까먹다니, 어리석은 것!'

그런 날이면 어김없이 홍련이 나오는 꿈을 꿨다. 홍련은 발만 남은 요괴가 아닌 앳되고 해맑은 모습으로 나타났다.

*"무령아, 너는 멋진 도령 만나서 마님이 되었니? 나는 임금의 그림자도 보지 못하고 구천을 떠돌고 있구나. 이게 다 그 사람들 때문이잖아."*

그러면서 그들을 어떻게 응징할지 끊임없이 속삭였다.

*"너만 함구하면 우리의 복수는 이뤄질 수 있단다."*

"그럴 수 없어. 이제는 나를 믿고 받아 주는 사람들이 생겼어. 그들을 어떻게 배신할 수 있겠니?"

*"하지만 네가 무슨 짓을 했는지 임금이 알면? 네 몸에 징그러운 상처를 보면 백원이 예전처럼 너를 대할까? 언제나 네 편을 들어 주던 벼리와 강아지처럼 졸졸 따르던 광탈은 얼마나 실망이 크겠니."*

더는 할 말이 없었다. 그러면 홍련은 딱하다는 듯 무령을 안아 주었다.

*"너와 나는 이미 한배를 탔어. 빠져 죽든지 끝까지 가든지, 둘 중 하나야."*

차갑기 그지없는 홍련의 말을 듣고 무령은 식은땀으로 범벅이 되어 깨어나곤 했다.

그렇게 시간은 흘렀고 드디어 우려했던 일이 일어났다. 어사대에 내려진 임무가 지목한 지역은 바로 자신의 고향. 매번 부임할 때마다 죽어 나가는 수령, 원인을 알 수 없는 참혹한 살해 현장, 분명 홍련이었다.

불행인지 다행인지 그녀는 잠시 조직에서 제외되었고 길을 떠나는 대원들에게는 차마 자신과 관련된 사연을 말하지 못했다. 아니, 말하지 않았다.

무령은 고향 쪽 하늘을 바라보며 해가 꼴딱 넘어가고 어둠이 그 자리를 채울 때까지 움직이지 않았다.

그 시각, 이용태는 친구들과의 모임을 마치고 집으로 들어왔다.

"오셨습니까."

부인이 다소곳이 인사를 했지만, 그는 대꾸도 하지 않고 사랑채로 향했다. 마치 없는 사람처럼 취급했다. 부부로서 마주한 것은 대를 이어야 하는 의무를 치른 게 전부였다. 그에게는 마지못해 치르는 고역이었다. 하루는 부인이 허옇게 분칠하고 이부자리에 누운 걸 보고 화들짝 놀라서 뛰쳐나온 적도 있었다. 그녀는 무정한 남편에게 잘 보이고 싶어서 꾸몄다가 본심을 듣고 말았다.

"쯧, 같은 아비를 두었는데, 어찌 저리 박색인지."

그 말을 듣고 부인도 참았던 설움을 터뜨렸다.

"또 무령입니까? 그 계집이 얼마나 대단해서 아직도 잊지 못하십니까!"

"닥쳐!"

돌아온 건 손찌검이었다. 탐하던 무령에게도 행패를 부렸는데, 귀찮은 부인을 때리는 것은 일도 아니었다.

사정이 이러한데도 부인은 어떻게든 매달렸다. 친정이 순식간에 가세가 기울면서 더 비굴하게 나왔다. 이용태는 장인, 서지원이 한 짓을 떠올리고는 버릇처럼 한숨을 쉬었다.

'미치지 않고서야.'

서지원은 의주의 여섯 상인이 꽉 잡고 있는 청나라와의 인삼 무역에 끼어들려 한 것이다. 조정으로서는 큰 수입원이었기에 세심히 관리하고 있었고 제 밥그릇 빼앗는데 가만히 있을 상인들도 아니었다. 그런데 서지원은 이용태의 아버지까지 꼬드겨 자금을 마련하여 여기저기 뇌물을 뿌리다가 걸렸다.

"멍청한 노인네. 뇌물을 바칠 거면 큰 놈 하나에게 몰아주어야지 그걸 작게 나눠서 여럿에게 뿌리다니. 망해도 싸다!"

호조판서였던 서지원과 그의 아들마저 파직당하고 유배길에 올랐다. 이용태의 가문은 사방팔방으로 도움을 청해서 겨우 빠져나왔지만 집안이 휘청할 정도로 손해가 컸다. 서지원에게 왜 그런 일을 저질렀냐고 물으니 돌아오는 대답이 가관이었다.

몇 년 전, 의주의 여섯 상인 중 하나를 우연히 만났는데, 그는 서지원의 인품에 크게 감복했다며 종종 찾아왔다. 그러면서 자연스럽게 인삼 교역에 대해 귀동냥하게 되었는데, 들을수록 탐이 나는 시장이었다. 상인은 서지원의 속마음을 눈치챘는지, 어떻게든 자리를 만들어 보겠다고 했다. 처음에는 서지원도 그의 제안에 코웃음 쳤다. 개성과 의주 사람들이 대대로 꽉 잡고 있는 돈줄에 왜 자신을 끼어 주겠는가.

하지만 참새가 방앗간 드나들 듯 오가던 상인이 어느 날부터 연락이 뜸해졌다. 그러자 서지원의 합리적 의심은 서서히 사라지고 어느새 몸이 달았다. 상인이 1년 만에 제집에 찾아왔을 때, 서지원은 버선발로 마중 나갔을 지경이 되었다. 상인은 너무 바빠서 그간 연락을 못 드렸다며 사과했다.

"대감님께 부끄러우나, 제가 아주 용한 점쟁이를 알고 있습니다. 지금까지 점괘가 한 번도 틀린 적이 없지요. 그런데 그녀가 일생일대의 귀인을 만난 것도 모른다며 꾸짖지 뭡니까."

점쟁이는 그 귀인이 서지원이라며 생김새까지 알아맞혔다고 했다. 또한 상인과 서지원에게 사업 운이 활짝 열렸다고 했다.

"그러니 대감께서 인삼 시장에 들어오실 가장 적기가 아니겠습니까?"

서지원은 한몫 단단히 잡을 기대에 부풀어 그 상인이 하란대로 했다가 이 사달이 나게 된 것이다. 그는 관졸들이 집에 들이닥치기 전까지 그 상인이 사기꾼이란 걸 전혀 몰랐고 그자는 들통나기 직전에 이미 도망갔다고 했다.

이용태로서는 지긋지긋했다. 형제들과 친구들까지 벼슬길에 올라 그 뜻을 펼치고 있었다. 그런데 자신은 아직도 과거를 준비하는 신세였다. 무령의 일은 처벌 없이 넘어갔지만, 그때부터 편견과 차별을 받는 게 틀림없었다. 시험관 중 많은 이가 무령의 손님이었으니까.

그런데 장인마저 저 지경이니 되는 일이 하나도 없었다. 그는 걸쭉한 욕을 쏟아 내며 제 방문을 열었다.

"윽, 이게 뭐야!"

못 보던 그림이 걸려 있었다. 시퍼런 물고기가 눈을 홉뜨고 그를 쏘아보고 있었다. 그가 고래고래 소리를 지르며 부인을 불렀다.

"대체 저 흉측한 그림은 뭐야?"

"서방님, 조만간 과거를 치르시잖아요. 합격을 기원하려고 어렵게 구한 그림입니다."

"당장 떼!"

"예? 저, 그래도……."

그가 손을 들어 올리자, 부인은 앓는 소리를 내며 머리를 두 손으로 감쌌다. 그걸 보니 또 열통이 터진다. 제 손으로 때리는 것조차 싫을 정도로 그녀의 몸에 닿기 싫었다.

"당장 떼라고! 가뜩이나 힘든데, 뭐? 합격 기운이 오다가 저 그림 보면 10리나 도망가겠다."

그가 그림을 향해 삿대질하며 고함쳤다.

"서방님, 저 그림을 가졌던 선비가 이번에 급제를 했습니다. 그래서 몹시 어렵게 구했으니 언짢더라도 며칠만 참으세요."

부인은 울먹이면서도 할 말은 끝까지 마쳤다. 급제라는 말이 귀에 들어온 것인가. 이용태가 씨근덕거리며 그림을 바라보다가 또 소리쳤다.

"나가!"

얼른 돌아서서 방문을 닫고 나가는 부인은 으드득 이를 갈았다. 남편이 꼴 보기 싫은 건 자신도 마찬가지였다. 그래서 어떻게든 저 인간이 급제하여 지방으로 발령 나는 게 그녀의 소원이었다. 저 인간이 없어지면 그나마 숨통이 트일 것 같았다.

방 안에 홀로 남은 이용태는 긴 한숨을 내쉬었다. 탐스러운 연꽃을 보자, 무령이 떠올랐기 때문이었다. 무령을 그렇게 보내 놓고 너무나도 고된 나날을 보내고 있었다. 망나니로 찍혀서 집안 어른들은 인사도 받아 주지 않았고 친구들은 슬금슬금 자신을 피해 다녔다. 그건 아무래도 좋았다.

사무치는 그리움에 몸살을 앓았다. 이름 모를 암자에서 오늘내일한다던데, 찾아가 보고 싶은 마음은 없었다. 짓뭉개진 모습을 보고 그녀에 대한 아름다운 기억을 망치고 싶진 않았다.

이용태는 징그러운 잉어의 뒤에 있는 연꽃을 바라보며 이름을 불렀다.

"무령아, 너도 참 모질기도 하지. 나는 너 때문에 모든 걸 잃었다."

그는 두 손으로 관자놀이를 감싸며 흐느꼈다.

"그런데도 잊지 못하는 순정을 끝내 외면하느냐. 제발 한 번만이라도 좋으니 꿈에라도 나타나거라. 아니, 귀신이 되어 온다 해도 내 너를 품을 것이야. 그러니 제발, 무령아."

이용태가 자기 연민에 절어 조청 같은 눈물을 뚝뚝 흘렸다. 한숨을 푹푹 쉬고 여종이 내온 밥상을 받고 잠자리에 들 때까지, 잉어의 눈은 내내 그를 쫓고 있었다.

한밤중, 그는 이부자리에 누운 채 책을 읽고 있었다. 과거 시험을 위한 서책이 아니라, 오늘 낮에 책방에서 빌려온 신간이었다.

"흠, 이것도 처음만 재밌지. 맨날 똑같은 이야기구나."

투덜거리면서도 덮지는 않았다. 그는 뻔한 이야기를 읽다가 꾸벅꾸벅 졸기 시작했다.

얼마나 지났을까. 낯선 소리가 귀를 파고들었다. 처음에는 누가 방바닥을 비질하는 소리인 줄 알았다.

'여종인가? 아니지, 이 한밤중에.'

그런데 점점 비질하는 소리 속에 섞여 있던 말소리가 또렷하게 들렸다.

*"항상……. 이야기만 해."*

싸늘한 느낌이 온몸을 훑고 지나갔다. 이용태는 살짝 눈을 뜨고 방 안을 살펴보았다. 그새 등잔불 기름이 거의 바닥이 난 건지 불은 한껏 줄어들었고, 심지가 타는지 검은 연기가 가느다랗게 올라오고 있었다. 소리는 윗목 구석에서 들려오는데 거기까지는 불빛이 미치지 못했다.

*"……이야기만 해. 무령이야."*

어둠 속의 존재는 아주 작고 빠르게 같은 말을 반복하고 있었다.

*"항상 그 애 이야기만 해. 이제는 지겹다. 맨날 무령이지. 항상 그 애……."*

눈이 서서히 어두움에 익으며 시야가 트였다.

하지만 그건 절대 좋은 일이 아니었다. 윗목에 있는 것은 긴 머리를 늘어뜨린 여자였다. 벽을 보고 앉아서 지껄이는 말에 맞춰 앞뒤로 몸을 흔들다가 이용태의 시선을 느낀 건지 우뚝 멈췄다. 이용태가 너무 놀라서 짧은 탄식 같은 숨을 토하자 그것은 마치 신호라도 받은 것처럼 더욱 빠르게 중얼거렸다.

*"맨날 무령이지. 지겨워. 그 애 이야기는 그만하고 나를 불러줘."*

이 말을 더욱 빠르게 반복하면서 몸 또한 어지럽게 흔들었다. 살아 있는 것이라면 절대 낼 수 없는 빠르기였다. 이용태는 당장이라도 일어나 뛰쳐나가고 싶었다. 하지만 온몸이 굳어서 꼼짝도 할 수 없었다. 움직이는 건 눈알과 터질 듯 뛰는 심장뿐이었다.

잠시 후, 그것이 중얼거리던 소리를 뚝 멈췄다. 미친 듯 흔들던 몸도 잠잠해졌다. 폭풍 전의 고요함이 이보다 무서울까. 본능적으로 질끈 감아 버리려 했지만, 눈알만 파르르 떨렸다.

*"없는 무령이 말고 제 이름을 불러 주세요."*

알아야 불러 줄 것이 아닌가. 그 순간 이용태의 속말을 듣기라도 한 건지, 벽으로 향해 있던 그것의 머리가 천천히 돌더니 잔뜩 헝클어진 머리 사이로 얼굴이 보였다. 시리도록 흰 피부에 이목구비가 화려한 미인이었다. 입술을 살짝 말아 올리고 웃는데 세상의 아름다움을 훌쩍 뛰어넘어 버린 듯했다.

그런데 어쩐지 눈에 익었다. 분명 아는 이 같은데……. 순간 딱딱하게 굳어 있던 혀가 풀렸다.

"호, 홍련?"

여자는 더욱 곱게 웃으며 살짝 고개를 끄덕였다. 어찌나 예쁘던지 이용태는 넋을 놓고 바라보다가 한 가지 사실이 퍼뜩 떠올랐다.

"너는……. 주, 죽었는데."

무령이 사라지고 간판 기생이 된 홍련은 어느 날 갑자기 스스로 목을 맸다.

*"누가 그러더이까?"*

그녀가 음산하게 물었다. 그러더니 순식간에 방을 가로질러 이용태의 코앞에서 멈췄다. 어둠에 가려져 있던 모습이 선명하게 보였다. 바닥에 누워 있던 이용태에게 먼저 보인 것은 쪼그리고 앉아 있는 발과 바닥을 짚은 손이었다. 회색 피부는 쩍쩍 갈라져 나무껍질 같았으며 손톱 발톱이 다 빠지고 그 자리에서 까맣게 썩은 물이 질질 흐르고 있었다.

*"네 잘난 친구가 그러더냐?"*

그러더니 대답이 궁금하다는 듯 한쪽으로 고개를 갸웃거렸다. 그러자 머리카락이 흘러내린 사이로 뭔가 보이기 시작했다. 이용태는 눈앞에 보이는 걸 한동안 이해하지 못하고 있다가 뒤늦게 비명을 질렀다. 홍련의 얼굴 옆으로 다른 얼굴이 하나 더 달려 있었다. 홍련은 표정 하나 변하지 않고 고개를 바로 하더니 곧이어 반대쪽으로 기울이기 시작했다. 그러자 또 다른 얼굴이 머리카락 사이를 가르고 나타났다. 그러더니 세 개의 얼굴이 번갈아 외쳤다.

*"내가."*

*"스스로."*

*"목을 맸다고?"*

홍련이 이용태를 잡고 그대로 일으켜 세워 방구석으로 집어던졌다. 그가 요란한 소리를 내며 떨어지기가 무섭게 홍련이 번개처럼 다가와서는 그를 반대쪽으로 집어던졌다. 그녀는 너무 아파서 신음도 내지 못하는 이용태의 귓가에 대고 나직이 말했다.

*"나는 절대로 목을 매지 않았어."*

그가 다급하게 고개를 끄덕이자 홍련의 여섯 개의 눈이 동시에 쏘아보다가 실금처럼 가늘어졌다.

*"정말 믿어 주는 거야?"*

"네, 네."

겁에 질린 이용태가 연신 고개를 끄덕이자 홍련이 천천히 제 발목을 감싸 쥐었다.

*"좋아, 나도 그 말을 믿어 주지. 대신……. 이거 먹어."*

그러더니 다짜고짜 제 한쪽 다리를 찌익 하고 뜯어내 내밀었다.

그는 너무 놀란 나머지 엉덩이를 밀며 뒤로 물러났지만 소용없었다. 이용태가 뒤로 간 만큼 그녀도 다가왔다. 그가 아무리 용을 써도 바로 앞에 있는 썩은 다리는 한 치도 떨어지지 않았다. 얼마 가지 않아 등이 벽에 닿고 구석에 갇힌 꼴이 되자, 이용태의 바지가 노랗게 물들며 축축이 젖어 들어

갔다.

*"왜, 다리가 싫으면 내 젖가슴 한쪽이라도 떼어 주랴? 먹어 줘. 제발 날 먹어 주세요. 선비님, 나는 당신의 것입니다. 바지에 지릴 정도로 내가 싫으신가요? 한번 먹어 주면 그만인 것을."*

홍련이 씩 웃으며 옷고름을 풀어헤치기 시작했다.

*"하긴 무령도 그랬지. 네게 칼을 휘둘렀다며? 너를 상대하느니 죽겠다는 거지. 하지만 혼자 가지는 않겠다. 이거잖아?"*

그녀가 옷고름을 풀어헤치자 시퍼렇게 퉁퉁 불은 젖가슴이 드러났다. 지독한 냄새와 함께 유두 끝에서 썩은 젖이 뚝뚝 떨어졌다.

*"싫다는데 왜 강요해. 성질대로 되지 않으면 끓는 탕도 막 들이붓고? 막 그러는 거야?"*

"사, 살려 주십시오!"

*"먹어. 자……. 아. 한 번만 빨아 줘. 그럼 살려 줄게."*

홍련은 나뭇가지 같은 손을 뻗어 이용태의 뒷덜미를 잡고 강제로 자신의 젖가슴에 파묻었다. 지독한 공포로 푸들푸들 떨리는 볼을 타고 그녀의 유두에서 흘러내린 검은 젖이 그의 입안으로 흘러들어왔다. 미끄덩거리는 감촉과 끔찍한 냄새에 구토감이 치밀어 올랐다. 하지만 홍련은 허락하지 않았다.

*"이게 바로 네가 한 짓이야."*

말을 마친 홍련은 바닥에 떨어져 있는 자신의 다리를 들어 올려 이용태의 턱을 그러잡고 그대로 입에 박아 넣었다. 이용태가 눈을 까뒤집고 끅끅 이상한 소리를 내자 홍련의 얼굴 세 개가 번갈아 떠올랐다 가라앉기를 반복했다. 하나는 웃고, 다른 하나는 울고, 마지막 하나가 죽일 듯 노려봤다.

*"거봐. 사람은 다 똑같아."*

*"네가 싫은 건 남도 싫지."*

*"그런데 싫다고 하면 화를 내."*

홍련이 더욱 힘을 주자, 이용태의 목이 불룩하게 부풀어 올랐다.

뚜두둑!

뼈가 부러지는 소리와 함께 그의 몸이 힘없이 늘어졌다.

그 시각, 벼리 일행이 머무는 객사에는 불이 훤히 켜져 있었고 안에서는 네 개의 그림자가 쉼 없이 어른거렸다.

국밥집에서 무령의 이름을 듣고부터 어사대 대원들은 초비상이 걸렸다. 마침 정식으로 파견되었으니 떠도는 풍문만 아니라 당시의 기록들을 살펴볼 수 있었다.

무령이 그 일을 겪고 홍련은 1년 뒤에 자결했다. 곧이어 행수가 병에 걸려 시름시름 앓다가 죽자, 기방에 귀신이 붙었다는 소문이 돌았다. 결국 손님들의 발길이 끊기면서 문을 닫고 말았다. 그나마 남은 기록도 정확하지 않았다.

"무령 언니를 그 지경으로 만들어 놓고도 처벌받은 이는 단 한 사람도 없었어요."

"어떻게 그럴 수 있어?"

광탈이 가슴을 들썩이며 씩씩거렸다.

벼리가 작게 한숨을 쉰 뒤, 홍련의 검시 기록을 폈다.

"홍련의 죽음도 수상한 점이 한둘이 아닙니다. 처음 홍련의 시신을 살핀 오작인은 목에 남은 흔적을 보고 타살이라 했습니다. 스스로 목을 매면 비스듬히 흔적이 남지만, 뒤에서 누군가 조른다면 수평일 가능성이 커요. 게다가 아래쪽 여섯 번째와 일곱 번째 목뼈가 부러졌습니다. 만약 올가미에 매달려서 부러진 거라면 더 위에 있는 뼈가 부러지겠죠. 이건 〈증수무원록〉* 중에서도 가장 기본적인 검시 방법이죠. 오작인이라면 누구나 내릴 법한 결론입니다."

당시 오작인은 홍련의 목에 남은 흉터의 길이와 상태까지 자세하게 기록하고 그림까지 남겼다. 게다가 머리와 얼굴에 남은 타박상으로 보아, 범인이 그녀와 다투다가 죽인 후, 자

* 〈증수무원록(增修無寃錄)〉 정조 16년에 편찬한 법의(法醫)에 관한 책으로 각종 사고 때 나타나는 시체의 변화와 상태, 감정 방법 등이 체계적으로 정리되어 있다.

살로 꾸민 것이라 추리했다.

하지만 수령에게 보고받은 감찰관은 재수사를 명했고 그 뒤, 판결은 완전히 뒤집혔다. 사건 당시 날이 습해서 시신의 상태에 영향을 미쳤을 수 있고 상체의 타박상은 자살 시도 과정 중에 생긴 것으로 추정된다는 이유 때문이었다.

"감찰관이 시킨 거겠지. 해치님. 이 구더기부터 잡읍시다!"

광탈이 흥분하자, 벼리도 고개를 끄덕였다.

"너무 오래전 사건이라 감찰관이 개입했다는 증거를 찾기 힘들지만 고맙게도 단서를 남겨 주었어요. 무령 언니 사건은 아예 수사도 하지 못했지만, 홍련은 아니잖아요."

그 말을 듣고 해치가 고개를 끄덕이자, 묵묵히 듣고 있던 백원도 입을 열었다.

"그러니까 무령을 그 지경으로 만든 이용태는 힘 있는 집안이라 원천 봉쇄를 할 수 있었고, 반면 홍련을 죽인 범인은 그만한 배경이 없었기에 초동 수사가 제대로 이뤄졌다는 말인가?"

백원의 관자놀이에 불거진 힘줄이 그가 얼마나 분노하는지 알려 주었다.

"맞아요. 홍련을 죽인 범인이 사건을 수습하기 위해 여기 저기 돌아다니는 동안 초반 검시가 세밀하게 기록될 수 있었던 것 같아요. 무슨 수를 썼는지 모르지만 수사의 방향은 뒤집혔고, 높으신 분을 움직여서 자결로 만들었다는 얘긴데……."

"홍련의 원한이 어마어마하겠네."

광탈이 고개를 주억거리자 벼리가 결론을 내렸다.

"광탈아, 가서 무령 언니를 데리고 올래?"

"지, 지금? 하지만 성치 않은 몸인데."

그러자 해치가 반대했다.

"안 된다. 과연 무령이 몰랐을까? 그 아이라면 우리가 떠나기 전부터 뭐라도 봤을 거다."

"무령 누님은 그런 사람이 아니에요!"

광탈이 감싸려 했지만 해치가 냉정하게 말을 잘랐다.

"죽은 두 수령 모두, 홍련의 이름을 부르며 혼잣말을 한 걸 보고받지 않았느냐? 사건의 연루자인 것이 분명하거늘. 무령은 대원들 모두에게 아무 말도 하지 않았다. 이 중에 무령에게 언질을 받은 사람이 하나라도 있는가……?"

벼리가 잠잠히 있자 광탈은 다급하게 백원을 바라보았다.

"형, 뭐라고 말 좀 해 봐요."

그러나 백원도 입을 굳게 닫을 뿐이었다.

"와, 인심 사납네. 그렇게 같이 지내 놓고 누님이 어떤 사람인지 몰라요?"

하지만 그렇게 말하는 광탈의 음성도 살짝 떨렸다. 여기 있는 누구도 무령에 대해서 잘 안다고 말할 수 없었다. 잠시 후, 백원이 잔뜩 갈라진 목소리로 말했다.

"광탈이 네가 가서 당장 무령을 데리고 오거라. 만약 오지 않는다면 모든 걸 잃게 될 것이라고 전해."

"정말 이럴 거야! 의원이 꼼짝도 하지 말라고 했던 거 잊었어? 그러다가 누님 걷지 못하게 되면 누가 책임질 거야?"

광탈이 바락바락 대들자, 힘주어 다문 백원의 턱이 꿈틀거렸다. 그러자 벼리가 다급히 나섰다.

"광탈아, 오라버니 말씀이 맞아. 우리는 나랏일을 하는 어사대야. 공무를 수행하는 자들이 전하 앞에서 조금이라도 숨기는 게 있다면 어찌 일을 맡기시겠어. 그러니 무령 언니에게 자초지종을 들어 보자는 뜻이야. 네 말대로 언니는 그럴 사람이 아니니까 분명 사정이 있을 거야."

그제야 광탈은 안심하는 기색이 들면서 백원을 슬쩍 노려보았다.

"그럼 벼리처럼 곱게 이야기해야지 왜 그렇게 무섭게 말한대. 내가 누님 만나면 다 이를 거야."

백원이 무척 참고 있는 걸 아는 벼리가 광탈의 등을 살며시 떠밀었다.

"밀지 마. 지금 갈게."

벼리가 배웅하듯 따라 나오며 덧붙였다.

"오라버니는 언니가 아니라 그런 짓을 한 자들에게 화가 난 거야. 그러니까 쓸데없는 말 전하지 말고, 알지?"

그러자 광탈이 눈썹을 팔자로 늘어뜨리며 물었다.

"그런데 만약에 오지 않겠다고 하면……. 억지로 데리고 와?"

"아니. 억지로 온다면 아무 도움도 되지 않아."

벼리가 목소리를 굵게 내며 백원의 흉내를 냈다.

"'만약 오지 않는다면 모든 걸 잃게 될 것이다!' 이런 말은 전하나 통하지. 우리가 하면 금줄에 처맞기나 할걸?"

그제야 광탈의 표정이 헤죽 풀렸다.

"그냥 네가 하고 싶은 대로 해. 우리가 가족처럼 지낸 세월이 헛되지 않을 거야."

"그, 그건 또 무슨 소리야?"

"가 보면 알아. 시간이 없어."

광탈은 두 걸음도 떼지 않아 어둠 속으로 사라졌다. 벼리는 잠시 그가 사라진 방향을 바라보다가 사건 기록을 모아 둔 서고로 향했다. 혹시 놓친 단서는 없는지 더 꼼꼼하게 봐야 할 것 같았다. 그런데 이상하게 뒷덜미가 시큰했다. 그녀가 우뚝 걸음을 멈추고 뒤를 돌아보았다. 모두가 잠든 야심한 밤, 관아는 텅 빈 것처럼 고요했다. 귀신의 기척이라면 누구보다 민감하게 잘 느낀다. 그런데 이건 달랐다. 진득한 시선 같은 게 영 느낌이 좋지 않았다.

'칠지도는 방에 두고 나왔는데…….'

벼리가 아차 싶어서 입술을 깨무는데, 누군가 뒤에서 그녀의 어깨를 잡았다. 벼리는 반사적으로 팔꿈치를 뒤로 내지르며 일격을 가했다.

"어이쿠! 나다, 나."

해치였다. 그를 알아본 벼리가 가슴을 쓸어내리고는 화를 냈다.

"아니, 기척을 내셔야죠. 그렇게 다짜고짜 어깨를 잡으시면 어찌합니까?"

"흉흉한 일이 자꾸 일어나는데, 나를 지켜 줘야지. 어딜 혼자 가느냐."

"예?"

벼리는 이건 또 무슨 소리냐는 듯 기가 찬 표정이었지만, 해치는 얄궂은 표정을 지으며 큰 소리로 말했다.

"그리고 무술 실력이 뛰어날수록 몸가짐을 조심해야 한다. 온몸이 무기인 네가 실수로라도 사람을 해치면 쓰겠느냐?"

누가 들으면 벼리가 뛰어난 무술 실력이라도 갖춘 줄 알 것 같은 허풍이었다. 해치는 벼리가 느꼈던 기운이 뿜어지는 곳을 흘끗 바라보고는 벼리를 데리고 서둘러 자리를 떠났다.

숨어서 이들을 살피고 있던 김진은 간담이 서늘해졌다.

"머리만 좋은 게 아니었구나."

서고로 들어가는 두 사람을 보며 식은땀으로 젖은 손바닥을 옷에 문질렀다. 김진은 친구의 죽음이 심상치 않아 자신의 관아로 돌아가지 않고 이곳에 좀 더 머물고 있었다. 그런데 외지에서 온 어사가 오래된 기생 사건을 끄집어낼 줄이야. 내내 품어 왔던 불안감이 세상 밖으로 나올까, 몹시 초조해졌다.

꼬박 하루가 걸리는 거리였지만, 광탈은 반나절이 지나지 않아 신당에 도착했다. 마치 그가 올 걸 알고 있기라도 했는지, 무령은 마루에 앉아 있었다.

"역시, 우리 누님이야."

씩 웃으며 서서히 걸음을 늦추던 광탈이 그 자리에 우뚝 멈췄다. 길게 머리를 늘어뜨린 귀신이 무령 주변을 맴돌며 주절주절 지껄이고 있었기 때문이다.

*"모두 무령만 찾지."*

*"무령만 예뻐해."*

*"홍련은 찬밥인데."*

푸슬푸슬한 머리 사이를 가르고 떠오르는 얼굴 세 개가 번갈아 가며 무령을 놀리듯 말했다.

*"무령아. 이번 한 번만 더."*

*"한 번만 더 모른 척해 주면 네 애비, 내가 죽여 줄게."*

*"그러니까 가지 마."*

귀신의 치맛자락 밑으로는 가죽을 벗긴 소꼬리 같은 것이 네 개나 달려 있었다. 그걸 휘두르며 무령의 옷자락을 툭툭 치고 있었다. 놀란 광탈이 재빨리 쌍검을 빼 들고 몸을 날렸다. 그러나 홍련은 이미 광탈의 기척을 눈치채고 있었다는 듯, 공중에 솟아오른 그를 향해 활짝 웃고는 재빨리 사라져 버렸다. 광탈이 얼른 주변을 살폈지만, 흔적조차 없었다. 무령이 차분한 목소리로 말했다.

"칼은 거두거라."

"저거 삼두구미*잖아! 어떻게……. 같이 있는 거예요?"

"아직 네 개야. 구미는 아니지."

"누님, 그걸 지금 말이라고……."

"괜찮냐고 묻지도 않는구나."

무령은 서운하다는 듯, 씁쓸하게 웃었다.

겉만 어른이지 아직도 순진한 구석이 많은 광탈로서는 당황스러웠다. 미안하다며 다독여 줘야 할지, 아니면 냉철하게 끊어 내고 당장 가자고 해야 할지. 그가 갈피를 잡지 못하고

* 삼두구미(三頭九尾) 제주도에서 전해지는 귀신. 이름 그대로 머리가 세 개, 꼬리가 아홉 개로서, 시체를 파먹고 사람과 결혼하여 자기 다리를 먹으라고 강요했다.

끙끙거리자, 무령이 제 옆에 싸 놓은 짐을 톡톡 두드리며 말했다.

"네가 데리러 올 걸 미리 알고 있었어. 그런데 조금만 있다가 가면 안 될까? 다리가 아파서."

"아, 아파? 잠깐만 기다려요. 얼른 가서 의원을 데려올 테니까……."

"그게 아니야. 조금만, 아주 조금만 더 하면 다 된다고."

무령이 광탈의 손을 잡더니 간절한 표정으로 바라보았다. 그게 무엇을 뜻하는지 깨달은 광탈이 고개를 저었다.

"왜 요괴가 하는 말을 들어! 그러다 진짜 어사대에서 잘린다고."

"나도 싫어. 하지만 더 간절한 게 있어서 그래."

더 간절하다니. 어떻게 그럴 수 있을까. 광탈은 도무지 이해되지 않았다. 어사대는 그에게 있어서 전부이자 가족인데, 이건 무령이 어사대를 버리겠다는 폭탄선언이나 마찬가지였다.

'어떻게 얻은 가족인데!'

광탈이 한쪽 무릎을 접어 바닥에 대고는 무령의 양팔을 잡았다. 수려한 입술이 일그러지더니 턱에 호두 주름이 잔뜩 지고 그녀를 올려다보는 눈에서 기어이 조청 같은 눈물이 뚝뚝 떨어졌다.

"누님, 그러지 마요. 내가 더 잘할게. 어사대보다 중요한 게 어디 있어? 나한테는 모두가 가족인데. 누님, 나 버리지 마요."

자신이 광탈의 상처에 불을 붙였음을 깨닫고 무령은 질끈 눈을 감았다. 전날 밤, 벼리가 그를 보내는 장면을 미리 보았다. 그리고 광탈에게 하고 싶은 대로 하라고 했던 말의 속뜻을 이제야 깨달았다. 이렇게 울며 매달리는 손을 어찌 뿌리칠 수 있으랴.

'영악한 것. 벼리야, 네가 이겼다.'

무령은 몇 번이고 손가락을 걸어 약속한 뒤에야, 그의 등에 업힐 수 있었다. 광탈은 퉁퉁 부은 눈을 소매로 쓱 훔치고는 한 번도 쉬지 않고 달렸다.

두 사람이 도착했을 때는 해가 저문 뒤였다. 해치와 백원은 그녀를 반기지도 그렇다고 힐난하는 기색도 없었다. 벼리만이 무령의 손을 잡고 말했다.

"오느라 고생 많으셨어요. 몸은 좀 어떠세요?"

"안부 인사를 나눌 때는 아닌 것 같구나. 시작할까?"

무령은 슬며시 잡힌 손을 빼더니 자리를 잡고 앉았다. 마치 가면을 쓴 것처럼 얼굴과 목소리에는 어떤 감정도 비치지 않았다.

"제게 듣고 싶은 게 많으시겠죠? 숨김없이 답하겠습니다."

그녀는 출생의 비밀과 점쟁이가 되기까지의 일을 담담하게 풀어놓았다.

"뜬금없이 홍련이 삼두구미가 되어 찾아왔습니다. 연리도 한 점을 그려 달라기에 그 자리에서 그려 주었지요."

"요괴인 줄 알면서 돕다니. 그게 죄인 줄 몰랐더냐!"

해치가 나무라자, 무령은 조금도 주눅 든 기색 없이 대꾸했다.

"복수해 준다기에 별 망설임은 없었습니다. 그때와 지금의 저는 무척 달랐으니까요."

"우리 모두 과거를 따지면 흠이 없겠습니까? 중요한 건 과거가 아니라 현재를 해결하는 거죠."

벼리가 재빨리 해치와 무령의 사이에 끼어들어 말리자, 광탈이 말했다.

"무령 누님 옆에 있던 삼두구미는 꼬리가 네 개였어. 그럼 아홉 개 달린 것보다는 약한 놈이니까 더 수월하겠지?"

"그럼 사람 100명을 잡아먹을 때마다 꼬리가 한 개씩 생긴다는 구미호와 비슷한 건가?"

백원의 물음에 해치가 침통한 표정으로 답했다.

"삼두구미는 번뇌의 기운을 끌어모을 때마다 꼬리가 하나씩 돋아난다. 그렇다는 건……."

말꼬리를 흐리던 해치가 무령에게 다급히 물었다.

"다음 목표는 누구냐?"

"홍련을 죽인 자겠지요."

무령이 차갑게 미소 지으며 답했다.

그 말이 끝나기가 무섭게 해치가 홱 고개를 돌렸다. 객사가 있는 쪽이었다.

"무슨 일입니까?"

벼리가 묻자 해치는 더욱 얼굴을 굳히더니 모두에게 명했다.

"호랑이도 제 말 하면 온다더니. 준비해라."

그가 말을 마치자마자, 다른 대원들도 일제히 객사 쪽으로 고개를 돌렸다. 그 방향에서 사특한 기운이 물씬 몰아쳤다. 대원들은 일제히 밖으로 나갈 태세를 마쳤다. 벼리가 막 달려 나가려는데, 백원이 어깨를 잡았다.

"무령을 지켜 다오."

"예?"

"아프다잖아."

"그래도."

"어허. 자고로 오라버니 말은 들어야지."

해치가 처음으로 백원의 말에 맞장구를 치더니 밖으로 나오지 못하게 물로 결계를 치고 떠나 버렸다. 벼리는 한참 문을 두드리다가 발을 구르며 분을 터뜨렸다.

"아우, 진짜! 뭐든지 마음대로야!"

그들이 하는 꼴을 지켜보던 무령이 한쪽 입꼬리를 올리며 살짝 비아냥거렸다.

"끔찍이 아끼는구나."

"네?"

"신수 말이다. 저렇게 유난을 떠는데 너만 모르는 것 같아서."

무령의 말에 눈이 동그래진 벼리는 이내 맞받아쳤다.

"그리 상대의 마음을 잘 아는 언니는 왜 몰라주는데요?"

"뭘?"

밖으로 나간 세 사람은 객사로 향하다가 우뚝 멈췄다. 까만 실타래 같은 것이 객사의 지붕을 온통 뒤덮고 있었다. 해치는 재빨리 물결을 일으켜 이곳을 세상과 분리했다. 그러자 지붕에 있던 것이 흘러내리더니 수만 개의 가닥으로 갈라져 퍼져 나갔다. 나무뿌리 같은 것이 심한 악취를 풍기며 대원들을 향해 빠르게 다가오자 맨 앞에 있던 광탈이 재빨리 물러났고 해치는 백원의 어깨에 냉큼 올라탔다.

"뭐야, 얼른 내려와요."

"내가 무서워서 그러는 줄 아느냐? 징그러운 건 딱 질색이라……."

누가 들어도 궁색한 변명에 백원은 한숨을 쉬며 청룡언월도를 거꾸로 들어 땅을 내리찍었다. 그러자 날에서 뿜어져 나온 푸른색 검기가 둥근 원을 그리며 퍼지니 검게 변한 땅이 제 색을 되찾았다. 해치가 헛기침하며 얌전히 내려오자, 요괴도 본격적으로 움직이기 시작했다.

*"꺄아악!"*

찢어질 듯한 비명과 함께 지붕을 뒤덮고 있던 까만 실타래가 서서히 갈라지더니 세 개의 얼굴이 모습을 드러냈다. 생전에는 무령보다 더한 미인이었건만, 홍련은 삼두구미가 되어 끔찍한 모습을 드러냈다. 여섯 개의 눈이 동시에 어사대를 바라보며 세 개의 입이 번갈아 말했다.

*"이놈만 데리고 갈 테니, 방해하지 마! 얘는 내가 반드시 데리고 가야 해. 나를 이 지경으로 만든 범인이거든."*

그러더니 홍련은 채찍 같은 꼬리를 세워 지붕을 뜯어내고는 안에 갇혀 있던 남자를 끄집어냈다. 꼬리에 칭칭 감긴 채 공중에서 몸부림치는 사내를 보고 광탈은 말까지 더듬었다.

"저, 저거……."

꼬리에 감긴 이는 다름 아닌 김진이었다. 홍련은 김진을 요리조리 돌리며 음산하게 말했다.

*"세월이 많이 지났는데 저를 알아보시겠어요? 하긴 제 몰골이 말이 아니라, 좀 어려우시겠네요."*

"호, 홍련아……. 자, 잘못했다."

김진이 다급하게 사과하자, 홍련의 얼굴들이 와락 구겨졌다.

*"이제 와서? 목뼈가 부러지도록 졸라 죽이고! 자살로 꾸며 놓고 미안하다? 네놈이 잘 먹고 잘사는 동안 나는 땅속에서 진물로 썩어 갔는데!"*

그녀가 꼬리에 힘을 주자, 김진이 비명을 지르며 혈변을 쏟아 냈다.

*"네가 목을 조를 때, 나도 그랬는데. 피똥 싸는 건 너나 나나 마찬가지구나."*

홍련이 깔깔 웃자, 해치가 외쳤다.

"그만해라."

목소리는 엄했지만, 왠지 타이르는 기색이 어려 있었다.

*"저자가 어찌하셨는지 아신다면 그리 말씀하지 못하실 겁니다. 아무리 신수님이라도요."*

"아니, 신수이기 때문에 할 수 있다. 네가 느낀 분노, 참담

함까지, 그 겪은 일들을 헤아린다면 어찌 그만두라 하겠느냐. 하나, 쓰레기만도 못한 걸 해치면 네 죄만 더 커진다. 그러니 이제 그만하고 내게 맡기거라. 심판의 신수로서 네 억울함을 하늘에 밝히고 이승의 왕은 땅에 알릴 것이야."

해치의 표정은 더없이 진지했고 목소리에서는 진심이 묻어났다. 그것이 통한 건가. 홍련이 서서히 움직임을 멈추더니 세 개의 얼굴이 각각 다른 표정을 지었다. 왼쪽에 있는 것은 울음을 터뜨렸고 가운데는 씁쓸하게 웃고 오른쪽에 있는 것은 한이 서린 눈으로 김진을 노려보았다. 그러더니 서서히 노기를 풀면서 애처로운 눈빛이 해치를 향했다.

*"정녕 그래 주시는 겁니까?"*

"어찌 신령한 존재가 말을 바꾸겠느냐?"

해치가 고개를 끄덕이며 진지하게 답하자 김진을 감고 있던 꼬리가 서서히 땅으로 내려왔다. 안도의 한숨을 내쉬던 바로 그때, 정신을 잃었던 김진이 눈을 번쩍 뜨더니 빌기 시작했다.

"홍련아, 내가 어리석었다. 너를 그리 보내 놓고 하루도 편하지 않았어. 뒤늦게 관직에 나간 것은 사사로운 욕심을 채우려 한 게 아니었다. 매일 참회하는 심정으로 약하고 힘없는 자들을 도우며 한 고을의 수령으로서 모든 이에게 공평해지려 애썼다. 그게 내가 지은 죄를 씻어 내는 길이라 생각했어."

어사대 대원들은 할 수만 있다면 저 입을 틀어막고 싶었다. 홍련도 마찬가지였던지, 다시 표정을 굳히며 김진에게 말했다.

*"그래, 애썼구나. 최선을 다해 살았어. 그래서? 잘했다 칭찬이라도 해 주랴?"*

그녀의 꼬리가 다시 움직이며 그를 위아래로 요리조리 돌렸다. 김진은 어지러움을 이기지 못하고 헛구역질을 해 댔고, 충혈된 안구는 당장이라도 튀어나올 듯 돌출되었다.

*"네가 불편했고, 네가 남을 돕고, 네가 공평했다라……. 길고 긴 헛소리 어디에도……. 나는 없구나."*

나머지 두 얼굴이 씁쓸하게 미소 짓더니 애처로운 눈빛으로 해치를 바라보았다.

*"감히 부탁드리고 싶습니다."*

"말하라."

*"방금 제게 보여 주신 그 헤아림으로 죽은 자를 심판하여 주옵소서."*

홍련의 꼬리가 김진을 힘껏 조르더니 공중에서 뼈 부러지는 소리가 났다.

*"어차피 요괴가 된 몸, 하나 더 죽인다고 다를 건 없겠지요."*

그녀가 입을 쩍 벌리고 고통에 신음하는 김진을 삼키려 했다. 해치가 눈짓을 하자, 광탈이 솟구쳐 오르며 쌍검을 휘둘렀다.

쨍!

불꽃이 번쩍이면서 단단한 금속 부딪치는 소리가 났다. 가죽을 벗긴 소의 꼬리처럼 생긴 것과 달리, 무척 견고한 듯 단칼에 잘리지 않았다. 그나마 타격은 주었는지, 김진이 아래로 떨어졌다. 해치가 물을 뻗어 그를 받아 내자, 백원도 달려들었다.

*"방해하지 마라!"*

홍련이 네 개의 꼬리를 휘두르면서 광탈과 백원을 상대했다. 마치 해파리의 촉수처럼 길이와 굵기를 자유자재로 바꾸며 집요하게 공격을 해 대는데, 백원과 광탈이 밀리기 시작했다. 그때 해치가 뿌린 물결이 그들을 태우고 공중을 자유자재로 움직였다. 백원의 음성이 광탈의 피부를 타고 전해졌다.

**꼬리를 내리칠 때 느낌이 어땠냐?**

**말도 마요. 쇠로 만든 벽을 내리친 느낌이랄까.**

**그럼 내가 꼬리를 맡을 테니 넌 얼굴을 노려.**

그때 해치가 두 사람에게 동시에 말했다.

**소멸시키지 마라. 반드시 사로잡아야 한다.**

무령 누님 친구라서 봐주는 겁니까?

광탈이 물었지만 돌아온 대답은 냉정했다.

수라와 직접 접촉이 있었던 요괴로 추정된다. 많은 정보를 얻을 수 있으니 너무 잔혹하게 밀어붙이지 마.

그 말이 끝나기가 무섭게 홍련은 해치를 향해 달려들었다. 옆에 쓰러져 있는 김진을 노린 공격이었다. 해치는 혀를 끌끌 차면서 삼두구미의 몸을 세찬 물결로 묶어 버렸다. 그러자 백원이 꼬리로 접근하여 일격을 가했다.

*"꽤애액!"*

단숨에 베어진 꼬리가 아래로 떨어져 요동치자 땅이 쩍쩍 갈라졌다. 나머지 세 개의 꼬리가 용을 쓰더니 기어코 물살을 뚫고 백원에게 향했다. 그는 더욱 힘을 그러모아 정면으로 날아오는 것은 베어 버리고, 곧바로 뒤돌아 측면으로 다가오는 것을 위로 긋고는 마지막 남은 꼬리를 찔러 버렸다.

한편, 홍련의 가운데 머리로 올라간 광탈은 검을 휘두르며 사방에서 날아오는 머리카락을 잘라 냈다. 홍련은 굵은 밧줄 같은 머리카락 한 올 한 올에 신경이라도 있는 것처럼 고통스러운 비명을 질러 댔다. 그가 양손에 쥔 검을 현란하게 놀리며 쉼 없이 그어 대자, 홍련의 왼쪽 얼굴이 한 번 오므려졌다 펴지더니 무령과 똑같은 생김새가 되어 외쳤다.

*"탈아, 제발 하지 마. 너무 아파!"*

애처롭게 울먹이는 얼굴을 보는 순간, 광탈의 검이 허공에서 멈칫거렸다. 집채만 한 요괴지만 막상 아는 얼굴을 하고 애걸하니 광탈은 자신도 모르게 틈을 내준 꼴이 되었다. 그때 오른쪽 얼굴이 광탈의 발을 물어뜯으려 했다.

"으악!"

광탈은 기우뚱거렸지만 재빠른 몸놀림으로 기습을 피했다. 동시에 자존심에 큰 상처를 입었다. 그의 사전에 균형을 잃는다는 말은 있을 수 없었으니까.

"불쌍해서 봐주니까, 네가 눈에 뵈는 게 없구나!"

꼭지가 돌아 버린 광탈의 쌍검이 춤을 추기 시작했다.

그는 자신을 물려 했던 홍련의 오른쪽 머리로 뛰어올라, 빙글빙글 몸을 돌리며 길고 긴 머리카락을 숭덩숭덩 썰어 내기 시작했다.

"이 광탈님을 놀린 대가다!"

그가 눈에 보이지도 않을 만큼 빠른 속도로 깎아 내려가자, 검은 머리카락에 가려져 있던 세 개의 머리가 허옇게 드러났다. 홍련은 손을 휘둘렀지만, 광탈을 잡기에는 턱없이 느리고 허술했다. 결국 제 머리를 감싸며 방어하기에 급급한 홍련의 모습을 본 해치가 소리쳤다.

"그만!"

하지만 광탈의 귀에는 누구의 소리도 들리지 않았다. 마침

내 홍련의 머리는 가운데만 남기고 광탈의 검에 베어져 바닥을 굴렀고, 몸부림치던 그녀의 몸은 점점 줄어들기 시작했다.

═╪═

한편 안에 갇혀 있던 벼리와 무령은 솔직한 대화를 마무리 짓고 있었다.

"언니, 계속 여기 있을 거예요?"

"절뚝거리며 나서는 게 민폐다."

"피하시는 거잖아요."

"뭐?"

"나가서 홍련이 머리털을 뽑든지 하시라고요. 남의 손에 맡겨 두면 후회만 남으실걸요?"

무령이 잠시 침묵하더니 어깨를 으쓱였다.

"용서해 주라는 말보다 낫구나."

"뒤통수 세게 친 배신자를 왜 용서해요? 언니가 왜 이렇게 됐는데. 왜 기방에서 쫓겨나고 온몸에 흉터까지 남았는데. 어떻게 심판받는지, 지켜보는 게 순리죠."

벼리가 어이없어하자, 무령이 피식 웃었다.

"하지만 누구를 너무 애지중지하는 신수께서 손수 문까지 잠그셨잖니."

"의외로 허술한 거 아시잖아요."

벼리는 손쉽게 창문을 열었다.

두 사람은 빙글 웃었다. 무령은 어사대 대장을 따라 자기 안에 도사린 근심과 수치심을 완전히 뿌리 뽑으러 갈 용기가 솟았다. 그러는 사이 벼리는 벌써 창문을 넘어가 방문 앞에 벗어놓은 신발까지 챙겨 왔다.

"안 가요?"

"……좀 잡아 다오."

벼리는 나이 많은 순대로 손이 많이 가는 게 어사대 특징이냐며 입술을 비죽거리면서도 조심스럽게 무령을 부축해 주었다. 창밖으로 나왔지만, 사방은 무슨 일이 있냐는 듯 고요했다. 해치가 친 결계가 어찌나 완벽한지, 벼리와 무령도 쉽게 홍련의 기운을 느낄 수 없었다.

"아까 해치님이 객사 쪽을 바라보았어요. 그쪽으로 가요."

객사에 다가갈수록 요사스러운 기운이 느껴졌다.

"이쯤인 것 같다."

무령은 가체에서 금줄을 뽑아내더니 실뜨기를 하듯 손을 놀려, 태극 문양을 만들었다. 곧이어 문양이 환하게 빛나더니 해치가 거대한 파도로 세상과 분리했던 공간이 열렸다.

안으로 들어선 벼리와 무령은 눈앞에 펼쳐진 광경을 보고 우뚝 멈췄다. 어디 하나 성한 데 없는 홍련을 보니, 이미 상황은 종료된 듯 싶었다.

해치가 다가가자, 홍련은 흐느껴 울면서 두 손으로 얼굴을 가렸다.

*"소녀가 어리석었습니다. 제발 자비를……."*

"이제야 용서를 비는 척이냐. 신수는 어리석은 요괴에게 두 번 속지 않는다."

*"그게 아니라……. 가려 주십시오. 이런 꼴을 남에게 보이고 싶지 않습니다."*

홍련의 머리카락은 죄 베이고 마지막 남은 얼굴마저 떨어져 나가기 직전이었다. 옷이 죄 찢겨서 드러난 몸은 여기저기 잘려서 너덜너덜했다. 아무리 요괴가 됐다 한들, 살아생전 여인이 아니었던가. 해치가 무거운 마음으로 몸을 가려 줄 것을 찾을 때였다. 순간 홍련은 그 틈을 타서 김진에게 몸을 날렸다.

"그만!"

해치가 크게 외쳤지만, 홍련은 있는 대로 입을 벌려 그의 목을 물어뜯으려 했다. 그러나 무령이 더 빨랐다. 금줄이 홍련의 이빨 사이를 파고들더니 단단히 재갈을 물렸다. 홍련은 눈을 부라렸지만 무령은 다리가 아픈 것도 잊고 더욱 단단히 옥죄며 말했다.

"따지자면 나도 그자에게 받을 빚이 있다. 난 산 채로 받아낼 테니, 넌 죽으면 챙겨."

언뜻 배신한 홍련을 가로막는 것처럼 보였지만, 벼리는 무령의 눈에 그득하게 고인 눈물을 보고, 친구가 더는 죄를 짓지 못하게 하려는 자비일지도 모르겠다는 생각이 들었다.

이윽고 신령함이 절절 흐르는 심판의 장이 열렸다.

"이번 사건과 관련된 자들은 모두 들라!"

해치의 부름에 영혼들이 모습을 드러내기 시작했다. 이용태와 친구들, 기방 행수, 겨우 숨만 붙어 있는 김진과 홍련이 차례로 섰다.

해치는 제일 먼저 김진에게 물었다.

"어찌하여 홍련을 죽였느냐?"

그는 입술을 악물고 버텼지만 소용없는 짓이었다. 해치의 손에서 나온 커다란 파도가 그를 감싸서 똑바로 세우자, 술술 자백하기 시작했다.

"저는 집안의 기대를 한 몸에 받는 장남으로 반듯하게 자랐습니다. 그러다가 큰 뜻을 품고 성균관에 들어간 것이 오히려 방황의 시작이 되었습니다. 머리를 식힌답시고 선배들을 따라 향락가를 들락거리며 술과 담배 그리고 도박에 손을 댔습니다. 저는 술이나 여자보다 도박을 탐닉하게 되었고, 결국 크게 잃고 빚까지 지게 되었습니다. 집에서도 내쫓겠다고 엄포를 놓았지만, 이겼을 때의 짜릿함을 잊지 못해 끊을 수가 없었죠. 돈은 없고, 노름은 하고 싶고. 그때 홍련이 저에게 접근했습니다."

"뭐라 하더냐."

"이용태를 데려오라고 하였습니다."

"그 연유를 알고 있었느냐?"

해치의 물음에 김진은 잠시 망설이다가 순순히 인정했다.

"이용태는 워낙 여인을 좋아하여 만약 무령을 마음에 들어 한다면 절대 포기하지 않고 첩으로 들일 집요한 자였죠. 무령이 이용태의 첩이 되어 기방에서 은퇴할 경우, 홍련의 경쟁자는 사라지게 되는 것이고……. 그래서 홍련이 이용태에게 무령을 소개시키는 것이라 생각했습니다."

"결국 너희의 뜻대로 되었느냐?"

"그것이……, 무령은 돈이나 권력에 교태를 부리는 그런 기생이 아니었습니다. 그런 점이 이용태를 더욱더 몸 닳게 했고, 그녀에게 집착하게 하였습니다. 돈이 필요했던 저는 이용태에게 무령의 소식을 알려 주며 용돈을 받는 처지가 되었습니다.

한번은 기생에게, 또 한번은 친구에게 용돈을 받아 타 쓰는 그런 비굴한 삶이 저의 젊은 시절이었습니다. 그러던 어느 날, 이용태가 제게 사실을 털어놓았습니다. 엄밀하게 따지면 무령의 형부가 될 상황이라며……."

그는 이것만큼은 도저히 자백할 수 없다는 듯 이를 악물었다. 그러자 그를 감싸고 있던 물결이 한층 더 조여 왔고 김진은 죽을힘을 다해 버티다가 결국 스스로 혀를 씹으며 울부짖었다.

"아, 제발! 차라리 그냥 죽여 주십시오."

"버티면 너만 괴로울 뿐이다. 너를 감싸고 있는 물결은 단순히 몸만 받쳐 주는 게 아니야. 스스로 자백하게 만들지. 너처럼 극악을 떨며 자백을 거부하는 자는 처음이구나."

해치가 손을 들어 올리자 그를 감싼 물살이 더 거칠어졌다. 그러자 김진은 더는 참지 못하고 쥐어 짜내듯 고했다.

"어느 날, 잔뜩 술에 취한 이용태가 무령을 포기하겠다고 했습니다. 저는 용돈이 끊길까 걱정한 나머지 그를 부추겼습니다. 자고로 여인은 어리석어 제 감정을 헤아리지도 못한다, 그러니 사내가 강하게 밀어붙여야 한다고……."

재판정에 있던 어사대 대원들은 일순간 경악했다. 도대체 이 사건은 어디서부터 어디까지 얽히고설킨 것인지, 누가 정의로운 자고 누가 불의를 저지르고 있는 자인지 도무지 알 수 없었다.

김진은 눈물을 흘리며 더 자세하게 고백했다.

"그래서 무령과 만나게 해 주려고 달맞이 놀이 소식을 전하였습니다. 그런데도 이용태는 망설였습니다. 아무리 무령이 좋아도 그녀를 취하게 된다면 잃는 게 너무 많다고 했습니다. 그때 저는 다 이해한다, 하지만 한번 놓친 기회는 다시 돌아오지 않는다, 이런 되도 않는 소리를 하며 그에게 술을 먹였죠……. 저는 잔뜩 취한 그에게 속닥거렸습니다. 못 먹는 감 찔러나 본다는 말이 있듯 남이 먹을 수 없게 만들면 결국은 네 것이 되지 않겠나……. 그 말을 들은 이용태가 벌떡 일어났고 저는 앞장서서 길을 안내했습니다. 같이 술을 마시던 이용태의 친구들까지 그를 돕는다며 한꺼번에 나섰습니다. 젊고 혈기 왕성한 시절이었는데, 술까지 들이켜자 눈에 뵈는 게 없었습니다. 저는 무령과 이용태의 관계가 계속 이어져서 제 용돈이 끊기지 않길 바라는 마음에 그만…… 그런 짓을 했습니다."

거기까지 말을 한 뒤, 김진은 목 놓아 울었다.

어사대 대원 모두는 주먹을 꽉 쥐고 바르르 떨었다. 오직 무령만이 서늘한 눈빛으로 그를 올곧게 응시했다. 하지만 그 안에는 한겨울 북풍보다 지독한 분노가 몰아치고 있었다. 재판장 안에 이성을 유지하고 있는 건 해치뿐인 듯 싶었다.

"홍련을 살해한 이유도 고하라!"

김진은 괴로움에 몸서리치며 다시 입을 열었다.

"무령이 크게 다쳐 사라진 뒤, 이용태와 저의 얄팍한 우정도 끝났습니다. 이용태의 장인이 될 서지원이 사건을 덮는 바람에 처벌은 면했지만, 무령을 후원했던 어르신들은 저희를 못마땅하게 여겼습니다. 저는 집에서 완전히 쫓겨나 정처 없이 떠돌았습니다. 어디를 가도 반기는 이가 없었죠. 결국 구걸을 하거나 그것도 못 하면 굶는 처지가 되었습니다. 너무 순식간이었습니다. 어쩌다가 이런 지경에 이르렀는지 너무 서러웠습니다. 그러던 중 홍련이 일패 기생이 되었다는 소식을 들었습니다."

김진은 당시의 기억을 떠올렸는지 부르르 몸을 떨었다.

"열흘을 굶으면 못 할 일이 있겠습니까. 저는 그길로 홍련을 찾아갔습니다. 하지만 거지나 다름없는 차림으로 문턱도 넘지 못했죠. 문지기에게 맞고 쫓겨난 저는 고래고래 외쳤습니다.

'홍련아, 내가 왔다. 설마 무령을 치워 준 공을 잊었느냐! 네가 그토록 바란 걸 손에 쥐고 나더니 나를 정녕 잊었느냐?'

한바탕 난리를 피우자, 행수가 나와 저를 기방으로 들여보내 주더군요. 어찌나 제 비위를 잘 맞추어 주던지. 진수성찬으로 주린 배를 채우고 비단옷을 휘감고 기생집에서 몇 날을 보냈습니다. 그러던 어느 날, 홍련이 달빛이 으슥한 정자로 저를 몰래 불러냈습니다. 저는 홍련이를 위협할 생각도 없었고, 죽이려는 생각은 더더욱 없었습니다. 단지 새 출발을 할 정도만 받고 떠나려 했습니다.

하지만 홍련은 제게 입에 담지 못할 말을 퍼부었습니다. 몹시 화가 난 건 기억하는데……. 정신을 차리고 보니 홍련은 이미 죽어 있었습니다. 당시 저는 심신이 피폐해져 제 마음을 다스리지 못하는 상태였습니다. 만일 그녀가 좋은 말로 거절했다면 죽이지 않았을 겁니다."

해치는 어이없는 변명이 탐탁지 않다는 듯 혀를 차더니 그를 감싸고 있는 물결로 더욱 옥죄었다. 그러자 김진이 눈을 희번덕거리며 킬킬 웃기 시작하는데, 전혀 다른 사람처럼 보였다. 검시할 때, 벼리의 의견에 귀 기울이던 수령의 풍모는 간데없었다.

"더러운 기생년이 감히 양반의 청을 거절하다니. 몸 팔아 번 돈, 좋은 데 쓰겠다는데! 그래서 고것의 목을 졸랐지. 그것만으로는 분이 풀리지 않아서 아예 뎅겅 부러뜨렸어. 어찌나 통쾌하던지. 그러고는 홍련이 스스로 목을 맨 것처럼 꾸민 뒤 집으로 갔어. 나 같은 자식은 필요 없다던 우리 집 영감한테 이렇게 말해 줬지."

김진은 요괴보다 더 악독한 표정을 짓더니 조곤조곤 타이르듯이 말했다.

"아버지, 집안에 살인자가 나왔는데 어찌할까요? 자수하라 하시면 날이 밝는 대로 관아를 찾아가겠습니다. 조상님 전에 똥물을 뿌리는 것보다 법을 지키는 게 우선이니까요. 하지만 제가 새 출발 할 수 있게 도와주시는 방법도 있습니다. 가문 체면은 지키셔야 하지 않겠습니까? 킬킬킬, 그때 영감 표정이 어찌나 재미있던지."

"그럼 재수사를 요구하여 자살로 판결 낸 자가 네 아비였나?"

"당연하지. 근데 홍련 때문에 재수에 옴이 붙은 거 같아. 낙방도 여러 번 하고, 이 나이에 겨우 지방의 작은 마을에서 수령질이나 하고 있으니 말이야. 젠장."

거기까지 말한 김진이 갑자기 웃음기를 거두더니 다시 해치에게 존대하기 시작했다.

"재판장님. 쉽게 용서받을 수 없는 죄를 저질렀다는 사실, 잘 알고 있사옵니다. 사고 이후 매 순간 저 자신을 나무라고 자책함이 하루를 거른 적이 없었습니다. 벼슬길에 오르고는 위로는 임금께 충성하고 아래로는 백성을 섬기며 살았습니다."

호소하는 목소리와 표정이 어찌나 진솔한지, 아래 사람에게 존경받던 예전의 김진으로 다시 돌아온 것 같았다. 군자의 껍질을 뒤집어쓴 살인마, 이것이 김진의 참모습이었다.

"진정 단 하루도 지방 관리의 의무를 저버린 적이 없었습……. 으악!"

더는 들어 줄 수 없었던 백원이 청룡언월도를 들어 김진을 향해 내리꽂았다. 놀란 광탈이 재빨리 그의 허리춤을 잡았지만, 고목에 매미 붙은 듯 아무 소용이 없었다. 하지만 해치가 빨랐다. 김진을 받치고 있던 물결이 순식간에 그를 꽁꽁 감싸서 보호하고, 백원의 발밑에는 소용돌이가 일어 그의 다리를 삼킨 채 놔 주지 않았다. 그러자 백원은 분을 이기지 못하고 청룡언월도를 던지려 했지만, 벼리가 몸을 던져 그의 오른팔에 대롱대롱 매달렸다.

해치는 지금까지 많은 재판을 열었지만, 이런 소란은 처음이라 잔뜩 인상을 찌푸렸다. 원칙에 따르자면 백원을 감옥에 한 몇 달쯤 처넣어야 하겠지만 그러고 싶지 않았다. 아무리 재판의 신수라지만 자신도 내심, 백원과 같은 심정이었기 때문이었다.

해치의 은방울에서 물결이 일더니 글씨가 나타났다.

「법정 모독죄 – 백원, 퇴정」

동시에 커다란 파도가 몰려와 백원을 덮치더니 물러난 자리는 텅 비어 있었다. 그렇게 소란을 정리한 뒤, 해치가 홍련에게 물었다.

"너는 어찌하여 이 지경이 되었느냐?"

그러자 홍련은 눈을 내리깐 채 나직이 말했다.

"흔히 기생을 해어화解語花라 부르지요. 말을 알아듣는 꽃이라? 천만에, 절대 그렇지 않습니다."

"그럼 너는 자신을 무엇이라 생각하느냐?"

"닭입니다. 살아서는 해충을 잡고 내내 알까지 낳아 줬지만, 죽어서는 몸까지 내주고……. 남은 건 벼슬과 부리뿐인 닭과 다를 게 없지 않습니까."

홍련은 넋이 빠진 것처럼 중얼거렸다.

"많은 기생이 그러하듯, 저도 울음을 참을 줄 아는 나이가 되자마자 기방에 팔렸습니다. 움켜잡은 제 손가락을 하나하나 떼어 내던 엄마의 독한 얼굴이 아직도 선합니다."

홍련은 다 썩은 제 손을 내려다보며 울먹였다.

"제게 그러더군요. 너는 반반한 얼굴로라도 먹고살라고. 비단옷 입고 따듯한 잠자리에 누워 꽃처럼 살라고 말했습니다. 하지만 제가 밥벌이를 하기 시작하자 손을 벌리더이다. 아버지 생신이다, 오라버니가 장가를 가야 한다, 동생이 시집갈 나이가 되었는데……. 이유는 수도 없이 많았습니다. 가족은 돈 뜯어 가, 친구는 손님 뜯어 가. 하, 내 팔자야."

"그래서 무령을 내칠 계략을 꾸몄느냐!"

"신수여. 계략이라뇨. 제 생각은 이랬습니다. 저는 죽어라 웃음 팔고 마음 팔아 봐야 일전 한 푼 남는 것이 없었고, 그나마 남은 자존심, 무령이가 앗아 갔나이다. 하지만 무령은 다르지 않습니까? 아비는 판서에 어미는 일패 기생입니다. 게다가 벌어 놓은 재물도 많아 당장 은퇴해도 아쉬울 게 없었습니다. 아시다시피 기생 팔자는 양반의 첩이 되면 제일로 잘 풀린 겁니다. 그런데 제 덕에 전도유망한 이용태를 만나 그의 첩으로 들어앉으면 이보다 좋은 일이 어디 있겠나이까? 저는 그리 생각했을 뿐입니다."

순간, 해치의 얼굴에 차가운 미소가 어렸고 살짝 밖으로 보이는 송곳니가 반짝였다.

"만약 천생연분이 있다면 너와 김진일 것이야. 남을 이용하는 것도 모자라 자기 마음 편하자고 본래의 의도까지 그럴싸하게 꾸미다니. 악인들의 지독한 이기심은 도무지 적응이 되질 않는구나. 다음으로 묻겠다. 네가 연리도로 죽인 사람들에 대해 말해 보거라."

홍련은 물어봐 주길 기다렸다는 듯 눈까지 빛내며 자백했다.

"첫 번째는 기방 행수였습니다. 기생들을 팔아 이득을 챙기던 행수는 제가 죽자마자 패물과 땅문서까지, 제가 오랜 시간 모은 것들을 깡그리 가져갔더군요. 그걸로 큰 기방까지 차려서 떵떵거리며 살고 있었습니다. 그래서 이때다 싶었죠. 그 순간이 행수의 전성기라고 느꼈습니다. 무령이 연리도를 그려 줄 때의 조건이 가장 행복할 때 원수를 죽이라는 거였기에 그 순간을 노리고 행수를 죽였습니다."

이윽고 홍련의 시선은 죽은 수령들에게 향했다.

"다음에 제가 처단한 이들은 무령의 원수들이었습니다. 저와 직접적인 관련이 있는 자들은 아니었지만 무령과 약속한 바가 있어 한참을 지켜보니 버러지만도 못한 쓰레기들이었습니다. 저들은 이용태가 무령에게 행패를 부릴 때, 웃으며 구경한 자들입니다. 아무리 천한 기생이라 하나, 그 꼴을 보고 어찌 재미있다고 여길 수 있습니까? 같은 기생으로서 그들이 그날의 일을 마치 술안주처럼 낄낄대며 읊조리는 걸 보고 반드시 제거해야겠다는 생각을 하게 되었습니다."

연리도에 스며든 홍련에게 홀려서 죽은 자들은 큼큼 헛기침하며 고개를 돌렸다.

"부모 잘 만난 덕에 갖은 방법으로 벼슬길에 오른 놈들이 수령이랍시고 고을을 다스리는 꼴이 어찌나 우습던지. 처음에는 더 높은 자리에 오를 때까지 기다리려 했습니다. 행수처럼 가장 행복할 때 죽이고 싶었거든요. 하지만 더 두고 보다가는 더 많은 백성이 고생할 것 같아서 제가 심판을 내렸습니다."

홍련은 잠시 숨을 고르는가 싶더니 이용태를 바라보며 키득거렸다. 그 모습을 지켜보던 벼리는 오소소 한기가 드는 듯했다. 홍련에게서 죄인이라면 마땅히 가져야 할 반성의 기미는 전혀 찾아볼 수 없었다. 내가 이래저래 죽였다고 자랑하는 살인마 같았다.

홍련은 겨우 웃음을 멈추고 말을 이었다.

"무령이 부탁한 복수의 주인공입니다. 이용태, 저자는 출세할 능력도 없는 주제에 노력도 하지 않더군요. 감이 제 입에 떨어지길 바라면 적어도 감나무 아래에 누워 있어야 하지 않나요? 하지만 그는 보이는 곳마다 오줌을 갈기며 돌아다니는 개처럼 굴면서 남 탓만 하더군요. 진득하게 하는 건 낮잠 자기와 소설 읽기 정도였습니다. 하여, 그가 행복하길 기다렸다가는 제가 먼저 소멸하지 싶어, 그냥 죽였습니다."

"왜 너를 죽인 김진을 두고 무령의 복수만 하고 다녔느냐?"

"신수께서는 잘 모르시겠지만, 인간들은 잔칫상에서 제일 맛있는 음식을 마지막에 먹는답니다. 일단 무령에게 진 빚을 털어야겠다는 생각에 이용태 다음으로 무령의 아버지 서지원까지 제거하고 일을 마무리하려 하였는데……."

"복병이 나타난 게로군."

"맞습니다. 신수님과 비범한 능력을 지닌 자들이 나타나 급한 마음에 계획을 바꿔 일을 서둘렀습니다. 가장 더러운 김진 저놈을 진작에 베어 물었어야 했는데, 그것이 천추의 한입니다."

흩어졌던 의문의 조각들이 하나하나 맞춰지는 듯했다. 한동안의 침묵이 이어지더니 해치의 세 번째 질문이 시작되었다.

"어찌하여 삼두구미가 된 것인지, 바른대로 말하라!"

살인을 술술 자백했던 것과 달리, 홍련은 입을 굳게 닫았다. 그러자 은방울이 울리고 거기서 쏟아져 나온 물결이 홍련을 감아올리더니 거세게 옥죄었다. 그녀는 버티고 버텼지만, 진실을 토하게 하는 해치의 능력 앞에 더는 저항할 수 없었다. 그녀는 다 죽어 가는 목소리로 말했다.

"7년 전이었습니다."

그 말을 듣는 순간, 벼리는 누군가 정수리에 찬물을 들이붓는 것 같았다.

'설마, 우연이겠지.'

그녀는 초조한 마음으로 홍련의 말에 귀를 기울였다.

"무덤에서 썩어 가는 제 몸을 보며 저의 영혼도 서서히 소멸하고 있었습니다. 그러던 어느 날 홀연히 여우 요괴 한 마리가 찾아왔습니다. 자신이 섬기는 분이 부활해야 하는데 번뇌가 필요하다 했습니다."

"섬기는 분이라면 혹시……, 수라를 말하는 것인가?"

해치의 물음에 홍련은 고개를 끄덕였다.

"힘을 줄 테니 마음껏 생전의 복수를 하라더군요. 그 대가로 그들의 번뇌만 자신에게 가져오면 된다 하였습니다. 생각해 볼 것도 없이 승낙했지요. 하지만 거짓이었습니다."

"무엇을 속였단 말이냐?"

"힘을 준다고 했지, 흉측한 삼두구미가 되어야 하는 줄 몰랐습니다. 어찌나 놀랐던지, 서로를 바라보는 세 개의 시선, 모두 저였습니다. 너무 끔찍했습니다. 게다가 징그러운 꼬리마저 네 개나 달려 있었습니다. 몸서리치며 흐느끼는 저에게 여우 요괴는 일만 잘 해내면 다섯 개의 꼬리를 더 주겠다 하더이다."

"그런 모습으로 바뀔 줄 알았다 한들 거절했겠는가?"

해치의 날카로운 지적에 홍련의 눈꺼풀이 파르르 떨렸다. 맞는 말이었다. 다시 그때로 돌아간다면 거절은커녕 더 센 요괴가 되게 해 달라고 졸랐으리라. 그러나 홍련은 반성은커녕 도리어 원망을 쏟아 냈다.

"저는 속았습니다. 여우 요괴는 저를 흉측한 모습으로 만들자마자 본색을 드러냈습니다. 복수하기 위한 힘을 달라 했더니 힘을 얻고 싶으면 무령을 끌어들이라 하더군요. 그녀에게 그림 한 장을 얻어, 그것을 이용하여 복수하라 하였습니다. 왜 그래야 하냐고 묻자 그저 시키는 대로 하라 하였습니다. 흉측한 요괴가 되었는데 복수도 못 한다면 무슨 소용이 있겠습니까? 그래서 무령에게 연리도를 받아 낸 겁니다."

무령을 끌어들인 배후가 수라였다는 말에 재판정이 일순 술렁였다. 해치 또한 눈앞이 아득해지는 것 같았다.

'그렇다면 수라는 내가 이승에 건너오기도 전부터 앞날을 정확히 예측하였다는 뜻인가?'

그런 속내를 알 리 없는 홍련은 눈물까지 쏟아 내며 울분을 토했다.

"복수를 계획한 건 무령도 마찬가지인데, 왜 저만 묶여 있습니까? 하늘이 원망스럽습니다. 제가 고통받을 때 어디 계셨습니까? 여우 요괴 따위가 저를 유혹하는 동안 신수님은 어디 계셨습니까? 그토록 간절하게 찾을 때는 나 몰라라 하더니 제가 요괴가 되고서야 심판하러 오시다니요!"

홍련은 입에서 피까지 토하며 악을 썼다. 하지만 그 악다구니 덕분에 해치는 다시 재판에 집중할 수 있었다. 그가 손으로 허공을 긋자 하얀 포말이 일더니 큰 글씨가 떠올랐다.

「懼 두려워할 구」

"이것이 너의 죄다. 최고의 자리를 빼앗길까 두려워 친구를 내치려 한 죄. 이 모든 사건의 시작과 중심에는 홍련, 너의 두려움이 있었다."

모든 죄인에 대한 심문을 마치고 해치는 판결에 들어갔다.

우선 기방 행수를 바라보며 담담한 목소리로 판결문을 읽어 내려가기 시작했다.

"죄인은 들어라! 한솥밥 먹는 이를 돌보고 이끌어야 할 자가 남보다 더 그악스럽게 착취했다. 또한 죽은 홍련의 재물을 유족에게 건네지 않고 본인이 도둑질까지 했으니, 팔팔 끓는 무쇠솥에 산 채로 삶아지는 확탕형을 선고하노라."

그의 선고를 듣고 벼리와 광탈은 동시에 눈이 커졌다. 해치가 구체적인 형벌까지 정하는 건 처음이었다. 그러나 쉬지 않고 다음 판결로 넘어가는 그의 태도에서 전에 없던 감정이 얼핏 비쳤다. 그가 직접 벌을 내리지 않고는 견딜 수 없다는 분노였다. 그는 이용태를 향해 엄준히 꾸짖었다.

"제 감정을 강요하고 거부했다며 힘없는 여인을 해친 죄. 그 밖에도 많지만, 일일이 입에 올리기도 불쾌하다."

그리고 이용태의 친구들을 향해 말했다.

"타인이 고통받는 걸 지켜보며 비웃은 죄! 어찌 사람의 탈을 쓰고 그런 일을 저지를 수 있는가. 이용태와 너희는 장창으로 배를 갈라 창자를 뽑아내는 형을 받을 것이며, 형벌을 마친 뒤 모기로 환생할 것을 명한다. 하등 쓸모없는 취급을 받다가 너희가 죽을 때 모두가 시원해하는 존재가 되어 보거라."

다음은 살아 있는 김진이었다.

"우선 이승의 재판을 받고 죗값을 치러라. 그 후, 다시 천계의 심판이 너를 기다리고 있을 것이다. 일단 목숨을 살려 놓아야 관의 심판을 받을 수 있을 테니, 광탈은 신속히 김진을 근처 의원으로 이송토록 하라."

광탈이 알았다는 듯 너덜너덜해진 육신을 들쳐 업고 재판정 밖으로 뛰어나갔다.

이어 홍련에게 판결이 이어졌다.

"네가 죽인 것은 사람이라 할 수 없는 짐승과도 같은 자들이다. 하여 본 재판장은 네가 살인이 아닌 살생을 한 것으로 판단한다."

그 말에 홍련은 한껏 들떠서 어쩔 줄 몰라 했다.

"하나, 하늘에서 인정하는 것은 피치 못한 살생일 뿐이다. 너는 그들을 죽이면서 희열을 느끼고 그 자체를 즐겼으니 이 또한 죄니라. 따라서 절구에 넣어져 방아로 으깨져 버리는 형벌을 명하노라."

그와 동시에 홍련을 감싸고 있던 물결이 일렁이더니 입을 막아 버렸다.

"죄인, 홍련은 들어라. 네가 고통받을 때 하늘은 무엇을 하고 있었냐 물었지?"

홍련이 폭발하는 분노를 겨우 누르며 고개를 끄덕였다.

"네가 왜 여러 사람을 죽이게 되었는지 생각해 보아라. 너를 죽인 김진에 대한 복수심에서 비롯된 것이지?"

홍련은 격하게 고개를 끄덕였다.

"그러면 너는 왜 김진에게 살해당했는가? 돈을 달라며, 협박하는 그의 요구를 들어주지 않아서겠지."

그때의 분노가 떠올랐는지 홍련은 아래위로 거세게 고개를 끄덕였다.

"중요한 것은 여기서부터다. 왜 너는 협박당했을까?"

홍련은 다 아는 걸 거듭 묻냐며 짜증을 내려다가 우뚝 멈췄다. 협박당한 걸 원망했어도 왜인지는 생각해 본 적 없었다. 그러자 해치가 대신 답을 주었다.

"김진이 너의 약점을 쥐고 있기 때문이겠지. 너는 짐승 같은 이용태와 김진을 이용해서 무령이 가진 것을 빼앗았다. 두려움은 종종 질투를 만든다. 너를 앞서가는 친구에게 품은 두려움이 결국 그녀를 해쳤고, 너마저 죽인 것이다."

그제야 꼿꼿이 서 있던 홍련의 고개가 조금씩 수그러들었다.

"천계의 법 조항에 따로 나와 있진 않지만, 네가 지은 죄

중에 처벌 받아야 할 또 하나는, 마음을 내어 준 친구를 배신한 죄라 생각한다. 그런데도 그 죄를 묻지 않는 것은 바로 무령 때문이다. 네가 김진을 죽이려는 걸 막은 무령의 진심을 정녕 모르겠느냐?"

그러자 홍련의 어깨가 떨리더니 점점 더 심하게 들썩였고 굵은 눈물이 툭툭 바닥에 떨어졌다.

"무령은 절절한 정이 사라졌는데도 마땅한 도리라 여겨 너를 말렸다. 그런 친구를 주었는데도 감히 하늘을 원망하다니!"

해치의 답을 들은 홍련이 소리없이 통곡했다. 그러나 너무 늦은 참회였다.

이윽고 벽을 이루던 파도가 거세게 일렁이더니 홍련과 행수, 이용태, 그의 친구들을 감싸 올렸다.

곧이어 꽃봉오리 모양으로 변한 검붉은 핏물이 순식간에 땅속으로 꺼져 버렸다.

이번 사건과 연루된 자들은 모두 형을 선고받고 지옥으로 떨어졌지만, 어느새 돌아와 있던 광탈과 쭉 재판을 지켜보던 벼리는 제대로 숨을 쉴 수가 없었다. 아직 재판이 끝나지 않았기 때문이다. 해치는 무령에게 말했다.

"죄인은 자리에서 일어나라!"

그녀는 모든 걸 체념한 표정으로 심판대에 올랐다. 광탈은 어쩔 줄 몰라 하며 발을 동동 굴렀고 벼리는 잔뜩 긴장하여 입술을 깨물었다.

"무령. 너는 홍련이 그림을 요청했을 때, 그녀가 너의 그림으로 살인을 저지를 것을 인지하고 있었는가?"

그러자 참다못한 광탈이 끼어들었다.

"아니. 그걸 어떻게 알았겠어요? 죽은 년이 찾아와서 그림 한 장 달라고 하니까 착한 무령 누님이 별생각 없이 그려 준 거죠!"

하지만 무령은 모든 것을 체념한 표정으로 고개를 끄덕였다.

"제 그림을 이용해서 사람을 죽일 거라고 했습니다. 충분히 인지하고 그림을 그려 주었습니다."

"안 돼! 누님 지금 그게 무슨 소린지 알고나 말하는 거예요?"

광탈이 아이처럼 울음을 터뜨렸지만 해치는 냉정하게 판단했다.

"인지하고 있었다……, 공범이로군."

해치의 얼음장 같은 음성이 재판정에 울려 퍼지는 순간, 벼리는 본능적으로 정신줄을 잡고, 머리를 돌리기 시작했다.

'홍련을 통해 복수를 꾀했으니 명백한 살인 공범이네……,

이를 어째.'

놀라운 일은 재판정만이 아니라 벼리의 머릿속에서도 벌어지고 있었다. 그녀는 조선 초기에 쓰인 〈경제육전〉부터, 〈경국대전〉, 〈속대전〉, 그리고 정조가 공포한 〈대전통편〉 및 형사사건에서 많이 참조하는 〈대명률〉까지 법전에 나와 있는 수많은 법 조항과 중앙 및 지방의 판례들을 기억 속 서랍에서 끄집어내 정리하기 시작했다.

최종 판결을 내리는 해치의 모습에서 더 이상 특유의 익살스러움도, 엉뚱함도 찾아볼 수 없었다. 그는 마치 피도 눈물도 없는 돌 인형 같았다.

"죄인은 과거, 요괴와 모의하여 여러 사람들의 목숨을 앗아 갔다. 공무를 수행하는 자로서 더 엄격한 윤리 의식이 필요함에도 과거의 범행 사실을 숨기고 조직에 합류하여 명예를 크게 실추시킨 점, 죄질이 매우 나쁘다 할 수 있다. 하여 본 재판장은 무령에게 살인죄를 적용하여 사형을 선고한다.

다만 이것은 산 자의 영역이니 본 법정의 판결을 조선의 임금에게 송치하도록 하겠다. 그리고 살아서 형벌을 마친다고 죗값을 다하는 것이 아닌 법. 예외 없는 공정의 원칙으로 사후 무령에게……."

"잠깐!"

머릿속으로 정리를 마친 벼리가 손을 들며 외쳤다.

“피를 토하는 원통함을 면하도록 해 주소서! 제가 그녀의 외지부*가 되기를 재판장님께 청하나이다.”

무령과 광탈은 깜짝 놀라 벼리를 바라보았다.

“외지부라, 네가 나를 상대로 감히 변론을 펼치겠다는 뜻인가?”

해치는 흥미롭다는 듯, 송곳니를 드러내며 미소 지었다.

- 〈요괴어사〉 2권에서 계속

* 외지부(外知部) 조선 시대, 법을 모르는 이를 대신하여 소장을 써 주거나 소송을 돕던 자로서 오늘날 변호사에 해당한다.

# 작가의 말

# 작가의 말

설민석입니다. 저는 그동안 조상들께서 물려주신 '역사'라는 이름의 드라마를 여러 콘텐츠로 만들어, 그 감동을 많은 분들이 공유할 수 있도록 노력해 왔습니다. 그 일환으로 이번에는 역사 판타지 소설로 여러분을 찾아뵙게 되었습니다.

지금까지는 온 가족이 함께할 수 있는 작품을 만들다 보니, 작가적 상상력과 인간 내면의 본능을 담아내는 데 제약이 많았습니다. 이런 아쉬움을 달래고자 이번에는 좀 더 과감한 작품을 구상하게 되었고, 그렇게 탄생한 것이 성인 역사 판타지 소설 〈요괴어사-지옥에서 온 심판자〉입니다.

이 소설을 쓰며 가장 어려웠던 점은 역사와 허구의 경계를 넘나드는 것이었습니다. 역사적 사실을 바탕으로 저희만의 상상력과 개연성을 채워 넣는 일이 그리 녹록지 만은 않았습니다. 하지만 어려울 때마다 제가 존경하는 정조 대왕께 바치는 작품이라 생각하며 즐겁게 임할 수 있었습니다.

정조께서는 〈일득록〉에서 우리가 역사를 공부하는 이유

를 앞으로 일어날 일의 거울로 삼기 위해서라고 이야기하셨습니다. 그 말씀처럼 앞서간 선배들의 실수나 배울 점을 가슴에 새기고 우리가 나아갈 미래를 그려 보는 것은 영웅이 죽고 서사가 사라진 이 시대에 한 줌 희망의 불빛이 될 것이라 생각합니다.

역사적 본질을 판타지 소설에 태워 당신께 띄워 보냅니다. 이 작품에 승선하시어 고난의 파도를 이겨 낸 벅찬 승리의 세상을 함께하시기를 바랍니다.

마지막으로 촌철살인의 필력으로 본질적인 세계관을 형상으로 풀어내 주신 원더스 작가님께 깊은 감사의 마음을 전합니다.

# 작가의 말

종이책으로는 처음 찾아뵙는 원더스입니다.

잠시 도서관에서 일한 적이 있었는데, 절판 도서가 가득한 서고에 들어갔던 기억은 평생 잊지 못할 겁니다. 활판인쇄로 글자마다 꾹꾹 눌린 자국이 있거나 저보다 나이가 많은 책들이 먼지를 뒤집어쓴 모습을 보고 있노라니, 마치 왕의 무덤에 들어간 고고학자가 된 기분이었습니다.

그 서고에서 발견한 호랑이 설화집에서 영감을 받아 쓴 것이 〈오뉘탑: 퇴마사건일지〉였습니다. 완결하고 나면 더는 노출이 쉽지 않은 웹소설 특성상, 제 소설도 연재가 끝나자마자 서고로 들어간 것과 다름없었습니다. 그렇게 잠들어 있던 소설을 찾아낸 단꿈아이에서 연락이 왔고, 설민석 선생님과 함께 우리네 판타지를 쓰는 영광을 누렸습니다. 참으로 신묘한 인연이 아닌가 싶습니다.

왜 괴이한 이야기를 좋아하냐는 질문을 종종 받는데, 알 수 없는 존재가 주는 두려움과 그 안에 녹아든 우리의 맨얼굴을 탐하다 보면 현실 공포가 저만치 물러나는 매력 때문인 듯합니다. 이 책을 읽으신 분께도 그 매력이 흠뻑 전해졌길 바랍니다.

재미만 생각하는 저에게 역사적 사실 너머의 의미까지 이끌어 준 설민석 선생님과 보석 같은 소재, 치밀한 설정, 방대한 자료까지 떠먹여 준 단꿈아이 여러분 덕분에 여기까지 올 수 있었습니다. 감사합니다.

마지막으로 저에게 도전과 열정이 무엇인지, 그것을 위해 사람이 어느 정도까지 노력할 수 있는지 가르쳐 준 고양 원더스 독립 야구단에게 이 책을 바칩니다.

원더스

요괴어사

지옥에서 온 심판자

**1판 1쇄 발행** 2023년 04월 24일
**1판 4쇄 발행** 2024년 02월 25일

**지은이** 설민석, 원더스

**펴낸이** 장군
**총괄** 조성은 | **편집** 고연경, 박정민, 한혜민
**디자인** 올컨텐츠그룹, 윤나래, 강은정, 김지선 | **영업** 박민준, 최연수, 황단비
**일러스트** 최은정 | **진행** 정서영 | **자료조사** 박정환 | **교정** 송혜련
**마케팅** 박상곤, 강지성, 방현영 | **제작** 혜윰나래

**펴낸곳** 단꿈아이
**출판등록** 2019년 10월 8일 제 2019-000111호
**문의** 내용문의 dankkum_i@dankkumi.com
구입문의(영업마케팅) 031-623-1145 | Fax 031-602-1277
**주소** 13487 경기 성남시 분당구 판교로 242(삼평동), C동 701-2호

**홈페이지** dankkumi.com | **인스타그램** @seolsamtv | **유튜브** '설민석', '설쌤TV' 검색

**ISBN** 979-11-93031-01-8 04810
979-11-93031-00-1 04810(세트)